Wolfgang Burger
Schwarzes Fieber

Zu diesem Buch

In der Nähe von Heidelberg wird eine bewusstlose Frau mit schweren Kopfverletzungen aufgefunden. Kripochef Alexander Gerlach geht zunächst von einem ungewöhnlich brutalen Raubüberfall aus. Merkwürdig ist nur, dass niemand die Frau vermisst. Als die Unbekannte nach Tagen endlich erwacht, stellt sich heraus, dass sie nicht sprechen kann. Gerlach beschließt, sich in Geduld zu üben, doch dann geschehen zwei weitere Mordanschläge auf die Frau, die nur mit knapper Not vereitelt werden können. Als die Leiche eines Afrikaners aus Angola auftaucht, wird die Geschichte immer verworrener. Gerlach begreift, dass er internationalen Geschäften von unvorstellbarer Skrupellosigkeit auf der Spur ist. Und dass die Unbekannte keineswegs so beharrlich schweigt, weil sie nicht sprechen kann. Ein neuer, spannender Fall für Kripochef Alexander Gerlach, der sich, während die Ermittlungen auf Hochtouren laufen, auch noch mit der neuen großen Leidenschaft seiner pubertierenden Töchter herumschlagen muss: dem Reiten. Und natürlich wollen sie ein eigenes Pferd …

Wolfgang Burger, geboren 1952 im Südschwarzwald, ist promovierter Ingenieur und als Leiter einer Forschungsabteilung an der Universität Karlsruhe tätig. Er ist verheiratet, hat drei inzwischen erwachsene Töchter und lebt in Karlsruhe. Seit 1995 schreibt er Kriminalromane und hin und wieder auch Kurzgeschichten. Zuletzt veröffentlichte er die erfolgreichen Heidelberg-Krimis um Alexander Gerlach, »Heidelberger Requiem«, »Heidelberger Lügen«, »Heidelberger Wut«, »Schwarzes Fieber« und »Echo einer Nacht«.
Weiteres zum Autor unter: www.wolfgang-burger.com

Wolfgang Burger

Schwarzes Fieber

Ein Fall für Alexander Gerlach

Piper München Zürich

Mehr über unsere Autoren und Bücher:
www.piper.de

Von Wolfgang Burger liegen bei Piper vor:
Heidelberger Requiem
Heidelberger Lügen
Heidelberger Wut
Schwarzes Fieber
Echo einer Nacht

FSC
Mix
Produktgruppe aus vorbildlich bewirtschafteten Wäldern und anderen kontrollierten Herkünften
www.fsc.org Zert.-Nr. GFA-COC-001223
© 1996 Forest Stewardship Council

Originalausgabe
1. Auflage April 2008
5. Auflage Februar 2010

Umschlag: semper smile, München
Umschlagfoto: Berthold Steinhilber/Bilderberg
Satz: Filmsatz Schröter, München
Papier: Munken Print von Arctic Paper Munkedals AB, Schweden
Druck und Bindung: CPI – Clausen & Bosse, Leck
Printed in Germany ISBN 978-3-492-25119-8

1

Nichts wäre besser, wenn ich den Anfang noch wüsste. Keiner der Toten würde wieder zum Leben erwachen. Auch nicht die, für deren Tod ich selbst die Verantwortung trage.

Nichts würde sich ändern, wenn ich mich daran erinnern könnte, wann ich zum ersten Mal von Rosana hörte. Dennoch will irgendetwas in mir unbedingt wissen, wie und wann genau sie in mein Leben trat. Vielleicht, um in meinem Kopf wenigstens eine Illusion von Ordnung zu schaffen. Um dieser Geschichte, deren Ende ich so gut kenne wie kein Zweiter, einen Anfang zu geben.

Denn jede Geschichte muss doch ihren Anfang haben.

War Rosana zunächst eine nur mit halbem Ohr gehörte Nachricht im Radio? Oder war sie Inhalt eines unfreiwillig belauschten Gesprächs beim Edeka-Markt an der Ecke? Ich weiß es nicht mehr. Im Grunde hat sie sich in mein Leben geschlichen. Still, wie es ihrer Natur entsprach, und als nebensächliche Randfigur.

Wieder einmal hatten wir einen Jahrhundertsommer in diesem Jahr, es war Ende Juli, und mit unserem Urlaub war alles schiefgegangen. Ich hatte geplant, mit meinen Töchtern für zwei Wochen meine Eltern zu besuchen, die sich im Süden Portugals, in der Nähe von Albufeira, zur Ruhe gesetzt hatten.

Mutter war es gewesen, die vor fünf Jahren zur Überzeugung kam, sie habe in ihrem Leben genug Regen gesehen. Als Vater dann etwas vorzeitig in Pension ging, hatte sie ihn mehr oder weniger zur Flucht in den Süden gezwungen. Seither sahen wir uns selten. Immer war etwas dazwischengekommen. Einmal scheiterte unser Besuch in der neuen Heimat meiner Eltern daran, dass meine Töchter – natürlich absolut gleichzeitig – an Mumps erkrankten. Ein anderes Mal lag es am überraschenden Tod von Vera, meiner Frau, später an meiner Versetzung nach Heidelberg. Einmal war Mutter unpässlich gewesen, oder es streikten eigens für uns die portugiesischen Fluglotsen. So hatte ich in den vergangenen fünf Jahren meine Eltern nur zwei Mal getroffen.

Diesmal hatte nun alles so ausgesehen, als würde es klappen. Die Flüge waren gebucht, alle Fluglotsen auf dem Posten, die Nachbarschaft informiert, sogar ein Teil des Gepäcks schon gepackt, als der aufgeregte Anruf von der Algarve kam: Wasserrohrbruch in der Wohnung über der meiner Eltern. Überschwemmung, Riesenkatastrophe, Teppiche, Möbel, Bücher, Tapeten, alles Mögliche beschädigt. Zum Glück war der Nachbar gut versichert, aber für die nächsten Wochen würden meine Eltern nun erst einmal im Hotel wohnen müssen, und an einen Besuch war unter diesen Umständen natürlich nicht zu denken. Mein naheliegender Vorschlag, sie sollten doch stattdessen nach Heidelberg kommen, stieß auf ratloses Unverständnis. Fast schien Mutter sich vor einer auch nur vorübergehenden Rückkehr in ihre alte Heimat zu fürchten.

Meine Zwillinge waren in Maßen enttäuscht gewesen. Um etwas anderes zu organisieren, war es jetzt, mitten in der Hochsaison, zu spät, und so verbrachten sie ihre Ferientage auf den Wiesen am Neckarufer oder im Schwimmbad. Einmal machten sie sogar zusammen mit Freunden und Freundinnen eine richtige altmodische Radtour nach Schwetzingen und schwärmten anschließend mit leuchtenden Augen vom dortigen Schloss und dem großartigen barocken Park. Mit jedem Tag wurden sie brauner, kräftiger und gesünder.

Auch ich hatte endlich wieder einmal etwas für meinen Körper tun wollen. Aber morgens war ich zu müde zum Joggen, tagsüber war es zu heiß, und abends war ich vom Faulenzen erschöpft. Je weniger ich mich bewegte, desto schlapper wurde ich, und so war ich drauf und dran, mich zum Perpetuum immobile zu entwickeln. Ich hing zu Hause herum, zu träge, all die lästigen Dinge zu erledigen, für die ich nun Zeit hatte: die Steuererklärung, die immer wieder aufgeschobene Reparatur meines Fahrrads, das überfällige Streichen des Balkongeländers auf der Westseite.

Andererseits genoss ich es, mich ohne eine Spur von schlechtem Gewissen von morgens bis abends zu langweilen und alles zu lesen, was mir in die Finger geriet.

So wird es wohl mit einiger Wahrscheinlichkeit die Zeitung gewesen sein, aus der ich zum ersten Mal von Rosanas Existenz erfuhr. Eine kleine Meldung in einem Kästchen auf der Lokalseite: Verunglückte Motorradfahrerin mit schweren Kopfverletzungen ins Uniklinikum eingeliefert. In der Nacht von Samstag auf Sonntag war es gewesen, irgendwo auf einem dieser steilen und kurvigen Sträßchen, die zum Königstuhl hinaufführten, dem Heidelberger Aussichtsberg.

Am nächsten Tag, das muss dann ein Dienstag gewesen sein, war der Bericht schon ein wenig größer. Rosana, deren Namen ich natürlich erst Wochen später erfahren sollte, war weder Motorradfahrerin, noch stammten ihre Verletzungen von einem Verkehrsunfall. Ihr Überleben verdankte sie einem dieser irrwitzigen Zufälle, wie sie nur das Leben selbst sich erlauben kann. Auf der Straße vom Königstuhl ins Elsenztal hinunter war spätnachts eine Horde Motorradfahrer unterwegs gewesen. Alle nicht mehr ganz nüchtern, alle ein bisschen zu guter Laune, und so war es kein Wunder, dass der Anführer des Rudels in einer tückischen Kurve von der Straße abkam. Der Unfall war völlig harmlos, seine Maschine erlitt ein paar Kratzer, er selbst kam mit einem verstauchten Daumen davon, und das Schlimmste an der Sache dürfte für ihn der Spott seiner Kumpels gewesen sein.

Während sie ihm halfen, seine BMW Enduro wieder auf die Räder zu stellen, und feixend das Laub von seiner Jacke pflückten, entdeckte einer, der die Gelegenheit zum Austreten nutzte, eine leblose Frau. Nur wenige Schritte von der Straße entfernt hatte sie im Wald gelegen, halb unter einem Gebüsch. Sie war vollständig bekleidet gewesen, und inzwischen ging man davon aus, dass sie Opfer eines Raubüberfalls geworden war. Außer ihrer Kleidung hatte sie nichts bei sich gehabt, keine Handtasche, keine Papiere, einfach nichts. Die medizinische Diagnose lautete Schädelbasisbruch, verursacht durch massive Gewalteinwirkung mit einem stumpfen, glatten Gegenstand. Einem Baseballschläger zum Beispiel.

Wären die Motorradfahrer ein klein wenig vorsichtiger gefahren oder hätte der Gestürzte ein Bierchen weniger getrunken, Rosana hätte vermutlich wochenlang dort gelegen und wäre vielleicht erst im Herbst von Pilzsuchern gefunden worden. Nach Meinung der Ärzte hätte sie schon zwei Stunden später keine Überlebenschance mehr gehabt. Außer der Kopfverletzung und einigen kleineren Schrammen und Kratzern war sie unversehrt. Ein Sexualdelikt konnte ausgeschlossen werden.

Zurzeit war das Opfer immer noch bewusstlos, hieß es in der Zeitung, und angesichts der Schwere des Schlags würde sie es möglicherweise noch eine Weile bleiben. Und es sollte noch dreizehn Tage dauern, bis ich ihr zum ersten Mal gegenüberstand.

Als Chef der Heidelberger Kriminalpolizei wusste ich natürlich, was nun routinemäßig in der Polizeidirektion ablief: Klara Vangelis, die ich mit meiner Vertretung beauftragt hatte, würde sämtliche Vermisstenmeldungen sichten lassen, auf der Suche nach einer zu der Verletzten passenden Beschreibung. Ihre Daten wurden in den Computern des BKA abgelegt, auf die jeder Polizist Deutschlands jederzeit Zugriff hat. Und dann blieb ihr nichts übrig, als zu warten. Zu warten, bis jemand sich meldete, dessen Ehefrau oder Mutter, Nachbarin oder Freundin seit einiger Zeit verschwunden war.

Aber niemand schien die Frau zu vermissen, und so sah ich am Donnerstag zum ersten Mal Rosanas Gesicht. Ein nicht besonders gut geratenes, nicht übermäßig großes Foto in der Zeitung, denn noch immer war sie ja nur eine Meldung am Rande: »Wer kennt diese Frau? Größe: einszweiundsechzig, Alter: Anfang bis Mitte dreißig, Gewicht: einundfünfzig Kilo.« Und am Abend desselben Tages, in diesem Punkt bin ich mir sicher, sah ich sie auch in den Regionalnachrichten des Fernsehens.

Ich betrachtete dieses nicht unattraktive, ein wenig rundliche Gesicht mit den ausgeprägten Wangenknochen, das schwarze, leicht gelockte und knabenhaft kurz geschnittene Haar. Die Jeans und die kurzärmlige Bluse, die sie getragen hatte, waren nicht modisch, weder neu noch teuer, aber reinlich. Unauffällige, gepflegte Erscheinung, las ich. Allem Anschein nach handelte es sich bei dem Opfer also weder um eine Obdachlose noch um eine Drogensüchtige, die an den falschen Freier geraten war.

Man hatte auch keinerlei Anzeichen für einen Kampf oder auch nur Gegenwehr an ihrem Körper gefunden. Der Schlag auf den Hinterkopf musste völlig überraschend gekommen sein.

Auf dem Foto wirkte Rosana, als würde sie schlafen. Man wäre nicht auf den Gedanken gekommen, es sei ihr ein Unglück zugestoßen, hätten nicht diese hässlichen durchsichtigen Schläuche aus ihrer Nase gehangen.

Vangelis schien kein Glück zu haben in diesem Fall, denn schon zwei Tage später, am Samstag, erschien wieder ein Foto in der Zeitung. Größer und schärfer diesmal, der Artikel war auch ausführlicher, schließlich handelte es sich um die Wochenendausgabe, man hatte Platz. Da sich noch immer niemand gemeldet hatte, der die Frau kannte, musste man davon ausgehen, dass sie nicht aus der Gegend stammte.

Nun ist der Hochsommer naturgemäß eine schlechte Zeit zur Identifizierung Unbekannter. Zahllose Wohnungen und Häuser stehen leer, weil ihre Bewohner verreist sind. Wenn jemandem überhaupt auffällt, dass er einen Nachbarn länger nicht gesehen hat, dann wird er diesen in der Regel im Urlaub vermuten. Dieses Mal betrachtete ich das Foto länger als beim ersten Mal und las die Beschreibung aufmerksamer. Ein Etikett in der Bluse verriet, dass diese aus portugiesischer Produktion stammte. Als Schmuck hatte die Unbekannte einen schmalen, silbernen Ring mit einem Bergkristall an der linken Hand getragen sowie ein billiges, ebenfalls silbernes Kettchen mit einem kleinen Kreuz am Hals. Die beiden einfachen Schmuckstücke, die man eher an einem Teenager als an einer erwachsenen Frau erwartet hätte, waren neben ihrem Gesicht vergrößert abgebildet.

Meine Zwillinge waren an diesem Tag zusammen mit Freunden in Frankfurt, zum ersten Mal in ihrem Leben allein in einer richtigen Großstadt, und ich war deshalb ein wenig unruhig. Vielleicht war dies der Grund dafür, dass ich mich endlich überwinden konnte, einen neuen Schlauch für mein altes, früher einmal sehr geliebtes Motobecane Zwölfgang-Rennrad zu besorgen und auch gleich zu montieren. Da ich schon einmal dabei war, gönnte ich mir gleich noch einen wunderbar weichen Gelsattel als Ersatz für den alten, über die Jahre rissig gewordenen sowie eine neue Klingel, da die alte nur noch heisere Rasselgeräusche von sich gab. Mit zunehmendem Vergnügen putzte, ölte und schraubte ich an meinem Rad herum, und da es nicht gar so heiß war, steckte ich am Ende ein wenig Geld ein und begab mich am späten Nachmittag auf eine Probefahrt.

Natürlich war es kein Zufall, dass ich den Königstuhl als Ziel wählte. Aber es trieb mich auch keine innere Unruhe, höchstens Neugierde. Jedenfalls hatte es überhaupt nichts mit Schicksal oder Vorsehung zu tun.

Die Straße zum Gipfel hinauf war verteufelt steil, stellte ich rasch fest. Im kleinsten Gang quälte ich mich aufwärts. Unentwegt wurde ich dabei von bunt gekleideten und meist auch noch fröhlich schwatzenden Radfahrern auf ihren High-Tech-Sportgeräten überholt, und mehr als einmal stand ich kurz davor umzukehren. Aber diese Blöße wollte ich mir dann doch nicht geben.

Oben angekommen, gönnte ich mir auf der Terrasse des Ausflugslokals ein großes, eiskaltes Weizenbier und genoss dieses lange nicht gekannte Gefühl, Muskeln zu haben, einen Körper, und dazu diese herrliche Aussicht auf den Neckar, das Rheintal, heute ausnahmsweise sogar die Vulkankegel der Pfälzer Berge und die Dampffahnen über den Kühltürmen des Kernkraftwerks Philippsburg. Ich war schweißgebadet und ein wenig glücklich.

Um mich herum herrschte lärmender Trubel. Die Luft war hier oben viel frischer als im Tal, die Schatten wurden schon länger, es duftete nach sonnendurchglühtem Wald. Eine Wespe machte sich des Mundraubs an meinem Bier schuldig.

Der Alkohol machte mich müde, und so legte ich mich vor der Weiterfahrt in der Nähe in den Wald. Ich hatte mir sogar Lektüre mitgebracht. Ein abgegriffenes, für den Fahrradtransport geeignetes Bändchen, das ich kürzlich beim Sortieren meines Bücherregals wiedergefunden hatte: Tucholsky, Schloss Gripsholm. Das Buch beginnt damit, dass Tucholskys Ich-Erzähler mit seiner Lydia nach Schweden in Urlaub fährt. Beim Lesen der Sätze »Sie war mir Geliebte, komische Oper, Mutter und Freund. Was ich ihr war, habe ich nie ergründen können« musste ich an Theresa denken. Wir hatten beschlossen, zur selben Zeit Urlaub zu machen, damit wir nicht länger als unbedingt nötig getrennt sein mussten. Das war nicht ganz einfach gewesen, denn zu meinem Leidwesen war Theresa nicht nur verheiratet, sondern ihr Mann auch noch mein Vorgesetzter, Polizeidirektor Liebekind. Und wenn der oberste Polizeichef und der Leiter der Kripo gleichzeitig Urlaub machen, dann ist das ein bisschen kompliziert, hatte ich lernen müssen. Aber irgendwie hatte es dann auf einmal doch geklappt, und ich bin überzeugt, Theresa spielte dabei eine nicht unwesentliche Rolle.

Nach Thailand war meine Liebste zusammen mit ihrem Mann geflogen, eine Bildungsreise, von der sie schon seit Ewigkeiten träumte, und erst in drei Wochen würde sie zurückkehren. Um uns die Trennung nicht schwerer als nötig zu machen, hatten wir beschlossen, in dieser Zeit keinen Kontakt zu pflegen. E-Mail-Verkehr war ohnehin schlecht möglich, da sie natürlich ohne Computer reiste, und ob man von Thailand aus SMS versenden konnte, wussten wir beide nicht.

Der Abendwind war angenehm, die Temperatur genau richtig, und ich fühlte mich gut wie lange nicht mehr. Plötzlich hatte ich das Gefühl, meine Ferien hätten eben erst begonnen, und konnte nicht begreifen, warum um Himmels willen ich so lange unfähig gewesen war, mein Fahrrad wieder auf Vordermann zu bringen. Von heute an würde ich jeden Tag eine Tour machen. Radfahren war ja tausendmal unterhaltsamer als Joggen. Man sah etwas von der Welt und kam außerdem an netten Lokalen vorbei. Auch für den morgendlichen Weg ins Büro würde ich künftig, so oft es ging, das Rad nehmen und abends nach Dienst gar nicht erst nach Hause fahren, sondern die Gegend erkunden, meine immer noch neue Heimat entdecken. Fit und ein bisschen schlanker würde ich werden und nur noch gute Laune haben. Über dieser Vorstellung schlief ich ein.

Natürlich wählte ich für den Heimweg nicht dieselbe Strecke wie für die Herfahrt, und natürlich führte mich dieser Weg an der Stelle vorbei, wo Rosana gelegen hatte. Einmal Kripo, immer Kripo, hatte Vera gerne gesagt, als sie noch lebte.

Auch bergab wurde ich unentwegt überholt. Aber diesmal machte mir das nichts aus. Bergab zu rasen, zeugt weder von Kondition noch von Mut, sondern nur von mangelnder Phantasie. Ich bremste ständig und hatte dabei sogar die schöne Ausrede, dass ich nicht aus Versehen an der gesuchten Stelle vorbeisausen wollte. Diese war jedoch nicht zu übersehen.

Ein Stück weiß-rotes Polizei-Absperrband flatterte im Auslauf einer scharfen Linkskurve. Einige helle Schrammen im Asphalt, die vermutlich von der dahinschlitternden BMW stammten, endeten im aufgewühlten Moos am Straßenrand. Die Straße führte hier durch einen hohen, lichten Buchenwald, nur hie und da hatte sich eine Tanne dazwischengemogelt. Es duftete nach Sommerabend, irgendwo in der Ferne wurde gegrillt, Menschen lachten. Die Vögel, die in der Hitze des Tages geschwiegen hatten, holten das Versäumte jetzt mit umso größerem Eifer nach. In der Ferne hupte ein Auto.

Rosana musste etwa zehn Schritte vom Straßenrand entfernt unterhalb einer ungefähr anderthalb Meter hohen Böschung gelegen haben. Der Täter hatte sie hinuntergeworfen wie einen Müllsack, in dieses struppige Gebüsch, und es war ein Wunder, dass der Motorradfahrer sie im Dunkeln überhaupt bemerkt hatte.

Ich lehnte mein Rad an einen Baum, setzte mich oberhalb der Böschung auf den weichen Boden und sah hinab. Die Spuren der Retter und Spurensucher waren deutlich zu erkennen. Aber das war auch schon alles, was es hier zu sehen gab.

Warum hatte der Täter ausgerechnet diesen Ort für geeignet gehalten, sein Opfer loszuwerden? Dort, wo er die Frau niedergeschlagen hatte, konnte sie vermutlich nicht liegen bleiben. Also hatte er sie ins Auto gepackt und hierher gefahren, so weit vom Tatort entfernt, dass keine Spur zurückführte. Wahrscheinlich hatte er sie für tot gehalten. Andernfalls musste er damit rechnen, dass sie ihn verriet, sobald sie das Bewusstsein wiedererlangte.

Auffällig war, dass der Täter es nicht für notwendig befunden hatte, die vermeintliche Leiche zu verstecken. Er hätte sie ja irgendwo vergraben können. Oder wenigstens ein Stück von der Straße entfernt unter dem Laub verscharren. Er hatte sie jedoch nur wenige Meter weit getragen und dann diesen kleinen Abhang hinuntergeworfen. Offenbar war er der Überzeugung gewesen, dass es nicht gelingen würde, eine Verbindung zwischen ihm und seinem Opfer herzustellen.

Von irgendwoher wehte Musik heran, ein alter Schlager aus den Sechzigern, und plötzlich fühlte ich mich, als hätte ich eine große Entdeckung gemacht.

2

Am Sonntagabend sah ich das nun schon wohlbekannte Gesicht wieder, um zehn vor acht in den Fernsehnachrichten des SWR. Am Montag wurde es sogar in der süddeutschen Ausgabe der Bild-Zeitung gezeigt, zusammen mit einigen gutmütigen Spekulationen, sowie in fast allen Tageszeitungen Baden-Württembergs und der Pfalz.

Doch ohne Erfolg.

Das Wetter war unverändert heiß, sonnig und für das Oberrheintal ungewöhnlich klar, und tatsächlich machte ich in meiner zweiten und letzten Ferienwoche noch die eine oder andere Ausfahrt mit meinem Rad. Einmal besuchte ich abends Lorenzo, und wir spielten eine Partie Schach auf seiner Terrasse. Lorenzos wirklicher Name war Horst-Heinrich Lorentz. Ich hatte ihn im vergangenen Winter im Zuge der Aufklärung eines verzwickten Falls kennengelernt. Wir hatten uns ein wenig angefreundet und es bisher geschafft, die Verbindung nicht wieder abreißen zu lassen. Er bewohnte ein von außen schönes, innen jedoch altmodisch und für meinen Geschmack ungemütlich eingerichtetes Haus, das er von seinen Eltern geerbt und einfach so gelassen hatte, wie es war. Sein Vater war ein angesehener Professor an der Universität gewesen und hatte es zu einem gewissen Wohlstand gebracht. Lorenzo hatte zwar Verschiedenes studiert, dann jedoch nach allerhand Kapriolen ausgerechnet im Gastgewerbe seine Berufung gefunden.

Sein Haus lag unterhalb des Philosophenwegs über dem nördlichen Neckarufer und bot eine so unglaubliche Aussicht auf die Alte Brücke, die Stadt mit ihren Spitzweg-Giebeln und Turmspitzen, das selbst als Ruine noch majestätische Schloss, dass ihm mancher Amerikaner ohne Wimpernzucken Millionen dafür bezahlt hätte. Aber das war Lorenzo gleichgültig. Er gehörte zu den wenigen Glücklichen, die genug Geld hatten.

Selbstverständlich verlor ich das Schachspiel. Gegen Lorenzo verlor ich immer, aber hier ging es nicht um Sieg oder Niederlage, sondern um gemeinsames Schweigen und Grübeln, höchstens unterbrochen von einem gelegentlichen Brummen der Enttäuschung oder der Befriedigung, einem verschmitzten Grinsen, wenn einem ein guter Zug gelang. Dazu tranken wir Wein aus seinem Keller, der vermutlich zu den am besten ausgestatteten der ganzen Kurpfalz gehörte.

»Matt«, seufzte Lorenzo nach kaum zwanzig Minuten mit wohligem Behagen. Er machte sich nie die Mühe, seine Schadenfreude zu verbergen.

Wir stießen an. Die hohen Gläser klangen, dass ich meinte, man müsse es noch jenseits des Neckars hören. Der Abend war vollkommen windstill, die weiche Luft voller Geräusche, Düfte, Stimmen, Gemurmel und Gezirpe.

»Appetit?«, fragte Lorenzo, nachdem er sein Schlückchen Wein auf unbeschreiblichen Umwegen durch den Mund befördert hatte.

»Was glaubst du wohl, wozu ich hier bin?«

Lorenzo hatte nämlich nicht nur guten Wein im Keller, er konnte auch vorzüglich kochen. Jahrzehntelang hatte er als Empfangschef in großen Hotels mit exzellenten Küchen gearbeitet und dem jeweiligen Chef de Cuisine über die Schulter geguckt. In puncto Kochen war er mein unerreichbares Vorbild. Inzwischen hatte ich es dabei aber immerhin so weit gebracht, dass meine Zwillinge nicht mehr in Panik gerieten, wenn ich ein Sonntagsmenü plante.

Leise grunzend stemmte er sich aus dem knarrenden Korbsessel, ergriff seinen schwarzen Stock mit Elfenbeingriff und verschwand mit mühsamen kleinen Schritten in der Küche. Obwohl er noch nicht im Rentenalter war, hatte er wegen einer rasch fortschreitenden Arthrose den geliebten Beruf aufgeben müssen, der ihn die meiste Zeit zum Stehen zwang.

»Wo steckt eigentlich Maria?«, rief ich ihm nach.

»Sie hat ab September ein Engagement in Hannover«, rief er zurück. »Sie ist schon mal hingefahren, um sich ein Zimmer zu suchen. Wir werden uns leider nicht oft sehen in nächster Zeit.«

Maria war eine Schönheit italienischer Abstammung mit

honigblondem Haar, gut zwanzig Jahre jünger als Lorenzo. Sie spielte Cello auf einem Niveau, von dem Normalsterbliche höchstens hin und wieder träumen. Die beiden schienen trotz des Altersunterschieds das glücklichste Paar zu sein, das ich kannte. Nie würde ich begreifen, was eine junge, attraktive Frau an diesem alten Kerl fand. Aber wer versteht schon die Beziehungen anderer? Wir verstehen ja meist nicht einmal unsere eigenen.

Ich lehnte mich zurück, faltete die Hände im Nacken und versuchte herauszufinden, welcher Wochentag heute war. Mittwoch? Donnerstag? Ich entschied mich für Mittwoch. Weshalb hatte ich eigentlich nur zwei Wochen Urlaub genommen? Was wollte ich bei diesem göttlichen Sommerwetter in meinem stickigen Büro mit meinen trockenen Akten? Sollte ich verlängern? Ja, wozu überhaupt arbeiten?

Auf einmal beneidete ich Lorenzo um seine Freiheit. Er war finanziell unabhängig und in jeder Hinsicht Herr seiner selbst. Zum ersten Mal wurde mir bewusst, dass auch ich irgendwann in Pension gehen würde, vielleicht wie Lorenzo einen Stock benötigen. Dass Arbeiten, jeder Beruf, alles irgendwann ein Ende hat.

Meine Eltern fielen mir ein. Wie es ihnen wohl ging mit der abgesoffenen Wohnung, in ihrem engen Hotelzimmer? Warum riefen sie eigentlich nie an? Warum rief ich sie nie an? Auch mein Vater war Beamter gewesen, beim Finanzamt, und hatte mir, als die Zeit gekommen war, mit den üblichen Argumenten in den Ohren gelegen, ebenfalls in den Staatsdienst zu treten.

Lehrer kam nicht infrage, davon hatte ich zu viele kennengelernt, das Finanzamt war für mich unvorstellbar gewesen, und so hatte die Polizei nicht weit gelegen. Ich liebte es, mit Menschen zu tun zu haben, den verschiedensten Menschen aus allen Schichten. An ihrem Schicksal teilzuhaben. Meinen Teil dazu beizutragen, ihre Welt in Ordnung zu halten. Zu helfen, sie wieder zurechtzurücken, falls sie einmal in Unordnung geraten war.

Und das war leider ein Problem bei der Position, die ich nun seit fast einem Jahr bekleidete: Als Kripochef hatte ich im Leben außerhalb meines Büros nichts mehr zu suchen. Ohne recht zu wissen, wie mir geschah, war ich plötzlich zum Verwaltungsbeamten mutiert, der das Leben außerhalb der Polizeidirektion nur noch vom Hörensagen und aus Berichten und Protokollen kannte.

Ich nippte an meinem Wein, während Lorenzo in der Küche heimelige Geräusche erzeugte. Meine Gedanken schwebten von hier nach dort und landeten – wo sonst – bei Theresa. Auch wenn wir Funkstille vereinbart hatten, fand ich, hätte sie mir wenigstens eine klitzekleine SMS schicken können, damit ich mir keine unnötigen Sorgen machte. Natürlich machte ich mir nicht die geringsten Sorgen um sie, aber das konnte sie ja nicht wissen. Ich brauchte sie, wurde mir bewusst, jetzt, wo sie nicht da war. Und wie vermutlich alle Männer dieser Welt hasste ich es, jemanden zu brauchen.

Ich nahm mir vor, aus unserem Wiedersehen in knapp drei Wochen ein Fest zu machen mit Champagner und Kaviarhäppchen, echtem Kaviar natürlich, Lachs und Trüffelpastete. Theresa liebte den Luxus, und manchmal beschlich mich das Gefühl, auch ihre Beziehung zu mir sei nur eine Art Luxus für sie. Etwas, das sie sich gönnte wie eine neue Frisur, ein Schaumbad bei barocker Trompetenmusik, sinnlos teure Unterwäsche oder ein siebengängiges Abendessen im Hotel Ritter. War es das, was mich so verrückt machte nach dieser Frau? Dass sie mir nie das Gefühl gab, ich könnte sie besitzen? Dass ich immer wusste, es war nur auf Zeit, auf lange Zeit vielleicht, aber eben doch eine Beziehung ohne Ewigkeitsanspruch und Treueschwüre?

Lorenzo klapperte immer noch in der Küche herum. Er verriet grundsätzlich nie, was er auf den Tisch bringen würde, aber es war immer das Passende. Es duftete jetzt ein bisschen nach Thymian und, in diesem Haus unverzichtbar, nach Knoblauch. Ich tippte auf Fisch.

Drüben lag das rote Schloss im Abendlicht, manche Fenster der Altstadt glühten auf im Feuer der untergehenden Sonne. Ich gönnte mir noch einen Schluck Wein. Nein, unvorstellbar, niemals würde ich in Pension gehen, denn ich war ja unsterblich.

Humpelnd erschien Lorenzo mit zwei großen, flachen Tellern, die so heiß waren, dass er sie nur mithilfe zweier blau karierter Küchentücher anfassen konnte. Pangasiusfilet, gedämpft, erklärte er, dazu Basmatireis, vermengt mit ein wenig Wildreis, feines Mischgemüse, und das alles in einer rötlichen und nach allen Wundern des Mittelmeers duftenden Soße. Wie um alles in der Welt hatte er das in fünf Minuten hingezaubert? Wenn ich so etwas kochte, dann stand ich zwei Stunden in der Küche und verbrachte anschließend zwei weitere damit, die angerichteten Kollateralschäden zu beseitigen.

Oder sollten es mehr als fünf Minuten gewesen sein? Ich begann, das Gefühl für die Zeit zu verlieren. Ein gutes Zeichen. Morgen früh würde ich in der Direktion anrufen und meinen Urlaub verlängern. Vangelis konnte mich problemlos noch zwei weitere Wochen vertreten. Sie war meine beste und zuverlässigste Mitarbeiterin, und (aber das verriet ich natürlich niemandem) in manchen Dingen besser als ich. Am Samstag würde ich vielleicht wieder einmal Lotto spielen. Im Radio hatte ich gehört, fünfzehn Millionen lägen im Jackpot.

Die Soße war zu sauer und außerdem versalzen, und Lorenzo hatte plötzlich schlechte Laune.

»Das ist mir ja schon ewig nicht mehr passiert!«, maulte er, als wäre es meine Schuld.

Gegen das Salz half ein fruchtiger Chardonnay aus dem Trentino, stellten wir fest, und die übertriebene Säure war vermutlich gut für die Verdauung. Diesmal war ich es, der sich keine Mühe gab, seine Schadenfreude zu verhehlen.

»Dieser Wein ist einsame Spitze. Gibt's in Norditalien auch Mafiaclans, zu denen du Beziehungen pflegst?«, fragte ich kauend.

Lorenzo war – soweit ich informiert war – ein gesetzestreuer Mann. Er hatte jedoch aus Gründen, über die er hartnäckig die Aussage verweigerte, geheimnisvolle Kontakte zu irgendeiner kalabresischen Mafiagröße. In grauer Vorzeit hatte er dessen Sohn unter nicht näher bekannten Umständen das Leben gerettet, und seither wurde sein Weinkeller niemals leer. Da es kein Verbrechen ist, von Verbrechern ohne Gegenleistung Geschenke anzunehmen, ging mich das in meiner Eigenschaft als Polizist nichts an. In meiner Eigenschaft als Freund jedoch schon, fand ich. Aber wie immer biss ich auch heute auf Granit mit meinen Sticheleien.

»Den Chardonnay musste ich leider Gottes bezahlen«, erwiderte er und studierte mit kritischem Blick das Etikett. »Das Zeug ist entsetzlich teuer, aber ich muss sagen, es ist jeden Cent wert.«

Später, da war es schon dunkel, gelang es mir mit knapper Not zu verhindern, dass Lorenzo noch eine dritte Flasche öffnete. Der Alkohol machte mir inzwischen zu schaffen, und auch mein Gastgeber war längst nicht mehr nüchtern. Wir alberten herum, philosophierten über Belanglosigkeiten, und irgendwann kam unser Gespräch auf die verletzte Frau, die keiner vermisste. Auch Lorenzo hatte die Geschichte in der Presse verfolgt.

»Sie ist jedenfalls nicht von hier«, sagte ich, »sonst hätte sich längst jemand gemeldet, der sie kennt.«

»Woher mag sie kommen?«

»Wenn ich im Dienst wäre, dann würde ich auf Osteuropa tippen. Balkan, Menschenhandel, irgend so was. Ich bin aber nicht im Dienst, ich habe Urlaub.«

»Du meinst, sie sollte zur Prostituierten gemacht werden? Zuhälter, vor allem die aus dem Osten, sollen ja recht rigoros sein im Umgang mit … hm … unwilligem Personal.«

»Dann hätte sie ganz andere Verletzungen. Prellungen, Blutergüsse, Spuren von ausgedrückten Zigaretten am Körper. Sie hätten sie vergewaltigt, wieder und wieder. Nichts davon haben meine Leute gefunden. Nur ein einziger glatter Schlag auf den Hinterkopf und aus.«

»Ich habe gelesen, sie ist über den Berg. Irgendwann wird sie zu sich kommen und reden.«

Eine Weile schwiegen wir. Leichter Wind kam auf, die Rosenbüsche unterhalb Lorenzos Terrasse dufteten.

»Sagst du nicht immer, Morde seien meistens Beziehungstaten?«

»Ja, ja, der gute alte eifersüchtige Ehemann. Aber der hätte sich längst gestellt.« Ich nahm den letzten Schluck Wein, ließ ihn langsam durch meinen Mund schweben. Schluckte erst, als es gar nicht mehr anders ging. »Oder sich auf dem Dachboden erhängt.«

Gedankenverloren sah Lorenzo auf den Neckar hinunter, wo immer noch Boote unterwegs waren. Lachen klang zu uns herauf. Eine Frau kreischte, etwas platschte ins Wasser.

»Eine Touristin?« Lorenzo sah mir plötzlich lebhaft ins Gesicht. »Eine alleinreisende Amerikanerin vielleicht? Auf Europarundreise? Dann kann es Monate dauern, bis sie jemand vermisst.«

»Ich vermute eher, der Täter hatte Panik. Zu unserem Glück stellt sich der Mensch selten so dämlich an, wie wenn er ein Verbrechen begeht.«

Was redete ich da? Was ging mich das alles an? Ich hatte Ferien. Auch Lorenzo hatte nun das Interesse am Thema verloren. Versonnen sahen wir auf das mittlerweile von Scheinwerfern angestrahlte Schloss, wo immer noch verspätete Touristen Erinnerungsfotos knipsten. Und in den unzähligen dunklen Ecken trieben sich bestimmt unzählige Liebespaare herum. Ob auch meine Töchter darunter waren? Heute Morgen waren sie ungewöhnlich früh aufgestanden und hatten mir beim Frühstück erzählt, sie wollten zusammen mit einer Freundin irgendeinen Reiterverein besuchen. Wozu, hatte ich nicht verstanden. Und falls sie sich nun wirklich dort drüben mit Jungs vergnügen sollten? Hatte ich mir nicht felsenfest vorgenommen, niemals zu den Vätern zu gehören, die auf die Lover ihrer Töchter eifersüchtig sind? Heute gelang es mir beinahe.

Ein Ausflugsdampferchen verließ brummend die Schleuse flussabwärts. Schmalzige Musik wehte zu uns herauf, eine Lautsprecherdurchsage erklärte das baldige Ende einer gelungenen Rundfahrt. Manchmal kann Kitsch richtig schön sein.

»Seltsame Vorstellung, dass man einfach seine Identität verlieren könnte.« Lorenzos Gedanken kreisten offenbar doch noch um die unbekannte Frau. »Plötzlich ist man kein Mensch mehr, sondern nur noch ein Aktenzeichen. Ein Klumpen aus Wasser und Kohlenstoff und ein paar anderen Materialien im Wert von vielleicht zehn Mark.«

Er ignorierte standhaft die Tatsache, dass es die D-Mark seit Jahren nicht mehr gab.

»Ich sage es ungern, mein Freund, aber du wirst auf deine alten Tage ganz schön trivial.«

»Einer der wenigen Vorzüge des Alters«, meinte Lorenzo vergnügt, »man muss nicht mehr unentwegt einen intelligenten Eindruck machen.«

3

Aus der Verlängerung meines Urlaubs wurde nichts, und der Jackpot war am Sonntag immer noch nicht geknackt. Dabei hatte ich sogar einen Lottoschein ausgefüllt, später jedoch vergessen, ihn abzugeben. Klara Vangelis hatte zu meiner Überraschung plötzlich Urlaub beantragt und ihn sich auch gleich selbst genehmigt. Dagegen konnte ich schlecht etwas sagen, denn auch sie hatte natürlich ein Recht auf Erholung.

So ließ ich am Montagmorgen meine wegen der Ferienzeit stark dezimierten Truppen antreten und Bericht erstatten. Natürlich waren vor allem die anwesend, die keine schulpflichtigen Kinder hatten.

Die unbekannte Frau war seit Samstag bei Bewusstsein, erfuhr ich von Sven Balke.

»Das heißt, wir wissen jetzt endlich, wer sie so zugerichtet hat?«

»Das leider nicht«, erwiderte er. »Sie spricht nämlich nicht. Es liegt vermutlich an dem Schlag auf den Hinterkopf, meinen die Medizinmänner.«

Balke stammte aus dem Norden. Man sah es, und man hörte es, sowie er den Mund aufmachte. Er war in der Nähe von Bremerhaven aufgewachsen und aus mir nicht bekannten Gründen irgendwann in Heidelberg gestrandet. Hellblond und kräftig, selbstbewusst und mit diesem gewissen Glitzern im Blick war er der Schwarm nahezu jeder geschlechtsreifen Frau und, da er diese Eigenschaft oder Fähigkeit mit Vergnügen ausnutzte, vermutlich der Albtraum jeder Schwiegermutter in spe. Seit etwa einem halben Jahr war er jedoch in festen Händen. Nun wohnte er mit seiner Nicole zusammen, die darauf achtete, dass er abends rechtzeitig ins Bett kam und morgens meistens rasiert zum Dienst erschien.

»Aber irgendwann wird sie ja hoffentlich imstande sein, eine Aussage zu machen.«

Balke hob die Schultern. »Die Ärzte können es momentan einfach noch nicht sagen. Möglich, dass sie von Geburt an stumm ist.«

»Dann wird sie einen Stift halten und schreiben können.«

»Dass es einem vorübergehend die Sprache verschlägt, ist bei einer schweren Gehirnerschütterung nichts Ungewöhnliches, hat man mir erklärt. Wir werden wohl einfach noch ein bisschen Geduld haben müssen.«

Der Rest von dem, was meine Leute zu berichten hatten, war langweilig, und so löste ich die Runde bald auf, in der angenehmen Gewissheit, dass die Welt im schönen Heidelberg – abgesehen vom üblichen Kleinkram wie Taschendiebstählen und nächtlichen Prügeleien auf der Hauptstraße – im Großen und Ganzen in Ordnung war. Etwas beunruhigend war nur eine Einbruchserie in den Dörfern des südlichen Odenwalds, die nun schon fast ein halbes Jahr anhielt und den zuständigen Mitarbeitern langsam den letzten Nerv raubte. Immer traf es Häuser wohlhabender Bürger, die für längere Zeit verreist waren. Eine Spur hinterließen die Täter nie, die im Übrigen ein erstaunliches Gespür für den Wert der wenigen gestohlenen Dinge an den Tag legten. Meist fehlte nur Bargeld, wenn die Hausbesitzer heimkehrten, manchmal ein wenig ausgewählt kostbarer Schmuck. Niemals wurde mehr zerstört als unbedingt nötig. Aber früher oder später würden auch diese Täter – vermutlich waren es zwei – von Nachbarn beobachtet werden oder in eine nächtliche Verkehrskontrolle geraten.

Meine Leute rückten Stühle, und dann war ich allein. Die Fenster standen weit offen, noch war die Luft draußen frisch, noch konnte man es aushalten. Das Häufchen Post auf meinem Schreibtisch war überraschend niedrig. Vor allem war nicht viel dabei, das mit Verwaltungskram zu tun hatte. Das war gut, denn erstens hasste ich Verwalten, und zweitens war Sonja Walldorf, meine Sekretärin, länger in Urlaub als ich, und ohne sie war ich in diesem Feld verloren. Viel lieber arbeitete ich bei der Aufklärung wichtiger Fälle mit, und »Sönnchen«, wie sie genannt werden wollte, hielt mir dabei den Rücken frei. Wir waren ein perfektes Team, und im Umgang mit Akten und Vorschriften war sie tausendmal erfahrener als ich, da sie schon meinem Vorgänger und dessen Vorgänger zur Hand gegangen war.

Meine Leute hatten sich notgedrungen damit arrangiert, dass ich es nicht lassen konnte, ihnen ins Handwerk zu pfuschen.

Liebekind, mein Chef, zog zwar noch hie und da die buschigen Brauen hoch, ließ mich aber gewähren, solange der Rest funktionierte. Und dass er funktionierte, verdankte ich der besten aller Sekretärinnen.

Ich überflog die Wochenberichte meiner Mitarbeiter, die Vangelis für mich bereitgelegt hatte, und zeichnete sie ab. Die meisten Dienststellen, die mich sonst mit lästigen Anfragen und Datenerhebungen zu quälen pflegten, waren zum Glück derzeit ebenfalls unterbesetzt, selbst der E-Mail-Eingang hielt sich in Grenzen. Dafür, dass ich zwei Wochen nicht im Büro gewesen war, fand ich erstaunlich wenige dieser lästigen Müll-Mails vor. Allerdings war auch von Theresa nichts gekommen. Ich sortierte die Post auf zwei Stapel. Einen kleinen, den ich selbst erledigen würde, und einen großen, um den sich Sönnchen nach ihrer Rückkehr kümmern durfte.

Dann wusste ich plötzlich nichts mehr mit mir anzufangen, und so stand ich, ohne recht zu wissen wozu, um halb elf im Uniklinikum neben Rosanas Bett.

Auf dem weiß lackierten, blitzsauberen Nachttisch stand eine billige Vase mit einem halb verwelkten bunten Sträußchen. Die Wände waren in einem fröhlichen Gelb gestrichen. Es roch nach Plastik und Sauberkeit. Der Platz für das zweite Bett war leer. Vermutlich deshalb wirkte das Zimmer etwas ungemütlich.

Die Patientin war wach. Sie hatte die Decke bis zur Nasenspitze hochgezogen und sah mich aus dunklen Augen an. Verwirrt? Furchtsam? Ich lächelte beruhigend, aber sie reagierte nicht. Sie war noch zierlicher, als ich sie mir aufgrund der Beschreibung vorgestellt hatte. Vielleicht, weil das Bett und der Raum um sie herum so groß waren. Ein riesiger Verband klebte an ihrem Hinterkopf.

»Ich bin von der Polizei«, sagte ich und räusperte mich.

Sie wandte den Blick nicht ab, sondern schloss nach Sekunden einfach die Augen. Als hätte sie genug von mir gesehen. Als würde sie mich ausknipsen wie eine langweilig gewordene Seifenoper.

»Do you speak English?«

Keine Reaktion.

»Parlez-vous français?«

Nichts.

»Italiano? Español?«

Damit war ich am Ende mit meinen bescheidenen Sprachkenntnissen, wobei ich auf Italienisch und Spanisch ohnehin nicht viel mehr als »Guten Tag« oder »Brot und Wein« hätte sagen können. Eine groß gewachsene Schwester mit langen, hennaroten Locken beobachtete mich aufmerksam und leise amüsiert.

Das haben wir ja alles längst versucht, sagte ihre Miene.

Laut sagte sie: »Heute Nachmittag machen wir ein EEG. Ich hoffe, anschließend können wir Ihnen sagen, was mit der Dame los ist.«

»Kann man denn anhand der Hirnströme feststellen, ob ihr Sprachzentrum beschädigt ist oder so was?«

»Na ja, das zwar nicht. Aber wir können messen, ob ihr Gehirn auf bestimmte Reize reagiert.«

»Wie sieht es mit ihrem Erinnerungsvermögen aus? Wird sie den Täter beschreiben können?«

»Alles ist möglich.« Sie fuhr sich mit den Händen durchs üppige Haar. »Aber verlassen würde ich mich an Ihrer Stelle erst mal auf nichts.«

Wir befanden uns im dritten Obergeschoss des riesigen und verwirrend komplexen Gebäudes der Heidelberger Kopfklinik. Ich hatte zweimal fragen müssen, um die Abteilung für Neurologie zu finden. Auch hier standen alle Fenster offen. Im Gegensatz zu denen in meinem Büro gingen diese hier nach Westen, und so war es auch jetzt, am späten Vormittag, noch angenehm kühl. Draußen begannen ein Mann und eine Frau sich lautstark zu streiten. Autotüren knallten, ein Wagen fuhr mit quietschenden Reifen an. Dann war es wieder still.

Das Kettchen mit dem Kreuz trug unsere Unbekannte schon wieder am Hals.

»Das wollte sie unbedingt so«, erklärte die Schwester halblaut, als sie meinen Blick bemerkte. »Das war praktisch das Erste, nachdem sie wach war: Sie hat sich an den Hals gefasst und nach dem Kreuz getastet. Die Kolleginnen haben ihr das Ding dann umgehängt, und da hat sie gelächelt.«

Auch der dünne Ring mit dem funkelnden Steinchen steckte

wieder an seinem Platz. Kleine, kräftige Hände hatte sie. Hände, die Arbeit gewohnt waren. Die Nägel waren kurz geschnitten und unlackiert. Auch ihr Gesicht hatte keinerlei Spuren von Make-up aufgewiesen, als man sie fand.

Eine leichte Sommerbluse hing im Einbauschrank. Viskose, mit dreißig Grad zu waschen und einem Punkt zu bügeln. Der Stoff duftete ein wenig nach Zimt, bildete ich mir ein. Am Rücken Schmutzspuren, ein langer Riss, beides vermutlich vom Sturz die Böschung hinab. Irgendwann war das Kleidungsstück enger gemacht worden. Mit der Hand genäht, nicht ohne Geschick. Hatte es früher jemand anders getragen? Oder hatte die Besitzerin abgenommen? Daneben hing eine Jeans der Marke Levi's, überall auf der Welt zu kaufen. Am Gesäß einmal gestopft, der Saum der Hosenbeine schon ein wenig verschlissen. Nichts in den Taschen. Nicht einmal Krümel.

Reich war diese Frau nicht, so viel stand fest. Dem billigen weißen BH, Größe 70 B, fehlte jeglicher Sexappeal. Schließlich noch ein schwarzer Slip, altmodisch breit, ohne Hinweis auf seine Herkunft. Plötzlich fühlte ich mich wie ein Voyeur, wie ich mit der Unterwäsche einer Fremden in der Hand herumstand. Die Schwester beobachtete mich erwartungsvoll.

»Wo sind ihre Schuhe?«, fragte ich und legte die Sachen ins Fach zurück. »Die Strümpfe?«

Sie schüttelte die rote Lockenpracht. »Nicht mal ein Taschentuch hat das Schwein ihr gelassen.«

Die Augen der Patientin waren immer noch geschlossen. Ihr Atem ging flach und ruhig. Nichts in ihrer entspannten Miene verriet, ob sie uns hörte.

»Sonst irgendwelche Auffälligkeiten?«

»Ihr Friseur muss ein Idiot sein.«

Jetzt sah ich es auch: Das Haar der Patientin, das mir länger vorkam, als ich es von den Fotos in Erinnerung hatte, war äußerst talentlos geschnitten. Es sah aus wie das Ergebnis einer Do-it-yourself-Aktion vor dem Spiegel, zudem mit stumpfer Schere.

»Manchmal hat sie ein bisschen erhöhte Temperatur. Sonst ist alles so weit normal. Den Umständen entsprechend sozusagen.«

»Was ist mit ihrem Gebiss? Gibt es da irgendwelche Auffälligkeiten?«

»Da sollten Sie vielleicht besser mit einem der Ärzte reden.« Die hennarote Schwester sah auf ihre eckige silberne Armbanduhr. »Gleich kommt das Essen, und vorher müsste ich eigentlich noch eine Runde Blutdruck und Fieber messen.«

»Wo kommen die Blumen her?«, fragte ich, als sie mir zum Abschied überraschend kräftig die Hand drückte. »Hat sie Besuch gehabt?«

»Nein. Die waren übrig. Die Frau im zweiten Bett durfte gestern heim und hat sie hiergelassen.«

»Hat sich vielleicht jemand nach ihr erkundigt, seit sie hier ist?«

»Kann ich nicht sagen. Ich war bis letzten Mittwoch im Urlaub. Ostsee, Meckpomm, echt klasse, wenn man sich mal so richtig erholen will.«

Ich überreichte ihr mein Kärtchen mit dem Kommentar »Falls noch was ist«, und sie verschwand eilig.

Nun war ich allein mit unserer Unbekannten. Ich nahm die Bluse noch einmal in die Hand. Sie war nicht mein Geschmack. Zu bunt, vielleicht einem abstrakten Gemälde nachempfunden, jedenfalls nichts Alltägliches. Ich ärgerte mich ein bisschen über meine Leute. Warum hatte man in der Presse nicht auf dieses Kleidungsstück hingewiesen? Dieses Muster war manchen Menschen gewiss besser im Gedächtnis geblieben als das Halskettchen.

Inzwischen waren über zwei Wochen vergangen. Diese Spur war kalt. Alle Spuren waren inzwischen kalt. Drei Tage, sagen wir immer. Was wir nach drei Tagen nicht gefunden haben, das brauchen wir nicht mehr zu suchen.

Mechanisch schlug ich die Umschläge der kurzen Ärmel um, fand im linken ein Haar und ärgerte mich nun wirklich. Ein blondes Haar, vielleicht zehn Zentimeter lang, das die Herren von der Spurensicherung offenbar übersehen hatten. Ich tat es in eines der Plastiktütchen, von denen ich aus Gewohnheit immer einige in der Jacketttasche trug. Hier war wohl wieder einmal ein Gespräch mit gehobener Lautstärke notwendig. Ich beschloss, mir die Akten vorlegen zu lassen, sobald ich wieder im

Büro war. Wer konnte wissen, was die Herrschaften noch alles übersehen hatten?

Aber daraus wurde vorläufig nichts.

Mein Handy schlug Alarm.

»Chef, wir haben hier eine ziemliche Schweinerei.« Balkes Stimme klang heiser. »Sollten Sie sich vielleicht mal ansehen.«

Es musste schlimm sein.

4

»Die ganze Zeit haben wir uns gewundert, woher der widerliche Gestank kommt«, erklärte mir ein rüstiger, kugelrunder Mann, dessen Alter ich auf Mitte sechzig schätzte. Seine verschreckte, weißhaarige Frau überragte ihn um Haupteslänge und nickte zu jedem seiner Worte.

Wir standen am Rande eines kleinbürgerlichen Wohngebiets am südlichen Ortsrand von Altenbach. Meine Gesprächspartner waren Besitzer eines zweigeschossigen Häuschens aus der Nachkriegszeit. Das überraschend große Grundstück, auf dem es stand, stieg nach hinten hin stark an und grenzte an den Wald. Vorne, zwischen Haus und Straße, blühten hingebungsvoll gepflegte Rosen gegen die Hitze an. Wir standen am Zaun im rückwärtigen Teil des Gartens, wo sich Beet an Beet reihte. Tomaten, Stangenbohnen, Lauch, ein Kräuterbeet, ein großer, schön gewachsener Kirschbaum wie aus dem Bilderbuch. Die Hände der Frau verrieten, wer zuständig war.

Die Leiche lag nur wenige Schritte jenseits des mannshohen und rostigen Maschendrahtzauns in dichtem Gestrüpp und war schon weitgehend mumifiziert.

»Der Hund ist auch die ganze Zeit so rebellisch gewesen«, fuhr der Mann fort, dessen Namen ich erst beim zweiten Mal verstanden hatte: Aschebier. »Wir haben gedacht, vielleicht ist wieder ein Igel im Garten.«

»Wir mögen ja Igel«, fügte Frau Aschebier mit schuldbewusst gesenktem Blick hinzu. »Sie fressen nämlich Schnecken. Drum haben wir unseren Jury nicht mehr hinten rausgelassen, weil er sich immer so verrückt aufgeführt hat. Immer nur noch vorne, nicht wahr, mein Armer? Da hast du dich bestimmt geärgert, mein Guter?«

Der wuschelige, sandfarbene Hund zu ihren Füßen sah mit spitzen Ohren zu ihr auf und fiepte zustimmend.

Der Mann rieb sich das ausladende Kinn und nickte wichtig. »Hat sich nämlich schon ein paarmal eine blutige Nase geholt an einem. Er ist einfach zu blöd zu begreifen, dass er mit denen nicht fertig wird.«

Der Tote war männlich, zu Lebzeiten maximal eins siebzig groß gewesen, und in den vergangenen Tagen und Wochen hatten einige Tiere ihren Hunger an seinen sterblichen Überresten gestillt. Vielleicht aus diesem Grund fluchten die Spurensicherer heute noch mehr und lauter als sonst. Sogar Balke war blass.

»In den letzten Tagen hat der Gestank dann Gott sei Dank aufgehört«, meinte der Hausbesitzer grimmig.

»Erzähl dem Herrn von dem Wildschwein!«, flüsterte seine Frau, während sie den Hund zwischen den Ohren kraulte.

»Stimmt. Vor ein paar Jahren ist da nämlich mal eine verendete Wildsau gewesen. Und damals hat's genauso gestunken. Nehme an, dass es an der Straße oben angefahren worden ist, die ist ungefähr hundert Meter von hier«, er wies irgendwohin, »und dann hat sich das blöde Vieh noch bis hierher geschleppt, und ausgerechnet hier, ausgerechnet an unserem Zaum muss es dann ... na ja.«

»Genau.« Die Frau sah mich empört an. »Ungefähr da, wo der Mann jetzt liegt, da ist es gestorben.«

»Drum haben wir uns ja auch nichts weiter gedacht. Wieder irgendein totes Tier, haben meine Frau und ich gedacht. Ein großes. Die kleinen, die stinken ... ja nicht so ... lang.«

Bei seinen letzten Worten hatte er plötzlich langsamer gesprochen. Vielleicht wurde ihm erst jetzt bewusst, dass er und seine Frau wochenlang neben einem Toten gewohnt hatten.

Eine Weile beobachteten wir schweigend die zwei Spurenspezialisten in ihren weißen Kapuzenanzügen, die maulend und schimpfend in immer weiteren Kreisen durch das dichte und offenbar auch stachelige Gesträuch um den Leichnam herumstapften. Es waren die beiden, die im internen Dienstgebrauch

»Dick und Doof« genannt wurden. Nach einem ersten, nicht allzu langen Blick auf die Leiche vermied ich es hinzusehen. Auch Balke beobachtete lieber die Vögel. Der neben uns herumlungernde baumlange Uniformierte betrachtete angestrengt seine ziemlich ramponierten schwarzen Halbschuhe und wirkte, als müsse er sich jeden Moment übergeben.

Schließlich kam der Chef der Spurensicherung durch Gestrüpp und Brennnesseln zu uns herüber. Unter den kritischen Blicken des Hausbesitzers schlüpfte er durch ein Loch im Zaun, das dabei nicht kleiner wurde. Mit der flachen Hand wischte er sich den Schweiß aus dem runzligen Gesicht. Seine Ähnlichkeit mit Oliver Hardy verblüffte mich immer wieder.

»Der Kunde kann dann weg. Die Mediziner werden aber nicht viel Spaß mit ihm haben. Die reinste Mumie. Sogar die Maden sind schon krepiert.«

Im Tal schlug eine Kirchturmuhr scheppernd zwölf.

»Die Todesursache?«

»Dafür sind wir nicht zuständig«, seufzte der schweißtriefende Kollege und blickte demonstrativ auf seine überraschend elegante Armbanduhr. Natürlich, wie hatte ich es vergessen können, es war Essenszeit.

Ich zwang mich, einen letzten Blick auf die Stelle jenseits des Zauns zu werfen. Die Haut des Toten war im Lauf der Wochen blauschwarz geworden. Die Augenhöhlen starrten leer zu mir herüber, das Gesicht war zu einem schadenfrohen Grinsen verzerrt.

»Echt eklige Geschichte«, meinte Balke während der Rückfahrt. »Keine zwanzig Meter vom nächsten Haus modert da wochenlang eine Leiche vor sich hin, und kein Schwein merkt irgendwas!«

Ich saß auf dem Beifahrersitz unseres mausgrauen, erst zwei Jahre alten BMW. Runkel, ein älterer Kollege, hing erschöpft auf dem Rücksitz und gähnte markerschütternd. Balke kurvte die Serpentinen der Straße nach Ziegelhausen hinunter, und wir wurden im Wagen hin und her geschaukelt.

»Also, Gerichtsmediziner, das wär ja kein Job für mich«, fuhr Balke mit seinen Überlegungen fort, als niemand reagierte. »Da muss man schon einen ziemlichen Schatten haben, um so was zu machen. Finden Sie nicht auch?«

Ich war absolut seiner Meinung, schwieg aber weiterhin. Bald kamen die ersten Häuser von Ziegelhausen in Sicht, Kurven und Schaukelei hatten ein Ende, und der Schatten der Bäume leider auch. Minuten später bog Balke auf die in der Mittagshitze flimmernde Bundesstraße in Richtung Heidelberg ab. Er überholte ein holländisches Wohnwagengespann, das auf der Suche nach einem geeigneten Parkplatz den spärlichen Verkehr behinderte. Im nächsten Augenblick musste er eine Vollbremsung hinlegen, weil ein Mann mit der Miene eines Priesters, Pilgerstab in der Hand, klobigem Rucksack auf dem Rücken und Wanderstiefeln an den Füßen, die Straße überquerte, ohne nach links oder rechts zu sehen.

»Da glaubt wirklich noch einer an Gott!«, knurrte Balke.

»Das kommt von der Hitze«, meinte Runkel von hinten. »Die Hitze macht die Leute verrückt.«

Balke drosch den ersten Gang ins Getriebe.

»In Offenburg hat vorgestern so ein Hartzie seine Frau umgebracht«, fuhr Runkel fort und gähnte schon wieder, »bloß weil sie gesagt hat, er könnte doch vielleicht mal duschen gehen. Und zack, haut er ihr einfach die Schnapsflasche über den Schädel.«

»Hartzies« nannten meine Leute seit Neuestem unsere traurigsten Kunden. Keine Arbeit, keine Zukunft, zu wenig Geld. Dafür jede Menge Alkohol, zu viel Streit, hin und wieder die Polizei im Haus und irgendwann leider oft auch die Kripo.

»Anschließend hat der Depp noch die Kollegen angerufen«, empörte sich Runkel, »und das Einzige, was den interessiert hat, war, ob die Zellen im Knast klimatisiert sind.«

»Und?«, fragte ich, von seinem Gähnen angesteckt. »Haben sie in Offenburg klimatisierte Zellen?«

»Das wär ja noch schöner«, brummte Runkel. »Solang nicht mal wir Klimaanlagen für unsere Büros kriegen.«

»Eigentlich sind das ja die nettesten Mordfälle«, meinte Balke mit schiefem Grinsen. »Der Mörder sitzt neben der Leiche, gibt alles zu, du tippst ein hübsches Protoköllchen, knipst ein paar Bilder, und fertig ist die Keksfabrik.«

»Aber da wären wir ja alle arbeitslos«, gab Runkel zu bedenken, »wenn das immer so wär.«

Womit er natürlich auch wieder recht hatte. Ich konnte inzwischen gar nicht mehr aufhören zu gähnen. Trotz auf höchster Stufe laufender Klimaanlage kam es mir vor, als würde es von Minute zu Minute heißer im Wagen.

»Sogar Mahsuri meint, die Hitze wär langsam nicht mehr zum Aushalten«, maulte Runkel nach längerem Nachdenken. »Und die kommt aus Indonesien!«

Er hatte, obwohl schon Ende vierzig, erst vor wenigen Jahren geheiratet. Darüber, wie er seine Mahsuri genau kennengelernt hatte, kursierten diverse Gerüchte. Er selbst schwieg zu diesem Punkt. Die Ehe schien jedoch bestens zu funktionieren und überaus fruchtbar zu sein. Längst hatte ich den Überblick verloren, wie viele Kinder er hatte und ob seine Frau gerade mal wieder schwanger war oder jüngst entbunden hatte. Mahsuri selbst hatte ich noch nie zu Gesicht bekommen. Balke dagegen schon, und er schwor, sie sei die hässlichste Frau, die er je gesehen habe.

Das Heidelberger Ortsschild und die Schleuse blieben zurück, bald kam die Alte Brücke in Sicht. Die Neckarwiesen an beiden Ufern – zwei bunte Meere von Menschen, Handtüchern und Sonnenschirmen. Auf dem Fluss trieben alle möglichen und unmöglichen Wasserfahrzeuge, von der einfachen Luftmatratze über Faltboote und Kanus bis hin zu kleinen Segelbooten mit schlapp herabhängender Takelage. Sogar eine aufblasbare Insel samt Palme bekam ich zu Gesicht. Kinderstimmen kreischten, es roch nach Wasser und Ferien. Ich hatte nicht die geringste Lust zu arbeiten und beneidete Vangelis, die für zwei Wochen nach Kreta geflogen war, wie ich vorhin von Balke erfahren hatte.

»Paps, wir brauchen Geld!«

»Das tun wir alle.«

Wir saßen beim Abendessen zusammen. Sarah und Louise dufteten nach Sonnencreme und frischer Luft und waren blendender Laune.

Sarah strahlte mich an. »Wir wollen ein Pferd.«

Richtig, heute waren sie ja bei diesem Reitclub in Handschuhsheim gewesen. Dass das gleich derart dramatische Folgen haben würde, hatte ich natürlich nicht erwartet.

»Habt ihr eine ungefähre Vorstellung davon, was so ein …?«

»Keine Angst.« Louise schenkte mir ihr liebstes Lächeln.

»Hört mal, Mädels. Ich kenne mich da natürlich nicht so aus, aber ich vermute, selbst wenn ihr das Pferd geschenkt bekommt, allein die Kosten für Futter, Unterbringung …«

»Meinst du, wir sind doof?«, fuhr mir Sarah barsch ins Wort.

»Sieh mal«, säuselte Louise, »wir wollen das Pferd doch gar nicht kaufen.«

Bei der Polizei nannten wir diese Taktik das »Good-Cop-bad-Cop-Spiel«.

Ich legte Lyoner auf eine Scheibe duftendes Bauernbrot und schnitt ein Radieschen in feine Scheiben. Das Brot hatte ich auf dem Heimweg noch rasch gekauft, und wieder einmal wurde mir bewusst, dass die einfachsten Dinge die größten Delikatessen sein können. Die Zwillinge hielten sich an ihren merkwürdigen Frischkäse, der nach nichts schmeckte, und Himbeermarmelade. Noch immer war ihre Vegetarierphase nicht zu Ende.

Natürlich wusste ich, dass fast alle Mädchen irgendwann im Lauf ihrer Entwicklung pferdenärrisch werden. Ich meinte sogar gelesen zu haben, dass sie in einem gewissen Alter deshalb so verrückt nach Pferden sind, weil sie in ihnen ersatzweise ihren Vater lieben, den ersten Mann in ihrem Leben. Und natürlich hatte ich damit gerechnet, dass das Thema irgendwann auf mich zukommen würde. Dennoch grauste mir jetzt ein wenig bei der Vorstellung.

»Es ist nämlich nur ein Pflegepferd.« Louise biss herzhaft in ihr Marmeladebrot. »Und es kostet eigentlich gar nichts.«

»Wozu braucht ihr dann Geld?«

»Sie heißt Donna!«, seufzte Sarah mit verklärtem Blick. »Und sie ist wunderschön!«

»Eine Stute. Und es ist erst mal bloß bis zum Ende der Ferien. Das Mädchen, das sie sonst versorgt, ist nämlich mit ihren Eltern nach Australien geflogen …« Hörte ich da einen leisen Vorwurf heraus? »Und bis sie wieder da ist, dürfen wir sie versorgen.«

»Mädels, ich hatte euch was gefragt!«

»Und wenn wir es gut machen, meint Frau Herzberger, dann könnten wir vielleicht später …«

»Eine ganz, ganz süße Blesse hat sie! Hier!« Louise tippte sich an die Stirn, als würde sie mir den Vogel zeigen.

Ich fühlte mich wie mein König beim Schachspiel mit Lorenzo. Mein Schicksal war besiegelt, längst war ich verloren. Ich wusste nur noch nicht, wie.

»Also, zum letzten Mal: Wozu braucht ihr Geld? Kriegt man denn nichts dafür bezahlt, wenn man das Pferd anderer Leute versorgt?«

»Aber nein!« Sarah war entsetzt über meine profitorientierte Einstellung.

»Wir dürfen sie reiten, sooft wir wollen!«

»Ihr könnt doch gar nicht reiten.«

»Und ob!«, gellte es im Chor. »Wir sind heute ganz viel geritten!«

»Frau Herzberger sagt sogar, wir hätten Talent.«

»Sie gibt uns umsonst ein paar Stunden, hat sie gesagt, wenn wir uns um Donna kümmern.«

»Und dafür brauchen wir natürlich Reitersachen.« Louise sah mich treuherzig an. »Logisch, nicht?«

»Helme und Stiefel. Handschuhe und so.«

Wir kamen zur Sache.

»Reithosen, ein Pflegeset …«

»Jetzt mal ein bisschen langsamer, bitte. Erstens: Wer ist diese Frau Herzberger?«

»Die … das …«

»… wissen wir auch nicht so genau. Aber sie ist total nett.«

»Und sie hat was zu sagen bei dem Verein.«

Gegen Reiten war ja im Grunde nichts einzuwenden. Es gibt für pubertierende Mädchen tausend schlimmere Arten, ihre Zeit zu verbringen. Und wo das Vergnügen zudem auch noch relativ preiswert war …

Meine Töchter sahen mir aufmerksam beim Nachdenken zu.

»Okay, wie viel?«, fragte ich. »Reichen hundert? Könnt ihr die Sachen nicht zusammen benutzen? Schließlich habt ihr die gleiche Größe.«

»Willst du, dass wir rumlaufen wie die letzten Loser?«, fragte Sarah entgeistert.

Dieses Argument hatte ich schon hin und wieder gehört. Und am Ende war es immer ziemlich teuer geworden.

»Das willst du doch nicht, oder, Paps?«, quengelte Louise.

Es ging um mehr als hundert Euro.

»Die Leute wissen ja schließlich, wer du bist!«

Um viel mehr als hundert Euro.

»Okay, okay«, seufzte ich. Da wir nicht nach Portugal geflogen waren, hatte ich natürlich einiges gespart. Es war mir gelungen, das Geld für die Flüge bis auf eine saftige Bearbeitungsgebühr zurückzubekommen. Vierhundertfünfzig Euro immerhin. Da konnte man schon mal etwas großzügiger sein.

»So … zweihundert vielleicht?«, schlug Louise mit fragend-ängstlichem Blick vor.

Das ging ja noch.

»Für jede natürlich«, fügte Sarah mit ihrem unnachahmlichen Wird-ja-sowieso-wieder-nichts-Blick hinzu.

»Alles in allem bräuchten wir ungefähr, na ja, so vierhundertfünfzig vielleicht.«

Konnten sie Gedanken lesen? Oder hatte ich versehentlich die Abrechnung der Fluggesellschaft auf meinem Schreibtisch herumliegen lassen?

»Na ja … Also, ich weiß nicht so recht.«

Louise legte ihre schmale, kühle Hand auf meine und sah mich voller Wärme und Mitgefühl an. »Wir wissen, Paps, dass das viel Geld ist. Aber sieh mal, mit Portugal, da haben wir doch auch was gespart …«

Eindeutig, sie hatten die Abrechnung gesehen.

»In Gottes Namen«, brachte ich noch heraus, und dann hingen zwei kreischende, gertenschlanke und gerstenblonde, knapp fünfzehn Jahre alte und ein klein wenig nach Pferdemist müffelnde Töchter an meinem Hals.

»Wir nehmen auch immer die Straßenbahn«, versprach Sarah, als man sich wieder beruhigt hatte. »Du brauchst uns gar nicht zu fahren.«

»Mit dem Rad, haben wir gesagt«, widersprach Louise. »Das kostet nichts. Das hatten wir doch schon geklärt.«

»Ich mein ja bloß, wenn's mal regnet oder so.«

»Wie oft muss so ein Pferd eigentlich gepflegt werden? Einmal die Woche? Zweimal?«

»Jeden Tag, natürlich«, klärte Sarah mich mit tadelndem Kopfschütteln auf. »Du isst doch auch jeden Tag und putzt dir die Zähne!«

»Könnten wir das Geld jetzt gleich haben?«, fragte Louise. »Die Geschäfte haben noch auf.«

Augenblicke später wirbelten sie davon. Ich setzte mich mit einer Kanne Wasser, dem Tucholsky und der Tageszeitung auf den Westbalkon. Die Sonne würde in wenigen Minuten hinter den Dächern der gegenüberliegenden Häuser verschwinden. Ein leichter Wind ging, die Blumen im Garten, um die sich Frau Gerling aus dem Erdgeschoss so selbstlos kümmerte, dufteten um die Wette mit Gegrilltem. Irgendwo in der Nähe gab jemand eine Freiluftparty.

Es ist so schön, Kinder glücklich zu machen. Wenn es nur nicht so verflixt teuer wäre.

Es war kurz vor acht, als mich mein Handy aufschreckte. Tucholsky hatte inzwischen in Stockholm zusammen mit seiner Lydia einen Dolmetscher engagiert, und man war auf der Suche nach einem geeigneten Domizil für die Ferien. Reisen muss damals unvorstellbar umständlich gewesen sein.

Im Lokalteil der Rhein-Neckar-Zeitung ging es wieder einmal um die Einbruchserie im Odenwald. Die Täter gingen immer nach dem gleichen Muster vor: Sie hebelten eine von der Straße aus nicht einsehbare Terrassentür auf, wobei sie immer so vorsichtig zu Werke gingen, dass sich der Schaden auf ein Minimum beschränkte. Dann durchsuchten sie in aller Ruhe das Haus, ohne dabei jedoch die übliche Unordnung zu machen, stahlen mit Umsicht ausschließlich Bares und Dinge, die leicht und risikolos zu Geld zu machen waren. Schmuck, der nichts wert war, oder Rolex-Uhren aus chinesischer Produktion blieben immer liegen. Das Merkwürdige war, dass die Hausbesitzer oft alles getan hatten, um zu verheimlichen, dass sie länger abwesend sein würden. Nachbarn leerten regelmäßig den Briefkasten, Schaltuhren sorgten dafür, dass abends hin und wieder Licht war. Und dennoch schienen die Einbrecher genau zu wissen, dass das Haus leer stand.

Das Handy fand ich in der Küche.

»Kümmel«, sagte eine ungewöhnlich helle Männerstimme, »Neurologie. Es geht um diese Frau.«

Ich setzte mich auf einen Stuhl. Doktor Kümmel war Oberarzt und Anästhesist am Uniklinikum. Er sprach hastig. So als wollte er eine lästige Angelegenheit rasch hinter sich bringen.

»Sie haben Schwester Melanie gefragt, ob sich wer nach ihr erkundigt hat. Und da hat tatsächlich mal einer angerufen. Das war zwei Tage nachdem sie eingeliefert wurde. Dienstagmorgen, ich weiß es zufällig noch genau, weil wir in der Nacht davor jede Menge Einlieferungen hatten.«

»Ein Mann? Was hat er gewollt?«

»Das war ein bisschen merkwürdig. Ich habe ihn natürlich gefragt, ob er mit der Frau verwandt ist. Sonst geben wir ja keine Auskünfte. Da hat er Ja gesagt, und als ich dann seinen Namen wissen wollte, hat er ein bisschen lang überlegen müssen, bis ihm ›Müller‹ eingefallen ist. Was er wollte? Wissen, wie's ihr geht, natürlich. Ob sie durchkommt. Ich habe ihm gesagt, dass man noch nichts sagen kann. Als ich ihn gefragt habe, ob er etwas weiß über die Patientin, wer sie ist, wie sie heißt, da hat er einfach aufgelegt.«

»Wie hat er gesprochen? Mit ausländischem Akzent zum Beispiel?«

»Nee. Der war von hier. Echt Kurpfalz, Marke ultrabreit.«

»Könnte Ihre Telefonzentrale eventuell seine Nummer herausfinden?«

»Keine Ahnung.«

»Welche Uhrzeit war das ungefähr?«

»Morgens, kurz nach acht. Moment mal …«

Der Arzt mit der hellen Stimme sprach kurz und hastig mit jemandem im Hintergrund.

»Muss Schluss machen«, keuchte er dann. »Sorry, hier brummt der Laden mal wieder. Wir kriegen zurzeit jede Menge Kopfverletzungen rein. Radfahrer ohne Helm, Motorradfahrer, Kopfsprünge in zu flaches Wasser. Das Übliche im Hochsommer.«

»Kümmel war Ihr Name?«

»Genau«, meinte er lachend, »wie der Türke.«

5

Am nächsten Morgen bestellte ich Runkel zu mir und bat ihn, sich eine Liste aller Nummern zu besorgen, von denen aus vor zwei Wochen die neurologische Abteilung des Uniklinikums angerufen wurde.

»Besonders groß sind unsere Chancen nicht«, gab ich zu. »Aber einen Versuch ist es wert. Wir wissen ja ziemlich exakt die Uhrzeit.«

Mein Untergebener sah mich eine Weile unglücklich an, schien aber zu dem Schluss zu kommen, dass sich diese Aufgabe im Sitzen erledigen ließ und deshalb nicht allzu schweißtreibend sein würde.

»Also, ich würd ja in dem Fall von einer Zelle aus anrufen«, meinte er.

»Dann wüssten wir immerhin, wo diese Zelle steht. Das kann auch schon eine wertvolle Information sein.«

»Obwohl, vielleicht ist er von der Hitze so blöd geworden, dass er nicht dran gedacht hat, wie leicht man heutzutage Anrufe zurückverfolgen kann.«

»Möglich.« Ich nickte ihm aufmunternd zu in der Hoffnung, er würde sich an die Arbeit machen.

»Wenn ich nur denke, was das früher immer für ein Theater gewesen ist mit Fangschaltungen und allem«, stöhnte er. »Da ist es schon ein Segen mit der ganzen Elektronik heutzutage. Muss man sagen.«

»Allerdings. Da haben Sie recht.«

Runkel gehörte zu den Mitarbeitern, bei denen man manchmal etwas deutlich werden musste, bis sie begriffen, dass die Audienz zu Ende war. So blickte ich demonstrativ auf die Uhr. Aber Runkel bemerkte es nicht einmal, weil er gerade sorgenvoll zur Decke sah.

»Dafür hat man dann wieder andere Probleme«, überlegte er. »Vorhin, zum Beispiel, da ruft mich einer an und will wissen, ob man eine private Radarfalle betreiben darf. Ob das legal ist. So was hat's doch früher nicht gegeben, oder?«

Ich gab auf und beschloss, den leutseligen Vorgesetzten zu geben. Im Grunde hatte ich nicht mehr Lust zum Arbeiten als mein Mitarbeiter. Nebenbei schaltete ich den Laptop ein. Vielleicht hatte Theresa es ja doch geschafft, mir eine kurze E-Mail zu schicken?

»Eine private Radarfalle? Wer kommt denn auf so eine verrückte Idee?«

»Sein Nachbar, sagt er, von schräg gegenüber. In der Straße ist nämlich Tempo dreißig. Und weil die meisten sich nicht dran halten, hat dieser Nachbar eine Schaufensterpuppe als Polizisten verkleidet und ihr eine Art selbstgebastelte Radarpistole an die Hand geklebt. Und die hat er an den Straßenrand gestellt, und natürlich ist sofort Ruhe gewesen. Aber dann hat die Gemeinde ihm das mit der Puppe verboten, weil's Amtsanmaßung ist oder irgendwas. Und seither macht der selber Messungen und fotografiert jeden, der zu schnell ist, und zeigt ihn an.«

»Und darüber regt sich sein Nachbar auf?«

»Dabei könnt er doch eigentlich froh sein, finden Sie nicht auch? Ist doch schließlich die gleiche Straße, wo er selber auch wohnt.«

»Vielleicht hat er ihn auch schon mal erwischt?«

Runkel wischte sich ein paar dicke Tropfen von der zerfurchten Stirn. Obwohl es gerade erst halb neun war, zeigte das Thermometer auf meinem Schreibtisch schon wieder neunundzwanzig Grad.

Irgendwann verdrückte sich Runkel mit einem gemurmelten Gruß, um sich hinter seine neue, wichtige Aufgabe zu klemmen, wie er erklärte.

Nun konnte ich endlich die Füße auf den Schreibtisch legen. Ich platzierte den Laptop auf meinem Schoß und öffnete meinen elektronischen Briefkasten. Wieder nichts von Theresa. Dabei gab es doch bestimmt auch in Thailand öffentliche PCs, Internetshops, irgendwelche Möglichkeiten, eine kleine E-Mail zu schreiben? Auch in Thailand funktionierten europäische Handys, hatte ich inzwischen recherchiert, und mit etwas gutem Willen hätte sie mir – Absprache hin oder her – ein paar Worte schreiben können. Dass Theresa sich nicht rührte, konnte nur eines bedeuten: Ich war ihr nicht wichtig.

Inzwischen war ich nicht nur ein bisschen enttäuscht, ich war schon fast beleidigt. Und ja, ich gebe es zu, idiotischerweise eifersüchtig auf ihren Mann. Zur Strafe schrieb ich ihr auch nicht.

In meinem Vorzimmer war es still. Überall im Haus war es still. Die Heidelberger Polizeidirektion schien ausgestorben. Jeder, der bei diesen Temperaturen Dienst tun musste, versuchte, sich so wenig wie möglich zu bewegen. Auf der A5 war eine Geschwindigkeitsbeschränkung verfügt worden, hatte ich im Radio gehört, weil die Fahrbahn Wellen warf. Die Bahn hatte technische Probleme mit durchhängenden Oberleitungen und verzogenen Schienen. Dafür meldeten die Freibäder einen Rekordumsatz nach dem anderen.

Die unbekannte Frau im Klinikum sprach noch immer nicht, erfuhr ich am Telefon. Taub war sie nicht, sie reagierte auf Geräusche. Aber noch immer vermochte niemand zu sagen, ob sie stumm geboren war oder aufgrund irgendwelcher Hirnverletzungen oder durch den Schock des Überfalls nicht sprechen konnte. Versuche, schriftlich mit ihr in Verbindung zu treten, um wenigstens ihren Namen zu erfahren, hatten bisher zu keinem Erfolg geführt.

Die Ärzte schienen vorläufig mit ihrer Patientin nicht weiterzukommen. Alles, was von unserer Seite zu tun war, war getan. In Runkels Nachforschungen setzte ich keine großen Hoffnungen. So beschloss ich, bis zum Ende der Woche abzuwarten. Sollte sich dann noch immer niemand gemeldet haben, der die Verletzte kannte, so würde ich eine zweite Pressekampagne starten. Europaweit diesmal und vielleicht auch in den USA. Wenn wir die Geschichte richtig verpackten, würden sich die Medien darauf stürzen, denn Menschen, die plötzlich aus dem Nichts auftauchen, ohne Vorgeschichte, ohne Erinnerungen, regen unsere Phantasie an. Sie schaffen Raum für Träume und Ängste. Diese uralte Angst in jedem von uns, verloren zu gehen, plötzlich aus dem Netz unserer Beziehungen zu fallen, unvermittelt allein zu sein auf dieser manchmal gar nicht freundlichen Welt.

Ich beantwortete einige dienstliche E-Mails. Ein Gymnasiast wollte wissen, wie groß die Karrierechancen bei der Polizei heutzutage waren und wie es mit der Bezahlung aussah. Ich schrieb ihm, Polizisten würden immer gebraucht, aber selten reich sterben. Einige der üblichen Querulanten hatten irgendwelche Beschwerden, die sie unbedingt bei höchster Stelle loswerden wollten. Ich schrieb jedem von ihnen ein paar nichtssagende Freundlichkeiten zurück. Ein anonymer Absender behauptete, seine Nachbarin habe schon wieder seinen Hund vergiftet. Ich bat ihn um weitere Details.

Meine Töchter waren heute Morgen noch vor mir aufgebrochen, hatten sich in ihren funkelnagelneuen, nach Leder und Abenteuer riechenden Stiefeln, mit schicken schwarzen Helmen auf den Köpfen und Reitgerten unterm Arm auf ihre Räder geschwungen, um über den Neckar nach Handschuhsheim zu radeln und ihr Pflegepferd zu verhätscheln. Ich war zufrieden. Auf diese Weise lernten sie, Verantwortung zu übernehmen, Termine einzuhalten, sich zuständig zu fühlen. Nur eines war mir gestern Abend durch den Kopf gegangen: Wenn es wirklich zutraf, dass Mädchen im Alter meiner Töchter ihre unerlaubte erotische Liebe zum Vater gerne auf ein Pferd projizierten, was hatte es dann zu bedeuten, wenn es sich dabei um ein weibliches Tier handelte?

Es klopfte, Balke erschien mit einigen Papieren in der Hand und mächtigen Schweißflecken an seinem dunkelblauen, eine Spur zu engen T-Shirt.

»Hätten Sie kurz Zeit?«

»So viel Sie wollen.« Ich klappte den Laptop zu und schwang die Füße vom Tisch.

»Die Ergebnisse der Spurensicherung und der vorläufige Bericht von der Obduktion.« Balke sank auf einen Stuhl und breitete seine Papiere vor mir aus.

»Der Tote hat zwischen zwei und vier Wochen dort gelegen. Genauer wird man das wohl nicht mehr feststellen können. Der Ort, wo wir ihn gefunden haben, ist definitiv nicht der Tatort. Möglich, dass er sich aus eigener Kraft dort hingeschleppt hat. So ähnlich wie das Wildschwein, von dem der Hausbesitzer erzählt hat. Ein Stück weiter oben führt die Straße nach Wilhelmsfeld vorbei. Er könnte von dort gekommen sein und wollte vielleicht Hilfe suchen. Aber er hat's nicht geschafft.«

»Sie denken an einen Verkehrsunfall? Ist er von einem Auto angefahren worden?«

»Schön wär's.« Balke rieb sich das linke Auge mit dem Handrücken. Irgendetwas machte ihm Sorgen. »Bei den Verletzungen könnte man es auch denken. Jede Menge gebrochene Rippen, der Unterkiefer total zertrümmert. Aber es sieht leider eher danach aus, als wäre er zusammengeschlagen und dann regelrecht totgetreten worden. Gestorben ist er letztlich an inneren Blutungen. Leberriss, vermutlich von einem Tritt in den Bauch.« Endlich sah er von seinen Papieren auf. »Aber was mir wirklich Kopfschmerzen macht: Der Mann war schwarz.«

»Sie wollen sagen, von dunkler Hautfarbe?«

Ich nahm meine Brille ab, nur um sie gleich wieder aufzusetzen. Jetzt verstand ich Balkes bedrückte Miene. Bei schwarzer Hautfarbe denkt man in Heidelberg automatisch an amerikanische Soldaten. Und als Nächstes denkt man an Ärger. Ärger mit den Behörden der US-Army, die aus jeder Blähung eines ihrer GIs ein Geheimnis von nationalem Rang machen und immerfort die Sicherheit Amerikas bedroht sehen. Ärger mit der Presse, die Fälle mit Verdacht auf fremdenfeindlichen Hintergrund mit verdoppelter Aufmerksamkeit zu beobachten pflegt und jedes Versäumnis unsererseits als Diskriminierung von Minderheiten notiert. Und nicht zuletzt würde es natürlich Stress mit unserer vorgesetzten Behörde geben, der Staatsanwaltschaft, die genau diesen Eindruck unter allen Umständen zu vermeiden versucht und mir deshalb mit verdreifachter Gründlichkeit auf die Nerven geht.

Balke kratzte sich umständlich die Nase.

»Er muss ein ziemlich bewegtes Leben hinter sich haben. Da sind ein paar alte Verletzungen, die aus einem Krieg stammen könnten. Ein Bein hat man ihm irgendwann mal eher schlecht als recht wieder zusammengeflickt. Sieht fast so aus, als wäre er mal auf eine Granate getreten. Zu Lebzeiten muss er ziemlich gehinkt haben. Dann eine vernarbte Schussverletzung am linken Arm und noch ein paar andere Kleinigkeiten. Und außerdem muss er, nach seinen Zähnen zu urteilen, geraucht haben wie eine chinesische Koksfabrik.«

»Hat er etwas bei sich getragen, woraus man irgendwas schließen könnte?«

»Jedenfalls keine Papiere.« Balke nahm ein neues Blatt zur Hand. »Er trägt einen ziemlich alten grauen Anzug, ein weißes Hemd und schwarze Halbschuhe ohne Socken. Alles sieht aus wie bei der Kleidersammlung geklaut. Seine Unterhose hat auch schon bessere Tage gesehen. In der linken Hosentasche waren drei Euro siebenundzwanzig in Kleingeld, zwei Zwanziger, ein Fünfziger und dazu vier sauber zusammengerollte Hundertdollarscheine. In der rechten Gesäßtasche ein paar Tabakkrümel. Das Labor tippt auf Marlboro. In der linken bunte Federn und zwei Streichholzschachteln. So kleine, wie man sie in Kneipen abstauben kann. Seine sind aus der Susibar.«

»Welche Sushi-Bar?«

»Susi, nicht Sushi.«

»Und er hat Dollars in der Tasche gehabt?«

Balke schob seine Papiere nachlässig zusammen und lehnte sich zurück.

»Ich weiß, was Sie denken. Aber die Amerikaner vermissen niemanden von ihren Truppen, das habe ich schon gecheckt. Er könnte natürlich auch zum Hilfspersonal gehört haben. Küche, Putztrupp, so was. Dann kann es dauern, bis sein Fehlen auffällt.«

»Raubmord können wir aber damit wohl ausschließen.«

Es fiel mir schwer, mich zu konzentrieren. Die Hitze machte mir zu schaffen, mein Kopf war immer noch im Urlaub.

»Was ist mit Drogen? Vielleicht ein Revierkampf unter Dealern?«

Bei Männern dunkler Hautfarbe denkt man ja leider immer auch an Drogenhandel. Was wir der Öffentlichkeit gegenüber natürlich niemals zugeben würden.

»Gedrückt hat er nicht, soweit man das jetzt noch feststellen kann. Spuren im Blut können wir natürlich vergessen nach so langer Zeit. Wenn er gedealt hätte, dann hätten unsere Leute irgendwas an ihm finden müssen.« Balke suchte etwas in seinen Unterlagen und schob schließlich eines der Blätter über den

Tisch. »Das Einzige, was uns eventuell weiterhelfen könnte, sind zwei kleine Samenkörner in einem Trümmerbruch am Kiefer. Da muss er einen mächtigen Tritt reingekriegt haben, und unser Labormäuschen meint, diese Samen gehörten zu keiner einheimischen Pflanze. Sie arbeiten noch dran.«

Ich massierte mir die Nasenwurzel in der Hoffnung, dadurch eine Gähnattacke zu unterdrücken. »Die Art der Verletzungen, die Hautfarbe ...«

»War auch mein erster Gedanke.« Balke zog eine unglückliche Grimasse. »Skinheads, Neger klatschen. Ich hoffe, das bleibt uns erspart.«

Ich stützte den Kopf auf die Fäuste. Zwei kleine Samenkörner und zwei kleine Streichholzschachteln. Kein Mensch hatte irgendwas beobachtet, niemand vermisste das Opfer. Das konnte heiter werden.

»Sagten Sie nicht irgendwas von Federn?«, fragte ich schließlich, weil mir partout nichts Kluges einfallen wollte.

»Das Labor versucht, den Vogel zu bestimmen, von dem sie stammen. Aber sie haben wenig Erfahrung mit Vögeln, sagen sie. Sie müssen externe Fachleute hinzuziehen.«

»Wer trägt denn um Himmels willen Federn mit sich herum?«

»Vielleicht ein Ornithologe?« Balkes Grinsen wurde breiter. »Geflügelzüchter? Der Inhaber einer Hähnchenbraterei?«

»Kennen Sie diese Susibar?«

»Das wäre zu viel gesagt. Das Lokal liegt in der Kramergasse, so viel weiß ich, und die Inhaberin heißt wirklich Susi. Susanne. Sie macht erst abends auf.«

6

Manchmal bilde ich mir ein, schon am Ton des Telefons zu hören, dass es Ärger gibt. Neunzehn Minuten nachdem Balke mein Büro verlassen hatte stand ich außer Atem im dritten Stock des Uniklinikums.

Die Schwester, mit der ich sprach, war die sommersprossige Rothaarige von gestern. Heute trug sie allerdings nicht ihre weiße Dienstkleidung, sondern war in Zivil. Schwarze, enge Jeans, ein freizügiges Top und hohe, azurblaue Schuhe.

»Ziemlich groß ist er gewesen«, erklärte sie aufgeregt und fuchtelte sinnlos mit beiden Händen. »Und ziemlich dumm geguckt hat er.«

»Gibt es irgendwo im Haus Überwachungskameras?«

Mit einer Miene, als wäre es ihr Versäumnis, schüttelte sie den Kopf.

»Unten im Eingang hängt eine. Aber die ist seit Ewigkeiten kaputt.«

»Und Sie sind sicher, dass der Mann in Zimmer 312 wollte?«

»Wollte? Er ist ja schon drin gewesen!«

»Können wir uns irgendwo setzen?«

Mir war ein wenig schwindlig von den Treppen, die ich eben hinaufgehastet war. Heute Abend musste ich unbedingt mein Fahrrad wieder aktivieren. Den Fahrstuhl hatte ich nicht aus sportlichem Ehrgeiz gemieden, sondern weil alle belegt gewesen waren.

»Hinten im Dienstzimmer.«

Sie ging vor mir her den Flur entlang. Ein Pulk weiß gekleideter Menschen quoll aus einer der Türen, zehn oder zwölf Personen, und wir mussten uns an die Wand drücken, um sie vorbeizulassen. Vormittag, Zeit für die Visite. Der Älteste, vermutlich der Chefarzt, nickte mir zerstreut zu, und für einen Moment erwartete ich seine Frage, wie es uns denn heute Morgen gehe. Ein Assistenzarzt riss devot die nächste Tür auf, und dann waren sie wieder verschwunden.

Wir nahmen auf bequemen Stühlen an einem runden Tischchen Platz, über das eine fürchterlich bunte Kunststoffdecke gebreitet war. Es stank nach angebranntem Kaffee und Desinfektionsmittel. Ein PC summte, zwei kleine Schreibtische waren mit Unterlagen übersät. Ein altertümlicher schwarzer Drehständer trug mindestens doppelt so viele Stempel wie der auf Sönnchens Schreibtisch.

»Sie sagten, es war kurz nach sechs …«

»Genau. Wir hatten gerade Übergabebesprechung. Da trifft sich die Nachtschicht mit der Frühschicht, hier, in diesem Raum, und es wird erzählt, was in der Nacht so los war. Eigentlich wäre ich nämlich längst nicht mehr da.« Sie warf einen Blick auf ihre Armbanduhr. »Und da hab ich ... Also, erst hab ich eigentlich nur gesehen, dass da wer vorbeiging. Erst dachte ich, da hat sich wieder mal einer verlaufen. Das kommt hier ja öfter vor. Aber dann hab ich gesehen, wie er die Tür von 312 aufmacht. So ganz sachte, als sollte es keiner hören. Das ist mir ein bisschen spanisch vorgekommen. Und dann hab ich gedacht, guckst du doch mal, was da los ist.«

»Warum haben Sie eigentlich erst jetzt angerufen, wenn der Mann schon um sechs hier war?«

Sie wandte den Blick ab. »Mir ist erst später eingefallen, dass Sie wissen wollten, ob sich jemand nach der Frau erkundigt hat. Da war ich längst daheim, und dann bin ich so erschrocken und ... hab ich jetzt etwa einen Fehler gemacht?« Verstört sah sie mir ins Gesicht.

»Kein Problem. Ich bin ja froh, dass Sie sich überhaupt gemeldet haben.«

»Meinen Sie, der wollte die Frau umbringen? Mit dem Kissen ersticken, oder so?« Sie hatte große, seegrüne Augen. »War das vielleicht der Kerl, der's schon mal probiert hat bei ihr?«

»Wir können es nicht ausschließen.« Ich zückte Notizblock und Kuli. »Der Mann war also groß und kräftig, sagten Sie.«

»Möcht man nicht im Dunkeln treffen, so einen. Ich würde schätzen, so groß wie Sie, wenn nicht noch größer. Und so ein richtiger Doppelspind, würde mein Mann sagen, wie ein Preisboxer hat der ausgesehen. Man soll die Leute ja nicht nach ihrem Äußeren beurteilen, aber besonders clever ist der bestimmt nicht. Wie blöd der geglotzt hat, als ich wissen wollte, was er da macht!«

»Was hat er denn geantwortet?«

»Erst mal nichts. Der war ja total platt, als ich auf einmal vor ihm gestanden hab. Und dann hat er irgendwas gestottert von wegen er sucht das Klo. Das Klo?, hab ich gefragt, denn das war ja nun wirklich die dämlichste Ausrede, die man je gehört hat. Und dann ist er auf einmal wie der Teufel an mir vorbei, hat mich fast umgerannt, und dann war er weg.«

Immer noch aufgeregt knetete sie die schlanken Hände. Ihr Nagellack war kirschrot.

»Gesicht, Haare, Bart? Besonderheiten an seiner Kleidung?«

»Einen Anzug hat er angehabt, einen dunklen. Und eine Krawatte. Hat irgendwie gar nicht so recht zu seiner Visage gepasst. Bart? Nein. Die Haare waren ganz kurz geschnitten, über die Farbe kann ich eigentlich nichts sagen. Vielleicht blond, vielleicht auch grau. Möglich, dass er auch gar nicht mehr so viele Haare auf dem Kopf gehabt hat. Das ist ja alles so verflixt schnell gegangen, und man denkt sich ja erst mal nichts in so einer Situation.«

Eine Schwester in blassgrüner Arbeitskleidung streckte den Kopf herein, lächelte uns verwirrt an und verschwand wieder. Im Hintergrund dudelte ein Radio so leise, dass ich es erst jetzt bemerkte. Dire Straits, »Brothers in Arms«. Auf der Tischdecke eine Menge dunkler Ringe, Spuren von Kaffeebechern. Ich widerstand der Versuchung, sie abzukratzen.

»Wie alt war er?«

Ratlos zuckte sie die Achseln und sah an mir vorbei. »Schwer zu sagen. Zwischen Anfang vierzig und Mitte fünfzig vielleicht. Genauer kann ich es wirklich nicht sagen.«

»Wie hat er gesprochen?«

»Ziemlich leise, das ist mir aufgefallen. Aber ich glaub, es war ihm einfach nur superpeinlich, dass ich ihn erwischt hab. Richtig ins Schwitzen ist der gekommen vor lauter Verlegenheit.«

»Hochdeutsch? Dialekt?«

»Hm.« Jetzt sah sie auf ihre Schuhe. Rutschte auf ihrem Stuhl herum. »Er hat versucht, Hochdeutsch zu reden. Hat aber nicht besonders gut geklappt. Der ist eindeutig von hier. Heidelberger Urgestein vom rechten Neckarufer. Und maximal Hauptschule, wenn Sie mich fragen.«

»Und dann trägt er einen dunklen Anzug?«

»Vielleicht wollte er auf 'ne Beerdigung?«

»Morgens, vor dem Frühstück?«

Mit einem erschrockenen Blick auf die Uhr sprang sie auf. »Ich müsste jetzt aber wirklich. Mein Mann und die Kinder warten schon seit einer Stunde auf mich. Wir wollen nämlich ins Freibad. Und mehr kann ich Ihnen sowieso nicht sagen.«

Den Grund für die Aufregung, unsere stumme Unbekannte, sah ich heute nur kurz. Sie lag in ihrem Bett, die Decke wieder wie zum Schutz bis ans Kinn gezogen, und blickte mich mit großen Augen fragend an. So, als würde sie überlegen, wo und wann sie mich schon einmal gesehen hatte.

Ich lächelte sie beruhigend an. »Wie geht es Ihnen heute?«

Etwas wie ein scheues Lächeln huschte über ihr Gesicht. Hatte sie die Frage verstanden? Plötzlich wandte sie sich ab und schloss die Augen.

Im Erdgeschoss traf ich auf eine groß gewachsene, heftig schwitzende und leicht nach Essig riechende Putzfrau. Ihr kantiger Akzent ließ mich vermuten, dass sie aus Kasachstan oder Russland stammte. Mit vor Anstrengung verzerrtem Gesicht meinte sie nach heftigem Nachdenken, sich eventuell an einen großen Mann in dunklem Anzug zu erinnern.

»Aber hier ja immer sooo viel Betrieb! Ständig laufen Leut herum! Wie soll man denn da saubermachen, frag ich Sie bitteschön, wenn hier ständig Leut rumrennen und alles gleich wieder machen schmutzig? Aber ja, den Mann mit dem Anzug, den hab ich gesehen. Er ist mit diese Fahrstuhl gefahren.« Sie deutete auf eine der beiden Stahltüren, die sich alle Augenblicke öffneten und schlossen.

Ich erfuhr, dass es nicht weiter schwer war, unbemerkt ins Gebäude zu gelangen. Der Haupteingang war auch am frühen Morgen offen, und es gab noch weitere Zugänge im Keller.

Wie bestellt gesellte sich Balke zu uns. »Die Überwachungskamera ist kaputt«, sagte er und wies zur Decke. »Wäre ja auch zu schön gewesen. Aber ich habe im Keller zwei Zeuginnen aufgetrieben, die ihn gesehen haben.« Er drückte einen Knopf am Fahrstuhl.

Während wir auf den Lift warteten, erfuhr ich, dass auch morgens um sechs im Untergeschoss schon reger Betrieb herrschte. Waren wurden angeliefert, Medikamente, Unmengen von Lebensmitteln, tonnenweise frische Wäsche wurde gebracht und gebrauchte abgeholt.

Ein melodischer Gong ertönte, die Lifttüren öffneten sich leise zischend. Innen hatte jemand verbotenerweise geraucht.

»In dem Trubel da unten fällt das nicht auf, wenn einer durch irgendeine Tür kommt«, meinte Balke.

Die Zeuginnen waren damit beschäftigt, schmutzige Wäsche

in verschiedene Säcke zu sortieren und diese auf Handwagen zu packen.

»Ja, dieser Typ im dunklen Anzug«, sagte die eine, eine bullige Frau mit derbem Gesicht und plattem Mannheimer Dialekt. Inzwischen hörte auch ich die feinen Unterschiede zwischen den Mannheimern und den Heidelbergern. »Hab mir gleich gedacht, dass mit dem was nicht stimmt.«

Ihre Kollegin war deutlich jünger und hübscher und strich sich kokett die blonden Locken aus dem von der Anstrengung geröteten Gesicht.

»Also, ich hab ja gemeint, das ist einer von den Bestattern.«

Die Mannheimerin hatte nur Augen für Balke.

»Ja, genau«, sagte sie strahlend zum Objekt ihrer Begierde und zwinkerte ihm zu. »Die kommen nämlich immer frühmorgens und holen die Leichen.«

Die andere schlug die Augen nieder. »Stimmt. Da holen sie die Leichen von der Nacht«, bestätigte sie mit wohligem Beben in der Stimme. »Aber die kommen sonst immer zu zweit.«

Die Mannheimerin wies mit großer Geste irgendwohin, ohne den Blick von meinem armen Untergebenen zu wenden. »Da hinten ist er reingekommen, hat sich nicht umgeguckt, keinen gegrüßt, und ist hier vorbei, in Richtung Treppe!«

Balke machte sich eifrig Notizen und ignorierte das Interesse seiner unfreiwilligen Eroberung so gut es ging.

»Wenn die Bestatter kommen«, grübelte die Blonde, »haben sie eigentlich immer diese Blechdinger dabei. Da tun sie dann die Leichen rein.«

Eigentlich hatten die beiden den Mann nur von hinten gesehen, stellte sich heraus. Die Mannheimerin konnte immerhin eine ungefähre Beschreibung geben, und die passte recht gut zur Aussage der Krankenschwester. Groß, kräftig, auffallend kurz geschnittenes Haar auf einem runden Kopf, dunkler Anzug, notierte Balke.

Doktor Kümmel, den Arzt, mit dem ich gestern Abend telefoniert hatte, fanden wir nach längerem Suchen und Herumfragen in einem Besprechungszimmer im Erdgeschoss, wo er mit Kollegen über Krankenblätter gebeugt gestikulierte. Nur widerstrebend ließ er sich vor die Tür bitten.

»Hm.« Er rieb sich die lange und ein wenig krumme Nase. »Ist ja nun schon ein Weilchen her, und wenn man von morgens bis abends mit irgendwelchen Leuten redet … Aber doch, ich könnte mir schon einbilden, dass der Mann am Telefon eine eher leise Stimme hatte.« Plötzlich schüttelte er den Kopf und griff sich an die Stirn. »Nein. Quatsch. Wenn Sie mich gefragt hätten, ob er gebrüllt hat, dann hätte ich mich vermutlich daran erinnert, dass er eine unglaublich laute Stimme hatte.«

Nur wenige Zeugen sind zu so viel Selbstkritik in der Lage.

»Geht es der Patientin inzwischen schon wieder so gut, dass man sie in ein anderes Krankenhaus verlegen könnte?«

Der Arzt nickte. »Kein Problem. Sie ist stabil.«

»Können Sie mir eines empfehlen? Eines, das nicht allzu weit von der Polizeidirektion entfernt liegt?«

»Das Sankt Josef«, meinte er mit einem nervösen Blick über die Schulter auf die Ärztegruppe, die im Raum hinter seinem Rücken eifrig diskutierte. »Nehmen Sie das Sankt Josef.«

»Dieser Anzugtyp …« Balke ließ den Motor an und kurvte vorsichtig aus der engen Parklücke. »Das kann ja im Grunde nur eines bedeuten …«

»Bisher ist es nur ein Verdacht, dass er der Frau etwas antun wollte. Er hat sie ja nicht mal berührt.«

»Aber falls er was vorhatte, dann wird er es wieder probieren. Und ich kann mir nicht vorstellen, dass er ihr nur Guten Tag sagen wollte, morgens um sechs. Und warum hätte er sich dann durch den Keller reingeschlichen? Er weiß, dass sie überlebt hat. Gestern hat in der Zeitung gestanden, dass es ihr besser geht. Wenn sie redet, ist er geliefert. Da hat er sich gedacht, was beim ersten Versuch schiefgegangen ist, klappt vielleicht beim zweiten Mal.«

»Sie wird noch heute Vormittag verlegt. Doktor Kümmel hat mir versprochen, dass so wenige Personen wie möglich erfahren werden, wohin.«

Balke fädelte sich in den dichten Verkehr auf der Berliner Straße ein. Die Uhr am Turm der Sankt-Albertus-Kirche zeigte fünf nach halb zehn. Ich hatte Sehnsucht nach einem starken Kaffee.

Runkel erwartete mich niedergeschlagen in meinem Büro.

Mit seinen Telefonrecherchen war er bisher nicht weit gekommen, eröffnete er mir.

»Das sind ja über dreihundert Anrufe gewesen an dem Vormittag! Und bei mindestens zwanzig war die Nummer unterdrückt. Die lasse ich natürlich alle zurückverfolgen. Aber wie lang das dauert, wissen Sie ja selber. Fünf sind tatsächlich von einer Zelle aus geführt worden.«

Ich verzichtete auf den Hinweis, dass uns eigentlich nur Anrufe zwischen acht und Viertel nach acht interessierten.

»Und weiter?«, seufzte ich.

Hilflos zeigte er mir im Stadtplan, wo die Telefonzellen standen.

»Ob wir da vielleicht Fingerabdrücke finden?«

»Nachdem hundert andere den Hörer angefasst haben?«

Er schwieg einige Sekunden und dachte über meinen Einwand nach.

»Vielleicht gibt's Zeugen, die ihn beim Telefonieren beobachtet haben?«, schlug er dann vor. »Wir könnten Plakate aufhängen, Handzettel verteilen. Oder an allen Haustüren in der Gegend läuten.«

»Wissen Sie was?«, sagte ich leutselig und setzte mich endlich auf meinen Sessel. »Lassen Sie das vielleicht erst mal. Ich habe einen anderen Job für Sie.«

Runkel sah mich an wie ein Ministrant den Herrn Pfarrer. Ich eröffnete ihm, dass er bis auf Weiteres rund um die Uhr Zimmer 312 in der Neurologie der Uniklinik bewachen würde. Für den Fall, dass der Täter es ein drittes Mal versuchen sollte.

Ich griff zum Telefon. Der diensthabende Stationsarzt war alles andere als begeistert von meinem Vorschlag, ein Krankenzimmer vorläufig leer stehen zu lassen, gab sich aber schließlich geschlagen.

»Für einen oder zwei Tage wird es gehen«, meinte er. »Aber falls wir das Zimmer plötzlich brauchen …«

Ich musste ihm versprechen, dass meine Leute den Betrieb nicht mehr als unbedingt nötig behindern und keine Uniformen tragen würden.

»Lassen Sie sich zur Verstärkung zwei Leute von der Schutzpolizei zuteilen«, sagte ich zu Runkel, als ich aufgelegt hatte.

»Rund um die Uhr?«, fragte er unglücklich. »Also praktisch Tag und Nacht?«

»Es ist ja nicht für lange. Wenn er es wieder versucht, dann wird er es bald tun. Er steht jetzt unter Zeitdruck.«

Am Ende wirkte Runkel plötzlich doch ganz zufrieden mit seiner neuen Aufgabe.

»Die haben da doch bestimmt Klimaanlagen?«, war seine letzte Frage, bevor er sich ans Werk machte.

7

Ich hatte mir die Inhaberin der Susibar als eine etwas in die Jahre gekommene Frau mit rauer Stimme und diesem handgreiflichen Charme vorgestellt, den manche Damen im Gastgewerbe gerne an den Tag legen. In Wirklichkeit war sie zehn Jahre jünger als ich, schlank, schwarzhaarig und hatte kluge, flinke Augen. Zudem war Susi promovierte Ethnologin, wie sie mir schon im dritten Satz offenbarte.

»Hier, in dieser kleinen Bar, habe ich mir mein Studium verdient. Kurz bevor ich fertig war, musste Babs den Laden dann aufgeben wegen ihrer Wirbelsäule. Die Ablöse war nicht so teuer, und Stellen für Ethnologinnen findet man ja nicht an jeder Ecke.«

Sie stellte ein Glas Durbacher Spätburgunder Weißherbst vor mich hin und schenkte mir ein offenes Lächeln. Das Glas war leicht beschlagen, langstielig und von ausgesucht eleganter Form. Der Wein war gut.

»Und schließlich ist eine Bar ja auch so eine Art ethnologisches Labor«, meinte sie mit unbekümmertem Lachen und wandte sich einem anderen Gast zu, einem jungen Mann mit zahllosen Pickeln im Gesicht, der ganz am Ende der Theke stand und offenbar nicht zum ersten Mal hier war.

Es war noch nicht einmal elf, und das Lokal war noch fast leer. Susis private Forschungsstelle war keine dieser schmierigen Bars, die man erst nach Einbruch der Dämmerung betreten darf, weil einen bei Tageslicht sofort das Grauen überfällt. Hier blitzte alles vor Sauberkeit, die Lüftung funktionierte perfekt, und das noch spärliche Publikum rekrutierte sich offenbar aus Angestellten der Universität, Redakteuren der Rhein-Neckar-Zeitung sowie Yuppies aus den umliegenden Büros bei einem späten Feierabend-Cocktail.

Susis helles Lachen allein dürfte für manchen Gast Grund gewesen sein, hier Stammkunde zu werden. Ihr Lokal war schlicht und modern eingerichtet, mit geraden Linien, viel dunklem Holz und matt poliertem Stahl. Unzählige winzige Halogenstrahler sorgten für gedämpftes Licht. Aus verborgenen Lautsprecherboxen plätscherte ein Bossanova mit Stan Getz und Laurindo Almeida. Ich war mir sicher, dass sich dieselbe Platte in meiner Sammlung befand, aber der Titel wollte mir nicht einfallen.

Ich war auf meinem Heimweg von Lorenzo nicht ganz zufällig hier vorbeigekommen. Wir hatten wieder einen unserer Schachabende auf seiner Terrasse verbracht, und heute hatte ich ihn zum ersten Mal geschlagen. Mit einem Spielzug, der im Internet als »Saragossa-Eröffnung« bezeichnet wurde, hatte ich ihn mächtig in die Bredouille gebracht und am Ende tatsächlich matt gesetzt. Das musste ich unbedingt ausbauen. Lorenzo verabscheute das Internet nun noch mehr als zuvor.

Der Durbacher war nicht so gut wie die Weine aus seinem Keller, aber wirklich nicht zu verachten. Nicht weit von meinem Glas stand eine große, handbemalte Terrakottaschale voll mit den kleinen, hübsch bedruckten Streichholzschachteln, wie wir sie in den Taschen unseres Toten gefunden hatten. Ich nahm eine davon in die Hand. Das Bild, eine halb abstrakte, seltsam verrenkte Tänzerin, sah ungefähr so aus, wie ich mir ein Werk von Toulouse-Lautrec vorstellte, das er im Alkoholdelirium verbrochen hatte.

»Selber gemalt!« Susi stand plötzlich wieder vor mir. »Viel Talent habe ich nicht, okay. Aber für Streichholzschachteln reicht's doch, finden Sie nicht?«

Ihr Gesicht wurde von üppigen dunklen Locken umrahmt. Ein wenig ähnelte sie Cher. Sie verstrahlte kein Verkäuferinnenlächeln, das nach Trinkgeld schielt. Susi mochte ihren Job und die Menschen, mit denen sie zu tun hatte. Ich gab ihr recht, was ihr Maltalent betraf.

»Zum ersten Mal hier, stimmt's?«, wollte sie wissen.

Als sie hörte, wer ich war, gefror ihr Lächeln. Aber sie begriff rasch, dass ich hier keine Razzia plante, und die Wölkchen in ihrem Blick verschwanden so schnell, wie sie gekommen waren.

»Ein Schwarzer, sagen Sie?«

Ich beschrieb ihr unser Mordopfer. »Wir vermuten, dass er hier Gast war.«

Ihre Augen wurden schmal. »Stimmt, da war mal einer.«

Neue Gäste kamen, ein älteres Paar, aber sie nickte ihnen nur zerstreut zu.

»Anfang Juli«, sagte sie leise und sah durch mich hindurch. »Da ist er ein paarmal hier gewesen. Da hinten hat er immer gesessen.« Mit einer schnellen Bewegung wies sie nach rechts. »Da, am letzten Tisch, direkt neben der Klotür.«

»Wie oft?«

»Eine Weile jeden Abend. So gegen zehn ist er immer aufgetaucht, wenn noch kaum jemand hier war, hat was getrunken und ist wieder gegangen. Ich vermute, ins Bett.«

»Haben Sie mit ihm gesprochen?«

»Ich hab's versucht. Aber er war nicht besonders gesprächig.«

An Susis rechter Hand prangte ein Ring mit einer riesigen, vielleicht ebenfalls selbst bemalten Emailscheibe. Sie hatte dunkle, im dezenten Licht fast schwarze Augen und ein paar Sommersprossen auf der Nase. Für eine Barfrau völlig untypisch, trug sie ein hochgeschlossenes, anthrazitgraues Kleid.

»Und jetzt ist er tot?« Sie sah mich empört an.

»Was hat er getrunken?«

»Bier. Die meisten Ausländer verlangen German Beer.«

»Er hat also Englisch gesprochen?«

»Nein, Deutsch.« Gedankenverloren strich sie ihr Haar zurück. »Aber mit einem komischen Akzent.«

»Ein Amerikaner vielleicht?«

»Bestimmt nicht.« Susi schüttelte den Kopf, wodurch ihr die eben gebändigten Locken gleich wieder ins Gesicht fielen. »Franzose auch nicht. Sein Akzent war anders. Härter, irgendwie.«

»Hat er sich mit anderen Gästen unterhalten?«

»Nein. Der wollte für sich sein. Und er war neu in der Stadt. Einmal hab ich gesehen, wie er den Stadtplan studiert hat. Aber nicht so wie ein Touri, der zum Schloss will. Eher wie einer, der eine Wohnung sucht. Und irgendwie hatte ich das Gefühl, er wohnt in der Nähe. Der hat hier sein Schlummerbier getrunken, und wenn's draußen richtig dunkel wurde, ist er verschwunden. Ist wohl zeitig schlafen gegangen.«

»Wie oft war er hier?«

Mit krauser Stirn blickte sie zur Decke. Über dem rechten Auge hatte sie eine alte Narbe von der Form einer kleinen Mondsichel.

»Knapp zwei Wochen, würde ich sagen. Bis Mitte Juli ungefähr. Danach ist er meines Wissens nicht mehr gekommen.« Plötzlich sah sie mich erschrocken an. »Sie suchen doch jetzt hier nicht seinen Mörder, oder?«

»Aber nein.« Ich musste lachen. »Obwohl man natürlich nichts ausschließen kann. Heute wollte ich mich nur mit Ihnen unterhalten und ein bisschen Atmosphäre schnuppern.«

»Atmosphäre?« Das interessierte sie. »Wieso ...?«

»Manchmal hilft es, sich in die Situation des Opfers oder des Täters zu versetzen. Die Orte zu sehen, wo sie sich aufgehalten haben. Manchmal kommen einem die richtigen Ideen dann ganz von selbst.«

Für einige Sekunden schwieg sie, ohne den Blick von meinem Gesicht zu wenden. »Vielleicht hat er doch mal mit jemandem geredet, fällt mir jetzt ein. Aber das ist ja immer so eine Sache mit der Erinnerung.«

»Das lernt jeder Polizist in der ersten Woche.«

Ich nippte an meinem Wein, und Susi verschwand. Inzwischen hatte das Lokal sich gefüllt, sie hatte viel zu tun und zu lachen. Nach einiger Zeit kam sie zurück.

»Vielleicht bringe ich jetzt Verschiedenes durcheinander. Aber einmal, es könnte das letzte Mal gewesen sein, dass er hier war ...« Ihre Augen wurden wieder schmal vor Konzentration. »Da ist dieser Typ reingekommen, geht auf den Schwarzen zu. Sie haben sich die Hand gegeben, kurz geredet, und ich meine fast, sie sind dann zusammen raus.«

»Wie hat dieser Besucher ausgesehen?«

Ratlos zog sie die Augenbrauen hoch. »Wie ein Architekt?«

»Ein Architekt?« Dieses Mal verkniff ich mir das Lachen.

»Berufe raten, kleines Hobby von mir.« Sie wurde eine Spur verlegen. »Wenn hier jemand reinkommt, versuche ich immer zu erraten, womit er sein Geld verdient. Man kriegt mit der Zeit ein Gespür für Menschen bei diesem Job. Der da drüben zum Beispiel ...« Sie beugte sich vor und senkte die Stimme. »Ich hab gleich gedacht, der ist bestimmt beim Radio. Wegen der großen Ohren. Und stellen Sie sich vor, später hat er mir erzählt, er ist tatsächlich beim SWR in Mannheim!«

»Und wie sind Sie auf die Idee gekommen, der Mann sei Architekt?«

Sie strahlte mich an. »Ehrlich gesagt, ich hab keinen Schimmer. War einfach so eine spontane Idee.«

»Könnte es sein, dass die beiden Streit hatten?«

»Für mich sah es eher aus, als würden sie zusammen Geschäfte machen.«

Als ich später am Bismarckplatz an einer roten Ampel wartete – ich war tatsächlich wieder mit dem Rad unterwegs –, wählte ich sicherheitshalber ein letztes Mal für diesen Tag Rolf Runkels Handynummer. Es sei nichts los, meldete er maulfaul. Einer seiner Kollegen hockte im dunklen Krankenzimmer und versuchte, nicht vor Langeweile ins Koma zu fallen. Er selbst saß mit dem anderen zusammen im Kaffeezimmer der Schwestern. Sie spielten Mensch-ärgere-dich-nicht und genossen den ungewohnten Komfort einer Klimaanlage.

Meine Töchter traf ich im Wohnzimmer an. Sie unterhielten sich angeregt und gebrauchten dabei merkwürdige Worte wie »Trense«, »Köte«, »Schweifriemen« und »Hintergeschirr«.

»Es war einfach suuuper, Paps!«, kreischte Sarah, als sie mir zur Begrüßung um den Hals fiel und mich dabei um ein Haar von den Füßen riss. Sie roch ein wenig streng. »Wir haben sooo viel Spaß gehabt! Wir haben uns gerade überlegt: Wir wollen ein eigenes Pferd.«

Endlich hatte ich wenigstens mein körperliches Gleichgewicht wiedergefunden.

»Habt ihr einen Millionärssohn aufgerissen oder im Lotto gewonnen?«

»Ab morgen sparen wir darauf.«

»Na dann viel Spaß.«

»Du gibst uns doch bestimmt was dazu, nicht wahr, Paps?«, fragte Louise.

»Mal sehen«, erwiderte ich vorsichtig. »Wenn es so weit ist, reden wir noch mal drüber.«

In ihrer Begeisterung waren sie nicht einmal sonderlich enttäuscht von meiner verhaltenen Reaktion.

»Was kostet eigentlich so ein Pferd?«, fragte ich, um mir nicht später wieder anhören zu müssen, ich würde mich nie für irgendwas interessieren, was sie betraf.

»Wissen wir noch nicht.« Sarah war offensichtlich überzeugt, dass sie jeden beliebigen Betrag zusammensparen, -betteln oder sonst wie organisieren würden. »Das werden wir morgen rausfinden.«

»Donna ist so, sooo süß!«, jubelte Louise plötzlich und schielte dabei vor Verzückung.

»Und wahnsinnig brav ist sie auch!«, ergänzte ihre wenig ältere Schwester. »Wir durften heute sogar schon ein bisschen auf ihr reiten!«

»Und Frau Herzberger meint, wir machen es sehr gut.«

»Wir haben sogar Talent, hat sie gesagt!«

»Erst mal natürlich nur auf dem Sandplatz und an der Longe.« Louise hatte meine beunruhigten Blicke richtig gedeutet. »Frau Herzberger passt auf uns auf. Es kann gar nichts passieren.«

»Donna lässt sich lenken wie ein … Fahrrad.« Sarah war sichtlich unzufrieden mit ihrem Vergleich. »Auf jeden Fall ist sie das allernetteste Pferd auf der ganzen Welt.«

»Und jetzt gehen wir ins Bett, damit wir morgen früh fit sind.«

Und dann hüpften sie tatsächlich davon. Eine Weile hörte ich sie noch diskutieren und kichern und Pläne schmieden.

Fünf Uhr siebzehn zeigten die grün leuchtenden Ziffern meines Radioweckers. Zunächst hörte ich nur Radau, unartikuliertes Gebrüll, eine Frau schrie. Das Handy hatte mich aus tiefem, erschöpftem Schlaf gerissen.

Runkel war am Telefon, verstand ich endlich. Atemlos.

»Wir haben ihn!«, keuchte er. »Also, beinah wenigstens.«

Jetzt saß ich senkrecht im Bett. Erst als ich den Mund schon offen hatte, um ihm zu seinem Erfolg zu gratulieren, drang sein zweiter Satz in mein Bewusstsein.

»Wieso nur beinahe?«

»Na ja ... Es ist so eine Art ... Wie soll ich sagen ...«

Es war schiefgegangen. Natürlich.

»Was ist passiert?«, fragte ich, während ich schon nach meiner Hose angelte.

»So 'ne Art Geiselnahme, irgendwie.«

Eine Geiselnahme im Uniklinikum. Na prima.

»Ich bin in einer Viertelstunde da. Versuchen Sie bitte, bis dahin das Haus nicht anzuzünden.«

Die gesamte Station war in Aufruhr. Alles, was stehen konnte, stand im langen Flur auf dem spiegelnden Linoleum herum und starrte auf die Tür mit der Nummer 312, als hätte sich dahinter der Teufel persönlich verschanzt.

»Was ist hier los?«, fuhr ich Runkel an.

»Er ist da drin«, erklärte er mit fiebrigem Blick. »Und er hat den Kollegen Hürlemann ... also, den hat er sozusagen als Geisel genommen.«

»Er ist bewaffnet?«

»Natürlich. Na ja, wir nehmen's wenigstens an. Ist doch alles so verdammt schnell gegangen.«

Ich packte Runkel am Ärmel, zog ihn in das Dienstzimmer des Pflegepersonals und drückte die Tür hinter mir ins Schloss. Auf dem Tischchen unter dem Fenster stand das Mensch-ärgere-dich-nicht-Spiel. Ein paar der bunten Männchen waren umgefallen. Ein grünes stand einsam unter der Heizung.

»Also.« Ich rammte meinem genialen Polizeistrategen einen Stuhl in die Kniekehlen. »Und jetzt bitte noch mal von vorn und hübsch der Reihe nach.«

Wie verabredet, hatte immer einer der drei Polizisten sich im ansonsten leeren Zimmer 312 aufgehalten, bei ausgeschaltetem Licht, während die beiden anderen in der Nähe blieben und versuchten, sich wach zu halten, bis endlich etwas passierte. Und heute Morgen, um kurz nach fünf, war dann etwas passiert. Was genau, konnte mir jedoch niemand sagen.

»Auf jeden Fall, der Hürlemann hat auf einmal angefangen zu brüllen, und dann hat irgendwas ganz furchtbar gekracht, und dann sind wir raus auf den Flur, hat natürlich einen Moment gedauert, bis ich in meinen Schuhen war, und da hat er dann gestanden.«

»Der Mann im dunklen Anzug?«

»Ich hab mich dann einfach auf den draufgeschmissen, weil der Hürlemann doch so gebrüllt hat. Hab gedacht, was weiß ich, was ich gedacht hab, und da hab ich den Typ halt einfach umgerissen. Rums, und da hat er dann gelegen.«

Erst jetzt entdeckte ich im kalten Neonlicht, dass Runkel eine gerötete Stelle neben dem Auge hatte. Offenbar hatte er einen kräftigen Faustschlag abbekommen. Das war gut, denn so musste ich ihn nicht selbst verprügeln.

»Und weiter?«

»Na ja, er hat mir eine verpasst, hat aber auch einen verdammten Hammer, wie ein Preisboxer, und dann ist er irgendwie auf einmal wieder in dem Zimmer gewesen, wo der Hürlemann ja auch noch drin war, und auf einmal ist die Tür zu gewesen, und dann hat's drinnen schon wieder gekracht.«

»Ein Schuss?«

»Wahrscheinlich. Keine Ahnung. Vielleicht.«

»Ist der Mann denn nun bewaffnet, oder ist er es nicht?« Ich sah den zweiten Bewacher an, einen stämmigen jungen Kollegen von der Schutzpolizei, der ebenfalls Zivilkleidung trug. Der betrachtete seine Fingernägel und schien die Frage überhört zu haben.

»Wir wissen es doch nicht«, murmelte Runkel. »Gesehen hab ich eigentlich nichts. Also keine Waffe oder so. Aber saugefährlich ist der Bursche, das ist mal sicher. Mann, hat der mir eine gelangt!«

»Ich glaub ja eher nicht, dass das ein Schuss war«, brummelte der Schutzpolizist unglücklich. Nach kurzem Überlegen beorderte ich ihn in das Nachbargebäude, ein Schwesternwohnheim, wie rasch geklärt war. Von dort sollte er versuchen, in das Zimmer hineinzusehen, und uns dann Bescheid geben, wie die Situation war. Sichtlich erleichtert lief er davon.

»Dann wollen wir mal sehen«, seufzte ich und trat auf den

Flur. Die Herumstehenden wichen zurück. Offenbar hatte sich herumgesprochen, wer ich war.

Ich klopfte an die schwere Tür von Zimmer 312. »Hallo?«

Keine Antwort. Drinnen war es vollkommen still. Dafür hörte ich aus der Ferne ein Martinshorn näherkommen. Vermutlich hatte Runkel gleich auch noch das Sondereinsatzkommando zur Verstärkung angefordert. Was vielleicht ausnahmsweise keine dumme Idee war.

»Melden Sie sich bitte!«, rief ich. »Wir können über alles reden. Machen Sie es nicht noch schlimmer, als es ist!«

Wieder keine Antwort.

Ich wandte mich an einen neben mir stehenden, grünhaarigen Pfleger. »Gibt's da drin ein Telefon? Kann man da anrufen?«

»Klar kann man das.«

Er wusste die Nummer auswendig, und ich tippte sie in mein Handy. Noch ehe ich damit fertig war, öffnete sich eine der Aufzugtüren. Zwei uniformierte Kollegen stürzten mit hochroten Köpfen heraus, sahen mich, blieben entgeistert stehen, steckten zögernd ihre Waffen weg.

»Sie sind ja schon da!«, stieß der Kleinere der beiden enttäuscht hervor. Sein Gesicht zierte ein schmales Schnurrbärtchen, das sicherlich jeden Morgen viel Arbeit machte.

»Wir haben echt gedacht, diesmal sind wir die Ersten«, sagte der andere frustriert, der einen pflegeleichten Schnurrbart der Kategorie Seehund trug.

»Wer hat Sie denn alarmiert?«, fragte ich.

»Na, die Zentrale. Überfall im Klinikum, hat's geheißen. Neurologie, da sind wir doch hier richtig, oder? Das ist doch hier die Neurologie?« Für einen Moment schien er zu hoffen, die falsche Hochzeit erwischt zu haben und eventuell doch noch irgendwo der Erste zu sein.

Ich wandte mich an Runkel. »Waren Sie das? Haben Sie die Zentrale alarmiert?«

Der schüttelte betreten den Kopf. »Ich hab nur Sie angerufen. Hab gedacht, Sie werden dann schon wissen …«

Ich sah mich im Flur um. Niemand hob die Hand. So wählte ich schließlich die Hundertzehn, und Sekunden später konnte ich die Umstehenden darüber aufklären, dass ein gewisser Herr

Schönfeld die Polizei gerufen hatte. Niemand fühlte sich angesprochen.

»Gibt es hier einen Herrn Schönfeld?«, rief ich, damit es auch die in den hinteren Reihen hörten.

»Ja«, tönte es leise. »Sind Sie die Polizei? Das hat ja eine Ewigkeit gedauert!«

Die Stimme kam eindeutig aus Zimmer 312.

Ich sah Runkel an. Der sah zu Boden.

»Gerlach ist mein Name«, rief ich. »Kripo Heidelberg. Nicht aufregen. Ich komme jetzt rein.«

»Warten Sie«, antwortete Schönfeld. »Ich muss erst das Bett von der Tür rücken.«

Minuten später saßen wir im Krankenzimmer, und nach und nach klärte sich die Situation. Herr Schönfeld, ein gepflegter älterer Herr mit schlohweißem, feinem Haar und Goldrandbrille war keineswegs Preisboxer, sondern stellvertretender Produktionsleiter einer Eppelheimer Obstsaftfabrik. Er stand kurz vor seiner Pensionierung, war alles andere als kräftig gebaut und schien auch keinerlei Sport zu treiben. Zudem war er ziemlich glücklich verheiratet, wie er mir bereitwillig erzählte, und hatte zwei sehr wohlgeratene Kinder im Alter von einundzwanzig und siebenundzwanzig Jahren. Söhne, die ihm nur Freude bereiteten. Und er redete gerne.

»… und dann hat heute Morgen das Telefon geklingelt. Cäcilia hatte einen Unfall, hieß es, und sie liegt im Krankenhaus, hieß es. Sie war im Kino mit zwei Freundinnen, im neuen James Bond. Cäcilia, das ist meine Frau. Wir sind seit achtunddreißig Jahren verheiratet. Das macht sie öfter mit ihren beiden Freundinnen, und manchmal trinken sie anschließend noch ein Gläschen oder auch zwei und reden. Hin und wieder wird's schon mal ein bisschen später, wenn die drei zusammenhocken. Drum habe ich auch gar nicht gemerkt, dass Cäcilia nicht heimgekommen ist. Wir schlafen seit einigen Jahren getrennt, und außerdem bei der Hitze, ich schlafe da immer wie ein Toter. Sie haben schon in der Nacht mehrfach versucht, mich anzurufen …«

»Wer?«

»Eine der Freundinnen. Renate, Renate Schöller. Ihr Mann ist Steuerberater und hilft mir netterweise immer ein bisschen bei der Steuererklärung. Cäcilia ist unglücklich gestolpert. Sie hatte aber nicht zu viel getrunken, nicht dass Sie das denken. Sie war ja mit dem Auto unterwegs. Etwas in der Mittelhand ist gebrochen, so ganz habe ich es nicht verstanden in meinem Schrecken. Und es ist irgendwie ein wenig kompliziert.«

Runkel versuchte, im Boden zu versinken, aber es gelang ihm nicht. Schönfeld hatte nicht die leiseste Ähnlichkeit mit dem Mann, den wir erwartet hatten. Während er sprach, massierte er sich die ganze Zeit die rechte Hand, mit der er zugeschlagen hatte. Der schlaksige, rothaarige Kollege, der im Krankenzimmer Wache gehalten hatte, hielt sich den Kopf.

»Welche Zimmernummer hat man Ihnen genannt?«

Schönfeld kramte ein Zettelchen aus der Hemdtasche. »Dreihun... Ja, sehen Sie, dreihundertzwölf. Ich verstehe das ja auch nicht. Verstehen Sie das vielleicht?« Hoffnungsvoll blickte er mich an.

»Sie sind hier in der Neurologie«, gab ich zu bedenken. »Vielleicht ist es die falsche Klinik?«

»Dann muss ich die Herren wohl um Entschuldigung bitten.« Ratlos sah er von einem zum anderen. »Aber was ist denn hier eigentlich los? Warum wird man hier niedergeschlagen, bloß, weil man versehentlich ein falsches Krankenzimmer betritt?«

In der Sorge um seine verunglückte Frau war Schönfeld blind in Zimmer 312 gestürzt, dort im Halbdunkel mit dem Schutzpolizisten zusammengekracht, der sich inzwischen seine anschwellende Beule mit einem nassen Waschlappen kühlte. Er war rückwärts gestolpert, hatte sich am Bettgestell kräftig den Schädel gestoßen und vermutlich sogar vorübergehend das Bewusstsein verloren. Daraufhin hatte Schönfeld erst einmal den Rückzug angetreten, nur um in nächster Sekunde auf dem Flur von Runkel niedergestreckt zu werden.

»Nun ja«, meinte Schönfeld tapfer, nachdem ich ihn über die Hintergründe des Massakers aufgeklärt hatte. »Ich dachte, es ist ein Überfall. Jetzt werde ich also überfallen, habe ich gedacht, und meine arme Cäcilia, die liegt da drin und wird als Geisel gehalten.«

»Und dann haben Sie versucht, sich zu Ihrer Frau durchzuschlagen.«

Er nickte. Schüttelte den Kopf. Nickte wieder. »Es ist mir gelungen, mich von diesem …« Ein giftiger Blick traf Runkel. »… von diesem Herrn hier zu befreien, und wo sollte ich sonst auch hin? Aus der Tür da drüben kam ja noch ein zweiter verdächtig aussehender Mann, sogar mit einer Waffe in der Hand, und da habe ich mich hinter diese Tür gerettet, sie verbarrikadiert und die Polizei angerufen. Was für ein Glück, dass Sie so rasch haben kommen können, Herr … wie war noch gleich der Name?«

Kurze Zeit später saß ich wieder in meinem Peugeot und fuhr nach Hause. Fünf vor sechs, die Sonne stand schon am Himmel, Heidelberg erwachte. Vor allem der Berufsverkehr. So brauchte ich fast zwanzig Minuten bis in die Kleinschmidtstraße und weitere zehn, um einen halbwegs legalen Parkplatz zu ergattern, denn in der Weststadt macht man sich nicht gar so früh auf den Weg zur Arbeit.

In der vergangenen Nacht hatte ich wieder einmal von Theresa geträumt. Ich vermisste sie. Ziemlich. Sehr. Warum fand dieses gefühlskalte Weib nicht einmal die Zeit, die SMS zu beantworten, die ich ihr gestern Abend geschrieben hatte?

Und wenn mich meine Erinnerung nicht narrte, dann war nach vielen Monaten auch Vera wieder einmal in meinen Träumen vorgekommen, meine vor zwei Jahren verstorbene Frau, mit der ich fast zwanzig Jahre zusammengelebt und zwei Kinder in die Welt gesetzt hatte. Töchter, die nun ohne Mutter aufwachsen mussten. Veras überraschender Tod war ein furchtbarer Schlag gewesen. Wochenlang war ich wie betäubt durch die Gegend getaumelt, hatte meine Arbeit vernachlässigt, allerhand Mist gebaut, den andere mit Mühe ausbügelten, um mir das eine oder andere Disziplinarverfahren zu ersparen. Eine Weile hatte ich auch entschieden zu viel getrunken. Und immer, immer hatte ich mich schuldig gefühlt, obwohl ich natürlich nicht die geringste Verantwortung für Veras Tod trug. Fühlen wir uns nicht immer schuldig, wenn wir übrigbleiben? Weil wir weiterleben dürfen und der andere nicht? Weil wir vielleicht hie und da nicht so aufmerksam waren, wie wir es hätten sein sollen? Nicht freundlich, nicht liebevoll, nicht verständnisvoll genug?

Die Luft war noch angenehm frisch. Die Sonne hatte noch nicht diese zerstörerische Kraft, die sie in den nächsten Stunden entwickeln würde. Ich schlenderte die Straßen entlang zu dem Haus, wo wir wohnten, fühlte mich plötzlich merkwürdig wohl und fand, man sollte eigentlich öfter früh aufstehen.

Unsere Ehe war nicht immer einfach gewesen. Keine Rama-Idylle, sondern oft genug auch Streit und Wut und Türenknallen. Und dennoch oder vielleicht gerade deshalb hatte ich mich so unvorstellbar mies gefühlt. Charakterlos, gemein, undankbar, ja hinterlistig. Weil ich lebte und sie tot war. So einfach war das. Irgendwann wurde mir damals klar, dass ich nur mit Anstand würde weiterleben können, wenn ich den Ort wechselte, den Job, die Wohnung.

Ein dunkelhäutiger Junge mit schwarzem Kraushaar kam mir entgegen, der unter seiner schweren Tasche fast zusammenknickte. Der Zeitungsausträger. Er grüßte mich scheu.

Ich hatte mich in Heidelberg beworben, weil es die erste interessante Stellenausschreibung gewesen war, die mir auf den Tisch flatterte. Kripochef der vermutlich kleinsten Weltstadt der Welt, wieso nicht? Meine Chancen waren gleich null, hatte ich gedacht und ohne jeden Enthusiasmus meine Unterlagen und Zeugnisse zusammengesucht. Die erste Bewerbung soll man ja immer dorthin schicken, wo man keine Aussichten hat. Zum Üben sozusagen. Aber dann war alles ganz anders gekommen, aus Gründen, die nun wieder mit Theresa zu tun hatten. So hatte ich unser Haus in der Nähe von Karlsruhe verkauft, und mittlerweile wohnten wir seit einem knappen Jahr in einer wunderschönen, geräumigen Altbauwohnung in der Weststadt.

Meine Töchter hatten sich mit dem Verlust ihres Elternhauses abgefunden, neue Freunde gefunden, und inzwischen waren sie fast stolzer darauf, Heidelbergerinnen zu sein, als es manche Ureinwohner waren. Und das will etwas heißen.

Ich öffnete die Tür in der Erwartung, die Wohnung noch still zu finden. Aber in der Küche klapperten sie schon lautstark herum, die stolzen Heidelbergerinnen. Üblicherweise waren die beiden vor Mittag nicht aus den Federn zu bringen, wenn sie nicht in die Schule mussten. Ich begann, dieses Pflegepferd zu mögen.

Meine Töchter waren in ein Fachgespräch vertieft und nahmen kaum Notiz von mir. Vermutlich, weil ich kein Pferd war. Gähnend ging ich unter die Dusche. Um ins Büro zu fahren, war es zu früh, um sich noch einmal hinzulegen, zu spät.

Später, als ich schon am Schreibtisch saß, wurde mir bewusst, dass Theresa in meinem Traum dunkle Augen gehabt hatte.

Ich erzählte Balke von Runkels Heldentat, meinem gestrigen Besuch bei Susi und ihrer Vermutung, unser Mordopfer könnte irgendwo in der Nähe ihrer Bar gewohnt haben.

»Nehmen Sie sich ein paar Leute zur Unterstützung, und klingeln Sie an jeder Wohnungstür im Umkreis von, sagen wir, zweihundert Metern.«

»Stimmt.« Balke nickte aufmerksam. »Er kann ja nur irgendwo privat untergekommen sein. Wenn er in einem Hotel oder einer Pension abgestiegen wäre, dann wüssten wir das inzwischen.«

Als er gegangen war, versuchte ich eine erste Bestandsaufnahme. Der Tote war neu gewesen in der Stadt, meinte Susi. Anfang Juli war er zum ersten Mal in ihrer Bar aufgetaucht. Zwei bis drei Wochen später wurde er vermutlich ermordet. Er war immer allein in Susis Bar gekommen, hatte hier also vermutlich keine Freunde gehabt. Und offenbar auch keine gesucht. War er geschäftlich in der Stadt gewesen? Oder ein illegaler Einwanderer auf Arbeitssuche? Einer dieser abertausend Flüchtlinge aus Afrika, die Woche für Woche auf ihren brüchigen und rettungslos überladenen Booten versuchten, unseren gelobten Kontinent zu erreichen? Einer der wenigen, die es geschafft hatten? Dafür hatte er zu viel Geld in der Tasche gehabt, und vor allem hatte er es zu leicht ausgegeben. Flüchtlinge, die mit knapper Not ihr Ziel erreicht hatten, hauten ihre Ersparnisse nicht in der nächstbesten Bar auf den Kopf.

Für einen Studenten war der Mann zu alt. Zwischen fünfunddreißig und vierzig, hatte ich im Obduktionsbericht gelesen. Vielleicht ein neuer Mitarbeiter der Universität? Ein Gastwissenschaftler aus irgendeinem Land der Dritten Welt, der seine Tätigkeit erst mit Semesterbeginn Anfang Oktober aufnehmen sollte? Und noch immer war nicht auszuschließen, dass es sich um einen Angestellten der US-Army handelte. Immerhin hatte er ja Dollarscheine in der Tasche gehabt.

Unzählige Möglichkeiten gab es, und ich konnte nur hoffen, dass irgendwann irgendwo irgendwem auffallen würde, dass einer fehlte. Das geschah ja leider nicht immer. Es kommt öfter vor, als man denkt, dass ein Toter niemals identifiziert wird. Meist handelt es sich dabei um Obdachlose, Entwurzelte, die schon zu Lebzeiten niemand vermisst hat. Obdachlose gehen jedoch gewöhnlich nicht in Bars, um ihr Schlummerbier zu trinken. Die halten sich lieber an Dosen aus dem Supermarkt.

Schlummerbier. Manchmal macht unser Gehirn seltsame Bocksprünge. Und wenn's draußen richtig dunkel wurde, ist er verschwunden ...

Es kostete mich nur Sekunden, mithilfe meines Laptops herauszufinden, dass am zwanzigsten Juli Neumond gewesen war. Am sechsundzwanzigsten hatte der Motorradfahrer die Verletzte gefunden. Die Telefonnummer des Mannes herauszufinden dauerte erheblich länger, weil wieder einmal jemand geschlampt hatte beim Protokollsschreiben. Der Zeuge hieß Jörg Petermann, war von Beruf Webdesigner bei einer Werbeagentur in Hirschhorn. Und natürlich hatte er Urlaub, denn anscheinend hatte ja zurzeit jedermann Urlaub außer mir. Mein Glück war, dass er nicht in die Ferne geflogen war, sondern die Ferienzeit nutzte, um mit seiner neuen Aprilia die heimische Gegend unsicher zu machen. Und er hatte ein Handy.

Nach dem dritten Tuten nahm er ab. Nach den Geräuschen im Hintergrund zu schließen, saß er schon jetzt, am frühen Vormittag, in irgendeinem Biergarten und ließ es sich gut gehen.

»Also, ich versteh jetzt grad nicht ganz ...«

»Sie hatten auf dem Königstuhl Ihr Schlummerbier getrunken.«

»Aber nur eins. Höchstens zwei. Wir waren nicht besoffen!«

»Mir geht es um etwas anderes. Es war wenige Tage nach Neumond. In der Nacht muss es stockfinster gewesen sein. Und ich würde zu gerne wissen, wie Sie die Frau entdecken konnten, ohne etwas zu sehen.«

»Hm. Wo Sie recht haben, haben Sie recht.« Er überlegte. Jemand erzählte einen Witz, der brüllende Heiterkeit auslöste.

»Ich meine … ja, ich hab die Taschenlampe genommen. Jetzt erinnere ich mich. Am Schlüssel von der Maschine hab ich so eine kleine LED-Lampe, und die hab ich genommen.«

»Die Frau lag am Fuß der Böschung. Drei bis vier Meter von der Straße entfernt. Sie hätten doch einfach an den nächstbesten Baum pinkeln können?«

»Ich … da war irgendwas. Ein Geräusch. Drum hab ich dann wohl die Lampe angeknipst und geguckt, was da unten war und …«

Geduldig wartete ich auf die Fortsetzung. Den Mann jetzt zu drängen, wäre das Falscheste gewesen, was ich tun konnte.

»Dass ich das hab vergessen können«, sagte er plötzlich. »Da hat was geraschelt, da unten. Und drum hab ich das Lämpchen angeknipst, aber es war dann gar nichts zu sehen. Nur so ein helles Bündel eben. Hat wieder so eine Drecksau ihren Müll in die Landschaft gekippt, hab ich noch gedacht. Und dann wurd mir klar, da liegt wer.«

»Sie haben also sonst nichts gesehen?«

»Bloß die Frau. Da wusst ich natürlich noch gar nicht, dass es eine Frau war …«

»Es könnte sein, dass Sie den Täter gestört haben.«

Jörg Petermann schnappte nach Luft. »Sie meinen, ich hätte den Killer verscheucht? Dann hätte ich ihr ja sozusagen das Leben gerettet? Ey, das kriegt man echt nicht alle Tage!«

Das Gelächter im Hintergrund brandete wieder auf. Als ich auflegte, verspürte ich eine überwältigende Lust auf ein eiskaltes Bier im Schatten großer Bäume.

8

Als ich die stumme Frau am späten Vormittag wiedersah, wurde mir klar, dass es nicht Susis dunkle Augen waren, von denen ich geträumt hatte. Wie beim letzten Mal sah mich die Fremde aufmerksam an, nicht unfreundlich, eher ein wenig fragend, neugierig. Wacher kam sie mir heute vor. Es schien ihr besser zu gehen. Aber da war eine Trauer in ihrem Blick, eine stille Verzagtheit, die ich bisher nicht bemerkt hatte.

Sie trug dasselbe ausgesucht hässliche Nachthemd, das sie schon im Uniklinikum getragen hatte. Ein billiges, kurzärmliges Ding, weiß mit verwaschenen roten Punkten, die vielleicht Kirschen sein sollten.

Die Verlegung hatte problemlos geklappt. Das mindestens hundert Jahre alte Sankt-Josefs-Krankenhaus lag nur wenige Schritte von meiner Wohnung entfernt und wirkte wesentlich einladender als der moderne, unübersichtliche Bau der Uniklinik. Zudem hatte es die merkwürdige Eigenschaft, innen viel größer zu sein, als es von außen wirkte. Hier hatte unser Sorgenkind zwar kein eigenes Zimmer, was aber eigentlich ein Vorteil war. Auf diese Weise war sie nicht allein und ein neuer Mordanschlag noch unwahrscheinlicher als ohnehin schon. Niemand hier wusste etwas vom wahren Schicksal der neuen Patientin. Man kannte sie als Mrs Miller, eine englische Touristin aus Stafford, die beim Besichtigen des Schlosses eine steile Treppe hinuntergestürzt war.

Balke und ich waren übereingekommen, auf eine ständige Bewachung zu verzichten. Erstens fehlten uns im Augenblick die Leute dafür, und zweitens wussten nur zwei oder drei Menschen außerhalb der Polizeidirektion, wo sie sich jetzt aufhielt. Ob ihre Zimmergenossin im Krisenfall wirklich ein Schutz sein würde, erschien mir allerdings fraglich, als ich sie sah. Frau Schreiner war eine fette alte Matrone, die auf dem Rücken lag und schnarchte, dass der Boden bebte.

Die junge Schwester, die mich begleitete, vermied es, mir in die Augen zu sehen, und hatte eine hastige Art zu sprechen, bei der sie oft halbe Worte verschluckte.

»Sie isst recht ordentlich«, sagte sie, als ginge es um ein krankes Haustier. »Und sie darf auch schon aufstehen. Vorhin hat sie eine Weile am Fenster gestanden und hinausgeschaut.«

»Haben Sie versucht, mit ihr zu sprechen?«

»Geht ja nicht. Wir verständigen uns mit Gesten. Ist schon irgendwie blöd, wenn man mit jemandem kein Wort reden kann. Aber sie ist sehr geduldig. Kein bisschen rebellisch.«

Ein Seitenblick machte klar, dass dies nicht für alle Anwesenden galt. Als hätte sie den Blick bemerkt, hörte Frau Schreiner auf zu schnarchen. Die kleine Schwester atmete auf und sah an mir vorbei auf ein blasses Aquarell an der Wand, das eine gemütliche Hügellandschaft zeigte.

»Sie hat Angst, denk ich manchmal«, sagte sie leise. »Jedes Mal, wenn man reinkommt, guckt sie einen an, als müsse sie um ihr Leben fürchten.«

Inzwischen hatte die Frau, über die wir sprachen, die Augen wieder geschlossen. Mit einer dezenten Explosion setzte das Schnarchen ihrer Bettnachbarin wieder ein.

Die Schwester verabschiedete sich mit gequälter Miene und einer konfusen Handbewegung. Mir war nicht klar, ob sie vor dem Krach floh oder anderen Pflichten nachzugehen hatte. Nun stand ich hier und fühlte mich ein wenig überflüssig.

Mir kam es vor, als hätte die stumme Frau mehr Farbe im Gesicht als bei meinen letzten Besuchen. Trotz des bitteren Zugs um den Mund wirkte sie mit sich im Reinen. Ein Mensch, der viel durchgemacht hat und nun, endlich, zur Ruhe gekommen ist. Der Verband am Hinterkopf war flacher geworden, am linken Handgelenk klebte ein großes Pflaster. Die Schläuche waren verschwunden.

Die leichten, sonnengelben Vorhänge bauschten sich im Windhauch. Draußen stritten ein paar Spatzen. Ein seit Kindertagen vertrauter Geruch hing in der Luft: Kamille.

Plötzlich bemerkte ich, dass die Patientin die Augen offen hatte und mich ausdruckslos betrachtete. Diesmal hielt sie meinem Blick stand.

Wusste sie, wo sie sich befand? Vielleicht.

Was ihr zugestoßen war, wer ihr das angetan hatte? Hoffentlich.

Noch immer sahen wir uns in die Augen. Sie erwiderte mein Lächeln nicht. Aber ich war sicher, sie wusste, dass ich ihr Freund war.

Mit den Geräuschen eines auftauchenden Nilpferds wälzte sich Frau Schreiner aus dem Bett, zog einen überraschend hübschen Bademantel über, fischte ein Päckchen Zigaretten aus der Schublade ihres Nachttischs und latschte ohne Gruß davon.

Als mein Blick den der stummen Frau wieder traf, hatte sich ihre Miene verändert. Sie schien ein klein wenig zu lächeln. Als würden wir uns heimlich über die Bettnachbarin lustig machen.

Von der Stationsärztin, einer älteren, ruhigen Dame mit vornehmer Goldrandbrille, lernte ich einiges über Amnesien, Schockzustände, vorübergehende Verluste elementarer Fähigkeiten und partielle Lähmungen nach schweren Prellungen des menschlichen Gehirns.

»Ihr GCS-Wert liegt mal bei acht, mal bei neun. Das ist gar nicht schlecht für die Verletzungen, die sie erlitten hat.«

»Und wofür steht GCS?«

»Glasgow Coma Scale.«

Immerhin so viel verstand ich: Auch die Ärzte wussten nicht so recht, woran sie waren mit ihrer Patientin. Es kommt offenbar hin und wieder vor, dass jemand nach einer schweren Gehirnerschütterung vorübergehend einige Gehirnfunktionen einbüßt. Die meisten können sich an die letzten Sekunden und Minuten vor ihrem Unfall nicht erinnern, andere wissen nicht einmal mehr, wer sie sind. Aber nur bei sehr wenigen kehrt die Erinnerung nie wieder zurück.

»In der Regel verschwinden die Symptome im Lauf von einigen Wochen ganz von alleine«, erklärte mir die Ärztin so mitfühlend, als wäre ich ein Angehöriger. »Aber vorläufig können wir nichts ausschließen. Kann sein, dass sie bleibende Hirnschädigungen erlitten hat, kann sein, dass sie in zwei Wochen wieder herumspringt wie ein Teenager und redet wie ein Buch. Im Kernspin sehen wir nichts, keine organischen Defekte. Aber unser Gehirn ist nun einmal ein ungeheuer kompliziertes Ding. Wir begreifen trotz aller Forschung so gut wie nichts von dem, was darin vorgeht. Es gelingt uns bestenfalls, die Aktivität von ein paar Neuronen zu erfassen. Einige wenige von einhundert Milliarden. Das ist sachtes Kratzen am Lack der göttlichen Schöpfung. Mit Verstehen hat das nichts zu tun.«

Als ich mich zum Gehen wandte, hielt sie mich zurück. »Eines noch. Sie wissen von der Narbe?«

»Welche Narbe?«

»Sie hat eine alte Operationsnarbe von oben nach unten über die ganze Bauchdecke. Vermutlich hat sie einmal einen Unfall gehabt, mit inneren Verletzungen. Und es muss kurz vor knapp gewesen sein, so wie der Kollege geschnitten hat.«

»Wann dürfte das gewesen sein?«

Die Ärztin hob ihre schmalen, schönen Hände. »Vor zehn Jahren? Oder fünfzehn? Vielleicht länger?«

»Ihr Haar hilft uns leider nicht weiter«, erklärte mir die hochgewachsene, flachsblonde und für meinen Geschmack ein wenig zu dürre Laborantin in der Polizeidirektion. Sie hatte unzählige Aknenarben im Gesicht und sprach mit sächselndem Akzent. Erst nach einigem Durcheinander verstand ich, dass nicht von meinen eigenen Haaren die Rede war, sondern von dem blonden Haar aus dem Ärmelumschlag der Unbekannten.

»Im Mikroskop sieht es aus wie ein menschliches Haar, okay, und wir könnten zur Not einen genetischen Fingerabdruck davon machen. Aber würde Ihnen das weiterhelfen? Ich meine, das kostet natürlich.«

»Solange ich den Menschen dazu nicht habe, können wir uns das wohl sparen.«

»Nur eines ist komisch. Ich habe im REM eine merkwürdige organische Substanz daran gefunden. Die will ich noch analysieren. Ansonsten ist es aber ein ganz normales Haar, wie gesagt. Ich könnte Ihnen nicht mal sagen, ob von einer Frau oder einem langhaarigen Kerl.«

Ich stieg die Treppen zu meinem Büro hinauf, obwohl ich angesichts der Temperatur lieber den Fahrstuhl genommen hätte. Aber ein bisschen Bewegung musste sein. Inzwischen war später Nachmittag, und die ganze Stadt lag wieder einmal in Hitzestarre.

Als ich meine Bürotür öffnete, schlug mir brüllend heiße Luft entgegen. Ich hatte vergessen, die Jalousien herunterzukurbeln. Heute verfluchte ich den Umstand, dass alle meine Fenster nach Süden gingen. Ich riss zwei davon auf, aber was hereinkam, war noch heißer als das, was schon drin war. Hoffentlich dachten meine Töchter daran, genug zu trinken in ihrer Pferdebegeisterung.

Das Telefon schlug Alarm. Es war Runkel, aber offenbar war es zu keiner neuen Krise gekommen.

»Die Ärzte lassen fragen, wann sie das Zimmer wieder belegen können. Die werden hier langsam stinkig.«

»Sagen Sie ihnen, eine Nacht warten wir noch. Ich habe heute über die Pressestelle verbreiten lassen, die Frau sei auf dem Wege der Besserung. Wenn in der nächsten Nacht nichts passiert, dann blasen wir die Sache ab.«

»Gott sei's getrommelt und gepfiffen!«, ächzte Runkel. »Ich werd mein Leben lang nicht mehr Mensch-ärgere-dich-nicht spielen!«

Noch immer keine E-Mail von Theresa. Es war ihr doch hoffentlich nichts zugestoßen? Unsinn. Theresa war nicht der Mensch, dem etwas zustößt. So war sie eben: glücklich, wenn wir zusammen waren, und sobald wir uns trennten, schien sie mich zu vergessen. Wie hatte Tucholsky geschrieben? Was ich ihr war, habe ich nie ergründen können.

Wieder fand ich erstaunlich wenige Spam-Mails. Vor meinem Urlaub war das noch eine wahre Plage gewesen. Jemand dort draußen hatte offenbar endlich begriffen, dass ich weder Viagra kaufen noch schweinische Bildchen ansehen oder mein Geld in dubiosen Aktiengeschäften verzocken wollte.

Ich sichtete die Post und dachte an unsere Unbekannte. Unwillkürlich tat ich es Susi gleich: Ich überlegte, wovon sie wohl lebte, womit sie ihr Geld verdiente. Als Lehrerin konnte ich sie mir vorstellen. Sie hatte etwas im Blick, als würde sie sich für Menschen interessieren. Eine angenehme Wärme neben dieser merkwürdigen Trauer, die von tief innen zu kommen schien.

Zum Glück waren die meisten Briefe von der Sorte, die man ungeöffnet wegwerfen durfte. Werbung für Büromaterialien, Einladungen zu irgendwelchen Seminaren und Fortbildungsveranstaltungen. Den Rest erledigte ich in den folgenden zwei Stunden, unterschrieb einige unwichtige Papiere, studierte die Berichte der Gruppe, die sich um die Einbruchserie kümmerte. Dann inspizierte ich ein letztes Mal meinen E-Mail-Eingang und später noch ein allerletztes Mal.

Theresa hatte mich offenbar wirklich vergessen. Sollte es kein Zufall sein, dass das Wort »Untreue« weiblich ist?

An diesem Abend waren meine Zwillinge nicht ganz so ausgelassen wie an den Tagen zuvor. Die süüüße Donna war Louise auf den Fuß getreten. Doch als ich aufbrausen wollte, nahmen sie das arme Tier sofort in Schutz.

»Bin ja selber schuld«, jammerte Louise. »Ich hätte eben besser aufpassen müssen. Donna kann überhaupt nichts dafür. Sie hat ja keine Augen an den Füßen.«

Ich besah mir das Malheur, aber anscheinend hatten wir noch einmal Glück gehabt. Bis auf einen großen blauen Fleck war alles heil. Zähneknirschend behauptete sie, es tue schon praktisch gar nicht mehr weh.

»Wir sind vorhin bei Silke gewesen und haben im Internet nach Pferden geguckt«, eröffnete mir Sarah, während Louise ihr Ringelsöckchen wieder anzog.

»Die sind gar nicht so teuer, wie man denkt.« Louise deutete auf einige farbige Computerausdrucke, die auf dem Couchtisch lagen. »Der Hengst hier zum Beispiel – bloß achthundert Euro, und dabei sieht er doch echt gut aus.«

Das fand auch ich erstaunlich preiswert, denn der stolz glänzende Rappe auf dem Foto wirkte keineswegs wie eine Schindmähre. Ich hatte eher mit dem Zehnfachen gerechnet. Aber dann entdeckte ich den Fehler.

»Das ist nicht der Kaufpreis, sondern die Deckprämie.«

»Die was?«, fragten sie im Chor.

»Na ja, das … Wenn man eine Stute hat und möchte, dass sie schwanger wird, dann bringt man sie zu so einem preisgekrönten Hengst, wie zum Beispiel diesem hier und … den Rest könnt ihr euch denken.«

Sarah schnappte nach Luft. »Man soll acht-hun-dert Euro dafür hinlegen, dass der eine Stute poppt?«

»So würde ich es zwar nicht ausdrücken, aber im Prinzip …«

»Normalerweise, also …« Auch Louise war empört. »Normalerweise läuft das doch andersrum, oder nicht?«

Ich blätterte weiter und fand nicht nur Hengste, deren Liebesdienste sich ihr Besitzer vergolden ließ, sondern auch Pferde, die wirklich zum Verkauf angeboten wurden. Die Preise begannen bei etwa zweitausend und endeten im völligen Irrsinn.

»Zweitausend?« Sie sahen sich an. »Das schaffen wir.«

»Locker!«

Sie erhielten im Monat jede zwanzig Euro Taschengeld, hin und wieder etwas Geld von Oma und hatten so gut wie nichts auf ihren Sparbüchern.

»Ihr müsstet auf eine Menge neue Klingeltöne für eure Handys verzichten«, warf ich ein, »dreihundert Mal Kino, tausend Hamburger …«

»Wir essen ja keine Hamburger«, wies Sarah mich zurecht. »Wir sind doch Vegetarier.«

»Und Paps, wenn wir die Hälfte zusammenhaben, dann gibst du uns doch den Rest dazu, ja?«, fragte Louise.

»Mal sehen.« Ich würde mich jetzt nicht einwickeln lassen. Ich würde nichts versprechen, was mir später leidtat. Weiß der Teufel, welchen Plan die beiden gerade ausheckten. »Jetzt seid erst mal ihr am Zug.«

Mit ein wenig Glück würde sich ihr Enthusiasmus gelegt haben, bevor sie die ersten hundert Euro zusammenhatten. So war es schon immer gewesen. Monatelang konnten sie einen in den Wahnsinn treiben wegen irgendeines neuen Spielzeugs oder später wegen einer bestimmten Jeansmarke, nur um dann, wenn das so heiß Herbeigesehnte endlich angeschafft war, umgehend jedes Interesse daran zu verlieren. Was hatten sie uns die Ohren vollgejammert, sie müssten un-be-dingt Gitarre spielen lernen. Sie könnten nicht mehr leben ohne Gitarren. Jeder spiele heutzutage Gitarre, jeder. Gitarrespielen sei überhaupt das Allergrößte im Leben eines Mädchens. Endlich hatten wir nachgegeben, die Freude war unermesslich, der Kauf der Instrumente ein veritabler Staatsakt, Noten mussten her, Notenständer vom Feinsten, Stimmgabeln und was weiß ich. Kurse wurden belegt, das Kinderzimmer umgeräumt, und nach vier Wochen hörte man niemals mehr einen einzigen musikalischen Ton von ihnen.

Hinhalten, auf Zeit spielen, sich auf nichts festlegen, das war hier die Taktik der Wahl.

Louise humpelte hinter ihrer Schwester her ins Mädchenzimmer, und keine zehn Minuten später erschienen sie wieder, nun nicht mehr im Reiterdress, sondern in ihrer üblichen, für meinen Geschmack viel zu offenherzigen Freizeitaufmachung. Sarah trug eine orangefarbene Decke unterm Arm, Louise eine bunte Leinentasche mit ihren Badesachen über der Schulter.

»Gehn noch an den Neckar.« Sarah schenkte mir ihr zweitnettestes Lächeln und tat so, als wäre es bei uns plötzlich nicht mehr üblich, um Erlaubnis zu fragen. »Bisschen abchillen, paar Leute treffen.«

»Um zehn sind wir wieder da«, fügte Louise hinzu. »Spätestens halb elf.«

Und schon waren sie verschwunden.

Ich kramte in meinen alten Platten und fand auf einem Sampler tatsächlich den Titel, den ich gestern Abend in Susis Bar gehört hatte: Corcovado, Quiet Nights of Quiet Stars.

Das ganze Jahr über freut man sich auf den Sommer. Ist er endlich da, dann hängt man herum, schimpft auf die Hitze und weiß nichts mit sich anzufangen. Radfahren? Um Gottes willen! Joggen? Der sichere Tod. Alleine irgendwo essen gehen? Langweiliger als langweilig. Ich versuchte es mit Lesen.

Tucholsky hatte endlich seine Sommeridylle gefunden und den Ort, wo er sich wenige Jahre später das Leben nehmen sollte. Mariefred, Schloss Gripsholm. In diesem Buch war noch nicht viel zu spüren von den heraufziehenden Gewittern des zweiten Weltkriegs. Junge Liebe, in der man sich noch Frechheiten sagen kann, Sonne, Wasser und das Lästermaul von Prinzessin Lydia.

Aber ich kam nicht weit. Die zärtliche Musik eignete sich nicht für Stunden, in denen die Sonne schien. Auf das Buch konnte ich mich nicht konzentrieren, und so stieg ich schließlich in meinen alten Kombi und fuhr zum Königstuhl hinauf, in der Hoffnung auf ein wenig Kühle und das kalte Getränk, das mir seit dem morgendlichen Telefonat mit dem Motorradfahrer vor Augen schwebte.

Leider war ich nicht der Einzige, dem diese Idee gekommen war. Die Terrasse war überfüllt, aber ich fand am Ende doch ein Plätzchen ganz hinten an einem Tisch voller durchgedrehter älterer Damen, Mitglieder eines Bridgeclubs aus Germersheim, die mich kurzentschlossen adoptierten, ständig mit mir anstoßen wollten und mir nicht eine Sekunde Ruhe gönnten. So leerte ich zügig mein Weizenbier und sah zu, dass ich weiterkam. Und wunderte mich kein bisschen, als ich Minuten später wieder an der Stelle stand, wo vor mehr als drei Wochen die verletzte Frau gefunden wurde. Das Absperrband war inzwischen verschwunden. Nichts erinnerte mehr daran, dass sich hier der letzte Akt eines Gewaltverbrechens ereignet hatte.

Den Peugeot hatte ich einige Schritte weiter unten geparkt, wo er den Verkehr nicht allzu sehr behinderte, und nun saß ich am Rand der Böschung, an deren Fuß die Frau gelegen hatte, sah hinunter und fand nichts als Leere in meinem Kopf.

Immerhin war die Temperatur hier oben erträglich. Die Sonne stand jetzt tief, der Hang lag im Schatten. Irgendwo raschelte ein kleines Tier im Laub, eine Maus vielleicht. Einmal fuhr ein bunter Bus langsam die Straße nach Waldhilsbach hinunter, später donnerte ein Pulk chromüberladener Harleys zum Königstuhl hinauf. Es war so still, dass ich sie hören konnte, bis sie zehn Minuten später oben die Motoren abstellten. Nachdem der Abgasgeruch der Motorräder sich verzogen hatte, duftete es wieder nach trockenem Laub und Harz.

Vermutlich zum hundertsten Mal überlegte ich, was geschehen sein mochte, bevor die Frau die Böschung hinabgerollt war. Verwertbare Fußabdrücke hatte die Spurensicherung dort unten nicht gefunden. Kein Wunder, denn der Boden war aufgrund der langen Trockenheit hart. Wenn der verhinderte Mörder sich tatsächlich noch dort aufgehalten hatte, als die Motorradfahrer kamen, wohin war er geflüchtet? Die Männer hatten übereinstimmend ausgesagt, nirgendwo am Straßenrand einen Wagen gesehen zu haben. Sollte er sein Opfer zu Fuß hierher geschleppt haben? Unwahrscheinlich. War das, was ich hier aufzuklären versuchte, das unglückliche Ende eines Schäferstündchens im Wald? Ausgerechnet hier, weitab von jedem Parkplatz? Es gab romantischere Stellen im Umkreis von Heidelberg für ein solches Vorhaben.

Unser Labor hatte fast keine Spuren an Körper und Kleidung der Frau gefunden. Ein paar Wollfasern, blau und grün, von einem Pullover vielleicht oder von einer bunten Picknickdecke. Außerdem andere Fusseln, die von einem Teppich stammen mochten. Nicht einmal eine Reifenspur hatten wir, keinen Zeugen, nichts, was Rückschlüsse auf den Gegenstand erlaubt hätte, mit dem der Täter ihr fast den Schädel eingeschlagen hatte.

»'n Abend«, tönte eine sonore Männerstimme von unten. Ein eleganter Mann trat aus einem Wäldchen, von Kopf bis Fuß dunkelgrün gekleidet und mit einer Flinte über der Schulter. Ich grüßte wortkarg zurück und hoffte, nicht in ein Gespräch verwickelt zu werden.

Ich hoffte vergebens.

»Hier kann man's aushalten, was?«, meinte er aufgeräumt und stieg mit sicheren Schritten ein Stück zu mir herauf. Als er ungefähr die Fundstelle erreicht hatte, blieb er stehen. »Ich sag's ja immer, bei so einer Affenhitze, da ist es am besten im Wald.«

Susi hätte auf Steuerberater getippt. Oder Zahnarzt.

»Da haben Sie recht. In der Stadt wird man wahnsinnig«, sagte ich, um nicht unhöflich zu sein.

»Hier hat man vor ein paar Wochen eine schwer verletzte Frau gefunden. Ganz, ganz üble Geschichte. Ein Raubüberfall, habe ich gelesen.«

»Was Sie nicht sagen.«

»Wollte mir das auch mal ansehen.« Er schob mit dem Fuß ein wenig sandige Erde und dürres Laub herum. »Wenn schon mal was passiert hier in der Gegend.«

Ich ärgerte mich ein wenig darüber, dass er in der Frau nichts weiter sah als eine hübsche Sensation, eine willkommene Abwechslung. Aber er hatte ja nicht ihre Augen gesehen.

»Was jagt man hier so?«, fragte ich, um vom Thema wegzukommen.

»Schalwild.«

»Aha.«

Er lachte gutmütig. »Rehe, Hirsche und so.«

Ich lernte, dass Hirsche keineswegs männliche Rehe waren, wie ich seit meiner Kindheit geglaubt hatte, und begann den Moment zu verfluchen, als ich seinen Gruß erwidert hatte.

»Wissen Sie, es ist viel Leben im Wald. Auch wenn man denkt, hier ist weit und breit nichts. Vermutlich beobachten uns gerade hundert Augen, und eine Menge Wesen hoffen, dass wir zwei uns endlich verdünnisieren, damit sie wieder ihre Ruhe haben.«

Wie zur Bestätigung kreischte über uns empört ein Vogel.

»Eichelhäher«, wurde ich aufgeklärt. »Er hasst uns.«

»Aber er kennt uns doch gar nicht.«

»Hassen nennen wir Jäger es, wenn ein Tier alle anderen in der Gegend vor einem Feind warnt. Ich habe schon beobachtet, wie Spatzen eine Katze so lange verfolgten und anschrien, bis sie völlig entnervt Leine zog.«

Tiere warnen nicht nur ihre eigene Art, erfuhr ich weiter, sondern verfügen über ein artenübergreifendes Verständigungssystem, das Esperanto des Waldes. Hier sind zwei von diesen widerwärtigen Zweibeinern, schrie der Eichelhäher über uns. Lasst euch bloß nicht blicken!

»Sie unterscheiden sogar genau, ob ich die Flinte dabei habe oder nicht«, erklärte mir der Steuerberaterzahnarzt. »Man glaubt es nicht, wenn man es nicht selbst erlebt hat. Oh ...« Er bückte sich und schob ein wenig Buchenlaub zur Seite. »Waschbären! Diese verdammten Mistviecher!«

Ich erinnerte mich, irgendwo aufgeschnappt zu haben, dass diese liebenswerten Tierchen sich in Mitteleuropa mehr und mehr ausbreiteten und keineswegs von allen Menschen geschätzt wurden.

Der Jägersmann zählte sogar zu den erklärten Feinden der Gattung.

»Elende Nesträuber sind das«, schimpfte er. »Papierkörbe räumen sie aus, wie die Aasgeier, fressen alles, was sie durch den Hals kriegen. Und klauen tun sie außerdem noch.«

»Sie klauen?«, fragte ich amüsiert.

»Schlimmer als Elstern. Vorgestern zum Beispiel, da hab ich unten am Bach einen Bau gefunden, in einem hohlen Baum. Da hab ich allerdings noch gehofft, er gehört einem Iltis oder irgendwas Harmloserem als diesen ... Aber jetzt ist es amtlich, ich seh's an den Kötteln. Hier hat sich eine Waschbärenfamilie niedergelassen. Und dieser Bau, stellen Sie sich vor, der war mit einer Perücke ausgepolstert! Meinen Sie etwa, die haben die gekauft?«

»Eine Perücke?« Ich fühlte, wie ich langsam, Zentimeter für Zentimeter, erstarrte. Ein Schauer kribbelte meinen Rücken hinab.

»Ja«, fuhr der Mann arglos fort, »eine blonde Frauenperücke. Diese Dreckspatzen, ich sag Ihnen ...«

»Haben Sie die noch, diese Perücke?«

Neugierig sah er zu mir hoch. »Sie sind von der Polizei, stimmt's? Sie haben ganz genau gewusst, dass hier diese Frau ...«

Über sein Gesicht flog ein Schatten. »Jessas! Sie meinen doch nicht …?«

Es war eine elende Kraxelei, besonders für mich mit meinen leichten Stadtschuhen, aber eine Viertelstunde später standen wir unversehrt im dichten Unterholz vor dem hohlen Baum, in dem sich ein Waschbärenpärchen häuslich eingerichtet hatte. In der Nähe gurgelte ein Bächlein, und natürlich waren die rechtmäßigen Bewohner nicht anwesend. Vermutlich beobachteten sie uns aus sicherer Entfernung und wünschten uns die Pest an den Hals. Herr Böhm war übrigens weder Steuerberater noch Zahnarzt, sondern ein sehr geschäftstüchtiger Malermeister aus Aglasterhausen. Mit spitzen Fingern zupfte er die arg derangierte Perücke aus der Höhle und überreichte sie mir wie eine Trophäe.

»Passen Sie bloß auf, sind bestimmt tausend Läuse drin. Waschbären haben immer Läuse. Was soll man anderes erwarten bei dem Gesindel.«

Auf dem Rückweg zeigte er mir Stellen, wo im Herbst Steinpilze und Pfifferlinge wuchsen.

»Aber niemandem verraten, versprochen?«

»Ich würde die Stelle sowieso nicht wiederfinden. Ohne Sie fände ich nicht mal zu meinem Wagen zurück.«

Inzwischen war die Dämmerung hereingebrochen, und von Minute zu Minute fiel es mir schwerer, meine Schritte sicher zu setzen. Mehr als einmal musste mein geduldiger Führer mir buchstäblich unter die Arme greifen. Ich hielt meine blonde Beute so weit wie möglich von mir und meinte schon, die ersten ausgehungerten Läuse auf meinem Unterarm zu spüren.

Ein Ast zerkratzte mir das Gesicht.

»Wieso?«, fragte Böhm amüsiert. »Das ist doch kinderleicht. Wenn Sie aufwärts gehen, dann stoßen Sie irgendwann unweigerlich auf die Straße. Und wenn Sie immer abwärts gehen, dann stehen Sie früher oder später am Neckar, weil hier alles Wasser zum Neckar fließt. Sie müssen nur immer stur am Bach entlang wandern.«

Manche Dinge sind so einfach, wenn der Richtige sie einem erklärt. Er blieb stehen und suchte etwas in einer seiner Taschen.

»Aber um ehrlich zu sein …« Grinsend hielt er mir ein kleines elektronisches Gerät mit buntem Bildschirm unter die Nase. »Ich hab im Wald auch immer mein Navi dabei, damit ich auch wirklich wieder heimfinde. Wenn's dunkel wird, kann man sich hier nämlich höllisch verlaufen.«

9

Ich war müder aufgewacht an diesem Freitagmorgen, als ich mich am Abend zuvor hingelegt hatte. Langsam wurde die Hitze auch nachts unerträglich, und ich hatte mich ewig im Bett gewälzt. Außerdem hatte der Jäger leider recht behalten. Es waren wirklich massig Läuse in dieser verflixten Perücke gewesen, und obwohl ich das penetrant riechende Ding umgehend in eine Plastiktüte gestopft hatte, die ich zum Glück im Kofferraum fand, hatten es drei oder vier dieser Miniaturvampire geschafft, den Wirt zu wechseln und an mir ihre neue Heimat und Nahrungsquelle zu finden. Zu Hause hatte ich die Tüte dann samt Inhalt einfach in den Gefrierschrank gelegt. Ich entdeckte sieben Bisse am linken und elf am rechten Unterarm. Und je länger ich zählte, desto zahlreicher wurden die juckenden Stellen an meinem Körper.

Als ich die Küche betrat, verdrückten meine Töchter gerade die Reste ihres Frühstücks – Nutella mit Toast – und waren auf dem Sprung zu ihrem Pferd. Louises Fuß tat kaum noch weh, schwor sie, und Sarah kratzte sich ständig am Rücken. Doch nicht etwa auch die Läuse? Aber nein, das konnte eigentlich nicht sein. Plötzlich begann es mich heftig am linken Fuß zu jucken.

»Das Haar gehört wahrscheinlich zu einer Perücke«, eröffnete mir die Laborantin. »Diese komische organische Substanz ist nämlich Klebstoff.«

»Ich weiß.« Ich überreichte ihr die inzwischen wieder aufgetaute Tüte, in der hoffentlich nichts mehr lebte. »Hier haben Sie den Rest dazu.«

Sie setzte sich ans Mikroskop, und Minuten später war klar, dass Haar und Perücke zusammengehörten.

»Ziemlich primitives Ding«, meinte sie mit einer abschätzigen Grimasse. »Die war bestimmt nicht besonders teuer. Es ist übrigens Blut dran, am Hinterkopf, haben Sie gesehen? Soll ich die Blutgruppe bestimmen?«

»Das wird nicht nötig sein. Ich denke, ich weiß auch so, auf welchen Kopf das Ding gehört.«

»Und der Trick mit dem Gefrierschrank, echt genial, muss ich sagen.«

Im Büro zurück, telefonierte ich mit einer jungen, aufgeweckten Mitarbeiterin der Pressestelle. Spätestens am Nachmittag würde ein retuschiertes Foto an die Medien gehen, versprach sie mir. Ein Foto unserer Unbekannten, auf dem nicht mehr kurze schwarze Locken, sondern langes blondes Haar ihren Kopf zierte.

Ich hatte kaum aufgelegt, da klingelte mein Telefon schon wieder.

»Noch was ...« Es war die Laborantin. »Hab ich vorhin ganz vergessen. Das Blond, das ist gefärbt. Dieser komische Mopp stammt aus einem Land, wo man nicht so leicht an naturblonde Haare kommt, würd ich sagen.«

»Volltreffer!«, frohlockte Balke bei der Fallbesprechung, die heute erst am späten Vormittag stattfand, weil ich zuvor einen längeren Termin bei der Staatsanwaltschaft zu überstehen hatte. Dort wurde man langsam ungehalten wegen der Einbrüche. »Unsere Leiche hat in einer Studenten-WG in der Plöck gewohnt, ziemlich am östlichen Ende. Ich fahre nachher mal rüber. Wollen Sie mitkommen?«

Und ob ich wollte.

Es war halb zwölf, als wir vor der schäbigen, nachlässig grau gestrichenen Haustür standen und den obersten Klingelknopf drückten. Das Schildchen daneben war vermutlich schon seit Ewigkeiten unleserlich. Im Erdgeschoss des Nachbarhauses befand sich ein altmodisches Hutgeschäft, in unserem Rücken ein bis auf einen ständig gähnenden jungen Mann menschenleeres Antiquariat. Ein hageres und mitleiderregend schwitzendes Ehepaar in karierten Shorts und Sandalen schleppte sich in Richtung Unibibliothek. Die beiden diskutierten leise in einer Sprache, die ich nicht verstand, und sahen sich unentwegt um, als suchten sie etwas. Aber niemand hatte Lust oder Kraft, ihnen zu helfen.

Der Türöffner summte missmutig. Im Treppenhaus hing ein stickiger Mief, der auf jedem Treppenabsatz anders roch, und je weiter wir nach oben kamen, desto heißer wurde es. Eine schmale junge Frau mit Rastalocken und gelblicher Hautfarbe erwartete uns misstrauisch an der Wohnungstür, in deren Verglasung zwei Scheiben durch Wellpappe ersetzt waren.

»Sie sind von der Polizei?«, fragte sie in fast akzentfreiem Deutsch. Sie trug Jeans, deren Beine ziemlich weit oben abgeschnitten waren, und ein tausendmal gewaschenes, blassblaues T-Shirt. Darunter trug sie offensichtlich nichts.

Das Entree der Dachwohnung sah exakt so aus, wie ich mir den Flur einer Studenten-WG immer vorgestellt hatte: Kartons in allen denkbaren Größen und Farben, eine schwarz lackierte Kaffeehaus-Garderobe, der zwei Arme fehlten. An den Wänden zwei verstaubte abstrakte Ölgemälde, die mitzunehmen dem talentlosen Maler beim Auszug vermutlich zu lästig gewesen war.

Schweigend führte uns die Frau in eine überraschend aufgeräumte und modern eingerichtete Küche mit schrägen Wänden. Dies schien der mit Abstand heißeste Raum des Hauses zu sein. Das Hemd klebte mir am Körper, und ich bekam kaum noch Luft. Unsere Gastgeberin füllte eine Kanne mit Leitungswasser und stellte drei Gläser auf den Tisch, ohne uns anzusehen. Auch Balke hechelte.

»Bin im Moment die Einzige hier«, sagte die Frau leise und setzte sich. »Die anderen sind ausgeflogen. Semesterferien.«

Balke schenkte wortlos ein. Wir tranken. Das Wasser war lauwarm.

»Gut geheizt haben Sie es hier«, meinte er mit säuerlichem Lächeln.

Sie sah auf ihre grazilen Hände. »Dafür ist es im Winter angenehm kühl.«

»Wir würden gerne sein Zimmer sehen«, sagte Balke nach dem zweiten Glas Wasser.

»Er ist tot, sagen Sie?« Noch immer hatte sie keinem von uns ins Gesicht gesehen. Nicht einmal Balke.

Er erzählte ihr von dem Leichenfund. Nachdenklich betrachtete sie ihr Glas.

»Ich weiß nur, er ist irgendwann Anfang Juli eingezogen. Joshua hat ihm sein Zimmer überlassen, der macht ein Praktikum in Kanada. Oft gesehen hab ich Rafael nicht. Wir haben Hallo gesagt und uns mal die Hand gegeben. Rafael ist ja eigentlich nur zum Schlafen hier gewesen. Die meiste Zeit war er unterwegs. Ich glaube, er hat einen Job gesucht. Paar Tage später bin ich dann abgereist. Mutter ist gestorben.«

Ich wollte ihr mein Mitgefühl aussprechen, aber da hob sie die Hand, als wollte sie einen bösen Zauber abwehren. »Es war Zeit«, sagte sie leise. »Man muss nicht traurig sein.«

An ihrem schlanken Hals schlenkerte eine schwere Kette aus bunten Holzkugeln. Plötzlich leerte sie ihr Glas, das sie die ganze Zeit in der Hand gehalten hatte, mit großen, gierigen Schlucken. »Seit Samstag bin ich zurück, und von Daniele hab ich am Telefon erfahren, dass Rafael schon länger nicht mehr hier gesehen wurde. Aber das heißt nichts. Hier ist viel Kommen und Gehen. Die Miete hat er Joshua für zwei Monate im Voraus gegeben, und so hat sich keiner groß Gedanken gemacht. Hier tauchen immer mal Leute auf und verschwinden wieder.«

»Wir würden uns gerne das Zimmer dieses Rafael ansehen«, wiederholte ich Balkes Satz fast wörtlich.

Mit einem Achselzucken erhob sie sich. Das Zimmer des Toten lag der Küche gegenüber, deshalb ging das Fenster nach Norden. Auch hier gab es schräge Wände, und es war nur wenig kühler als in der Küche. Balke riss das Fenster auf, aber nichts änderte sich. Die glühende Luft lag über der Stadt wie eine Heizdecke mit defektem Thermostat. Mir lief der Schweiß übers Gesicht.

Das Zimmer war aufgeräumt und schlicht möbliert. Ein dreitüriger Schrank aus Kirschholzimitat, der vor fünfzig Jahren zum ersten Schlafzimmer eines frisch getrauten Paars gehört haben mochte. Ein robuster kleiner Tisch, vielleicht aus einer pleitegegangenen Eckkneipe. Zwei relativ neue IKEA-Stühle aus Kiefernholz sowie ein billiges Bett mit Metallgestell. Den einzigen Luxus bildeten eine teure Marantz-Stereoanlage mit riesigen Lautsprecherboxen, ein kleiner Fernseher sowie eine monumentale und verlockend bequem aussehende burgunderrote Plüschcouch.

Das Bett war nicht gemacht. Über einem der Stühle hing eine sandfarbene Jeans mit schmutzigen Hosenbeinen, daneben lag ein Paar ebenfalls verdreckter Sportschuhe der Marke Reebok. Auf dem Tisch ein altertümlicher, mittelgroßer Koffer aus dunklem Leder mit geschlossenem Deckel. Balke öffnete eine Tür des Schranks und entging um Haaresbreite einer Katastrophe, als der halbe Inhalt auf ihn herabstürzte. Offenbar hatte Joshua, der eigentliche Bewohner des Zimmers, seine gesamten Habseligkeiten in den Schrank gestopft, bevor er es seinem Untermieter überließ. Balke hatte nun eine Weile zu räumen und zu fluchen, um den Krempel wieder hineinzustopfen.

»Das ist der Koffer des Mannes?«, fragte ich die junge Frau.

Gleichmütig zuckte sie die eckigen Schultern. Die Brüste unter dem T-Shirt hüpften. »Kann sein.«

»Können Sie uns sonst noch etwas über ihn erzählen?«

Wieder Schulterzucken und Brüstehüpfen. »Er hat Rafael geheißen und kaum was geredet und war die meiste Zeit unterwegs. Ich weiß nicht mal, woher er eigentlich kommt.«

»Welche Sprache hat er denn gesprochen?«

»Na, Deutsch. Nicht so richtig Deutsch, aber, Sie wissen schon.«

»Gibt es jemanden hier, der mehr über ihn weiß?«

Sie überlegte. »Joshua kennt ihn nur vom Telefon, das weiß ich. Beim Studentenwerk gibt es nämlich eine Vermittlungsbörse für Leute, die ihre Zimmer vorübergehend nicht brauchen.« Sie wies mit dem Daumen über die Schulter. »Drüben, Selma, die kommt aus Norwegen. Die müsste ein paar Tage mit ihm zusammengewohnt haben, bevor sie heimgeflogen ist. Und im hintersten Zimmer wohnt Pierre. Wo der gerade wieder steckt, keine Ahnung. Eigentlich wollte er ja die ganze Zeit hier bleiben und aufs Examen pauken. Aber bei der Hitze …«

Draußen knatterte ein Hubschrauber in geringer Höhe über die Dächer.

»Aus welchem Land stammt denn dieser Pierre?«, fragte ich, als der Geräuschpegel ein Gespräch wieder zuließ. Balke war immer noch mit Aufräumen beschäftigt.

»Senegal.«

»Dann ist er auch schwarz?«, fragte Balke und balancierte vorsichtig einen schweren Karton voller Bücher in den Schrank. Endlich ließ die Tür sich schließen. Das Schloss knackte, Balke atmete auf und wischte sich den Schweiß von der Stirn.

»Klaro«, erwiderte die Frau erstaunt, deren Namen ich vergessen oder noch gar nicht erfahren hatte. »Wieso?«

»Was studieren Sie, wenn man fragen darf?«, wollte Balke wissen.

»Nichts. Ich jobbe als Kellnerin«, antwortete sie freimütig. »Ich bin nur immatrikuliert, weil ich sonst keine Aufenthalts …« Erschrocken schlug sie die Hand vor den Mund, als könnte sie ihre letzten Worte dorthin zurückbefördern.

»Keine Sorge«, sagte ich. »Dafür sind wir nicht zuständig.«

»Ich komme aus Marokko«, fügte sie in einem Ton hinzu, als wäre das ein mildernder Umstand.

Ich nahm ein Papiertaschentuch zur Hand, um am Koffer keine Fingerabdrücke zu hinterlassen, und wenig später schnappten die Schlösser des Koffers auf. Ich klappte den Deckel hoch und begann, den Inhalt herauszunehmen und auf den Tisch zu packen. Viel war es nicht. T-Shirts, zwei fast weiße Hemden mit langen Ärmeln, eine gefütterte schwarze Jacke, die der Besitzer hier ganz gewiss niemals getragen hatte, ein Paar abgetretene Halbschuhe, vier Paar vor langer Zeit einmal weiße Tennissocken, ein bisschen Unterwäsche. Und endlich in einem Seitenfach das Wesentliche: Pass, Flugtickets, ein dünnes Bündel Hundertdollarnoten. Balke trug inzwischen Latexhandschuhe und fischte das Ticket aus der Hülle. »Air Portugal« stand darauf.

»Rafael Nunda«, las Balke. »Luanda-Frankfurt und zurück, via Lissabon. Angekommen ist er am dritten Juli, der Rückflug ist für den fünfzehnten August gebucht.«

»Also morgen.«

»Er hat wirklich ganz gut Deutsch gesprochen«, sagte die Frau mit plötzlichem Eifer. Vielleicht dachte sie, dass es in ihrer Lage nicht schaden konnte, uns ein wenig zu unterstützen. »Er hat deutsche Vorfahren, und darauf hat er sich komischerweise schwer was eingebildet. Zu einem Viertel sei er Deutscher, hat er mir mindestens dreimal erzählt. Vielleicht hat er gedacht, dass ihm dann hier nicht so leicht was zustößt. Hat ja aber nichts geholfen, wie es scheint.«

Balke blätterte den Pass durch.

»Touristenvisum für zwölf Wochen«, sagte er halblaut. »Der Einzige, der uns möglicherweise mehr über Herrn Nunda sagen kann, wäre demnach Pierre aus Senegal?«

»Was möchten Sie denn eigentlich wissen?«, fragte die junge Marokkanerin zurück. »Von uns hat ihn bestimmt keiner umgebracht. Selma und ich sowieso nicht. Joshua ist schwul und muss weinen, wenn einer eine Fliege totschlägt. Und Pierre tut zwar immer so, als wäre er Rambo, aber im Grunde ist er auch total harmlos.«

»Vor allem interessiert uns, was Nunda in Heidelberg wollte. Wen er getroffen hat, wo er sich herumgetrieben hat. Es sieht nicht so aus, als wollte er hier Urlaub machen.«

Sie sah erst Balke an, dann mich. »Ich hab eigentlich ganz automatisch geglaubt, er ist irgendwelchen Skins in die Quere gekommen.«

»Wenn es so wäre, dann hätten wir sie längst«, meinte Balke und legte den Pass beiseite. »Diese Typen sind immer nur in der Gruppe stark. Und mindestens einer kann garantiert den Mund nicht halten, wenn er am nächsten Morgen wieder nüchtern ist.«

»Wir denken eher, dass er hier irgendwas vorhatte«, setzte ich hinzu. »Ein Geschäft vielleicht. Und sich dabei mit den falschen Leuten eingelassen hat.«

Nun blätterte ich Rafael Nundas Pass durch. Er war erst zwei Jahre alt, demnach musste das Foto noch halbwegs aktuell sein. »Benguela«, buchstabierte ich den Wohnort des Toten. »Die angolanischen Behörden werden uns hoffentlich weiterhelfen.« Ich steckte den Pass ein.

»Angola?« Wieder machten ihre kleinen Brüste einen Hüpfer.

»Warum erschreckt Sie das?«

Balke verschloss den Koffer und nahm ihn vom Tisch.

»Das werden Sie noch merken«, erwiderte sie mit gesenktem Blick.

Zurück im Büro, wählte ich eine lange Nummer, die mit 00244 begann, und kurze Zeit später war ich mit dem zuständigen Mitarbeiter der Deutschen Botschaft in Luanda verbunden. Michael Hecker war ein aufgeschlossener Mann undefinierbaren Alters, aber vermutlich noch am Beginn seiner Diplomatenkarriere.

»Auweia«, war sein erstes Wort, nachdem ich ihm mein Anliegen geschildert hatte. »Das ist leider ein bisschen komplizierter, als Sie sich das vorstellen im guten, ordentlichen Deutschland. Ich hab übrigens in Heidelberg Volkswirtschaft studiert!« Er lachte auf und wurde sofort wieder ernst. »Hier gibt es kein Meldesystem, wie Sie das kennen. Oft genug kennt man nicht mal Straßennamen oder Hausnummern. Einen gut gefälschten Pass kriegen Sie für fünfzig Dollar, einen schlechten für zehn. Aber ich will sehen, wie ich Ihnen helfen kann. Werde mal meine Kontakte spielen lassen.«

Angola. Was wusste ich als halbwegs gebildeter Mitteleuropäer über dieses Land? Es lag an der Westküste Afrikas, im Süden, eingeklemmt zwischen dem Kongo und Namibia, und war vermutlich zehn Mal größer, als man aus der Ferne schätzte. Und sonst? Revolutionen, Bürgerkrieg, Minenfelder, Hunger, Flüchtlingselend. Was einem zu einem schwarzafrikanischen Land eben so einfällt.

Da ich gerade Zeit hatte, googelte ich ein wenig herum.

Offizielle Landessprache war Portugiesisch, da Angola bis Mitte der Siebzigerjahre eine Kolonie Portugals gewesen war, welches das Land in den vergangenen Jahrhunderten als unerschöpfliche Quelle von Gold, Diamanten und tüchtigen Sklaven genutzt hatte. Zweithöchste Kindersterblichkeit der Welt. Auf jeden der zwölf Millionen Einwohner kam eine noch nicht entschärfte Landmine, die darauf wartete, ihm die Beine zu zerfetzen. Die Krankheiten, an denen man starb, waren Aids, Malaria, Tuberkulose, Meningitis oder Cholera. Und viel zu viele, vor allem Kinder, starben immer noch an Hunger, obwohl der Bürgerkrieg schon seit Jahren zu Ende war.

10

Am Morgen war das neue Foto in der Zeitung erschienen, eine verblüffend gut gemachte Montage, die unsere Unbekannte als Blondine zeigte, und unsere Erfolgssträhne schien anhalten zu wollen. Gegen Mittag klingelte mein Telefon. Eine angenehm ruhige Männerstimme meldete sich.

»Pension Neckarblick, Geldenham am Apparat. Sie suchen eine Frau, entnahm ich eben der Zeitung. Hier könnte ich möglicherweise helfen.«

Der Anrufer sprach langsam, ein wenig umständlich und mit dezentem, britischem Akzent.

»Die Dame ist am neunzehnten Juli angereist«, fuhr er in ernstem Ton fort, »und bereits nach sechs Tagen verschwunden. Ihr Gepäck hat sie jedoch zurückgelassen, weshalb ich dachte, sie wird vielleicht wiederkommen sowie ihre Rechnung begleichen.«

Zudem hatte er den salbungsvollen Tonfall eines anglikanischen Geistlichen.

»Ich bin in zehn Minuten bei Ihnen.«

Die Pension Neckarblick lag am nördlichen Neckarufer mit Blick auf den Marstall, wo sich heute die Unimensa befindet. Das Nachbarhaus der Pension schien einer Studentenverbindung zu gehören. Dort lümmelten ein paar Burschen auf der Terrasse herum und hielten – manchmal ist das Klischee die Wahrheit – allesamt trotz der mittäglichen Hitze Bierflaschen in der Hand. Der Wetterbericht hatte für heute einen neuen Hitzerekord angedroht.

Ich drückte die einen Spalt offen stehende, prächtig verschnörkelte Tür des Hauses auf. Über abgetretene, dicke Läufer ging es lautlos ins Dunkle. Nach der grellen Wüstenhelligkeit draußen gewöhnten sich meine Augen nur allmählich an das Dämmerlicht.

Der hochgewachsene Mann mit Haltung und Miene eines Lords aus uraltem Adel stand so plötzlich vor mir, dass ich nicht hätte sagen können, woher er gekommen war. Kühl war es hier. Und es roch ein wenig nach Earl-Grey-Tee.

»Der Herr von der Kriminalpolizei?«, fragte er in einem Ton, als befänden wir uns in einer Einsegnungshalle. Sorgfältig studierte er meinen Dienstausweis.

»Folgen Sie mir bitte«, sagte er dann. »Gehen wir in den Frühstücksraum.«

Geldenham führte mich um ein paar Ecken des verwinkelten Gebäudes, eine alte Professorenvilla vielleicht, und plötzlich standen wir in einem nicht übermäßig großen, hellen Zimmer, das billig, aber penibel reinlich eingerichtet war. Vier Tische mit jeweils vier exakt ausgerichteten Stühlen und zwei Zweiertische machten sich gegenseitig den Platz streitig. Wenn hier alles besetzt war, dann traten sich die Menschen auf die Füße. Es duftete nach gutem Kaffee und ein klein wenig nach Bittermandelöl.

Wir setzten uns an ein großes Fenster mit dem Blick auf den Neckar, der der Pension den Namen gab. Eine gelb gestreifte Markise verhinderte, dass die Sonne uns grillte. Jetzt erst bemerkte ich, dass mein Führer ein dickes Buch unter dem Arm trug.

Wortlos legte ich einige Fotos auf den Tisch, die unsere Unbekannte mit und ohne Perücke zeigten.

»Aber ja«, sagte er nach einem langen, aufmerksamen Blick über die schmale Brille hinweg. »Es besteht kein Grund, zu zweifeln.«

Mit gemessenen Bewegungen schlug er sein Buch auf und deutete auf einen der letzten Einträge. Engracia de Santos, entzifferte ich mühelos seine akkurate Handschrift.

»Schöner Name«, sagte ich, »Engracia.«

»Dem pflichte ich bei.«

Der Bittermandelgeruch schien von meinem Gesprächspartner auszugehen. Geldenham schob den Meldezettel von Frau de Santos über den Tisch. Ihre Handschrift war ein wenig krakelig, aber ich hatte keine Mühe, sie zu lesen.

Und dann – wie ein Stromschlag: Huambo, Angola.

Solche Zufälle gibt es nicht. Zwei Menschen waren im Abstand von zweieinhalb Wochen aus dem Süden Afrikas nach Heidelberg gereist. Nunda wurde hier ermordet, Frau de Santos um ein Haar ebenfalls.

»Was können Sie mir über die Dame sagen?«

»Sie war ein höchst angenehmer Gast. Still, sehr still. Sie legte keinen Wert auf persönlichen Kontakt.«

»War sie viel unterwegs?«

Nachdenklich schüttelte Geldenham den großen Kopf mit beneidenswert kräftigem, rötlich blondem Haar. Jetzt erst fiel mir auf, wie blass er war. Als würde er seine dunkle Höhle niemals bei Tageslicht verlassen. Perfekt passend zur Haarfarbe, trug er einen bestimmt in London maßgeschneiderten braunen Zweireiher samt Weste. Seine Rechte zierte ein schwerer Siegelring, und ich kam zu dem Schluss, dass er wirklich adliger Abstammung war.

»Nein«, erwiderte er zögernd, als zweifelte er an seinen eigenen Worten, »die meiste Zeit weilte sie auf ihrem Zimmer.«

»Hat sie telefoniert?«

»Zwei Mal nur. Jeweils nur kurz.«

»Wie hat sie sich ernährt? Ging sie essen?«

Seine Lordschaft verzog den Mund zu einem schmalen Lächeln.

»Frau de Santos hat immer äußerst ... nun ... gründlich gefrühstückt.«

»Und sonst hat sie nichts gegessen?«

»Sie richtete sich immer noch eines oder zwei Brötchen und nahm sie mit auf ihr Zimmer. Ich sehe dies natürlich nicht so gerne, wie Sie sich denken können. Aber man möchte ja auch nicht so sein. Die Dame ist stets sehr zeitig aufgestanden und auch früh zu Bett gegangen. Und sie hat immer nur Wasser getrunken, aus der Leitung, immer nur Wasser. Außer dem Kaffee zum Frühstück natürlich. Aus dem Kühlschrank hat sie nie etwas entnommen. Jedenfalls hat sie nichts in das Heft eingetragen.« Mit einer eleganten Geste wies er auf den hohen, alten Kühlschrank, der in einer Nische neben der Tür zufrieden vor sich hinbrummte. »Meinen Gästen ist erlaubt, sich dort zu bedienen. Ich vertraue den Menschen. Sie sind keineswegs so schlecht, wie man manchmal denken möchte, wenn man fernsieht. Hier fehlt so gut wie nie etwas.«

Wieder lächelte er sein schmales, ernstes Lächeln.

»Ich denke, Frau de Santos verfügt nicht über großzügige Mittel. Am zweiten Tag fragte sie mich, was eine Telefoneinheit kostet. Da hat sie sich sehr erschreckt, und von da an telefonierte sie nur noch vom öffentlichen Telefon an der Ecke aus. Ich habe sie mehrmals dabei beobachtet.«

»Demnach hat sie also öfter telefoniert?«

»Jeden Tag. Oft mehr als einmal, aber immer nur kurz. Als hätte sie vergeblich versucht, jemanden zu erreichen.«

Leicht zu erraten, wen sie so hartnäckig zu erreichen versuchte.

»Ich hätte gerne die Nummern, die sie von ihrem Zimmertelefon gewählt hat. Die haben Sie doch bestimmt in Ihrem Computer?«

»Aber gewiss. Wenn Sie bitte eine Minute warten möchten.«

Sekunden später wurde meine Vermutung zur Gewissheit. Frau de Santos hatte beide Male die WG angerufen, in der Rafael Nunda gewohnt hatte. Der allerdings zu diesem Zeitpunkt schon tot gewesen sein dürfte.

Wir erhoben uns und reichten uns die Hände.

»Nicht viel Betrieb hier«, sagte ich. »Ich dachte, Heidelberg ist um diese Zeit voller Touristen.«

»Hier wohnen keine Touristen«, erwiderte er ernst und machte eine kleine Verbeugung. »Hier wohnen nur Menschen, die mir sympathisch sind. Wessen Nase mir nicht gefällt, der findet hier kein Zimmer. Auf das Geld bin ich nicht angewiesen.«

»Wie hat sie das Zimmer eigentlich gefunden? Hat sie an der Tür geläutet?«

»Aber nein. Sie hat es im Internet gefunden. Ihre E-Mail klang sehr persönlich und ernst, und da dachte ich, sie passt wohl hierher.«

»In welcher Sprache haben Sie sich eigentlich verständigt?«

»Englisch«, lautete die würdevolle Antwort. »Aber es ist gewiss nicht ihre Muttersprache.«

»Sie sind selbst Engländer?«

Nun wurde sein Lächeln wärmer. »Ich bin in Essex geboren.«

»Und was hat Sie hierher verschlagen, wenn ich fragen darf?«

Anstelle einer Antwort begann er, leise und ziemlich falsch zu singen: »Ich hab mein Herz in Heidelberg verloren …« Er brach ab und hüstelte verlegen.

»Das Gepäck der Dame lasse ich später abholen«, sagte ich.

»Es wäre schön, wenn Sie in ihrem Zimmer vorläufig nichts verändern würden.«

Der große, blasse Mann nickte und entließ mich mit einer Geste, als wäre ich ein Hausangestellter, dessen Dienste vorläufig nicht mehr benötigt werden.

»Ein bisschen Zeit müssen Sie mir schon lassen!«, maulte Hecker, mein Mann in der Deutschen Botschaft in Luanda. Diesmal war die Verbindung äußerst schlecht, und offenbar ging ich ihm auf die Nerven. »Das läuft hier nicht so, wie Sie das vielleicht gewohnt sind.«

»Wir interessieren uns inzwischen für eine weitere Person.«

»Wie jetzt – noch 'ne Leiche?«

»Zum Glück nicht.«

Nun hörte er mir zu, aber ich wurde das Gefühl nicht los, dass er an meiner Zurechnungsfähigkeit zweifelte. Erst als ich den Namen der Frau nannte, wurde er lebendig.

»Engracia? Wow, hübscher Name! Und aus Huambo, sind Sie sicher? Das liegt südöstlich von hier, im Landesinnern. Ehemals Novo Lisboa, Neu-Lissabon. Aber wahrscheinlich steht das nur in ihrem Pass, und sie wohnt in Wirklichkeit seit Jahren nicht mehr dort. Das ist verbrannte Erde. Nur noch Krüppel und Minenfelder. Glaube kaum, dass sich dort überhaupt noch Weiße aufhalten.«

»Wohin könnte sie geflohen sein?«

»Die meisten Weißen haben sich während der Kriegsjahre an die Küste zurückgezogen. Benguela war beliebt. Falls sie nicht gleich ins Ausland sind, natürlich. Viele waren ja froh, dass sie überlebt hatten und dieses verfluchte Land hinter sich lassen konnten. Lange hat hier niemand mehr geglaubt, dass dieser Irrsinn jemals wieder aufhören würde.«

»Im Fall de Santos haben wir immerhin eine Adresse.«

»Schon«, brummte er ohne Begeisterung. »Ich will sehen, was sich machen lässt. Irgendwen wird's auch in Huambo geben, der uns weiterhelfen kann. Wie viel Geld haben Sie denn in Ihrem Spendentopf?«

»Spendentopf?« Ich muss sehr verständnislos geklungen haben, denn Heckers Lachen klang fast mitleidig.

»So nennen wir hier unser Budget für außerplanmäßige Ausgaben, Bestechungsgelder auf gut Deutsch. Sie kriegen hier weder von den Behörden noch von sonst jemandem irgendwas, wenn Sie nicht ein paar Scheine rüberwachsen lassen. Aber keine Sorge, das können wir übernehmen. Sie werden in Deutschland nicht viele Möglichkeiten haben, solche Ausgaben zu verbuchen.«

Da musste ich ihm recht geben.

»Und das mit den Behörden, das vergessen wir gleich wieder«, überlegte Hecker laut. »Ich probier mein Glück mal bei den NGOs: Ärzte ohne Grenzen, Children Aid und so. Die trauen sich seit einiger Zeit wieder ins Landesinnere und haben dort natürlich tausendmal bessere Connections als wir hier in der Hauptstadt. Gute Beziehungen zu den örtlichen Machthabern und Warlords sind deren Lebensversicherung.«

Einige Sekunden schwieg er, und es klang, als würde er sich eine Zigarette anzünden. »Okay«, sagte er dann. »Ich werd mich später ans Funkgerät hängen und rumhorchen, ob jemand in Huambo Projekte laufen hat.«

An diesem Abend nahm ich meinen alten Diercke Weltatlas zur Hand. Angola: dreieinhalb Mal so groß wie Deutschland. Im Nordosten Diamanten, im Südwesten Gold. Vor der Küste große Erdölvorkommen. Ginge alles mit rechten Dingen zu, dann müssten dieses Land und seine sämtlichen Bewohner reich sein. Aber das Gegenteil war der Fall. Zwei Drittel der Bevölkerung lebte von ein, zwei Dollar am Tag.

Auch Huambo fand ich nach einigem Suchen. Benguela, woher Rafael Nunda kam, lag wie die Hauptstadt Luanda am Meer, jedoch einige hundert Kilometer weiter südlich.

Meine Töchter störten mich bei meiner Exkursion in vergangenen Erdkundeunterricht.

»Was machst du da?«

»Ich sehe mir Afrika an.«

Alte Leute sind manchmal echt komisch, sagte ihr Blick.

»Und, wie war's bei euch?«, fragte ich und schlug den Atlas zu.

»Cool!«, jubelten sie und begannen, durcheinanderzureden.

Louise schwor, ihr Fuß sei wieder völlig in Ordnung. Zum Glück hatte sie auf weichem Boden gestanden, als das Pferd darauf trat.

Inzwischen hatte ich mich mit ihrer neuen Leidenschaft angefreundet. Die beiden waren beschäftigt, kamen nicht auf dumme Gedanken, bewegten sich an frischer Luft, und all das kostete mich keinen Cent. Abgesehen von einer einmaligen Investition in Höhe von vierhundertfünfzig Euro natürlich.

»Habt ihr schon gegessen?«

Hatten sie nicht. Das Geld, das ich ihnen spendiert hatte, damit sie sich mittags Pizzaschnitten oder Käsebrötchen kaufen konnten, sparten sie für ihr Pferd.

Sie meinten es ernst. Inzwischen belief sich ihr gemeinsames Barvermögen schon auf siebenundvierzig Euro.

»Und außerdem haben wir zusammen fast dreißig auf den Sparbüchern!«

»Wenn ihr so weitermacht, dann könnt ihr in zehn Jahren anfangen, den Markt zu recherchieren.«

»Nach den Ferien werden wir arbeiten«, eröffnete mir Sarah.

»Zeitungen austragen«, ergänzte Louise, »morgens vor der Schule.«

»Babysitten. Babysitter werden immer gesucht.«

»Nachhilfe geben. In Mathe zum Beispiel.«

»Und wir werden Oma einen ganz, ganz lieben Brief schreiben.«

»Die freut sich doch bestimmt, dass wir auf einmal so vernünftig sind. Meinst du nicht auch?«

Fast zu vernünftig, fand ich. Beunruhigend zielstrebig.

»Oma weiß ja sowieso nie, was sie uns schenken soll.«

»Und außerdem geben wir in Zukunft so wenig Geld aus wie möglich.«

»Nie mehr Disko, zum Beispiel.«

»Klamotten aus dem Secondhand-Shop.«

Träumte ich? Waren das meine Töchter?

»Ihr könntet euren ganzen Barbie-Kram bei eBay verkaufen«, schlug ich vor. »Ihr spielt sowieso nicht mehr damit, und das Zeug bringt bestimmt eine hübsche Stange Geld.«

»Die Barbies?«, schrie Louise entsetzt.

»Kommt nicht infrage!« Sarah schüttelte den Kopf, dass die langen Haare nur so flogen. »Aber vielleicht unsere Kinderbücher ...«

»Bücher verkauft man nicht.«

»Wieso nicht?«, fragten sie verdutzt.

»Weil ... Das tut man eben nicht. Bücher sind was Besonderes.«

»Barbies auch.«

Ich stellte den Atlas ins Regal zurück. »Wem gehört eigentlich euer Pflegepferd?«, fragte ich über die Schulter.

»Irgend so 'nem reichen Typ«, antwortete Sarah unsicher. »Wir kennen den eigentlich gar nicht. Das ist alles über Frau Herzberger gelaufen.«

»Seine Frau ist gestorben«, sagte Louise. »Donna hat seiner Frau gehört, hat Frau Herzberger gesagt.«

»Jedenfalls muss der stinkreich sein«, meinte Sarah. »Donna ist eine echte Araberstute mit Stammbaum und allem Drum und Dran.«

»Und du gibst uns doch bestimmt was dazu, wenn wir die Hälfte zusammen haben, oder?«, fragte Louise wie nebenbei.

Diese verfluchte Hitze machte mich unaufmerksam. So konnte ich nur noch meiner leichtfertigen Antwort hinterherlauschen: »Natürlich. Das ist doch wohl logisch.«

Ich tröstete mich damit, dass es, selbst wenn sie alle ihre guten Vorsätze realisierten, noch ein gutes Weilchen dauern würde, bis sie ihren Teil der Abmachung erfüllt hatten. Und es bestand ja immer noch die Chance, dass ihnen die ganze Pferdegeschichte in wenigen Wochen langweilig wurde.

Als wir gemeinsam den Tisch fürs Abendessen deckten, fiel mir auf, wie energisch sie sich plötzlich bewegten. Sie wirkten gesünder, wacher, fröhlicher. Und sie futterten, als hätten sie den ganzen Tag auf dem Feld geackert. Sie fanden nicht einmal die Zeit, an irgendetwas herumzumäkeln. Ich fragte sie, was ich am Wochenende kochen sollte, und erhielt zur Antwort, das sei ihnen völlig egal, da sie die meiste Zeit bei ihrer Donna verbringen würden.

Vielleicht angesteckt vom Bewegungsdrang meiner Töchter,

erinnerte ich mich beim Einschalten der Spülmaschine an meine guten Vorsätze. Ich zog mich rasch um und schwang mich aufs Rad. Ohne Eile fuhr ich ein Stück den Neckar abwärts in Richtung Wieblingen. Bald stellte ich jedoch fest, dass es auch kurz vor Sonnenuntergang noch zu warm war für körperliche Betätigung. Außerdem war der Verkehr auf den Radwegen schlimmer als auf mancher Autobahn zu Ferienbeginn. Ständig war ich jemandem im Weg, musste verbissen dreinschauenden Kampfbikern ausweichen oder mich über andere ärgern, die den Weg blockierten und quatschten. So verlor ich bald die Lust und machte kehrt.

Sollte ich Lorenzo besuchen? Lorenzo schätzte Überraschungen nicht, zum Schachspielen fühlte ich mich zu dumm, und so landete ich schließlich bei Susi. Sie begrüßte mich wie einen Stammgast, der von einer Weltumseglung zurückgekehrt ist. Heute trug sie einen eleganten schwarzen Hosenanzug und dazu eine weiße Bluse.

Passend zu meiner sportlichen Betätigung und getrieben von mächtigem Durst wollte ich wissen, ob man in ihrer schicken Cocktailbar auch etwas so Schlichtes wie ein großes Radler haben könne. Susi meinte, das sei ja schließlich auch irgendwie ein Cocktail, und wollte hören, wie weit unsere Ermittlungen gediehen waren, während sie herumräumte, Gläser spülte und polierte, Obst aus dem Kühlschrank holte und für die Cocktails vorbereitete. Ich gab bereitwillig Auskunft.

Später erschienen weitere Gäste, und ich bestellte noch einmal dasselbe.

»Wenn Sie an einen Architekten denken«, sagte ich gegen elf, als ich zahlte, »was fällt Ihnen dann als Erstes ein?«

»Schwarz«, erwiderte sie ohne Zögern. »Die sehen doch alle aus wie die Raben …«

Sie verstummte und starrte mich an.

»Das heißt also, der Mann, den Sie mit unserem Mordopfer zusammen gesehen haben, hat Schwarz getragen?«

Susi nickte sehr langsam. »Hey, der Trick war klasse! Ich wäre im Leben nicht drauf gekommen, warum ich den Kerl für einen Architekten gehalten habe. Und so ist es mir wieder eingefallen. Ja, stimmt, er hat einen dunklen Anzug getragen. Obwohl, Architekten tragen ja keine Schlipse und erst recht keine weißen Hemden.«

Ich steckte das Wechselgeld ein und rutschte vom Hocker. »Auf welchen Beruf haben Sie eigentlich bei mir getippt?«

»Das darf ich nicht verraten.« Susi strahlte mich an. »Das bringt Unglück.«

»Wem? Mir?«

»Nein, mir natürlich.« Sie lachte ihr helles Lachen. »Sie würden womöglich nie wiederkommen.«

»Die hübschen Zwillinge sind Ihre Töchter?«

Der alte Mann, der mich so freundlich anlächelte, hatte seinen siebzigsten Geburtstag schon hinter sich. Er war schlank und hielt sich sehr gerade, vielleicht, weil er eher klein gewachsen war. Sein heller Sommeranzug saß perfekt, das silberweiße Haar trug er für sein Alter ungewöhnlich lang. Auf der Straße hätte ich ihn vielleicht für einen pensionierten Kunstprofessor gehalten.

Es war Sonntagabend, und seit einer halben Stunde saß ich in der kleinen Gaststätte des Handschuhsheimer Reit- und Fahrvereins vor einer Flasche Mineralwasser und wartete auf meine Töchter. Kurz nach sieben hatten sie angerufen und gefragt, ob ich sie ausnahmsweise abholen käme, da sie beim derzeitigen Wetter unmöglich mit den Rädern nach Hause fahren könnten. Draußen goss es, blitzte und donnerte alle Augenblicke, dass es ein Fest war. Nun gab es jedoch plötzlich noch etwas ungeheuer Wichtiges im Stall zu tun, und deshalb saß ich hier und wartete ohne Ungeduld. Bei diesen Witterungsverhältnissen hätte man ohnehin nicht guten Gewissens Auto fahren können.

»Das ist richtig«, erwiderte ich.

»Sie gestatten, dass ich mich zu Ihnen setze?« Er reichte mir eine kühle, trockene Hand. »Fahlenberg ist mein Name.«

Am Nachbartisch diskutierte eine Gruppe von Frauen in Reiterkleidung über ein Turnier, das wegen des Unwetters abgebrochen werden musste. Auf kleinen Borden an den Wänden standen verstaubte Pokale, und daneben hingen gerahmte Urkunden, die von vergangenen Erfolgen kündeten.

»Ich bin der Besitzer von Donna.«

»Schön, Sie kennenzulernen.« Ich lächelte zurück. »Meine Töchter sind ja völlig verrückt nach Ihrem Pferd.«

Er winkte die ein wenig hektische und schweißüberströmte Bedienung herbei und bestellte einen Espresso. Die Luft in dem Lokal war dampfig, selbst beim Sitzen drang einem der Schweiß aus allen Poren. Nur mein Gegenüber schien nicht unter der tropischen Luftfeuchtigkeit zu leiden. Sein Rasierwasser musste ein Vermögen kosten.

»Donna war das Lieblingspferd meiner Frau.« Blinzelnd sah er an mir vorbei zum Fenster. An der linken Seite seiner Stirn hatte Fahlenberg eine kleine, noch nicht ganz verheilte Verletzung. »Helma stammte aus Handschuhsheim und war fast sechzig Jahre Mitglied in diesem Verein. Mich selbst um Donna zu kümmern, fehlt mir die Zeit und leider inzwischen auch ein wenig die Kraft. Deshalb bin ich sehr froh, dass das alte Mädchen durch Ihre bezaubernden Töchter die Zuwendung erfahren darf, die sie braucht. Und Ihnen bin ich sehr dankbar dafür, dass Sie es möglich machen.«

»Überhaupt kein Grund zur Dankbarkeit.« Ich nahm einen großen Schluck Wasser. Draußen krachte es wieder, als hätte der Blitz im Nachbargebäude eingeschlagen. Der Wind drückte gegen die Fenster, der Regen rauschte wie ein ausgewachsener Wasserfall vom Himmel. »Ihr Pferd ist glücklich, meine Töchter sind glücklich, wir beide sind zufrieden – was will man mehr?«

Fahlenberg hatte das Lächeln eines Menschen, der es nicht mehr nötig hat, auf der Hut zu sein. Der sich Offenheit leisten kann.

»Die besten Geschäfte sind ja immer die, aus denen alle Parteien ihren Gewinn ziehen.«

Sein Espresso kam, er leerte ihn in einem Zug. Fast hätte ich ihn nach dem Namen seines Rasierwassers gefragt. Aber vermutlich hätte ich es mir sowieso nicht leisten können. Seine zartgliedrigen Hände waren gepflegt und machten den Eindruck, als hätten sie nicht oft im Leben körperliche Arbeit verrichtet.

»Der Name Fahlenberg sagt mir etwas. Aber ich komme nicht darauf, wo ich ihn gehört habe.«

»Sie haben ihn vermutlich nicht gehört, sondern gelesen.« Er nickte freundlich. »Meine Firma kennen hier viele. Meine ehemalige Firma, sollte ich wohl sagen. Wir haben sie vor einigen Jahren verkauft. Ich habe sie mit meiner Frau zusammen Anfang der Sechzigerjahre gegründet und über die Jahre großgezogen. Kinder hat uns das Schicksal leider nicht vergönnt.«

»Darf man fragen, was für eine Art Firma das war?«

»Pharmagroßhandel«, antwortete er mit einer Miene, als hätte er die Frage schon zu oft gehört. »Genaueres würde Sie nur langweilen.« Wieder donnerte es so laut, dass wir beide zusammenfuhren. Nachdenklich spielte er mit dem leeren Tässchen. »Wir hatten vor, das Leben noch ein wenig zu genießen nach all der Arbeit. Unser Haus auf Sardinien nutzen, das bis dahin die meiste Zeit leer stand. Aber wie es so geht, Helma wurde von mir genommen. Völlig überraschend, nur wenige Wochen von der Diagnose bis …«

Fahlenberg verstummte, sammelte sich und sah mir wieder ins Gesicht.

»Ich würde Ihren Töchtern gerne eine kleine Aufmerksamkeit zukommen lassen, wenn Sie erlauben. Sie nehmen mir eine große Last von der Seele.«

»Was sollte ich dagegen haben, wenn Sie das Taschengeld der beiden ein bisschen aufbessern?«

Jetzt lächelte er wieder, öffnete den Mund zu einer Erwiderung, aber da flog die Tür auf, und meine pitschnassen Mädchen stürzten herein. Ihre Wangen leuchteten, sie waren glücklich, jung, so beneidenswert jung. Wann hatte ich das letzte Mal diese Begeisterung für etwas in mir gefühlt, diese bedingungslose Freude, die die zwei in dieser Sekunde ausstrahlten? Artig reichten sie Fahlenberg die feuchten Hände, und wieder einmal staunte ich im Stillen, wie erwachsen und wohlerzogen sie sein konnten, wenn sie nur wollten. Fahlenberg fragte sie ein wenig nach Donnas Befinden aus, und sie schwärmten ihm mit leuchtenden Augen vor, wie gutmütig sie sei, wie lieb, wie unbeschreiblich süüüß … Die drei verstanden sich auf den ersten Blick.

Inzwischen war das Gewitter weitergezogen, der Regen hatte ein wenig nachgelassen. Bald verabschiedeten wir uns. Wir rannten zum Wagen, warfen die Räder in den Laderaum des Kombis und fuhren durch ein halb überschwemmtes Handschuhsheim und ein wie eine Waschküche dampfendes Neuenheim nach Hause.

»Der war aber echt nett!«, fand Sarah.

»Und dabei ist er schon so alt«, meinte Louise. »Der muss ja schon über fünfzig sein.«

In sechs Jahren würde auch ich über fünfzig sein. Und damit in den Augen meiner Töchter das Greisenalter erreicht haben.

11

»Ihre Leiche hat eine Weile hier in Luanda im Hafen gearbeitet. Als Wachmann.«

Obwohl das Gespräch um den halben Erdball ging, war die Telefonverbindung nach Luanda heute Morgen klar. Nur manchmal irritierte mich ein lästiges Echo, wenn mir meine eigene Stimme ins Wort fiel. Hecker klang verschlafen. Aber wer war das nicht am Montagmorgen.

»Bis letzten September. Der Leiter des Wachdienstes hat mir erzählt, früher wäre Nunda ein paar Jahre in Namibia gewesen. Falls es überhaupt derselbe Nunda ist, den Sie im Eisfach liegen haben.«

»Unserer hat alte Verletzungen, die er sich im Krieg zugezogen haben könnte. Er muss zu Lebzeiten ziemlich gehinkt haben.«

»Hier hinken viele. Aber dann wird es wohl der Richtige sein. Es gibt Gerüchte, der Mann hätte während des Krieges eine Art Waffenhandel und Nachrichtendienst en détail betrieben.«

»Für welche Partei hat er gearbeitet? Für die Kommunisten oder die anderen?«

Heckers Lachen ließ mich ahnen, dass ich mich wieder einmal als blauäugiger Europäer blamiert hatte. »Für die, die am besten bezahlt hat.«

»Er wird sich nicht nur Freunde gemacht haben mit dieser Strategie.«

»Das war auch mein erster Gedanke. Vielleicht hat er alte Geschäftspartner getroffen, die noch eine Rechnung mit ihm offen hatten. Dafür spricht auch, dass er seinen Job im Hafen letztes Jahr nicht gekündigt hat, sondern einfach verschwunden ist. Von einem Tag auf den anderen. Bis dahin hat er sich ganz ordentlich geschlagen. Nicht gepennt, wenn er Wache hatte, nicht mehr geklaut als ortsüblich.«

»Wenn er untertauchen musste, wohin könnte er gegangen sein?«

»Normalerweise geht man dann ins Landesinnere. Da ist immer noch größtenteils Niemandsland. Kein Staat, keine Polizei, keine dummen Fragen. Die Regierungsgewalt übt der örtliche Warlord aus, und der macht seine eigenen Gesetze. Die halten da nicht so viel von Gewaltenteilung. Die Rechtsprechung erledigt er gleich mit und den Vollzug seine Söldner.«

»Wenn Nunda einen offiziellen Job im Hafen hatte, dann müssten dort doch irgendwelche Unterlagen existieren.«

»Vergessen Sie es. Hier werden die Leute jeden Abend ausgezahlt. Die Schwarzen fragt in der Regel sowieso keiner, wer sie sind und woher sie kommen. Die machen ihren Job, kriegen ihr Geld und fertig. So ist der Arbeiter sicher, dass er bezahlt wird. Er weiß ja nie, ob es die Firma oder den Inhaber am Ende der Woche noch geben wird. Und der Arbeitgeber erspart sich natürlich eine Menge Aufwand mit der Buchhaltung.«

»Und Steuern ...«

Das Wort verursachte einen erneuten Heiterkeitsausbruch. »Willkommen in Afrika.« Hecker hustete und wurde wieder ernst. »Ich bleib jedenfalls dran. Ist ja mal eine Abwechslung, Detektiv zu spielen. Aber das ist hier alles nicht so leicht, wie Sie sehen. In den letzten dreißig Jahren waren in Angola ständig Hunderttausende unterwegs von hier nach dort und von dort nach sonst wo, immer auf der Flucht vor diesem elenden Gemetzel. Die Hälfte der Bevölkerung gehört nach unseren Maßstäben in psychiatrische Behandlung. Ein Menschenleben bedeutet hier oft nicht mehr als ein Strich auf irgendeiner Liste. Oder eine Kerbe in einem Gewehrkolben.«

Über Frau de Santos hatte er bislang nichts herausfinden können, aber während des Gesprächs war mir ein Gedanke gekommen.

»Die beiden mussten doch Visa beantragen, wenn sie nach Deutschland fliegen wollten.«

»Oh Mann!« Ich meinte, seine Hand an die Stirn klatschen zu hören. »Da hätte ich selbst drauf kommen können! Das Visum kriegen Sie in Angola nur hier bei uns, eine Treppe tiefer, Zimmer elf, genau unter mir.«

Er versprach, sich umgehend wieder zu melden, und verabschiedete sich dann aufgekratzt mit »Doktor Watson«.

Tatsächlich klingelte mein Telefon schon fünf Minuten später.

»Nunda hat sein Visum am dritten Mai beantragt. Hat einen vermutlich sogar echten Pass vorgelegt, konnte nachweisen, dass er genug Geld hat, um seinen Lebensunterhalt zu bestreiten, hatte die vorgeschriebene Krankenversicherung abgeschlossen, und so stand seiner Einreise in Deutschland nichts im Weg.«

»Und Frau de Santos?«

»Am selben Tag. Ich hab hier eine Kopie von ihrem Pass. Soll ich sie Ihnen aufs Fax legen?«

Augenblicke später begann es in meinem Vorzimmer geschäftig zu summen. Das Foto im Pass von Frau de Santos hatte natürlich sehr unter dem wiederholten Kopieren gelitten, aber die Frau, dich mich so ernst und ein wenig erschrocken anblickte, war eindeutig die, welche nicht weit von meinem Büro im Krankenhaus lag und immer noch schwieg.

Es war an der Zeit, sie mit meinen neuen Erkenntnissen zu konfrontieren. Vielleicht würde sie reden, wenn ich sie mit ihrem Namen ansprach? Eigentlich hatte ich sie schon am Freitagnachmittag damit überfallen wollen, aber ständig war etwas dazwischengekommen, und so hatte ich es auf heute verschieben müssen.

Ich rief das Krankenhaus an, ließ mich mit der Station verbinden und erfuhr, dass man im Lauf des Vormittags irgendwelche zeitraubenden Untersuchungen mit Mrs Miller plante. Die Schwester versprach jedoch, mir sofort Bescheid zu geben, wenn die Patientin wieder in ihrem Zimmer war. Bis zu meinem ersten Termin um neun blieben mir noch zwanzig Minuten. Zeit, etwas zu erledigen, was ich auf keinen Fall vergessen durfte. Ich griff zum Telefon.

Am Morgen hatte ich meine Töchter nicht, wie seit Neuestem üblich, in der Küche angetroffen. Vermutlich hatten sie in der letzten Nacht keine Sekunde geschlafen vor Aufregung, Vorfreude und Pläneschmieden.

Am Wochenende hatte ich sie kaum zu Gesicht bekommen. Sie hatten zum Verkauf stehende Pferde besichtigt. Plötzlich entwickelten sie ungeahnte geografische Kenntnisse, strampelten klaglos per Rad nach Leimen und Wiesloch, vergaßen dabei aber nicht, Donna zu füttern und betütern. Später ging es mit dem Zug nach Weinheim, Lampertheim und Sonstwoheim.

Noch nie in ihrem Leben hatten sie mit solcher Energie ein Ziel verfolgt, und mir wurde ganz schwindlig vom Zusehen und Zuhören. Fast hatten sie mich angesteckt mit ihrem Fieber, und gestern Abend hatten sie mir nach unserer Heimkehr im Gewitterregen drei in ihren Augen akzeptable Angebote vorgelegt. Alle drei Pferde hatten sie schon besichtigt und beschnuppert und aus jeder denkbaren Perspektive fotografiert. Da gab es einen elfjährigen Wallach in Weinheim, Bruno, der einen recht brauchbaren Eindruck machte, soweit ich das beurteilen konnte. Die rappenschwarze Stute aus Wiesloch hingegen wirkte auf mich eher zickig mit ihrem misstrauischen Blick, und der zweijährige Isländer, der in Speyer stand, war eindeutig zu jung und ungezogen für unerfahrene Reiter, worauf der Verkäufer sogar ausdrücklich hinwies.

»Frau Herzberger meint auch, ein Wallach wäre okay für uns. Die sind besonders brav.«

Bruno sollte zweitausendachthundert kosten, was mir günstig erschien, da er ein wirklich adretter, schlanker Kerl war, der aufgeweckt in die Kamera blickte. Nur mit dem Verkäufer zu sprechen, hatten sie sich nicht getraut.

»Du könntest doch einfach mal anrufen, Paps«, hatten sie aufgeregt gemeint. »Vielleicht kriegen wir Bruno ja auch ein bisschen billiger?«

»Selbst wenn er die Hälfte kosten würde, wie viel habt ihr bisher?«

»Du bist so gemein!«

»Du musst ihn mal sehen«, quengelte Louise. »Du wirst ihn bestimmt auch mögen!«

»Und vielleicht, wenn wir ganz, ganz nett sind zum Besitzer ...«

Der mir jetzt schon leidtat. Ein bisschen würde er vermutlich mit sich handeln lassen, da hatten sie natürlich recht. Obwohl da nichts von Verhandlungsbasis stand.

»Kinder, ich sehe beim besten Willen nicht, wie ihr das Geld zusammenkriegen wollt, bevor das arme Tier an Altersschwäche stirbt.«

»Das weißt du doch gar nicht!«

»Bitte, bitte! Nur mal angucken! Das kostet doch nichts.«

»Außerdem haben wir noch gar nicht über die Unterhaltskosten geredet.«

Mit diesem Einwand hatten sie gerechnet, denn sie legten mir einen Computerausdruck vor, auf dem alles haarklein aufgelistet war. Stallmiete, Futter, Versicherungen, Impfkosten, selbst der Posten »Pferdeleckerli« fehlte nicht.

»Wir besorgen uns auch wirklich Arbeit!«

»Außerdem werden wir nächsten Monat fünfzehn.«

Der Wink mit der Zaunlatte.

»Wir wünschen uns diesmal nichts.«

»Also, keine Geschenke.«

»Bloß Geld.«

»Das ist ja alles gut und schön, Mädels. Aber was ist im Winter? Werdet ihr dann immer noch Zeitungen austragen und Prospekte verteilen?«

»Wieso nicht?«, fragten sie erstaunt. »Andere machen's doch auch.«

»Oder traust du uns das etwa nicht zu?«

Das zuzugeben, wäre aus pädagogischer Sicht unklug gewesen.

Sie ließen nicht locker, und nur um mir das Gequengel nicht länger anhören zu müssen, hatte ich schließlich zum Hörer gegriffen. Aber die angegebene Telefonnummer gehörte einer Firma, Cominex GmbH, Bürozeiten werktags von acht bis achtzehn Uhr. Und so hatte ich meinen Töchtern versprechen müssen, sobald ich im Büro war, den Besitzer ihres neuen Traums anzurufen.

Eine mürrische Frau verband mich nach dreimaligem Nachfragen mit ihrem Chef, als sie endlich begriffen hatte, worum es ging. Brunos Besitzer war der Firmeninhaber persönlich, ein

Herr Bachmaier. Und er war mir schon nach den ersten Sätzen unsympathisch. Zu jung, zu dynamisch, zu selbstbewusst. Das Pferd hatte er irgendwann mal irgendwie geschenkt bekommen, und nun wollte er es loswerden, weil er nicht die Zeit fand, sich darum zu kümmern.

»Bruno steht die ganze Zeit bloß im Stall und langweilt sich krumm und bucklig.« Aus irgendeinem Grund fand er das zum Lachen. »Und dann, der Job, nicht wahr? Ständig im Flieger, ständig bis spät nachts in irgendwelchen Meetings. Es ist ja nicht wegen dem Geld. Der arme Bruno tut mir einfach leid. Deshalb gebe ich ihn ja auch so billig her. Ich will, dass er in gute Hände kommt.« Wieder lachte er. »Geld hab ich genug.«

Keine schlechte Basis, den Preis zu drücken.

»In gute Hände würde er kommen, da können Sie sicher sein. In sehr gute Hände. Aber eigentlich wollten wir uns Ihren Bruno erst mal nur ansehen. Und im Fall des Falles müssten wir natürlich auch noch über den Preis ...«

»Sie wollen doch jetzt nicht anfangen zu handeln?« Das fand er nun gar nicht witzig. »Da läuft nichts. Das hab ich echt nicht nötig. Bruno ist ein Schnäppchen. Wenn Sie das nicht wissen, dann verstehen Sie nichts von Pferden.«

Ich versuchte die Mitleidnummer. »Er wäre für meine Töchter. Sie sind so vernarrt in Pferde und ...«

»Dann sollten Ihre Töchter es vielleicht mal beim Gnadenhof probieren.«

Ich hasste den Mann inzwischen für sein Lachen.

»Würde es Ihnen heute Abend passen?«

»Eigentlich nicht. Die nächste Zeit bin ich überhaupt supereng mit Terminen. Morgen früh um sechs geht der Flieger nach Shanghai, und vorher hab ich noch eine Menge zu erledigen. Aber okay, wenn's nicht zu lange dauert. Sagen wir um sieben?«

Ich rief meine Töchter an, sie saßen gerade beim Frühstück, und verkündete die frohe Botschaft. Sie jubelten und jauchzten, dass es in meinen Ohren gellte, und schworen, mir bis ans Ende meines Lebens dankbar zu sein. Der Brief an Oma war in der Post, aber die Antwort stand noch aus.

Eilig erledigte ich noch ein wenig Aktenkram, beantwortete E-Mails, zeichnete Berichte ab, sortierte vieles auf den wachsenden Stapel, den Sönnchen nach ihrer Rückkehr erledigen würde. Dann war es neun, und die kleine Ermittlungsgruppe, die die Einbruchserie bearbeitete, marschierte mit langen Gesichtern auf. In der Nacht auf Sonntag hatte es eine Villa in Wilhelmsfeld erwischt, die unglücklicherweise einem bekannten Mitglied des Heidelberger Stadtrats gehörte. Der Anruf der Staatsanwaltschaft würde nicht lange auf sich warten lassen.

Schon wurde es wieder minütlich wärmer in meinem Büro. Das Einzige, was das gestrige Gewitter bewirkt zu haben schien, war ein kräftiger Anstieg der Luftfeuchtigkeit. Jeder, den ich an diesem Vormittag traf, schwitzte, dampfte und schimpfte.

Ich machte meinen Leuten mit ernsten Worten klar, dass ich von nun an Erfolge erwartete. Bisher waren die Einbrüche in den Medien mehr als Kuriosum behandelt worden, aber das würde sich nun vermutlich ändern. Wie bestellt kam mitten in meiner Ansprache der erwartete Anruf: Die leitende Oberstaatsanwältin persönlich gab mir die Ehre und machte mir mit ernsten Worten klar, dass sie nun endlich Erfolge von mir erwartete. Sie zitierte mich auf zehn Uhr zum Rapport.

So entließ ich meine deprimierten Truppen, schloss die Fenster und erledigte noch einige wichtige Dinge, die ich seit Tagen vor mir herschob. Ich schickte eine nörgelige Stellungnahme nach Stuttgart wegen der Freigabe unserer gesperrten Stellen, bestätigte meine Teilnahme an einer Podiumsdiskussion zum Thema Innere Sicherheit, schrieb eine ebenso lange wie verlogene Begründung für einen neuen Dienstwagen als Ersatz für den Opel, den ein übereifriger Kollege kürzlich bei der Verfolgung eines Verkehrssünders zu Schrott gefahren hatte. Dann war es zehn vor zehn und mein Schreibtisch fast leer.

Frau Doktor Steinbeißer litt nicht weniger unter der Hitze als ich und war noch schlechterer Laune als üblich.

»Es sind ja nicht nur diese Einbrüche, die mir Sorgen bereiten, Herr Gerlach. Da ist ja auch immer noch die leidige Geschichte mit dem toten Schwarzen. Bisher hatten wir das Glück, dass die Presse noch nicht richtig darauf angesprungen ist. Aber das wird vermutlich nicht mehr lange so bleiben. Korrigieren Sie mich bitte, falls ich irren sollte, aber der Mann ist seit über vier Wochen tot. Und Sie haben noch nicht einmal eine Spur?«

»Fünf Wochen vermutlich sogar.« Ich bemühte mich, ordentlich zerknirscht zu wirken. Das liebte sie.

»Und Sie haben immer noch nichts vorzuweisen?«

»Wir kennen inzwischen seinen Namen und seinen letzten Wohnort, was in Anbetracht der Umstände ...«

Seufzend wiegte sie den Kopf.

»Weiter wissen wir nun definitiv, dass der Fall Nunda und die Unbekannte vom Königstuhl zusammenhängen. Nunda hat drei Tage vor ihrer Anreise zweimal eine Nummer in Huambo gewählt.« Diese Information war gerade erst zehn Minuten alt. Balke hatte sie mir vorhin mit auf den Weg gegeben. »Ich vermute, dass er eine Art Vorhut der Frau war. Er hatte hier etwas in ihrem Auftrag zu tun. Als diese Aufgabe erledigt war, hat er sie angerufen, und sie ist ihm nachgereist.«

Wie ich diese Gespräche hasste! Die Staatsanwältin wusste ebenso gut wie ich, dass wir taten, was wir konnten. Aber ihr Amt verpflichtete sie dazu, Druck auf mich auszuüben, wie meines mich dazu verpflichtete, den Druck nach unten weiterzureichen und mich vor ihr zum Deppen zu machen. Mit eifrigem Ernst Dinge zu versprechen, die meine Leute ohnehin getan hätten. Oder längst getan hatten. Oft hielt ich nämlich Ermittlungsergebnisse zurück, damit ich auch in Flautezeiten Erfolge vorzuweisen hatte. Heute verschwieg ich die Tatsache, dass wir inzwischen den Namen der Frau kannten.

»Wenn diese Frau und der ermordete ... wie war der Name noch gleich?«

Die Hitze machte nicht nur mir zu schaffen, stellte ich befriedigt fest.

»Nunda. Rafael Nunda. Laut meinen Informationen gehörte er zur Volksgruppe der Herero.«

Das tat zwar nichts zur Sache, bewies aber, dass wir uns bemühten. Frau Doktor Steinbeißer musterte mich mit dem argwöhnisch-verblüfften Blick einer Lehrerin, die ihrem Schüler nicht recht glauben kann, dass der seine Hausaufgaben alleine gemacht hat.

»Wenn also diese Frau und der Ermordete unter einer Decke steckten …«

»Die Vermutung liegt nahe, dass sie nicht als Touristen nach Heidelberg kamen. Ich denke eher, dass es um Geschäfte ging. Der Mann hat während des Bürgerkriegs unter anderem mit Waffen gehandelt. Möglich, dass er hier etwas Ähnliches plante. Vielleicht sollte ihn die Frau dabei unterstützen.«

»Sie glauben, wir haben es mit einem politischen Hintergrund zu tun?«, fragte sie erschrocken. Politische Verwicklungen bedeuteten auch für meine vorgesetzte Behörde und deren unwirsche Leiterin Stress. Anrufe empörter Botschafter, inquisitorische Anfragen aus dem Außenministerium, und wenn es ganz dick kam, sogar die Einmischung der Bundesanwaltschaft. Und das ist das Letzte, wovon ein Staatsanwalt träumt.

»Ich halte es für denkbar. Und möglicherweise hat Nunda dann hier in Heidelberg jemanden getroffen, den er lieber nicht wiedergesehen hätte. Wenn die beiden wirklich nur als Touristen reisten, wäre schwer zu erklären, warum sie fast drei Wochen nach ihm ankam und warum jemand sie töten wollte.«

»Warum nicht einfach illegale Einwanderung?«, grübelte sie auf der Suche nach einer harmloseren Erklärung. »Er hat hier eine Wohnung gesucht. Er hat sie gefunden und seine Partnerin nachkommen lassen.«

»Sie denken, die beiden waren ein Paar?« Irgendetwas an dieser Vorstellung gefiel mir nicht. »Möglich. Aber auch diese Hypothese erklärt nicht die Mordanschläge.«

Die Staatsanwältin nickte, als wäre ihr Kopf nicht richtig auf dem Hals befestigt. Unentwegt spielte sie mit ihrem kostbar aussehenden Faber-Castell-Füller, dem einzigen Schreibwerkzeug, das ich sie je hatte benutzen sehen.

»Und nun?«, seufzte sie nach einer Weile erschöpft. Inzwischen hatte sie anscheinend den Faden verloren.

»In beiden Fällen suchen wir weiter nach Kontaktpersonen.«

Sie schraubte ihren Füller auf und wieder zu. Ihre Augenlider sanken herab. Plötzlich zuckte sie zusammen, legte entschlossen ihr vergoldetes Schreibgerät auf den modernen, säuberlich aufgeräumten Schreibtisch aus hellem Holz.

Dann sah sie mich an. »Was ist los mit Ihnen? Sie wirken heute etwas nervös.«

»Tatsächlich?« Jetzt erst merkte ich, dass meine Finger ganz ohne mein Zutun unentwegt gymnastische Übungen machten. Ich war wohl wirklich etwas angespannt. »Die Hitze vermutlich.« Ich zwang meine Hände zur Ruhe.

Aber das stimmte nicht. Es war nicht nur die Hitze. Da war noch etwas anderes. Eine merkwürdige Nervosität und innere Unruhe. Als stünden wir kurz vor dem Durchbruch, könnten die Lösung schon mit Händen greifen und sahen sie nicht. Oder als hätte ich etwas Entscheidendes übersehen.

»Wie dem auch sei.« Plötzlich war ihre alte Energie wieder da. »Ich erwarte morgen Ihren ausführlichen Bericht. Und ich hoffe sehr, darin interessante Neuigkeiten zu lesen.«

12

Auf dem Weg zurück zur Polizeidirektion wählte ich nochmals die Nummer des Krankenhauses. Heute würde ich Frau de Santos härter anfassen als bisher. Bisher hatte ich in ihr nur ein Opfer gesehen. Aber inzwischen war ich davon überzeugt, dass sie ein Spiel mit mir spielte, mit den Ärzten, mit uns allen. Sie wollte nicht reden, vermutlich, weil sie etwas verschwieg und nicht riskieren wollte, sich zu verplappern. Weil sie keine Lust hatte, unangenehme Fragen zu beantworten. Aber damit musste nun Schluss sein. Es tutete und tutete, aber niemand ging ans Telefon.

»Da sind Sie ja!« Runkel hatte mich erwartet. Er stand im Flur des ersten Obergeschosses, wo der größte Teil der Kripo untergebracht war, rieb sich die Hände und strahlte übers ganze Gesicht. »Kommen Sie mal mit. Ich muss Ihnen was zeigen.«

Er führte mich in sein Büro und schloss umständlich die Tür hinter sich. Der Kollege, mit dem er sonst das Büro teilte, war offenbar im Urlaub. An einem kleinen Besprechungstisch saß ein junges Paar von der Sorte, die ich nie in der Nähe meiner Töchter zu sehen hoffte. Abgerissene, schmutzige Klamotten, leise klirrendes Metall überall, aufsässige Mienen in den mit zahllosen Piercings verunstalteten Gesichtern. Die beiden Gestalten mochten Anfang zwanzig sein. Das Mädchen trug eine Art graubraune Filzmatte auf dem Kopf, die in Rastalocken endete. Hier half Kämmen längst nicht mehr. Der junge Mann trug dagegen einen bunten und offenbar regelmäßig ausrasierten Irokesenschnitt, der vermutlich von der Unsicherheit in seinem Blick ablenken sollte.

»Die zwei Hübschen haben Ihnen nämlich was Interessantes zu erzählen, Chef.« Runkel trat hinter die beiden und strahlte immer noch, als wäre er der Weihnachtsmann. Das Mädchen versuchte, Runkel durch giftige Blicke zu töten. Der verteilte beidhändig zwei fast liebevolle Klapse auf die Hinterköpfe.

»So, ihr zwei, jetzt erzählt meinem Chef mal eure Geschichte.«

Ich zog mir einen Stuhl heran und setzte mich.

»Es ist wegen dem Neger«, begann der Mann mit krächzender Stimme und hartnäckig auf die Tischkante gerichtetem Blick.

Runkel hob schon die Hand für die nächste tätliche Zurechtweisung. Ich gab ihm ein Zeichen, er solle die beiden Punker in Ruhe lassen. Auf den zweiten Blick wirkten sie nicht annähernd so gefährlich wie auf den ersten.

Das pummelige, auch in anderer Kleidung gewiss nicht hübsche Mädchen war vielleicht zwei, drei Jahre jünger als ihr hagerer Freund, der sie um zwei Köpfe überragte. Sie rochen nach Bier, Hund und heute nicht zum ersten Mal durchgeschwitzter Kleidung.

»Wir …« Exakt gleichzeitig hatten sie zu sprechen begonnen. Erschrocken verstummten sie wieder.

»Haben Sie dem Mann etwas getan?«

Erschrocken sahen sie auf. »Nee!«, tönte es in Stereo.

»Wir ham echt nix gegen Schwarze und so!«, erklärte mir das Mädchen.

»Wir sind nämlich voll so multikultimäßig drauf!«, ergänzte der Mann. »Wir haben bloß mit dem gequatscht und paar Bierchen gezischt.«

»Jetzt mal bitte der Reihe nach.« Ich sah auf die Uhr. »Was, wann, wo?«

»Auf jeden Fall war's vor unserem Urlaub«, murmelte der Mann mit einem Seitenblick auf seine Freundin.

»Urlaub?«, fragte ich.

»Zwei Wochen Malle. Last Minute.«

»Echt voll krass, da unten!« Das Mädchen warf mir einen strahlenden Blick zu. »Total geiler Strand und so.«

»Ein bisschen genauer, bitte. Wann genau war das?«

»Mitte Juli ungefähr.« Der Mann betrachtete die schwarzen Ränder unter seinen Fingernägeln. »Schätz ich mal.«

»Vielleicht geht's auch in etwas längeren Sätzen?«, seufzte ich. »Und ein wenig zügiger?«

»Jedenfalls haben wir an dem Abend mit der Clique vor der alten Universität gehockt und 'n bisschen geschnorrt.« Er begann, mit den Fingern zu knacken. »Ja, stimmt. Mitte Juli muss das gewesen sein. Vor unserem Urlaub.«

Das Mädchen beobachtete ihn aus den Augenwinkeln. »Ist aber nicht viel gegangen. Klar, bei der Hitze«, sagte sie. »Die Leute sind echt zu faul, ma' 'n bisschen Knete rüberwachsen zu lassen.«

»Stimmt«, bestätigte der Mann eifrig. »Wenn's schifft, läuft echt viel mehr. Dann haben die Leute Mitleid, irgendwie.«

»Und weiter?« Ich legte das Gesicht in die Hände.

»Abend is es gewesen. Die Straßenlaternen waren grad angegangen.«

»Und da ist er gekommen, also, der Neger. Der Schwarze. Weiß nicht so genau, wie man da sagt.«

»Wir ham erst noch gedacht, ey, der Typ traut sich aber was.«

Ich nahm einen Kuli zur Hand, obwohl ich wenig Hoffnung hatte, dass es hier etwas zu notieren geben würde.

»Und dann haben Sie ihn ein bisschen rumgeschubst.«

»Nö. Gar nich.«

»So was machen wir nich! Nie!«

»Wir sind total tolerant!«

Ich klopfte mit dem Kuli gegen die Stuhllehne. Die Staatsanwältin hatte recht. Ich war wirklich nervös.

»Sie haben ihn demnach nicht …« Ich suchte ein unverfängliches Wort, »… körperlich bedrängt?«

»Aber kein bisschen«, sagte das Mädchen leise. »Der hat uns ja sogar 'n Zwanzi spendiert und gefragt, ob er auch 'n Bier haben könnt.«

Ich steckte den Kuli wieder ein.

»Sie haben miteinander getrunken, und später hat es Streit gegeben?«

Runkel, der die ganze Zeit grinsend zugehört hatte, öffnete endlich ein Fenster. Dann zeigte er mir hinter dem Rücken unserer merkwürdigen Zeugen nacheinander zwei nicht ganz ungefährlich aussehende Messer, einen Schlagring sowie einen handlichen Schreckschussrevolver. Gar so harmlos, wie sie taten, waren sie vielleicht doch nicht.

»Der Typ war echt ganz okay«, meinte das Mädchen. »Hat sogar Jokes gemacht und so.«

Inzwischen hatte sich ihre Angst ein wenig gelegt, und sie schwitzten auch nicht mehr so wie zu Beginn. Oder ich hatte mich mittlerweile an den Geruch gewöhnt.

»Wer war denn außer Ihnen dabei an dem Abend?« Ich gab Runkel einen Wink, er solle mitschreiben. »Können Sie sich wenigstens daran noch erinnern?«

»Klar, das ist easy«, antwortete der Punker. »Ich, also ich bin der Kurt, das hier ist die Biggy, dann war da die Sonny, der Herby, der ...«

»Wieso eigentlich?«, unterbrach ihn seine Freundin mit plötzlichem Mut. »Wieso wollen Sie unsere Namen wissen? Hat der sich über uns beschwert, oder was?«

»Er ist tot. Umgebracht. Und wir suchen seinen Mörder.«

»Nee!« Sie rissen die Augen auf. »Echt jetzt?«

Eilig vervollständigten sie die Liste der an dem Abend Anwesenden, von denen sie die meisten jedoch nur beim Spitznamen kannten.

»Dann hat er also nur Gesellschaft gesucht?«

»Nee.« Das Mädchen sah mich unsicher an. »Klar nich!«

»Sondern was?« Ich schloss die Augen. »Es wäre schön, wenn wir vor dem Essen fertig würden.«

Sie sahen sich an. Sahen mich an. Versuchten vermutlich, sich über die juristische Tragweite des nächsten Satzes klar zu werden.

»Er hat nämlich gefragt ...«, begann der Mann.

»... ob wir ihm eventuell 'ne Wumme verkaufen könnten«, beendete die junge Frau den Satz und errötete wieder bis zum Hals.

Ich beugte mich vor. »Eine Waffe wollte er?«

»Er zahlt jeden anständigen Preis, hat er gesagt«, murmelte der Mann. »Und der hat echt Kohle gehabt. Hat uns 'n ganzen Packen Scheine gezeigt.«

»Dollars!«, fügte das Mädchen ehrfürchtig hinzu. »Nur Hunderter!«

»Was für eine Waffe wollte er?«

»So was Kleines. Was Handliches, eher so.«

»Aber Sie haben ihm natürlich keine verkauft.«

»Ey! Klar nich! Ham wir doch auch gar nich!«

»Würden wir dann hier so locker mit Ihnen quatschen, oder was?«, fragte das Mädchen treuherzig. »Wir sind doch nicht doof!«

Woran ich meine Zweifel hatte.

»Und dann ist er wieder gegangen.«

»Genau. Hat uns noch 'n schönen Abend gewünscht und alles. War echt total easy, der Typ.«

»Und niemand aus Ihrer Gruppe ist ihm gefolgt?«

Die zwei jungen Menschen, die alles daransetzten, sich kämpferisch und entschlossen zu geben, wirkten jetzt wie Kinder, die notgedrungen bei der Aufklärung eines Schulstreichs helfen, bei dem sie kein reines Gewissen haben.

»Vielleicht, um ihm ein paar von den hübschen Dollarscheinen abzunehmen?«

Nein, falsche Fährte. Das einzig Kriminelle an den beiden war ihr Körpergeruch. Jetzt gaben sie sich sogar Mühe, mir zu helfen, diskutierten eine Weile halblaut.

»Keine Ahnung, wie der Typ geheißen hat«, verstand ich einmal.

»Doch«, sagte Biggy endlich. »Da ist einer dabei gewesen. Und der ist dann dem Neger nach, das stimmt.«

»Der war aber nicht von hier. Mehr so auf der Durchreise.«

»Genau. Italien. Rimini, da wollt er hin.«

»Der Name?« Ich hielt meinen Kuli längst wieder in der Hand und trommelte damit herum. »Bitte!«

»Rick.«

»Aus Rostock.«

»Und was wissen Sie sonst noch über diesen Rick?«

»Bloß, dass er nach Italien wollt und irgendwie den Zug verpasst hat.«

»Und dieser Rick ist also kurz nach dem Schwarzen gegangen?«

»Genau.« Kurt wirkte jetzt geradezu engagiert. »Ne Minute später oder so.«

»Und dabei hat der vorher die meiste Zeit gepennt. War ziemlich fertig.«

»Wie viel Bier hatten Sie denn schon getrunken an dem Abend?«

Sie sahen sich ratlos an. »Sieben? Acht? Man kann ja nich ma richtig saufen bei der Affenhitze.«

»Und Rick war mit dem Zug unterwegs? Ich dachte, in Ihren Kreisen trampt man eher.«

»Geht ja nich«, klärten sie mich auf. »So wie wir aussehen, nimmt einen doch keine Sau mit!«

»Sie hätten bloß mal die Tussen im Flieger nach Malle erleben müssen ...« Kurt stöhnte. »Nee, echt, unsereinem bleibt nur Laufen oder der Zug.«

»Der Neger ist ’n cooler Typ gewesen«, meinte Biggy nachdenklich. »Irgendwie hat er was gehabt, im Blick, so.«

»Bei dem war klar, mit dem fängst du besser keinen Stress an. Irgendwie war der ... na ja.«

»Gefährlich war der«, beendete Biggy leise den Satz. »Ja, gefährlich.«

»Und ist dieser geheimnisvolle Rick später wiederaufgetaucht?«

Sie blickten sich nachdenklich an.

»Glaub ich eher nicht«, meinte Kurt zögernd.

»Nee, den hab ich nich mehr gesehn an dem Abend«, sagte Biggy überzeugt. »Und am nächsten Tag auch nich, nee.«

Rick. Richard wahrscheinlich.

»Können Sie ihn beschreiben?«

Kurt sah auf seine schmutzigen Hände. »Springerstiefel und so. Und die Haare ...«

»Sag’s halt schon!«, zischte Biggy. Und als Kurt hartnäckig schwieg, fügte sie hinzu: »’n Skin war das, so ’n richtiger.«

Ich tigerte in meinem großen Büro herum, fühlte mich einsam, wünschte, Sönnchen würde endlich ihren Urlaub beenden, Klara Vangelis erschiene wieder zum Dienst, damit hier wieder so etwas wie ein geordneter Betrieb herrschte.

Wieder wählte ich die Nummer des Sankt-Josefs-Krankenhauses. Die Untersuchungen an Mrs Miller waren immer noch im Gange. Aber in einer halben Stunde, spätestens, würde sie wieder in ihrem Zimmer sein. Ich bat die Schwester noch einmal dringend, mich anzurufen, sobald es so weit wäre.

Ich war unzufrieden und wusste nicht, warum.

Im Fall Nunda ging es ja nun voran. Früher oder später würden wir diesen Rick auftreiben, und es müsste schon mit dem Teufel zugehen, wenn er uns nicht eine höchst interessante Geschichte zu erzählen hatte. Balke war schon an der Sache dran. Die Fahndungsmeldung an Interpol sowie die Anfrage ans Rostocker Polizeipräsidium waren raus.

Plötzlich wurde mir bewusst, dass ich seit Tagen nicht mehr an Theresa gedacht hatte. Ich schaltete den Laptop ein, fand aber wieder keine Mail von ihr. Sollte ich mir vielleicht doch Sorgen um sie machen? Wieder wunderte ich mich darüber, dass die Menge der Werbe-Mails im Vergleich zur Zeit vor meinem Urlaub so stark zurückgegangen war. Noch vor wenigen Wochen schien sich die halbe Welt Sorgen um meine Potenz und die Länge meines Penis zu machen. Ständig wollten irgendwelche schönen, einsamen Russinnen mich heiraten, Schlitzohren hätten zu gerne die PIN-Nummer meiner EC-Karte erfahren, und Anwälte in Zentralafrika machten mir täglich neue Geschäftsvorschläge mit phantastischen Gewinnaussichten.

Plötzlich kam mir ein Verdacht. Ich griff zum Hörer und fragte mich zur Abteilung beim LKA durch, die für unsere Computertechnik zuständig war.

»Dass Mails nicht ankommen, das kann schon mal sein«, erfuhr ich von einem gelangweilten Mitarbeiter. »So was kommt immer wieder mal vor.«

»Und Sie haben in letzter Zeit nicht irgendwas geändert?«

»Doch, klar. Den neuen Spam-Filter haben wir vorletzte Woche im System installiert. Noch gar nicht gemerkt? Da ist doch extra 'ne Mail rumgegangen! Haben Sie die nicht gelesen?«

»Spam-Filter, was heißt das genau?«

»Ist Ihnen denn nicht aufgefallen, dass Sie in letzter Zeit kaum noch Junkmails kriegen?«

»Doch, natürlich. Deshalb rufe ich Sie ja gerade an. Und was passiert mit den Mails, die aussortiert werden?«

»Gucken Sie mal im Ordner ›Junk-Mails‹ nach.«

Mit herablassender Nachsicht half er mir, den Datenmüll zu finden beziehungsweise das, was unser System dafür hielt. Dort hatten sich inzwischen über achthundert E-Mails angesammelt, die zu sichten mich fast eine halbe Stunde kostete. Drei davon waren von Theresa, alle von einem öffentlich zugänglichen PC ihres Hotels versendet. Die erste und längste war zehn Tage alt. Theresa schrieb, ihr Mann liege in einer Klinik in Bangkok. Schon kurz nach Beginn ihres langersehnten Urlaubs war er an einer rätselhaften Virusinfektion erkrankt, musste am dritten Tag ins Krankenhaus, und sie hatte in dem ganzen Tumult nicht gleich die Zeit und Ruhe gefunden, sich zu melden. Bisher hatte sie nichts gesehen von Thailand und Kambodscha als eine Unmenge Taxis von innen, ihr teures Hotel, wo man eigentlich nur vier Tage hatte bleiben wollen, und die Klinik. Theresas zweite Mail war von letzter Woche. Sie fragte heiter, was denn los sei, warum ich nicht antworte, wo sie doch wisse, dass ich inzwischen wieder im Büro war. Die dritte schließlich hatte sie letzte Nacht abgeschickt, um null Uhr siebenundzwanzig, und meine Göttin verlangte in merklich irritiertem Ton zu wissen, ob es etwa irgendein Problem gebe.

Ich schrieb sofort zurück, redete mich auf eine Störung unseres Computernetzes heraus – eine Ausrede, die zum Glück immer zieht – und schickte ihr Trost und ein paar virtuelle Küsse.

Als ich anschließend, ich weiß nicht, zum wievielten Mal an diesem Montag, die Durchwahl der Stationsschwester wählte, war besetzt.

13

Nach einem hastig und ohne Appetit hinuntergeschlungenen Essen erfuhr ich, dass die Patientin nun endlich wieder in ihrem Zimmer lag.

»Aber jetzt ist eigentlich Mittagsruhe«, belehrte mich eine Jungmännerstimme. »Frau Miller hat einen anstrengenden Vormittag hinter sich. Sie muss ein bisschen schlafen.«

»Nur ein paar Minuten. Ich habe ein paar kurze Fragen an sie.«

»Aber sie spricht doch gar nicht!«

»Gut möglich, dass sie es bald wieder tut.«

»Tut mir leid. Jetzt geht das nicht«, erwiderte er bestimmt.

Mir reichte es. »Geben Sie mir die Stationsärztin. Bitte.«

»Die macht Mittag. Wir müssen hier ja auch mal essen.«

»Dann piepsen Sie sie an, Herrgott!«

»Das darf ich nur im Notfall.«

Ich knallte den Hörer aufs Telefon. Kurz nach eins. Die heißeste Zeit des Tages. In der Kantine hatte ich vom Nebentisch die Worte »zweiundvierzig Grad« aufgeschnappt. Man hatte das dramatische Abschmelzen des Nordpoleises diskutiert. Hatte ich wirklich Lust, mich auf den Weg ins Krankenhaus zu machen, durch diese apokalyptische Sonne dort draußen? Hatte ich wirklich Lust, es auf einen Streit mit dem Klinikpersonal anzulegen?

Nein, ich hatte keine Lust. Aber ich musste Frau de Santos sehen. Jetzt. Etwas in mir akzeptierte keinen Aufschub mehr.

Ich glaube nicht an Gedankenübertragung, ich glaube nicht an Schicksal und Fügungen. Horoskope nehme ich grundsätzlich nur zur Kenntnis, wenn sie günstig sind. Vermutlich konnte ich einfach keine Sekunde länger still sitzen. Und ein bisschen Bewegung würde mir nicht schaden. Ich teilte Balke mit, dass ich eine halbe Stunde außer Haus sein würde. Höchstens.

Zu Fuß konnte ich mich besser im Schatten der Häuser halten als auf dem Rad. Dennoch war ich schon nass geschwitzt, als ich den hundert Meter von meinem Büro entfernten Römerkreis erreichte. Die riesige, sonst stark befahrene Kreuzung lag heute nahezu verlassen da. Ein fast leerer Linienbus brummte vorbei, während ich auf Grün wartete, ein himmelblauer Lieferwagen mit röhrendem Auspuff und ein alter VW-Käfer, dessen Fahrer wirkte, als würde ihn nur die ohrenbetäubende Musik am Leben halten, die durch seine offenen Fenster dröhnte. »Stairway to heaven« von Led Zeppelin, registrierte ich automatisch. Der Asphalt war weich und klebrig. Irgendwo zirpte eine einsame Grille. Endlich wurde die blöde Fußgängerampel grün.

Die Dame an der Rezeption des Krankenhauses war eingenickt. Alles in dem alten, aber bestens gepflegten Gebäude schien zu schlafen. Mehr und mehr verstand ich, warum im Süden die Uhren anders tickten als bei uns. Dass es bei diesen Temperaturen Stunden gab, in denen jeder Versuch, etwas Sinnvolles zu tun, scheitern musste.

Ohne eine Menschenseele zu treffen, stieg ich die Treppen hinauf, kam am heiligen Josef vorbei, der auf halber Treppe von einem Podest an der Wand gütig auf mich herabblickte. Zweites OG, Chirurgie links.

Der lange Flur war bis auf einen Zivildienstleistenden menschenleer. Der hockte fluchend am Boden und versuchte, etwas an einem sperrigen Chromgestell zu reparieren.

»Sie sind von der Polizei, nicht?«, fragte er, als ich an ihm vorbeiwollte. »Hab Sie letzte Woche schon hier gesehen.«

Er erhob sich und reichte mir freudestrahlend die Hand. Der junge Mann hatte die Statur von Sylvester Stallone und dabei eine Stimme wie ein Chorknabe zwei Monate vor dem Beginn des Stimmbruchs.

»Ich will zu Mrs Miller«, sagte ich. »Wie geht's ihr heute?«

»Jeden Tag ein bisschen besser. Heut hat sie sogar Besuch.«

»Besuch?«

»Ein Mann hat vorhin nach ihr gefragt. Ist noch keine Minute her. Ihr Bruder. Ist extra hergeflogen, um sie zu besuchen. Das wird sie freuen. Sonst kommt ja niemand. Außer Ihnen natürlich.«

Sie hatte einen Bruder! Endlich jemand, der sie kannte, der mir etwas über sie erzählen konnte!

Der Zivi wandte sich wieder seinem verhassten Gestell zu.

Das Zimmer, zu dem ich wollte, lag ganz am Ende des Flurs. Von irgendwo dudelte leise Country-Musik.

Auf dem Namensschild neben der Tür stand heute nur noch ein Name. Das Nilpferd war offenbar entlassen worden. Ich fragte mich, wie der Bruder die Schwester wohl gefunden haben mochte, wo doch niemand wusste …

Als die Tür mit einem leise seufzenden Geräusch aufschwang, war mir klar, dass der Mann, von dem ich im Moment nur den Rücken sah, unmöglich Frau de Santos' Bruder sein konnte. Er beugte sich gerade über sie. Wurden da Begrüßungszärtlichkeiten ausgetauscht? Umarmungen? Wangenküsse? Aber warum strampelte sie dann so unter der Bettdecke?

Der Mann fuhr herum. Dunkle Haare, verschwitztes, schmales Gesicht, drahtige Statur, gehetzter Blick. Er trug einen leichten, hellen Trenchcoat, und nun war mir klar, dass er weder einen Krankenbesuch machte noch mit der Patientin verwandt war.

Bevor ich eine Hand heben konnte, war er an mir vorbei, rannte mit wehendem Mantel und fast unhörbaren Schritten den Flur hinunter, an dem verblüfften Zivi vorbei, und als ich Sekunden später die Treppe erreichte, hörte ich nur noch seine eiligen Schritte von weit unten.

Hinter mir begann Engracia de Santos, gellend zu schreien.

Ich nahm drei Stufen auf einmal, bildete mir ein aufzuholen, stürmte durchs Erdgeschoss zur offen stehenden Eingangstür, starrte auf die gleißend helle, ausgestorbene Straße – nichts. Entweder er war noch im Haus oder … Hinter mir, vermutlich im Keller, fiel eine schwere Tür ins Schloss. Ich zückte das Handy, drückte die Taste, die mich mit unserer Einsatzzentrale verband, forderte brüllend Verstärkung an, während ich die Treppe zum Untergeschoss hinabstürzte.

Der Täter war unbewaffnet gewesen. Vermutlich hatte er versucht, sein Opfer zu ersticken. Rechts ging es zu den Operationssälen und Labors, links schienen Betriebs- und Lagerräume zu sein. Vorsichtig öffnete ich die braun lackierte Stahltür, betrat wieder einen schier endlos langen, neonbeleuchteten Flur, von dem links und rechts unzählige Türen abgingen.

Ich blieb einen Augenblick stehen, um meinen Atem zu beruhigen und zu horchen. Aber ich hörte nur meinen eigenen Puls.

Die Augen gewöhnten sich allmählich an das gedämpfte Licht. Kühl war es hier.

Warten oder suchen? Der Täter war kleiner als ich, schmächtiger. Und wer wusste, ob es hier nicht irgendwo einen Ausgang ins Freie gab. Also suchen.

Eine der Neonröhren summte und flackerte. Über mir, unter der Decke, rauschte eine Wasserleitung. Weiter hinten das stark gedämpfte Brummen irgendeiner Maschine. Neben einer Tür weiter vorn stand ein offener, hellblau lackierter Werkzeugkasten.

Hatte da etwas geraschelt? Nein, Einbildung.

Vorsichtig ging ich weiter. Sah mich nach etwas um, das mir im Notfall als Waffe dienen konnte. Mein Handy vibrierte, Balke. Ich meldete mich flüsternd. Er war auf dem Weg und wollte wissen, wo ich steckte und was eigentlich los war. Im Telegrammstil informierte ich ihn und öffnete nebenbei eine Tür nach der anderen. Lagerräume für Verbandsmaterialien, Bettwäsche, Gerätschaften, deren Sinn sich mir nicht erschloss. Hinter einer zweiflügligen Tür ein riesiger Raum, eine Halle fast, voller Krankenbetten, die hier vermutlich gereinigt und desinfiziert wurden, bevor sie erneut zum Einsatz kamen. Auch hier kein Mensch.

Als ich wieder auf den Flur trat, spürte ich eine huschende Bewegung hinter mir.

»Obacht!«, schrie jemand, »hinter Ihnen!«

Instinktiv duckte ich mich, ein Schlag pfiff über mich hinweg, und im nächsten Augenblick wurde ich zu Boden gerissen. Das Handy schlitterte irgendwohin, mein Kopf krachte auf Beton, für einen Moment fürchtete ich, das Bewusstsein zu verlieren. Als ich – nach peinlich langer Zeit – wieder auf die Füße kam, wälzte sich der Zivi von vorhin mit dem verhinderten Mörder am Boden. Wenige Schritte entfernt lag ein schwerer Schraubenschlüssel, der wohl dazu bestimmt gewesen war, mir den Schädel einzuschlagen. Er musste dem Täter aus der Hand geflogen sein, als der Zivi ihn todesmutig über den Haufen rannte.

Ich kickte das Ding außer Reichweite, hob mein Handy auf. Die beiden rangen keuchend miteinander. Sollte ich eingreifen? Aber wie? Dem Täter mit dem Schraubenschlüssel eins überziehen? Unsinn, es war ja offensichtlich, dass er keine Chance hatte. Er wehrte sich zwar tapfer, sein Gegner gewann jedoch eindeutig die Oberhand. Der war nicht nur zwei Köpfe größer, sondern auch doppelt so breit. Und überdies ...

Plötzlich schrie der Zivi auf, fasste sich ins Gesicht, und noch bevor ich reagieren konnte, hatte der andere sich losgerissen und raste davon, durch die noch halb offen stehende Stahltür, Schritte auf der Treppe, ich hinterher, dann Stille. Obwohl ich Vorsprung gehabt hatte, war der Zivi schon auf der Straße, als ich durch die Eingangstür stürzte. Der Mann, den wir verfolgten, schien sich nach rechts gewandt zu haben. Ich lief einfach hinterher. Mein Kopf schmerzte vom Sturz, die Lungen bald auch, wieder ging es nach rechts, Kaiserstraße, registrierte ich ohne zu denken, Bäume, Schatten. Die anderen hatten schon fast das andere Ende des Blocks erreicht, der wackere Zivi war wirklich unglaublich schnell und versuchte jetzt, den kleinen Mann am Kragen zu packen. Etwas Helles segelte durch die Luft, anscheinend hatte der Verfolgte seinen Mantel sausen lassen, um seine Haut zu retten. Der Gehweg war tückisch, immer wieder von Baumwurzeln aufgeworfen, die Schmerzen in meinen Lungen wurden unerträglich, die Häusserstraße blieb zurück, weiter vorne die Rohrbacher Straße, dann plötzlich Hupen, Bremsenkreischen, Stille.

Zwei Sekunden später war ich da.

Ein stadtauswärts fahrender Bus stand schräg auf der Straße, das Gesicht des Fahrers wie ein Vollmond hinter der Scheibe. Unter der Vorderachse ein dunkles Bündel. Der Zivi stand schwer atmend vornüber gebeugt, die Hände auf den Knien, am Straßenrand und starrte auf den Bus, genauer auf das, was darunter lag. Der totenblasse Fahrer bewegte sich noch immer nicht.

Ein Mann begann herumzuschreien und nach der Polizei zu rufen.

»Das war aber verdammt knapp, Chef!«, meinte Balke, der unerklärlicherweise auf einmal neben mir stand, mit mildem Vorwurf. Inzwischen war ich wieder halbwegs bei Atem. Wir zogen uns in den Schatten der Häuser in der Kaiserstraße zurück. Was es zu sehen gab, sahen wir auch von hier.

»Die Frau?«, fragte ich heiser. »Ist sie …?«

»Die ist okay. Sie sind anscheinend gerade noch rechtzeitig gekommen.«

»Ich bin so ein Idiot!« Stöhnend langte ich an meinen schmerzenden Kopf. »Allein! Und unbewaffnet!«

Balke beobachtete schweigend einige Männer der gerade angerückten Feuerwehr, die neben dem Bus diskutierten, wie man die Leiche wohl am besten darunter hervorholen könnte. Kein Kommentar ist manchmal auch ein Kommentar.

»Hier, sein Mantel.« Ein Kollege von der Schutzpolizei trat neben uns. Balke nahm den eleganten Trenchcoat an sich und begann, die Taschen zu durchsuchen. Das Einzige, was er fand, war ein Autoschlüssel.

»BMW«, sagte er. »Dann wollen wir mal sehen.«

Ich begleitete ihn, während er die Kaiserstraße zurück in Richtung Krankenhaus ging und alle paar Schritte einen Knopf am Schlüssel drückte. Inzwischen konnte ich wieder normal atmen. Auch die Kopfschmerzen schienen schwächer zu werden. Auf halbem Weg blinkte ein schwarzer, kleiner BMW am Straßenrand drei Mal aufgeregt.

»Bingo.« Balke zückte das Handy, um nach der Spurensicherung zu telefonieren. Ich ging zurück zur Rohrbacher Straße.

»Sie sehen aber gar nicht gut aus«, sagte eine Stimme neben mir, die ich hier und jetzt nicht erwartet hatte – Klara Vangelis. Sollte die nicht in Griechenland im Urlaub sein? Oder hatte ich etwas durcheinandergebracht? Noch immer war ich ein wenig betäubt.

»Geht schon, danke«, murmelte ich. »Ich bin die Rennerei einfach nicht mehr gewöhnt.«

Das rechte Vorderrad des Busses war inzwischen angehoben. Ein silbergrauer, überlanger Kombi parkte in der Nähe. Zwei Männer in dunklen Anzügen halfen ziehen. Der Verkehr auf der Rohrbacher Straße ruhte immer noch.

Balke kam dahergeschlendert.

»War ja zu befürchten«, sagte er, »ein Mietwagen. Heute Vormittag am Flughafen Stuttgart übernommen. Der Pass des Typs lag praktischerweise im Handschuhfach. Name: Wiktor

Rada. Wohnort, Moment … Dni-pro-petr-owsk«, buchstabierte er mit hochgezogenen Brauen. »Das liegt in der Ukraine.«

»Ein Auftragskiller vermutlich«, meinte Vangelis sachlich.

»Aber wir sind doch hier nicht in Chicago!«, entgegnete ich.

Vangelis zuckte die Achseln. »Was nicht ist …«

»Sind Sie nicht eigentlich im Urlaub?«

Sie zog eine Grimasse und legte offensichtlich keinen Wert darauf, dieses Thema zu diskutieren.

Gemeinsam beobachteten wir, wie ein bemitleidenswert schwitzender Notarzt in seiner viel zu warmen Kluft an dem blutigen Bündel herumzupfte. Balke wagte sich hinaus ins grelle Licht, um den Tascheninhalt des Toten an sich zu nehmen. Viel war es nicht. Ein flaches Portemonnaie aus vermutlich echtem Krokodilleder, ein Röllchen aus siebenundzwanzig Hundert-Euro-Scheinen, ein versilbertes Taschenmesserchen, ein frisch gebügeltes Seidentuch.

»Nobel, nobel«, sagte Balke. »Wir arbeiten eben doch auf der falschen Seite.«

»Sehen Sie sich an, was von dem Mann übrig ist«, versetzte ich, »und dann sagen Sie das noch mal.«

Als ich Frau de Santos wiedersah, war schon später Nachmittag. Meine Kopfschmerzen hatten sich inzwischen ohne Tablette verzogen. Sie schlief.

»Wir haben ihr eine Spritze gegeben«, erklärte mir eine Schwester, die ich hier noch nicht gesehen hatte. Mit einer gemurmelten Entschuldigung ließ sie mich mit der schlafenden Frau allein. Mir war es recht so. Ich setzte mich auf den Stuhl neben dem Bett, schaltete das Handy aus und stützte das Kinn in die Hände. Vom Flur drangen geschäftige Geräusche durch die dicke Tür. Geschirr klapperte, eilige Schritte huschten hin und her. Ich brauchte jetzt ein paar Minuten Ruhe. Und Zeit zum Nachdenken.

Was war ihr Plan gewesen? Was hatte sie hierher geführt? Ihr Gesicht wirkte so unschuldig, wie sie da lag und kaum merklich atmete. Für wen war diese Frau eine solche Bedrohung, dass er ihr so hartnäckig nach dem Leben trachtete?

Irgendjemand auf dem Flur lachte gern und viel. Das Zimmer war angenehm kühl. Hier ahnte man nichts von den Temperaturen draußen.

Solange ich das blasse, entspannte Gesicht auch anstarrte, es entstand in mir kein Gefühl dafür, in welche Richtung ich meine Gedanken lenken sollte. Frau de Santos war nach unseren bisherigen Recherchen offenbar niemals zuvor in Europa gewesen. Und nun setzte sie sich plötzlich in ein Flugzeug, reiste nach Heidelberg, ohne zu wissen, dass man ihren Freund oder Helfer dort bereits ermordet hatte. Und wenige Tage später entging sie selbst nur knapp einem Mordanschlag. Was machte diese kleine Frau so gefährlich? Und vor allem: für wen?

Nunda schien geahnt oder gewusst zu haben, dass Gefahr drohte. Er hatte noch versucht, sich eine Waffe zu besorgen, was ihm aber offenbar nicht mehr gelungen war. Sein Mörder war schneller gewesen. Auch Frau de Santos zu warnen, war ihm nicht mehr gelungen. Wem waren die beiden in die Quere gekommen?

Ich blieb ungefähr zehn Minuten. Dann rückte ich den Stuhl zurecht und ging, kein bisschen klüger als zuvor. Engracia de Santos hatte sich nicht ein einziges Mal bewegt. Morgen. Morgen würde sie hoffentlich reden.

Im Büro zurück, berief ich eine Krisensitzung ein. Klara Vangelis hatte bereits eine Sonderkommission zusammengestellt. Als Erstes galt es nun, die Identität des neuen Toten zu überprüfen. Sein Pass war vermutlich falsch. Wussten wir erst, wer der Mann war, dann gelang es uns vielleicht auch, seinen Auftraggeber zu ermitteln.

»Einen Rückflug hat er nicht gebucht.« Vangelis hatte sich offenbar in Windeseile in den Fall eingearbeitet. »Ich vermute, er wollte mit dem Wagen über die Grenze, sobald sein Job erledigt war.«

»Der Pass ist nicht seiner«, sagte Balke. »Das Bild sieht ihm kaum ähnlich, wenn man ein bisschen genauer hinschaut. Aber es dürfte kein Problem sein, seinen wirklichen Namen rauszufinden. Die Ukrainer haben schon ein Fax mit allem, was sie brauchen.«

Wir saßen in unserem Besprechungszimmer, da mein Büro für diesen Andrang zu klein war.

»Eines möchte ich noch loswerden«, sagte ich, als jeder wusste, was er zu tun hatte. »Etwas sehr Unerfreuliches. Es muss in diesem Haus eine undichte Stelle geben. Nur ganz wenige Menschen haben gewusst, in welchem Krankenhaus Frau de Santos liegt. Und ich werde denjenigen kriegen, der das herumerzählt hat, verlassen Sie sich darauf. Und er kann sich schon mal auf eine sehr ungemütliche Zeit einstellen.«

Das allgemeine Stühlerücken begann, man ging an die Arbeit. Balke blieb sitzen. Die ganze Zeit hatte er eine Telefonnotiz in der Hand gehalten.

»Es geht noch mal um Rick«, sagte er, als endlich Ruhe eingekehrt war. »Ich habe heute Mittag mit einer Kollegin in Rostock telefoniert. Die haben da oben eine ziemlich dicke Akte über das Bürschchen. Er heißt Richard Ehrenfrid, aber Nomen ist hier eindeutig nicht Omen.«

»Was hat er angestellt?«

»Die klassische Karriere: Von der Schule geflogen – er stammt übrigens aus der Nähe von Hannover und war erst zwei Jahre in Rostock –, die meiste Zeit arbeitslos, häufiger Wechsel des Aufenthaltsorts. Immer wieder Festnahmen wegen Störung der öffentlichen Ordnung und Prügeleien. In der Skinhead-Szene ist er schon aufgefallen, lange bevor er in Rostock war. Später kamen dann tätliche Angriffe auf Ausländer und Menschen anderer Hautfarbe dazu. Bis heute war er dreimal in U-Haft, ist aber nie verurteilt worden. Letztes Jahr stand er sogar eine Weile im Verdacht, eine Vietnamesin auf offener Straße halb totgetreten zu haben. Aber da hat sich dann leider rausgestellt, dass es ihr eifersüchtiger Ehemann war.«

»Wie alt ist der Bursche?«

»Gerade mal zwanzig. Der wird's noch weit bringen, wenn er so weitermacht.« Balke kam zum Wesentlichen. »Die Rostocker suchen ihn, weil vor fünf Wochen da oben ein Schwarzer aus Mosambik angeschossen wurde. Die Staatsanwaltschaft ermittelt wegen versuchtem Totschlag. Beim Opfer handelt es sich um einen ehemaligen Werftarbeiter, Aufenthaltserlaubnis seit Ewigkeiten abgelaufen. Es hat Zoff gegeben in einer Hafenkneipe. Sämtliche Beteiligten waren sternhagelvoll, und unser Rick natürlich mittendrin. Worum es ging, kann keiner mehr sagen. Einiges an Mobiliar ist zu Bruch gegangen, und irgendwann ist ein Schuss gefallen. Gesehen hat natürlich niemand was, nicht mal der Wirt. Gegen Rick spricht eigentlich nur, dass er nachweislich am Tatort war und am nächsten Tag spurlos verschwunden ist. Die Rostocker haben einen internationalen Haftbefehl gegen ihn laufen.«

»Dann war er vermutlich auf der Flucht«, überlegte ich, »und ist mehr oder weniger zufällig hier gelandet.«

»Und ich nehme an, er hat dringend Geld gebraucht.«

»Er hat vielleicht beobachtet, dass Nunda eine hübsche Menge Dollars in der Tasche hatte …«

»Und da konnte er einfach nicht widerstehen.« Balke nickte und faltete seine Telefonnotiz zusammen.

»Da ist nur eines, was mich an der Sache stört«, sagte ich. »Würde jemand, der halbwegs bei Verstand ist, in seiner Situation nicht alles daransetzen, nicht aufzufallen? Ich würde ja verstehen, wenn er stiehlt, um an Geld zu kommen. Dass er in einen Kiosk einbricht. Aber ausgerechnet Mord …?«

»Das Wort Verstand kennt der nicht.« Balke erhob sich. »Und zum Stehlen ist er vermutlich zu dämlich.«

Es war Viertel vor acht, als ich endlich nach Hause kam, und die Zwillinge erwarteten mich mit eisigem Schweigen. Mir war sofort klar, ich hatte etwas vergessen.

Etwas Wichtiges.

Das Pferd.

Um sechs hatten wir fahren wollen, spätestens halb sieben. Und ich hatte nicht einmal angerufen.

»Es hat wohl keinen Sinn, wenn ich euch erkläre …«

»Nein«, erwiderten sie, ohne mich anzusehen.

»Ich habe vergessen, mein Handy wieder einzuschalten, und es war wirklich …«

»Ist uns egal«, schnitt mir Louise das Wort ab.

»Versprochen ist versprochen«, ergänzte Sarah mit furchterregender Emotionslosigkeit.

»Und wenn wir vielleicht jetzt gleich …?«

»Viel zu spät.«

»Bis wir da sind, wird's ja schon dunkel.«

»Bruno steht in einem Stall. Da gibt es vermutlich elektrisches Licht.«

»Aber man muss doch sehen, wie er sich bewegt!«, stöhnte Louise im Ton eines Menschen, der versucht, einem Kind die Thermodynamik zu erklären.

»Ich hätte ihn immerhin mal gesehen, und ihr könntet ihm Guten Tag sagen.«

»Wenn schon, dann Gute Nacht«, brummte Sarah.

Was mich wirklich beunruhigte, war die Tatsache, dass sie nicht herumschrien, dass sie mich nicht beschimpften. Dass sie mich offenbar als hoffnungslosen Fall betrachteten.

»Herr Bachmaier hat bis halb acht auf uns gewartet.«

»Wir haben ihn nämlich angerufen, weil man dich ja nicht erreichen konnte.«

»Und jetzt hat er keine Zeit mehr.«

»Morgen fliegt er nach China. Bis Ende der Woche.«

»Er ist total sauer auf dich.«

Sie wollten nichts hören von Mordanschlägen und überfahrenen Killern. Sie interessierten sich nicht für Heldentaten. Sie akzeptierten keine Entschuldigung und keine Erklärungen.

»Du hattest es versprochen«, war alles, was ich zur Antwort erhielt.

Zerknirscht wählte ich Bachmaiers Handynummer, die sie sich schlauerweise hatten geben lassen. Zu meiner Erleichterung nahm er sofort ab. Seine Reise nach Shanghai hatte sich kurzfristig um zwei Tage verschoben. Mürrisch bot er an, es in Gottes Namen morgen Abend noch einmal mit einer Besichtigung zu versuchen.

Die Zwillinge nahmen die frohe Botschaft teilnahmslos zur Kenntnis.

Könnten Töchter sich von ihren Vätern scheiden lassen, dann hätte ich demnächst wohl Post von ihrem Anwalt bekommen.

14

Am nächsten Morgen leuchteten mir die Schlagzeilen entgegen.

»Kripochef stellt Mafiakiller!«

Was leider höchstens ein Viertel der Wahrheit war.

»Zivildienstleistender rettet Kripochef das Leben!«

Das stimmte schon eher.

»Auftragsmörder von Bus zerquetscht! Passagiere geschockt!«

Meine Töchter waren immer noch beleidigt, stellte ich beim hastigen Frühstück fest. Aber das würde sich heute Abend hoffentlich legen.

Als ich um kurz nach acht mein Vorzimmer betrat, saß dort zu meiner Verblüffung Sönnchen. Gut gelaunt und in einem ebenso bunten wie altmodischen Sommerkleid bastelte sie an ihrem Drucker.

»Ich hab's im Radio gehört«, begrüßte sie mich fröhlich.

»Und da haben Sie gedacht, Sie können mich nicht allein lassen, sonst mache ich womöglich noch mehr Dummheiten?«

»Unsinn!« Sie lachte geschmeichelt. »Mir ist nur so furchtbar langweilig gewesen. Die ganze Zeit hänge ich bloß daheim rum.« Sie ließ vom Drucker ab und wandte sich der Kaffeemaschine zu. »Ich hab nichts im Garten gemacht und nichts im Haus, und dabei hatte ich mir doch so viel vorgenommen. Sogar zum Zeitunglesen war ich zu faul.«

Die Telefone unserer Presseabteilung kamen seit gestern nicht mehr zur Ruhe, erfuhr ich in den nächsten Minuten, und ab sofort würde ich nicht nur vonseiten der Staatsanwaltschaft unter Druck stehen. Die übrigens auch schon angerufen hatte, wie mir Sönnchen beim ersten gemeinsamen Kaffee eröffnete.

»Und außerdem hat vorhin ein Herr Hecker angerufen.« Sie schob mir eines ihrer kleinen, gelben Zettelchen über den Tisch. »Sie sollen sich bei ihm melden, Herr Kriminalrat.«

»Sie sollen doch nicht immer ›Herr Kriminalrat‹ zu mir sagen, Frau Walldorf.«

»Wieso? Sind Sie befördert worden, und ich hab's nicht mitgekriegt?«

»Nein, natürlich nicht. Aber jetzt arbeiten wir schon ein Jahr zusammen, und Sie sind jedes Mal beleidigt, wenn ich Sie nicht ›Sönnchen‹ nenne. Da könnten Sie mich doch zum Ausgleich mit meinem Vornamen ansprechen.« Ich streckte meine Rechte über den Tisch. »Alexander. Aber das wissen Sie ja.«

Sie ergriff meine Hand nicht.

»Das geht doch nicht, Herr Kriminalrat.«

»Wieso denn nicht? Andere Sekretärinnen duzen ihre Chefs auch.«

»Das gehört sich einfach nicht.«

»Und wenn ich nun wirklich irgendwann befördert werde? Werden Sie mich dann mit ›Herr Kriminaloberrat‹ anreden?«

Sie dachte eine Weile nach. »Dann werde ich Sie einfach ›Herr Ober‹ nennen«, sagte sie dann ernsthaft und sprang auf. »Jetzt mach ich mal eine Runde durchs Haus. Eine halbe Stunde werden Sie es noch ohne mich schaffen.«

Als Erstes, noch vor der Oberstaatsanwältin, war der Laptop an der Reihe. Eine neue Mail von Theresa: Liebekind ging es von Tag zu Tag besser, und vermutlich würde er pünktlich zum Ende seines vierwöchigen Urlaubs reisefähig sein. Außerdem behauptete sie, sie verzehre sich nach mir. Das kam mir merkwürdig vor. Lag es an der ganzen Aufregung, dass ich nicht das Gleiche empfand? Oder an dem ungewohnten Klima? Natürlich mochte ich sie, natürlich freute ich mich auf sie. Oder hatte mich zumindest vor Kurzem noch gefreut … Aber jetzt war da plötzlich diese seltsame Leere. Vermutlich war ich einfach zu schlapp, um mich freuen zu können. Und dann natürlich die viele Arbeit, der Stress der letzten Tage. So schrieb ich irgendwas zurück, von dem ich hoffte, dass es nach Begeisterung und Vorfreude klang, und wünschte meinem Chef gute Besserung.

Meine Leute würden erst in zehn Minuten zur Morgenbesprechung erscheinen. Sönnchen war unterwegs. So blieb mir noch genug Zeit, einen Artikel zu lesen, den ich heute Morgen in der Zeitung entdeckt und ausgeschnitten hatte. Es ging um Angola, das vergessene Land, über das offenbar nicht nur ich kaum etwas wusste.

Das Durchschnittsalter der Bevölkerung betrug derzeit achtzehn Jahre. Zwei Drittel davon besuchten weniger als fünf Jahre lang eine Schule. Vierzig Prozent konnten weder lesen noch schreiben. Zehntausende warteten auf eine Prothese, weil ihnen eine Mine die Beine zerrissen hatte.

Dann klingelte mein Telefon.

»Watson hier«, ertönte eine wohlbekannte Stimme. »Ihr Assistent im wilden Süden.«

Ich zerknüllte Sönnchens Zettel, auf dem die Telefonnummer stand, warf ihn in hohem Bogen in den Papierkorb und traf sogar. Nundas Großmutter mütterlicherseits stammte aus Hamburg, berichtete Hecker, und hatte vor fünfzig Jahren in einer Hafenbar in Benguela als Hure gearbeitet. Obwohl er sich Mühe gab, gute Laune zu verbreiten, wirkte er müde.

»Bis zur Befreiung – in Anführungszeichen – hat es da unten eine Art deutsche Kolonie gegeben. Und Marika Duncker muss so was wie eine lokale Berühmtheit gewesen sein. Aber dann hat sie sich von einem Schwarzen ein Kind machen lassen, musste den Job aufgeben und ist verschwunden.«

»Dieses Kind war dann folgerichtig Nundas Mutter?«

»Right, Mr Holmes. Das Mädchen – Marilyn Duncker – ist bei Missionaren in Huambo aufgewachsen, und vielleicht schließt sich schon hier der Kreis. Mit fünfzehn ist sie durchgebrannt, und zwei oder drei Jahre später hat sie selbst ein Kind gekriegt. Einen Sohn.«

»Namens Rafael.«

»Vermutlich.«

»Woher wissen Sie das alles, wenn es doch so gut wie keine schriftlichen Aufzeichnungen gibt?«

»Schwarzafrika hat zweitausend eigenständige Sprachen hervorgebracht, aber niemals eine Schrift, wussten Sie das? Hier lebt alles von der mündlichen Überlieferung, vom Geschichtenerzählen über Jahrhunderte. So entsteht mit der Zeit ein gigantisches Informationsnetz, das erstaunlich stabil funktioniert. Man muss nur die richtigen Leute fragen.«

»Was wurde später aus Nunda?«

»Als der Bürgerkrieg begann, war er sechzehn. Und von da an wird's schwierig. Die sozialen Bindungen zerrissen und damit auch das Geschichtennetz. Bisher weiß ich nur, was Sie auch schon wissen: Er hat sich als Waffenschieber und Nachrichtenhändler durchgeschlagen. Irgendwann muss er zwischen die

Fronten geraten sein, daher vermutlich seine alten Verletzungen. Anfang der Neunziger taucht er dann plötzlich in Namibia auf. Dort soll er in Windhuk als Taxifahrer gearbeitet haben. Und seit zwei oder drei Jahren war er wieder in Angola.«

»Dann hat er seine Deutschkenntnisse von der Großmutter?«

»In Windhuk wird er noch einiges dazugelernt haben. Dort wird immer noch viel Deutsch gesprochen.«

»Und Frau de Santos? Haben Sie über die inzwischen etwas in Erfahrung bringen können?«

»Leider nein. Aber das muss nichts bedeuten. Man muss immer den ersten Zipfel eines solchen Wissensnetzes erwischen, dann kommt eins zum anderen. Wenn ich erst mal weiß, in welchem Viertel sie gewohnt hat …«

»Ich habe hier eine Telefonnummer in Huambo, die Nunda zweimal angerufen hat.«

Während ich ihm die Nummer diktierte, die mit vier Neunen endete, kam mir ein Gedanke.

»Mal eine ganz andere Frage: Nunda hatte Federn in der Hosentasche.«

»Federn?«, fragte Hecker verdutzt. »Was denn für welche?«

»Unser Labor meint, von einem Hahn.«

»Dann war es ein Zauber.«

»Ein was?«

»Hahnenfedern helfen praktisch gegen alles, wenn der richtige Schamane sie berührt hat. Gegen Krankheit und Blitzschlag, gegen Schlangenbiss und den bösen Blick. Tausende haben sich während des Krieges mit ein paar Federn in der Tasche ins gegnerische Feuer gestürzt in der Gewissheit, unverwundbar zu sein.«

»Aber das ist ja …«

»Mittelalter, richtig. Dieser allgegenwärtige Aberglaube schadet Afrika mindestens so sehr wie die dreimal verfluchte Korruption. Wozu arbeiten, wo ich doch einen Zauber besitze, der mir auch ohne Anstrengung ein glückliches Leben verschafft, wenn ich nur lange genug warte? Wozu sich rühren, wo ich doch weiß, dass mein fieser Nachbar mich verhext hat und ich es sowieso nie zu irgendwas bringen werde? Allein vom Zugucken kann man wahnsinnig werden, glauben Sie mir. Diese

Irren hier führen Kriege mit den Waffen des zwanzigsten Jahrhunderts, Strategien aus dem dreißigjährigen Krieg und einem Weltbild im Kopf, das direkt aus der Steinzeit stammt.«

»Und angestachelt und aufgerüstet von hoch entwickelten Ländern, die ihre eigenen Interessen verfolgen.«

»Natürlich. Vor zwanzig Jahren waren es noch Russland und Amerika, die sich von Kuba und Südafrika vertreten ließen. Und demnächst werden es nun wohl die Chinesen sein. Man darf gespannt sein, wer sonst noch mitmischen möchte.«

»Das klingt nicht gerade optimistisch.«

»Optimistisch?« Hecker lachte trocken. »Wussten Sie, dass es inzwischen Schwarze gibt, und es sind nicht mal die dümmsten, die sich allen Ernstes den Kolonialismus zurückwünschen? Mit jedem Regimewechsel, mit jeder neuen Revolution geht's den Leuten hier immer noch ein bisschen dreckiger als vorher. Es ist – verzeihen Sie das Wort – es ist zum Kotzen. Ich hoffe nur, ich werde bald versetzt.«

Der befürchtete Anruf von Frau Doktor Steinbeißer kam um halb zehn. Offenbar hatte sie es schon mehrfach versucht, während ich mit Angola telefonierte, und war entsprechend ungehalten. Die Journaille rannte ihr die Bude ein, weshalb sie in einer halben Stunde eine Pressekonferenz geben würde. Ihre Bitte um meine Anwesenheit war ein Befehl.

»Wir sind der Bevölkerung Aufklärung schuldig, Herr Gerlach«, dozierte sie. »Wenn wir uns nicht äußern, dann werden die Schlagzeilen morgen noch verrückter sein als die von heute.«

»Und das wollen wir natürlich unter allen Umständen vermeiden«, sagte ich artig.

»Wie sehen uns dann also um zehn. Im Gegensatz zu Ihrem Konferenzraum ist der unsere klimatisiert.«

Hin und wieder fiel mir auf, dass die Leiterin der Staatsanwaltschaft manchmal über etwas wie Humor verfügte. Ich war mir bei ihr jedoch nie ganz sicher, ob man lachen durfte oder nicht.

Ich entwarf eine knappe Erklärung, die die Situation nicht verharmloste, aber auch nicht dramatisierte. Den Zusammenhang zwischen Nunda, Frau de Santos und dem gedungenen

Mörder würde ich vorerst verschweigen. Es war besser, wenn der Auftraggeber im Hintergrund nicht erfuhr, wie viel oder wenig wir wussten.

Die Heidelberger Staatsanwaltschaft lag ungefähr auf halbem Weg zum Sankt-Josefs-Krankenhaus. So beschloss ich nach der Pressekonferenz, über deren Andrang manches Kino jetzt im Sommer glücklich gewesen wäre, noch einmal Frau de Santos zu besuchen. Vielleicht hatte sie ja durch den gestrigen Schrecken die Sprache wiedergefunden.

Heute war sie wach. Als ich das Zimmer betrat, sah sie mir aufmerksam und nicht unfreundlich entgegen. Keine Regung in ihrem Gesicht verriet jedoch, ob sie mich wiedererkannte. Ob sie wusste, dass ich es war, der ihr gestern das Leben gerettet hatte.

»Hello Mrs de Santos«, sagte ich und lächelte. »How are you today?«

Ruckartig wandte sie den Kopf zur Decke und schloss die Augen. Wie es kleine Kinder manchmal tun, wenn sie sich unsichtbar machen wollen. Obwohl sie keine Miene verzog, war ich mir diesmal sicher, dass sie mich verstanden hatte.

Ich zog einen Stuhl heran und gönnte ihr keine Zeit zum Nachdenken.

»Do you like Huambo? Is it a nice place?«

Natürlich war der zweite Teil meiner Frage eine reine Provokation. Eine Stadt mitten in Angola, deren Einwohnerzahl sich irgendwo zwischen zweihunderttausend und einer Million bewegte, so genau wusste das niemand, konnte kein netter Ort zum Leben sein. Dort war mancher abends zufrieden, wenn die Kinder gegessen hatten, wenn kein Familienangehöriger erschossen wurde und das, was er sein Haus nannte, noch stand.

Aber diese Frau hatte sich verteufelt gut in der Hand. Dabei hätte sie doch wenigstens überrascht sein müssen, dass ich plötzlich ihren Namen wusste und ihren Wohnort.

Nun saß ich da und sah sie an und fühlte mich wieder einmal dumm. Ich verstand nichts. Was, um Himmels willen, hatte diese Frau mit einem Windhund wie Nunda zu schaffen? Sie war intelligent, das sah man an ihren wachen Augen – wenn sie einen denn einmal ansah. An diesen Augen, die manchmal für kurze Zeit so viel Angst und überwundenen Schrecken ausdrückten. In ihrem Blick waren keine Bosheit und keine Heimtücke.

»You should talk to me«, sagte ich eindringlich. »I'm a police officer.«

In holprigem Englisch bemühte ich mich, ihr begreiflich zu machen, in welcher Gefahr sie schwebte. Täuschte ich mich, oder kniff sie ihre Augen noch ein wenig stärker zu? Ich erklärte ihr, dass ich ihr nur helfen konnte, wenn sie mit mir zusammenarbeitete.

»I must know what happened to you. I must know who is trying to kill you. And I'm sure he will try it again. Sooner or later.«

Keine Regung, kein Zucken, nichts.

»Rafael Nunda was killed, you know. And you will also be killed if you keep quiet.«

Es fiel mir nicht leicht, ihr mit dem Tod zu drohen. Es fiel mir nicht leicht, ihr wehzutun. Aber es ging nicht mehr anders.

Immer noch keine Reaktion. Hatte sie Angst, nach Angola zurückgeschickt zu werden? Wurden überhaupt illegale Einwanderer dorthin ausgewiesen? Natürlich. Ob ihr Leben nach der Rückkehr in ihre Heimat gut oder schlecht sein würde, interessierte die deutschen Behörden nicht. Hatte sie nicht zu interessieren. Der Krieg war vorbei, auch wenn das Sterben noch lange nicht zu Ende war. Hatte sie deshalb keine Papiere bei sich gehabt? Damit sie nicht identifiziert werden konnte? Unsinn.

Vermutlich hatte sie gewusst, dass Nunda tot war, bevor sie selbst niedergeschlagen wurde. Hatte sie ihn geliebt und sah nun keinen Sinn mehr in ihrem Leben, in Gesprächen? So wirkte sie nicht, wenn sie mich ansah. Sie wirkte traurig, aber nicht hoffnungslos. Manchmal, wenn man ihr etwas brachte, was sie freute, einen Nachtisch, einen Apfel, dann konnte sie sogar lächeln, hatte ich erfahren. Auf eine scheue, schnelle, verzagte Weise lächeln.

Mich hatte sie noch nie angelächelt.

Ihr Gepäck hatten wir längst untersucht. Viel war es nicht gewesen. Eine kleine Tasche, darin zwei Blusen zum Wechseln, eine Ersatzjeans, ein luftiges Trägerkleid, ein paar flache Schuhe. Als wollte sie nur zwei, drei Tage bleiben. Keine Papiere, kein Ticket für den Rückflug. All das war vermutlich in ihrer verschwundenen Handtasche gewesen.

Frau de Santos tat immer noch, als wäre ich nicht da. Ich war für sie nichts als eine dieser Gestalten, die geschäftig um sie herumgeisterten, kamen und gingen, sie versorgten und pflegten. Sie war Schneewittchen und ich einer ihrer sieben Zwerge.

Plötzlich wütend, sprang ich auf, riss meinen Blick los von ihrem Gesicht, das mir auf einmal verstockt vorkam, trotzig, kindisch, trat ans Fenster. Sie war ein Fall, weiter nichts. Ich hatte den Mistkerl zu finden, der versucht hatte, ihr den Schädel einzuschlagen. Alles Weitere ging mich nichts an. Vielleicht war es besser, den Fall Klara Vangelis zu überlassen. Oder Balke. Für beide war Frau de Santos eine Figur in einem mehr oder weniger spannenden Fall. Die würden sich ihretwegen nicht so verrückt machen wie ich. Warum machte ich mich überhaupt verrückt? Offenbar war sie mehr für mich, als sie sein sollte. Aber was, zum Teufel? Was war sie eigentlich für mich?

Als ich mich wieder zu ihr umdrehte, hatte sie die Augen offen. Ernst, nachdenklich und ein wenig mitleidig sah sie mich an. Lange trafen sich unsere Blicke, ohne dass sich ihre Miene verändert hätte. Und dann, plötzlich, lächelte sie. Warm und voller Sympathie. Ich trat näher, wollte sie ansprechen, und dann geschah das vollkommen Unerwartete. Mit einer flinken Bewegung zog sie eine Hand unter der Decke hervor, winkte mich zu sich. Und als ich mich zu ihr herunterbeugte in der Erwartung, sie wollte mir etwas ins Ohr flüstern, legte sie den Arm um meinen Nacken und gab mir einen Kuss auf den Mund. Einen flüchtigen nur, einen Freundschaftskuss, der nichts, aber auch nichts von Begehren an sich hatte. Aber einen Kuss, der mir bis in die Zehenspitzen fuhr.

So schnell, wie sie mich an sich gezogen hatte, ließ sie mich los, verbarg die Hand wieder unter der Decke und schloss die Augen erneut.

Ich war so verwirrt, dass ich die beiden uniformierten Kollegen, die seit gestern Abend vor der Tür des Krankenzimmers Wache hielten, zu grüßen vergaß.

Den Rückweg in die Polizeidirektion legte ich trotz der Hitze fast im Laufschritt zurück. Als hätte ich Grund zu fliehen. Beim Anblick des großen, eckigen Bassins vor unserem Gebäude überwältigte mich beinahe der Drang, mich ins kalte Wasser zu werfen, mit ausgebreiteten Armen, und lange nicht wieder aufzutauchen.

Zum Glück erschien Balke bald und brachte mich auf andere Gedanken.

»Unser Auftragskiller, dieser Wiktor Rada, ich hatte es ja geahnt.« Seufzend nahm er Platz. »Der Mann ist putzmunter und betreibt eine Art Café und Minispielhölle in dieser ukrainischen Stadt mit dem unaussprechlichen Namen. Seine Papiere sind ihm vor acht Wochen geklaut worden. Angeblich.«

Ich faltete die Hände im Nacken und sah meinem Untergebenen dabei zu, wie er sich missmutig am Ohr kratzte.

»Was mir seit gestern durch den Kopf geht«, sagte ich langsam. »Diese Aktion muss doch irgendwen eine ziemliche Stange Geld gekostet haben.«

»Zehntausend, schätze ich.«

»Sagen wir lieber zwanzig.«

»Plus Spesen. Der Herr ist ja Business Class geflogen.«

»Jemand möchte diese Frau buchstäblich um jeden Preis zum Schweigen bringen. Und dieser Jemand hat offenbar gute Verbindungen zur Unterwelt.«

Balke nickte. »Einen Killer engagiert man nicht bei eBay.«

Wir sahen uns ratlos an.

»Ach ja.« Plötzlich hellte seine Miene sich auf. »Es gibt auch gute Neuigkeiten. Wir haben keine undichte Stelle im Haus. Einer, der rechnen kann, hat einfach nur eins und eins zusammengezählt.«

Ich hatte Balke beauftragt, sich vorsichtig umzuhören, wie die heikle Information über den Verbleib von Frau de Santos an die falschen Leute hatte geraten können.

»Was wollen Sie damit sagen?«

»Er war genauso schlau wie wir und hat sich überlegt, dass wir sie in einer Klinik verstecken würden, die in unserer Nähe liegt. Und da hat er einfach die infrage kommenden Krankenhäuser angerufen und den Telefonistinnen ein schönes Märchen erzählt. Er vermisse seit längerem eine Bekannte, die ihn in Heidelberg besucht habe. Und dann hat er die Patientin beschrieben. Die arme Frau im Sankt Josef ist total zerknirscht. Aber sie hatte natürlich keine Ahnung, dass sie keine Auskunft geben durfte.«

Das war richtig. Hätten wir allen Klinikmitarbeitern eingeschärft, dass sie nicht über Mrs Miller sprechen durften, dann hätten wir nur ihre Neugier geweckt.

»Ein Mann war es?«

Balke nickte. »Von wo er angerufen hat, lasse ich gerade checken. Aber ich wette, es war wieder eine Zelle. Der Anruf war am Freitag, daran kann die Frau sich erinnern. Und er hat mit hiesigem Akzent gesprochen.«

Vermutlich wieder einmal unser Unbekannter im dunklen Anzug. Ich nahm die Brille ab und rieb mir die Augen. Noch immer fühlte ich den Kuss auf meinem Mund.

Ich setzte die Brille wieder auf.

Balke sah an mir vorbei auf die Aktenordner in meinem Rücken. »Da ist noch was, was mir dauernd durch den Kopf geht ...«

Ich zwang mich, aufmerksam zu gucken.

»Frau de Santos hat, nachdem sie in Heidelberg war, mindestens zweimal versucht, Nunda telefonisch zu erreichen.«

»Aber wie es aussieht, war er da schon tot.«

»Nunda muss Erfolg gehabt haben bei seiner Suche, wonach auch immer, sonst hätte er sie nicht in Angola angerufen. Und sie wäre nicht hergeflogen.«

»Das klingt irgendwie logisch.«

»Aber jetzt wird's auf einmal ziemlich unlogisch. Sie kommt am neunzehnten Juli hier an, hält sich fast eine Woche in ihrem Zimmer auf, ohne dass irgendwas passiert. Sie verlässt das Haus praktisch nur zum Telefonieren, soweit wir wissen. Und dann, auf einmal, versucht jemand, sie totzuschlagen.«

Plötzlich sah auch ich den Fehler.

»Sie hat nicht ihren Mörder gefunden. Er hat sie gefunden. Vielleicht war er durch Nunda gewarnt und hat sie erwartet. Er wusste, dass sie kommt.«

»Und warum hat er dann eine ganze Woche stillgehalten?«

Balke wiegte zweifelnd den Kopf. »Ich denke eher, Nunda hat ihr irgendwie eine Nachricht hinterlassen. Und sie hat eben eine Woche gebraucht, um sie zu finden.«

Eine Weile kaute er gedankenverloren auf der Backe. Dann schlug er sich auf den Oberschenkel.

»Wir sind ja blöd! Entschuldigen Sie, ich meine natürlich ...«

»Sie haben völlig recht«, stöhnte ich. »Sie muss in seinem Zimmer gewesen sein. Wenn er ihr eine Nachricht hinterlassen hat, dann dort. Wir sind wirklich blöd.«

»Ich fahre sofort hin.« Balke war schon aufgestanden. »Vielleicht ist ja inzwischen auch dieser Pierre wiederaufgetaucht, der ein paar Tage mit Nunda zusammengewohnt hat.«

15

»Was gibt's, Doc Watson?«, fragte ich und legte die Füße auf den Tisch.

»Wollen Sie erst die gute oder erst die schlechte Nachricht hören?«, fragte Hecker mürrisch zurück.

»Eigentlich mag ich überhaupt keine schlechten Nachrichten.«

»Okay, dann also die gute: Es ist mir endlich gelungen, etwas über Engracia de Santos rauszufinden. Genauer, ich weiß, wo sie gewohnt hat.«

»Gewohnt hat? Heißt das, sie ist umgezogen?«

»Nein, denn jetzt kommt die schlechte Nachricht: Frau de Santos ist vor zwei Jahren bei einem Straßenüberfall von einem Jugendlichen erschossen worden. Sie war übrigens wirklich blond und brauchte keine Perücke. Die Frau, die Sie haben, muss sich also irgendwie den Pass von Frau de Santos organisiert haben.«

»Und damit sie dem Foto darin ähnlich sieht, hat sie sich eine Perücke gekauft.«

Na prima. Der tote Mörder betrieb bei bester Gesundheit ein Café in der Ukraine, und die Frau, die seinen Mordanschlag knapp überlebt hatte, war vor zwei Jahren in Angola erschossen worden. Und beide reisten mit falschem Pass.

»Der Telefonanschluss in Huambo«, fuhr Hecker fort, »gehört nämlich zu einem kleinen Lebensmittelgeschäft in der nördlichen Innenstadt. Inhaberin ist eine gewisse Isabel Camaral. Stellen Sie sich eine rabenschwarze Mama vor, mit breitem Hintern, in bunte Tücher gewickelt und mit ungefähr zwanzig Kindern um die schmutzigen Füße.«

»Das klingt nur sehr bedingt nach einer kleinen, schwarzhaarigen Weißen.«

Jetzt lachte Hecker doch. »Wir haben jetzt einen Verbündeten in Huambo. Bob stammt aus Houston und arbeitet für Handicap International. Ist ein echt netter Typ und hat in meinem Auftrag heute Vormittag persönlich mit Frau Camaral gesprochen. Ihr Telefon ist das einzige im Umkreis von mindestens einer Meile, und deshalb betreibt sie in ihrem Laden nebenher so eine Art Telefonshop. Dort kann man nicht nur telefonieren, sondern sich auch anrufen lassen. Gegen eine Gebühr, versteht sich. Die Dame scheint recht geschäftstüchtig zu sein. Und außerdem weiß sie alles über ihre Nachbarschaft.« Hecker zog die Nase hoch. »Diese Frau Camaral erinnert sich ganz gut an Frau de Santos. Die hat bis zu ihrem Tod nur ein paar Häuser weiter gewohnt, in derselben Straße. Und außerdem – und damit kommen wir zur wirklich guten Nachricht – hat sie eine sehr gute Freundin gehabt.«

»Und ich nehme an, diese Freundin …«, sagte ich langsam.

»Ist klein, schwarzhaarig und seit ein paar Wochen verschwunden.«

Balke hätte an dieser Stelle »Bingo« gesagt.

»Der Name?«

»Rosana Ribeiro. Sie hat am dreizehnten Juli mit Deutschland telefoniert, steht in Frau Camarals Notizbuch. Ein Mann hat vormittags angerufen und wollte Frau Ribeiro sprechen. Sie hat dann eines ihrer Kinder losgeschickt, und eine halbe Stunde später hat er wieder angerufen. Die beiden haben ungefähr zwei Minuten miteinander gesprochen.«

»Ich werde Sie bei Gelegenheit zum Ehrenkommissar ernennen lassen«, sagte ich zum Abschied. »Was ist eigentlich mit Ihnen los? Sie klingen, als wären Sie krank.«

»Krank?« Heckers Lachen klang ein wenig mühsam. »Wir

mussten gestern Abend zu einem Empfang beim brasilianischen Botschafter. Hier wird ja überall viel gesoffen, aber die Brasilianer sind fast noch schlimmer als die Russen. Und wenn einem der Botschafter zuprostet, dann muss man mithalten. Das verlangt das Protokoll.«

Rosana also. Rosana Ribeiro. Heute würde sie reden. Ich weiß nicht, warum, aber plötzlich war ich mir sicher.

Beim Mittagessen saß ich zusammen mit Klara Vangelis allein an einem Vierertisch. Balke war noch unterwegs. Die Kantine war auch heute nur schwach besucht. Noch immer war Ferienzeit.

Stumm und mit bedrückter Miene zerstückelte Vangelis ihr Cordon bleu. Wie immer war sie edel gekleidet, im selbst geschneiderten Designerkostüm. Sie schien sich heute noch gerader zu halten als sonst.

»Ihr Urlaub war wohl nicht so toll?«, fragte ich mitfühlend.

Sie zerquetschte ein Möhrchen zu Brei und starrte Löcher in den Tisch. Obwohl wir kein herzliches Verhältnis hatten, tat sie mir leid. Bestimmt war sie noch nicht oft verliebt gewesen, obwohl oder vielleicht gerade weil sie eine der hübschesten Frauen war, die ich kannte. Sie arbeitete unendlich viel – wenn nicht im Polizeidienst, dann in der Taverne ihres Vaters in Dossenheim, wo sie regelmäßig aushalf. Und sie war eine Mitarbeiterin, wie man sie sich als Vorgesetzter wünscht. Wenn Klara Vangelis etwas in die Hand nahm, dann funktionierte es. Fehler machte sie so gut wie nie. Unter den Kollegen galt sie als karrieregeil und humorlos. Aber beides schien sie nicht zu stören. Sie war der Ansicht, als Frau müsse man doppelt so viel arbeiten wie ein Mann, um etwas zu erreichen. Und noch immer nahm sie mir offenbar übel, dass ich ihr letztes Jahr die Stelle des Kripoleiters vor der Nase weggeschnappt hatte.

In den ersten Wochen ihrer neuen Liebe hatte man sie kaum wiedererkannt, so hatten ihre Augen geleuchtet. Manchmal hatte sie sogar gelacht. Irgendetwas musste in ihrem Urlaub gründlich schiefgegangen sein. Heute schien selbst ihre sonst so eindrucksvolle schwarze Lockenpracht Trauer zu tragen.

»Sie wollen nicht darüber sprechen«, konstatierte ich, als sie hartnäckig schwieg. »Kein Problem.«

Ich selbst hatte mir heute ein halbes Hähnchen mit Pommes gegönnt. Wer so viel Rad fährt wie ich zurzeit, der soll auch gut essen.

»Das war ja kein Urlaub!« Wütend funkelte sie mich an. »Das war eine Katastrophe!«

Und dann brachen die Dämme. Zusammen mit ihrem Lover, Agostos, war sie nach Kreta geflogen. Zwei Wochen, zum ersten Mal länger als ein paar Stunden gemeinsam allein.

»Bisschen herumfahren, wir hatten einen Mietwagen, alte Tempel ansehen, die Landschaft, ausspannen, baden, ach …«

Täuschte ich mich, oder glitzerten da sogar Tränen der Enttäuschung in ihren Augen?

»Das klingt eigentlich nach einem guten Plan. Wo war das Problem?«

»Er kann nicht Auto fahren!«, zischte sie. »Sobald wir im Wagen saßen, ging der Krieg los. Wenn ich gefahren bin, dann hat er ununterbrochen herumgemeckert, und spätestens in der dritten Kurve wurde ihm schlecht. Fährt er, dann wird man von Traktoren angehupt, und normalen Menschen schlafen die Füße ein.«

Nun muss man wissen, dass Klara Vangelis eine etwas gewöhnungsbedürftige Art hatte, Auto zu fahren. Regelmäßig fuhr sie mit dem nicht einmal besonders getunten Wagen ihres Vaters kleine Rallyes, die sie fast ebenso regelmäßig gewann. Es gab Kollegen im Haus, die sich weigerten, in einen Wagen einzusteigen, den sie fuhr.

»Sie haben sich gestritten …«

»Gestritten?« Sie bemühte sich, ihre Stimme wieder unter Kontrolle zu bringen. »Wir hätten uns beinahe umgebracht!«

»Vielleicht sollten Sie nächstes Mal lieber ohne Auto Urlaub machen?«

»Es wird kein nächstes Mal geben. Agostos wird allein nie zum Flughafen zurückfinden und am Ende vermutlich irgendwo jämmerlich verhungern. Oder von einem Mähdrescher übersehen und plattgewalzt.«

Es gelang mir, bei der Vorstellung nicht zu grinsen. Enttäuschte Liebe ist nicht zum Lachen.

Inzwischen hatte sie ihr Cordon bleu komplett in kleine

Häppchen zersäbelt und das Gemüse sorgfältig zermatscht. Gegessen hatte sie noch nichts. Mir dagegen schmeckte es vorzüglich. Ich war überzeugt, dass es ab jetzt in den Fällen Nunda und Ribeiro – noch musste ich mich an den neuen Namen gewöhnen – rasch vorangehen würde. In wenigen Tagen würden wir den oder die Schuldigen im Vernehmungszimmer haben.

»Sehen Sie, Herr Gerlach, das ist das ewige Problem von uns Griechinnen«, seufzte Klara Vangelis nach einer Weile, »seit tausend Generationen hängen uns die Machos zum Hals heraus. Und trifft man dann mal einen, der ein bisschen feinfühlig ist und weiß, wie eine Frau angefasst werden möchte, dann fährt er Auto wie ein Nönnchen und kriegt schon Asthma, wenn er von weitem ein Schaf sieht.«

»Was ich Sie schon immer fragen wollte«, sagte ich, um von diesem gefühlsbeladenen Thema wegzukommen. »Ihr Name, Vangelis, das ist doch eigentlich ein männlicher Vorname. Es gab da mal einen Musiker …«

Sie nickte müde. »Von dem muss der Beamte damals auch ein Fan gewesen sein, der die Formulare ausfüllte. Mein Vater heißt eigentlich Vangelis Kostas. Aber seit er in Deutschland ist, heißt er umgekehrt.«

»Warum hat er nicht protestiert?«

»Als meine Eltern Griechenland verließen, herrschten dort die Militärs. Da hat man Beamten nicht ohne Not widersprochen. Mama war hochschwanger, und Papa war es piepegal, wie er nun hieß. Vielleicht hat er auch gedacht, dass es in Deutschland entsprechende Vorschriften gibt. Was weiß ich. Außerdem ist Kostas bei uns ja auch ein Vorname. Und irgendwo war es am Ende auch wirklich egal.«

»Und wie geht es mit der Arbeit voran?«

»Ich habe sämtliche Telefonanrufe in den fraglichen Zeiträumen zurückverfolgen lassen.« Immer noch stocherte sie in ihrem Essen herum. Liebeskummer war schon immer eine der besten Methoden, um abzunehmen. »Es gibt nur eine winzige Gemeinsamkeit. Sowohl im Uniklinikum als auch in der WG und später im Sankt-Josefs-Krankenhaus ist irgendwann, zum Teil mehrfach, von einer Telefonzelle aus einem Ort nördlich von Heidelberg angerufen worden.«

Das hatte Runkel von der ersten Sekunde an vermutet, fiel mir ein. Vermutlich hatte ich ihm also unrecht getan.

»Jedes Mal war es eine andere Zelle«, fuhr Vangelis fort. »Und ein anderer Ort. Dossenheim, Schriesheim, Ladenburg, Kraut und Rüben. Vermutlich nichts als Zufall. Aber es ist das Einzige, was uns überhaupt aufgefallen ist.«

»Das könnte bedeuten, dass der Mann, den wir suchen, irgendwo nördlich von Heidelberg wohnt.«

»Oder das genaue Gegenteil.«

»Und wie sieht es bei den Einbrüchen aus?«

»Zum Heulen.« Seufzend lehnte sie sich zurück. »Die Täter sind unglaublich geschickt. Sie werden nie beobachtet, sie hinterlassen keine Spur. Und sie scheinen sich prima auszukennen in den Häusern, die sie besuchen.«

»Handwerker? Paketboten, Telefontechniker?«

»Alles schon zehnmal überprüft. Es ist trostlos.«

Plötzlich stand Balke neben unserem Tisch.

»Irgendwie riecht's hier nach Beerdigung«, meinte er finster. »Darf man sich dazusetzen?«

Ich rückte ein wenig zur Seite.

Er setzte sich wortlos und begann, sein Hähnchen zu zerrupfen, als wäre es ein Feind.

»Ich war in der WG«, knurrte er.

»Und was ist schiefgegangen?«

»Da war dieser Schwarze, Pierre. Der redet aber nicht so gern mit der Polizei. Hat sofort was von Durchsuchungsbeschluss gefaselt und wollte mich nicht mal über die Schwelle lassen.« Er erstach einige Pommes und stopfte sie in den Mund. »Ich habe das Gefühl, der Bursche weiß was, will aber aus reinem Trotz nicht mit der Sprache raus. Außerdem scheint er zu kiffen. Ich habe schon mit den Kollegen vom Drogendezernat geredet. Er steht im Verdacht, hin und wieder zu dealen. Aber bisher hat er sich leider nicht erwischen lassen.«

»Und was haben Sie nun vor?«

»Was wohl?« Aufgebracht sah er mich an. »Ich besorge mir einen Durchsuchungsbeschluss, finde irgendwas in seiner Bude und verhafte ihn. Und ich hoffe sehr, der Blödmann leistet ein bisschen Widerstand dabei!«

»Und wenn Sie keine Drogen bei ihm finden? Dann wird er Sie anzeigen und erst recht nichts sagen.«

Sein Handy begann so laut zu trällern, dass wir alle drei erschraken. Stirnrunzelnd las er eine SMS. »Die schon wieder!«, stöhnte er dann und löschte die Nachricht.

Seit Balke mit seiner Nicole zusammen war, hatte man diesen Satz nicht mehr von ihm gehört.

»Mal wieder eine neue Freundin?«, fragte Vangelis boshaft.

»Erinnern Sie sich an diese Mannheimerin in der Uniklinik?«, fragte er mich und ignorierte Vangelis' Bemerkung.

»Die Sie um ein Haar angeknabbert hätte?«

»Genau die. Seit Tagen ruft sie mich jede halbe Stunde im Büro an.« Er warf das neue und teuer aussehende Klapphandy achtlos neben seinen Teller. »Und jetzt hat sie irgendwie meine Handynummer rausgefunden, fragen Sie mich nicht, wie. Das ist heute schon die elfte SMS von dieser Verrückten.«

»Tja«, meinte Vangelis schadenfroh und begann zu essen.

»Er ist wuuunderschön, nicht wahr?«, flüsterte Sarah ehrfürchtig, als wir abends zusammen vor Bruno standen.

Die Begeisterung beruhte nicht auf Gegenseitigkeit. Der Wallach musterte uns nervös. Louise packte die mitgebrachten Pferdeleckereien aus und begann unverzüglich, den Wallach zu bestechen. Der knabberte die nicht wirklich essbar aussehenden hellbraunen Knödel und betrachtete meine Töchter nun schon mit mehr Sympathie. Männer sind einfach zu leicht rumzukriegen. Offenbar sogar, wenn sie kastriert sind.

»Dürfen wir ihn reiten?«, fragte Louise.

Bachmaier, ein Yuppietyp, dessen Übergewicht auch der Designeranzug nicht ganz zu kaschieren vermochte, nickte zugleich großzügig und gleichgültig.

»Wieso nicht.«

Zu dritt fingen sie an, Bruno zu satteln, wobei sich meine Mädchen deutlich geschickter anstellten als der Kaugummi kauende Besitzer. Ich blieb auf Abstand, weil mir das große Tier unheimlich war. Es musste schon verflixt wehtun, aus dieser Höhe herunterzufallen. Hier, auf dem Reitplatz, ging es ja noch. Hier lagen keine Steine, hier wuchsen keine Bäume. Aber draußen im Gelände und womöglich im Galopp? Ich mochte nicht daran denken.

Gab es wohl Reiter, die noch nie vom Pferd gefallen waren? Vermutlich ebenso viele wie Radfahrer, die noch nie mit dem Rad gestürzt waren. Aber ein Fahrrad war nicht halb so hoch, man blieb mit den Füßen immer in Bodennähe, und außerdem trat es nicht auf einen drauf, wenn man darunter lag. Bruno schien mein Misstrauen zu spüren, immer wieder trafen sich unsere Blicke. Hoffentlich war ich nicht der Grund für seine Nervosität.

Bachmaier sprang mit seinem Pferd um wie mit einem unansehnlich gewordenen Möbel auf dem Weg zum Sperrmüll.

»Wie sieht es eigentlich mit Zubehör aus?«, fragte ich, um mich ein wenig nützlich zu machen.

»Sattel und Zaumzeug geb ich Ihnen dazu«, antwortete er gelangweilt. »Brauch ich ja jetzt eh nicht mehr.«

»Er ist sogar frisch beschlagen!«, frohlockte Louise.

»Und geimpft!«, freute sich Sarah.

»Neu lackiert auch?«, brummte ich. Aber zum Glück hörte es niemand.

Sarah durfte als Erste aufsitzen und drehte ein paar vorsichtige Runden auf dem Sandplatz. Bruno tänzelte herum und wollte nicht recht geradeaus, was aber in einer solchen Situation absolut normal war, wie man mir erklärte.

»Diese Viecher sind so was von sensibel, man glaubt es nicht«, sagte Bachmaier, während er ungeniert auf seine Angeberuhr sah. »Richtig zickig können die sein. Aber das gibt sich bald, Sie werden sehen.«

Meine Mädchen jauchzten und kicherten.

»Und? Was ist nun?« Inzwischen saß Louise im Sattel, und Bachmaier sah schon wieder auf seine Titanuhr. »Morgen früh geht's jetzt wirklich nach China, und dann bin ich erst mal eine Woche weg. Es haben auch schon zwei andere Interessenten angerufen.«

»Sie würden nicht vielleicht doch ein wenig im Preis …? Ich bin Beamter, müssen Sie wissen.«

»Sie können ihn nehmen, oder Sie können es lassen. Die anderen Interessenten sind keine Beamten.«

Bruno blieb stehen wie angefroren. Meine Töchter starrten

zu mir herüber. Die Versuchung war fast übermächtig, mich großzügig zu zeigen. Gestern Abend hatte endlich meine Mutter angerufen und versprochen, fünfhundert Euro zu überweisen. Sie war froh über diese Lösung, da sie wirklich kein Talent fürs Schenken hatte. Zu Weihnachten hatten meine Töchter Kochbücher bekommen. Wunderschöne, aufwendig gebundene und sicherlich sehr teure Kochbücher voller hübscher Bilder, aber dummerweise komplett auf Portugiesisch. Ich selbst hatte zum selben Anlass ein Set von drei Krawatten erhalten: handbemalte Seide und eine hässlicher als die andere.

Gut, Bruno schien seinen Preis wert zu sein. Gesund, kräftig, gut gewachsen. Und sogar Sattel und Zaumzeug gehörten dazu.

Andererseits mussten die Mädchen lernen, dass Geld nicht auf Bäumen wuchs. Dass vor dem Vergnügen die Arbeit kam. Nur mal gucken, hatten wir gesagt. Und dabei musste es bleiben.

Bachmaier verabschiedete sich achselzuckend und spuckte sein Kaugummi ins Gras. »Melden Sie sich, wenn Sie es sich überlegt haben.«

Als wir heimfuhren, waren meine Mädchen sehr schweigsam. Und natürlich kam es später beim Abendessen zu weiteren, äußerst zähen Verhandlungen. Sie hatten inzwischen einen regelrechten Finanzierungsplan erstellt, der leider voller Löcher und Träume war. Als Erstes stach mir der Posten »Taschengelderhöhung« ins Auge.

»Dreißig Euro im Monat?«

Alle ihre Freundinnen bekamen min-des-tens fünfzig, wurde ich aufgeklärt. Nur sie mussten sich noch mit läppischen zwanzig zufriedengeben. Und ich könne diese Freundinnen gerne anrufen oder deren Eltern, falls ich den Freundinnen selbst nicht traute. Im Internet hatten sie sogar eine Statistik des Familienministeriums aufgestöbert, aus der ganz eindeutig hervorging, dass nur Kinder der Unterschicht, »die totalen Prolls«, sich mit einem so jämmerlichen Taschengeld zufriedengeben mussten, und überhaupt …

»Ist ja gut, ist ja gut«, seufzte ich. »Aber das ist doch alles Kleinkram. Wo wollt ihr die fehlenden zweitausend herzaubern?«

Am Ende wurde es ein trauriger und stiller Abend, und von

Stunde zu Stunde plagte mich mein Gewissen mehr. War ich vielleicht wirklich der geizige Rabenvater, den sie in mir sahen? Der seinen armen Töchtern nicht einmal das bescheidene Vergnügen eines eigenen Pferdes gönnte? Eines halben Pferdes, um genau zu sein, da sie ja zu zweit waren?

Erziehung kann manchmal verflucht anstrengend sein.

16

»Er hat schon wieder angerufen«, empfing mich Sönnchen am Mittwochmorgen. »Dieser nette junge Mann aus Angola.«

Während im Vorzimmer die Kaffeemaschine brummte, wartete ich auf die Verbindung. Diesmal dauerte es ein Weilchen, bis Hecker abnahm. Heute klang er noch verschlafener als gestern.

»Unser Bob ist ein echtes Goldstück.« Er gähnte.

»Schlecht geschlafen?«, fragte ich mitfühlend.

»Der Außenminister hatte Geburtstag«, stöhnte er, und ich meinte, seine Fahne durchs Telefon zu riechen. »Eines muss man den Angolanern ja lassen. Auch wenn sie sonst nichts auf die Reihe kriegen, feiern können sie. Der Bischof war so besoffen, dass ihn der russische Militärattaché zusammen mit einem Typ von der britischen Auslandsaufklärung zum Taxi tragen musste. Es war ein Riesentheater, und am Ende sind sie alle zusammen die Treppe runtergefallen.«

Ich sprach ihm mein Beileid aus.

»Wo steckt denn jetzt dieser blöde Zettel?«, maulte er. »Ah, da. Wie kommt das denn unter die Kaffeekanne?« Er seufzte etwas über die Schlechtigkeit der Welt und räusperte sich. »Also denn. Die Ribeiros stammen aus dem Hochland im Osten. Ungefähr dreihundert Kilometer östlich von Huambo hatten sie früher eine Farm. Es waren drei Kinder. Raimondo war der Älteste, dann kam Rosana, die muss etwa einundsiebzig geboren sein, und zwei Jahre später Manuel, das Nesthäkchen. Eine Weile ging es ihnen wohl ganz gut da oben. Aber im Lauf des Bürgerkriegs mussten sie die Farm irgendwann aufgeben. Soweit ich weiß, haben nur das Mädchen und Manuel, der jüngere Sohn, die Flucht überlebt. Der Name Raimondo Ribeiro taucht auf einer veröffentlichten Liste der südafrikanischen Armee auf. Ein Mann dieses Namens hat gegen Ende des Krieges eine Auszeichnung wegen besonderer Tapferkeit in irgendeinem Gemetzel erhalten. Aber der Name Ribeiro ist hier ungefähr so selten wie Meier in Deutschland. Was aus den Eltern wurde, ist nicht bekannt.«

»Und die zwei sind dann also in Huambo gelandet.«

»Achtundneunzig muss das gewesen sein. Die Familie hat sich erstaunlich lange halten können. Andere haben schon fünf Jahre früher aufgegeben. Die beiden müssen es geschafft haben, auch ein bisschen Geld oder ein paar Wertsachen zu retten. Eine Weile hatten sie in Huambo sogar noch ein Auto. Den Range Rover ihres Vaters, mit dem sie geflohen sind.«

Sönnchen kam herein und stellte den Kaffee vor mich hin. Dann setzte sie sich mir gegenüber. Ich stellte das Telefon laut, damit ich später nicht alles wiederholen musste. Hecker schien den Faden verloren zu haben.

»Vom Rest der Familie fehlt also jede Spur«, versuchte ich ihn wieder auf die richtige Fährte zu bringen.

»So ein Auto ist im Landesinneren schon ein großer Luxus«, murmelte er. »Aber wo ist denn jetzt ... ah, da. Irgendwann ist die Karre dann wohl kaputtgegangen. Oder geklaut worden. Immerhin hatten sie genug zum Leben.«

»Konnte Bob schon mit dem Bruder sprechen?«, fragte ich, von Sönnchen aufmerksam beobachtet.

»Daraus wird leider nichts.« Hecker hustete und stöhnte in einem. Er musste einen mörderischen Kater haben. »Manuel ist letzten Herbst gestorben. Er war schon länger krank, die letzten zwei Jahre hat er im Bett gelegen, und Rosana hat ihn versorgt. Sie können sich denken, was das heißt in einer Stadt, wo ein Arzt auf hunderttausend Leute kommt und man Medikamente nur auf dem Schwarzmarkt zu Phantasiepreisen kriegt.«

Sönnchen war inzwischen ein wenig blass geworden um die Nase. Man liest so viel vom Elend Afrikas. Man hat sich damit abgefunden, dass es eben so ist, dass man es nicht ändern kann. Bis dieses Elend auf einmal ein Gesicht bekommt. Das Gesicht einer kleinen Frau zum Beispiel, die ihren Lebensretter auf den

Mund küsst. Jetzt verstand ich die Traurigkeit in ihrem Blick. Ihr Bruder war gestorben, der einzige Überlebende ihrer Familie, und sie hatte ihn bis in den Tod gepflegt.

»Wenn an Weihnachten wieder diese Bettelbriefe kommen«, sagte meine Sekretärin, als ich auflegte, »diesmal werd ich sie nicht wegschmeißen.«

In diesem Moment klopfte es, Balke stürzte herein, mit rotem Kopf und schweißfeuchter Stirn.

»Zwei Dinge«, keuchte er. »Erstens: Die Italiener haben Rick geschnappt und möchten wissen, was sie mit ihm machen sollen. Und zweitens: Frau Ribeiro ist anscheinend wirklich in der WG gewesen. Eine alte Frau im Erdgeschoss erinnert sich an sie.«

»Weiß sie, wann ungefähr das war?«

»Jepp!« Balke schnappte immer noch nach Luft. Offenbar kam auch er nun langsam in das Alter, wo einem beim eiligen Treppensteigen die Puste ausgeht. »Das weiß sie sogar ganz genau. Am fünfundzwanzigsten Juli. Die Frau erinnert sich deshalb so gut, weil an dem Abend Bayern München vier zu eins gegen den FC Mailand verloren und sie sich mächtig darüber gefreut hat. Frau Ribeiro hat fünf Minuten vor Beginn der Halbzeit bei ihr geklingelt, und um ein Haar hätte sie deshalb das dritte Tor verpasst.«

Ich warf einen Blick in den Kalender. »Der fünfundzwanzigste Juli war ein Freitag.«

»Und einen Tag später hat sie halb tot im Wald gelegen.«

»Warum hat sie denn im Erdgeschoss geklingelt und nicht oben?«

»Ganz einfach.« Inzwischen atmete Balke wieder halbwegs normal. Er nahm sich einen Stuhl und setzte sich. »Nunda stand natürlich nicht an der Klingel. Deshalb hat sie einfach irgendwo geläutet und gefragt. Die Alte kann zum Glück ein bisschen Spanisch, und irgendwie konnten sie sich verständigen. Sie hat ihr den Tipp gegeben, es doch mal bei dem Studentenpack unterm Dach zu probieren. Anscheinend hat sie keine besonders gute Meinung von ihren Hausgenossen. Sie klang ungefähr so, als würden die jeden zweiten Abend kleine Kinder grillen. Vor allem meinen speziellen Freund hat sie mächtig auf dem

Kieker. Dem traut sie anscheinend jedes Verbrechen zu. Und sie ist ganz sicher, dass der an dem Abend zu Hause war.«

»Dann sollten wir vielleicht wirklich mal ein paar ernste Worte mit diesem Pierre wechseln.«

»Einen Haftbefehl kriege ich leider nicht bei der Faktenlage. Aber in Nundas Zimmer muss er uns lassen, auch ohne Durchsuchungsbeschluss. Ich habe aber wenig Hoffnung, dass wir da irgendwas finden, was die Spurensicherung übersehen hat.«

Ich erhob mich. »Sie sind ganz sicher, dass er mit Drogen dealt?«

»So sicher, wie meine Oma Eierlikör im Schrank hat.«

»Ich habe nämlich keine Lust auf die Schlagzeile, wir würden unschuldige Farbige schikanieren.« Ich angelte mein Jackett von der Garderobe. »Sehen wir uns den Herrn mal an.«

»Vergessen Sie die glühenden Eisen nicht!«, meinte Balke beglückt.

»Und was ist nun mit Rick aus Rostock?«, fragte ich, als wir zusammen die Treppe hinabstiegen. »Warum sitzt er in Italien im Gefängnis?«

»Wollte einer deutschen Rentnerin die Kamera klauen und ist dabei an die Falsche geraten. Die gute Oma hat ihm mit ihrem Krückstock dermaßen eins übergebraten, dass die Carabinieri ihn nur noch aufsammeln mussten. Die Italiener wären ihn gerne los und sind bereit, ihn sofort herzugeben, wenn wir einen Antrag stellen. Ich setze mich auch gerne in den nächsten Flieger, wenn's die Pflicht verlangt!«

Auf Balkes Vorschlag hin hatten wir die Räder genommen, und so standen wir schon eine Viertelstunde später wieder in der auch heute gut gewärmten WG-Küche über den Dächern der Heidelberger Altstadt. An die Edelstahlspüle gelehnt, musterte mich ein schwarzhäutiger Hüne mit den Händen in den Taschen seiner ausgebeulten Jeans und aufsässiger Miene im Gesicht. Er war mindestens einsfünfundneunzig groß und hundert Kilo schwer. Sein massiger Kopf war glattrasiert. Pierre Duval musste stark sein wie ein Ochse. Und er war sehr, sehr wütend. Er studierte Jura, wusste ich von Balke, und stand kurz vor seinem Examen.

Der Student knurrte französische Flüche. Das einzige Wort, das ich verstand, war: »Merde!«

Ich setzte mich an den Tisch und wies freundlich lächelnd auf den gegenüberstehenden Stuhl. Pierre stopfte nur die Hände tiefer in die Taschen.

»Sie haben überhaupt kein Recht, hier zu sein! Was Sie tun, ist Hausfriedensbruch. Paragraf hundertdreiundzwanzig StGB!«

»Sie haben uns die Tür geöffnet. Und wir haben sehr wohl das Recht, das Zimmer eines Mordopfers zu besichtigen. Ich kann Ihnen auch gerne ein paar Paragrafen aufzählen.«

Ich gab Balke einen Wink, und er verschwand. Ich hörte, wie er die Tür zu Nundas Zimmer öffnete und wieder schloss. Aber ich war sicher, dass er das Zimmer nicht betreten hatte.

»Ich kann mich nicht erinnern, Sie hereingebeten zu haben«, bellte Duval. »Sie verlassen diese Wohnung auf der Stelle!«

»Es heißt doch immer, die Menschen in Afrika seien so gastfreundlich.«

»Nicht gegenüber Einbrechern.«

»Vielleicht könnten wir uns trotzdem kurz unterhalten, wenn es Ihnen nicht zu viel Mühe macht. Danach werden wir freiwillig wieder gehen.«

»Warum sollte ich?«

Ich hörte auf zu lächeln. »Weil es Ihnen und mir möglicherweise eine Menge Ärger erspart.«

Er senkte den Blick, überlegte. Dann zog er im Zeitlupentempo die Hände aus den Taschen, setzte sich betont umständlich und starrte mich aus großen blutunterlaufenen und fast schwarzen Augen an.

»Also, was wollen Sie hören?«

»Vor einigen Wochen hatten Sie abends Besuch von einer blonden Frau.«

»Schon möglich.«

»Mich interessiert, was sie hier wollte.«

»Keine Ahnung. Ich hab sie nicht gesehen.«

»Ich nehme an, sie wollte in Rafael Nundas Zimmer, um irgendwas zu suchen.«

Mit mürrischer Miene hob er die Schultern und sah zur Decke.

»Weshalb sind Sie eigentlich so sauer auf mich?«, fragte ich.

»Weil Ihr Typ da«, wütend deutete er in Richtung Tür, »sich aufgeführt hat, als wäre er von der Gestapo. Der hat anscheinend noch nicht mitgekriegt, dass die Sklaverei abgeschafft ist.«

»Ich bin überzeugt, dass Kommissar Balke sich absolut korrekt verhalten hat.«

Ich war mir meiner Sache allerdings nicht so sicher, wie ich vorgab.

»Balke heißt das Arschloch?«

Der, von dem die Rede war, trat gerade grinsend durch die Küchentür und zählte fünf kleine Kunststofftütchen auf den Tisch. Die Beutelchen von der Größe großer Briefmarken enthielten feines, weißes Pulver.

»Kokain«, meinte Balke. »Das sind mindestens fünfundzwanzig Gramm. Bisschen reichlich für den persönlichen Gebrauch, finde ich.«

Pierre Duval sprang auf und zog es nun vor, auf Deutsch zu fluchen. »Das Arschloch wühlt ohne Erlaubnis in meinen Sachen herum!«, polterte er. »Ich will sofort mit meinem Anwalt telefonieren!« Drohend starrte er mich an. »Glauben Sie ja nicht, nur weil ich schwarz bin, können Sie sich hier alles erlauben! Ich kenne meine Rechte sehr genau!«

»Davon bin ich überzeugt.« Ich bat Balke durch ein Nicken, mich mit dem Mann allein zu lassen. Nach einem erst fragenden, dann leicht beleidigten Blick zog er sich zurück. Ich wartete, bis die Tür ins Schloss fiel. Dann sah ich dem Studenten ins Gesicht und wartete, bis sein Zornesausbruch verebbt war.

»Ich sehe für den weiteren Verlauf unseres kleinen Gesprächs zwei denkbare Szenarien, Herr Duval.«

»Ich sehe nur eins«, bellte er und schlug mit beiden Händen auf den Tisch. »Das Zeug da gehört mir nicht! Das hat das Arschloch mitgebracht, um mich zu linken. Das läuft aber nicht! Nicht mit mir!«

»Nun lassen Sie mich doch erst mal zu Wort kommen. Aufregen können Sie sich dann später immer noch.«

»Ich will mich aber jetzt aufregen, verfickte Scheiße! Das ist Rassismus, Mann! Bei einem Schwarzen denken Sie, da kommt's nicht so genau drauf an, der muckt schon nicht auf. Aber die Zeiten sind zum Glück vorbei. Ich studiere Jura, das sollten Sie nicht vergessen!«

Seine Stimme wurde lauter und lauter, und mein Eindruck verstärkte sich, dass Duval eine schon öfter aufgeführte Show abzog.

»Ich kenne Leute bei Amnesty International, die warten nur auf eine solche Story!«

Ich lächelte unbeirrt und spürte, wie er allmählich unsicher wurde, weil seine Empörung nicht auf die erwartete Reaktion stieß. So wurde er mit der Zeit leiser, brummelte schließlich nur noch vor sich hin, drohte mit Presse, Funk und Fernsehen und verstummte am Ende ganz.

»Kommen wir also zur Sache.« Ich hatte meine Hände so auf dem Tisch gefaltet, dass die Kokaintütchen geschützt waren. Hin und wieder kommt es vor, dass Drogendealer ihre Ware plötzlich an sich reißen und verschlucken.

»Szenario eins: Ich nehme Sie fest, wir erstatten Anzeige, Sie bestellen Ihren Anwalt her, und wir ziehen die Sache bis zum bitteren Ende durch. Mein Kollege hat recht: Was hier auf dem Tisch liegt, geht vor Gericht nie und nimmer als Eigenbedarf durch.«

»Sie dürfen das nicht!« Seine Aufregung wirkte jetzt etwas gekünstelt. »Sie haben ja nicht mal einen Zeugen!«

»Haben Sie denn einen Zeugen dafür, dass ich keinen habe?«

Er starrte mich entgeistert an, öffnete den breiten Mund voller großer, beneidenswert weißer Zähne und schloss ihn langsam wieder.

»Wenn Sie ein klein wenig nachdenken, Herr Duval, dann werden Sie einsehen, dass das Ergebnis meines ersten Vorschlags nicht in Ihrem Interesse sein kann. Sie würden verurteilt, Ihre Aufenthaltsgenehmigung würde widerrufen, und Ihr Studium wäre zu Ende. Ich habe gehört, Sie lernen auf Ihre letzten Prüfungen?«

Aufgebracht schnaufend starrte er auf seine gefährlich kräftigen Hände.

»Und was wäre Option zwei?«

»Sie beantworten mir ein paar Fragen, und wir finden einen

Weg, bei dem Sie keinen Anwalt brauchen. Und in einigen Jahren sind Sie in Ihrer Heimat ein angesehener Anwalt.«

»Richter«, murrte er. »Als Richter hat man ganz andere Möglichkeiten.«

Welcher Art diese Möglichkeiten in seinem Heimatland waren, wollte ich lieber nicht wissen. Immer noch starrte er mit mahlendem Kiefer auf seine Hände. Dann sah er auf und setzte sich wieder.

»Okay. Was wollen Sie wissen?«

»Die Frau.«

»Die kleine Blonde?«

Ich warf eines der retuschierten Fotos auf den Tisch. Er nickte.

»Was wollte sie hier?«

»In das Zimmer von diesem angolanischen Idioten. Wissen Sie doch schon. Irgendwas holen.«

»Sie haben sie also hereingelassen?«

»Sie sagte, sie sei eine Freundin von dem Typ.« Unsicher sah er mich an. Immer bereit, sich zu verteidigen, zu kämpfen. »Außerdem war es mir doch scheißegal, was die da macht!«

»Wann haben Sie Nunda zum letzten Mal gesehen?«

Duval blickte mit schmalen Augen zur Decke, die seit Jahren einen neuen Anstrich brauchte.

»Schwer zu sagen«, murmelte er schließlich. »Am achten Juli bin ich zurückgekommen. War ein paar Tage in Amsterdam gewesen, um ...« Ein plötzlicher Hustenanfall unterbrach ihn. »Und da hockt auf einmal dieser komische Typ hier, in der Küche, und brät sich ein Stück Leber und einen Kopfsalat. Haben Sie schon mal jemanden gesehen, der Kopfsalat in der Pfanne brät?«

»Was hat er erzählt?«

»Dass er aus Angola kommt und bald wieder weg ist.«

»Was er in Heidelberg wollte, hat er nicht erwähnt?«

»Irgendwen hat er gesucht, hat er mal angedeutet. Irgend 'nen Typ, der hier in der Gegend wohnen soll. Wir haben später 'n Joint zusammen geraucht. Er hat aber nichts vertragen. Ist dann auch bald schlafen gegangen.«

»Hat er den Namen des Mannes genannt, den er suchte?«

Duvals Blick huschte nervös über den Tisch. Aber wieder

musste er einsehen, dass er keine Chance hatte, an seine Tütchen zu kommen, die im Straßenverkauf sicherlich ein kleines Vermögen wert waren.

Es war zum Ersticken heiß in der Küche. Es roch nach dem scharfen Schweiß meines Gesprächspartners und nach Verwesung. Vermutlich war der Mülleimer seit Tagen nicht geleert worden.

»Kann schon sein, dass er den Namen mal genannt hat«, beantwortete Duval endlich meine Frage. »Irgendein Doktor Soundso.«

»War es ein langer Name? Ein kurzer? Ein deutscher oder eher ein ausländischer?«

»Ein deutscher. Aber ich hab nicht richtig zugehört. Hat mich doch einen Scheiß interessiert, was der Typ da gequatscht hat. Um einen Geschäftsmann ging es, glaube ich, der irgendwie Scheiße gebaut hat. Anscheinend wohnt der Typ aber nicht in Heidelberg. Jedenfalls stand er nicht im Telefonbuch.« Er schwieg eine Weile und dachte nach. »Der Angolaner hat nicht so recht gewusst, wie er jetzt weitermachen soll.«

»Welche Art von Geschäften betreibt dieser Doktor Soundso?«

Duval hob die Hände bis zu den Schultern. »Ehrlich, Mann, keine Ahnung. Wir waren ganz schön stoned an dem Abend.«

»Hat Nunda den Mann gefunden?«

»Keine Ahnung.« Duval stieß einen dramatischen Seufzer aus und vergrub den massigen Schädel in den Händen. »Danach habe ich ihn nur noch ein Mal gesehen, das muss ein paar Tage später gewesen sein. Da ist er ziemlich locker drauf gewesen. Als gäb's was zu feiern. Danach ist er nicht mehr aufgetaucht. Oder vielleicht hab ich's auch nicht mitgekriegt. Du guckst hier ja nicht jedes Mal, wer kommt, wenn die Tür geht.«

»Kommen wir zurück zu der Frau.«

Langsam strich er über seine feucht glänzende Glatze. Die Hoffnung, seine Ware wieder in die Hand zu bekommen, hatte er anscheinend aufgegeben.

»Hab ich doch alles schon erzählt«, stöhnte er augenrollend.

»Sie haben sie hereingelassen …«

»War ja sonst keiner da, Mann! Und wenn sie doch eine Freundin war von dem Typ …«

»Es ist völlig in Ordnung, dass Sie die Frau in Nundas Zimmer gelassen haben. Wie lange war sie drin? Zehn Minuten? Fünfzehn?«

»Zwei. Maximal. Ich war kaum wieder an meinem Schreibtisch, da hat sie durch den Flur gerufen, sie sei fertig, hat sich bedankt, und weg war sie.«

»Sie können also nicht sagen, ob sie etwas mitgenommen hat?«

Duval zog eine ratlose Grimasse.

»Hübsches Mäuschen, hab ich noch gedacht. Wenn man nicht die ganze Zeit fürs Examen pauken müsste ...«

»In welcher Sprache haben Sie sich eigentlich unterhalten?«

»Französisch. Sie hat 'nen ziemlich komischen Akzent drauf gehabt.«

»Und wie klang sie, als sie ging?«

»Was?«

»Traurig, erleichtert ...«

»Fröhlich.« Duval staunte über sein Erinnerungsvermögen. »Jetzt, wo du fragst, Mann – ja, die war echt gut drauf. Als hätte sie gekriegt, was sie braucht.«

»Hat sie sich gar nicht gewundert, dass Nunda nicht hier war?«

»Doch. Sie hat sogar nach ihm gefragt. Und ich hab ihr dasselbe gesagt wie Ihnen. Dass ich den lange nicht gesehen hab.«

»Und wie hat sie reagiert?«

»Das Komische war ...« Er atmete einige Male tief ein und aus. »Ich hatte nicht das Gefühl, dass die sich um den Typ groß Sorgen macht. Der ging's um was anderes. Dieser Nunda, der war ihr scheißegal.«

»Welche Tütchen?«, fragte ich, und Balke blieb auf dem Treppenabsatz stehen, als hätte ich ihm ein Brett gegen die Stirn geschlagen.

»Fünfundzwanzig Gramm! Hochreines Kokain!«, stieß er hervor.

Ich packte ihn am Oberarm und zog ihn weiter. Vor wenigen Minuten hatte ich Pierre Duval gezwungen, sein Rauschgift vor meinen Augen in den Abfluss der Küchenspüle zu schütten. Es war ihm sehr, sehr schwer gefallen, und ich hatte bei der Vorstellung grinsen müssen, dass manche Heidelberger Kanalratte nun vermutlich einen beschwingten Nachmittag haben würde.

»Das Kokain hätten wir vor Gericht sowieso nicht verwenden dürfen, weil Sie es ohne Durchsuchungsbeschluss gefunden haben«, sagte ich zu Balke, der immer noch empört schnaufte. »Und Duval wird sich hier nie wieder mit irgendwas Verbotenem erwischen lassen. Sonst ist er dran. Das hat er begriffen.«

»Dieser ... dieser Mistkerl! Wir hatten hieb- und stichfeste Beweise, wir hätten ihn auf der Stelle festnehmen können. Das ist doch ...«

Er wagte nicht auszusprechen, was er von meiner Vorgehensweise hielt.

»Und außerdem«, fuhr ich fort, »wird er in ein paar Wochen sein Examen machen und in den Senegal zurückfliegen. Was er dort treibt, kann uns egal sein. Aber ich hoffe, als Richter wird er es nicht mehr nötig haben zu dealen.«

»Richter?« Balke blieb schon wieder stehen und riss die Augen noch weiter auf als zuvor. »Ich hör wohl nicht richtig! Sagten Sie Richter?«

»Und jetzt überlegen Sie mal, was passiert wäre, wenn ich ihn festgenommen hätte: ein Vierteljahr U-Haft, sagen wir, pro Tag hundert Euro zu Lasten der Staatskasse. Der Prozess weitere fünftausend. Dann vermutlich Verurteilung auf Bewährung und Ausweisung, gegen die er natürlich sämtliche Rechtsmittel einlegt. Bis das Verfahren mit allem Drum und Dran abgeschlossen wäre, hätten sich mindestens fünfundzwanzigtausend Euro Steuergelder in Luft aufgelöst. Zudem hätte unser Freund sein Studium nicht abgeschlossen, und in einem Jahr wäre er wieder in Europa gewesen. Jetzt aber als illegaler Einwanderer, der genau weiß, wie man ohne Arbeit zu Geld kommt.«

Balke schnaufte immer noch. Im Erdgeschoss roch es nach Sauerkraut und Bratwürsten. Als wir auf die Gasse traten, schlug uns die Hitze wieder entgegen. Unsere Räder standen beide noch da, Balkes funkelndes Mountainbike vermutlich fünfzig Mal so viel wert wie mein altes Rennrad. Nur sehr allmählich entspannte er sich. Hin und wieder schüttelte er noch den Kopf und murmelte Worte vor sich hin, die ich lieber nicht hörte.

17

Der Nachmittag war furchtbar. Ich saß in meinem Büro, versuchte zu arbeiten, und es ging einfach nicht. Mehrfach nickte ich sogar vor dem Bildschirm meines Laptops ein, und Sönnchen erschreckte mich sehr, als sie klopfte.

»Da ist wer am Telefon«, sagte sie besorgt. »Ich wollte Sie nicht wecken, aber er meinte, es sei dringend.«

Offenbar hatte ich länger geschlafen, als ich dachte.

»Sie ist weg«, sagte eine mir unbekannte Männerstimme mit schwäbischem Akzent.

»Wer?«

»Sie sind doch der Dings … Der Leiter K?«

»Bin ich. Wer ist weg?«

»Na, die Frau. Ich steh hier mit dem Kollegen Kohler vor ihrem Zimmer, und auf einmal ist sie weg.«

Rosanas Zimmer lag im zweiten Obergeschoss. Es war also nicht anzunehmen, dass sie aus dem Fenster gesprungen war. Irgendwie musste es ihr gelungen sein, die beiden Beamten vor ihrer Tür zu überlisten, die wegen der Hitze vermutlich ebenso schläfrig waren wie ich. Ich legte die fünfhundert Meter bis zum Krankenhaus im Rekordtempo zurück. Als ich ankam, lag sie jedoch schon wieder in ihrem Bett.

»Sie hat sich in einem der Nachbarzimmer ein Kleid und Schuhe geklaut«, berichtete mir der schwäbelnde Uniformierte, mit dem ich telefoniert hatte. »Nehme an, gestern schon. Dann …« Hilflos wies er irgendwohin. »Wie sie aufs Klo ist, war sie noch im Nachhemd, und … Ich meine, keiner hat gesagt, dass sie nicht aufs Klo darf.«

»Und wir haben natürlich nicht dauernd die Klotür im Auge gehabt«, stammelte sein Kollege schuldbewusst. »Wir sollen sie beschützen, hat's geheißen. Keiner hat gesagt, wir sollen aufpassen, dass sie nicht abhaut.«

Nur dem Zufall, einer aufmerksamen Schwester und der Tatsache, dass die gestohlenen Schuhe Rosana zwei Nummern zu groß waren, hatten wir es zu verdanken, dass sie jetzt wieder dort war, wo sie hingehörte. Die Patientin war der Schwester, die gerade ihren Dienst antreten wollte, vor dem Haus in die Arme gelaufen, keine fünfzig Meter vom Ausgang entfernt. Erst hatte sie noch versucht zu flüchten, dabei einen Schuh verloren und schließlich aufgegeben.

»Okay«, seufzte ich. »Lasst mich mit ihr allein.«

Ich drückte die Tür hinter den beiden ins Schloss und trat ans Bett unserer Ausreißerin. Wie bei unseren ersten Zusammentreffen hatte sie die Decke fast bis an die Nasenspitze gezogen. Dieses Mal flackerte Angst in ihren Augen.

Ich bemühte mich, sie finster anzustarren, was mir heute nicht einmal besonders schwerfiel. Sollte sie jetzt nicht auf der Stelle reden, dann würde ich sie an den Schultern packen und anbrüllen. Oder festnehmen und abführen lassen. Ich hatte nun wirklich genug von dem Theater. Vielleicht war ihr idiotischer Fluchtversuch auf diese Weise sogar zu etwas gut gewesen. Die Finger, die die Decke umklammerten, zitterten leicht und waren fast weiß vor Anstrengung. Ich setzte mich.

Wie anfangen? Mit dem Anfang. Der Rest würde sich finden.

»Your parents had a farm in Angola«, begann ich. »Tell me about it, Mrs Ribeiro.«

Bei der Nennung ihres wahren Namens wurden ihre Augen erst größer, dann kleiner, sie sah weg, dann wieder in mein Gesicht, blinzelte, und dann öffnete sie endlich den Mund.

»Wonderful«, flüsterte sie mit fiebrigem Blick. »It was a paradise.«

Sie hatte eine leicht brüchige Mädchenstimme. Und ihr Englisch klang noch schrecklicher als meines.

In der nächsten halben Stunde redete sie fast ununterbrochen. Ich brauchte kaum zu fragen. Erst sehr langsam, mit langen Pausen, als wäre sie sich ihrer Erinnerung nicht sicher. Aber schon nach wenigen Minuten entspannte sie sich, die Stimme wurde fester, der Blick steter, die Hände hörten auf zu zittern. Und ich gewann ein völlig neues Bild von ihrer Heimat. Ich lernte Angola als ein Land kennen, wo man eine glückliche Kindheit verbringen konnte. Wo Menschen viel und gerne lachten, die schwarzen Farmarbeiter auf den Feldern sangen, von früh morgens bis in die Abenddämmerung, wenn die Mücken kamen. Ihren Vater hatte sie verehrt. In Rosanas Erzählung wurde er zum gütigen Patriarchen, das gewiss nicht sonderlich komfortable Farmhaus zum Herrensitz unter den mächtigen Bäumen eines kleinen Parks. Einen Fluss hatte es gegeben, ganz in der Nähe, wo man im Sommer baden, ja ganze Nachmittage im Wasser verplanschen konnte – zusammen mit dem kleinen Bruder Manuel, mit dem sie offenbar die meiste Zeit verbracht hatte. Sie schien ihn über alles geliebt zu haben. Raimondo, der große Bruder, kam dagegen kaum vor. Er hatte für sie damals wohl schon zu den Erwachsenen gezählt.

Pferde hatte es gegeben, unzählige. Wollte man reiten, dann konnte man sich einfach eines nehmen, es von einem freundlichen Gehilfen satteln lassen, um es später, wenn man die Lust verloren hatte, verschwitzt und staubig zurückzugeben, in der Gewissheit, dass es liebevoll versorgt und trocken gerieben wurde. Nie schien es einen Winter gegeben zu haben auf dieser Insel der Glückseligen. Niemals war jemand krank gewesen, nie hatte man sich gestritten, und geregnet hatte es nur, wenn es nötig war, damit die Ernte nicht verdarb.

Irgendwann war der Bürgerkrieg näher gekommen, der ja schon seit vielen Jahren tobte. Lange war er mehr Gerücht als Bedrohung gewesen. Die Eltern hatten den Kindern anscheinend nicht allzu viel von den politischen Entwicklungen und Wirren um sie herum erzählt. Jedenfalls wusste Rosana erstaunlich wenig über die Dinge, die ihr Schicksal so entscheidend beeinflusst hatten. Fast unmerklich hatten die Mienen der Schwarzen sich verändert, der Gesang auf den Feldern war spärlicher geworden, um irgendwann ganz zu verstummen.

Und dann, in einer Sommernacht vor knapp zehn Jahren, hatte der Vater Rosana geweckt: mit einem Gewehr in der Hand und zwei Pistolen im Gürtel. Barsch hatte er sie aufgefordert, sich anzuziehen, ihr die Schlüssel eines der geländegängigen Wagen in die Hand gedrückt und ihr befohlen, zusammen mit Manuel, der damals neunzehn Jahre alt war, die Flucht zu versuchen. An Widerspruch war nicht zu denken gewesen. Die Eltern und Raimondo waren zusammen mit ein paar treuen Bediensteten zurückgeblieben. Sie wollten versuchen, die Farm zu halten, solange es irgend ging, und sich später, falls nötig, ebenfalls nach Huambo durchschlagen. Dort würde man sich treffen. An einem Samstag, mittags um zwölf, unter den Türmen des Doms.

Monatelang hatten Rosana und Manuel dort gestanden, Woche für Woche, immer eine Stunde lang. In den Bildern, die vor meinen Augen entstanden, sah ich die Geschwister Hand in Hand dort stehen und warten. Aber jedes Mal hatten sie anschließend allein zurücklaufen müssen zu der ärmlichen Bleibe, die sie gefunden hatten, sieben Kilometer vom Dom entfernt.

Fast hatte ich vergessen, dass Rosana und Manuel damals längst keine Kinder mehr gewesen waren.

Über die Flucht selbst und ihre Lebensumstände in Huambo erfuhr ich nichts. Zweimal in der halben Stunde, die ich dort auf und ab ging und zuhörte, streckte eine Schwester den Kopf durch die Tür, nickte uns erleichtert zu und verschwand wieder.

Ihre Patientin hatte die Sprache wiedergefunden. Endlich.

Im Internet findet man heute alles. Sogar Bilder von Huambo. Wie erwartet: zerschossene Häuser, Ruinen, Krüppel, ausgemergelte Kinder. Dann aber auch: stolze, schöne Frauen, bunt gekleidete Menschen, lachende Schulkinder und Jugendliche mit T-Shirts und Baseballkappen. Neue, chromfunkelnde Mopeds neben schrottreifen Rostlauben und bestens gepflegten Geländewagen. Staubige Straßen, aber auch Parks, grüne Wiesen und blühende Bäume. Eine große, weder besonders schöne noch eindrucksvolle Kirche mit zwei Türmen. Vielleicht der Dom? Eine nagelneue, knallbunt bemalte Bibelschule.

Die Skyline Huambos hätte ebenso gut irgendwo im Süden Europas liegen können. Sogar eine Universität gab es.

Von Hecker hatte ich vor wenigen Minuten erfahren, dass Manuel Ribeiro an Aids gestorben war.

»Es gibt in Afrika Länder, die schlimmer dran sind als Angola«, hatte er mir erklärt. »So pervers es klingt, durch den Krieg hatten die Leute einfach nicht so recht Gelegenheit, den Virus zu verbreiten.«

Die Mittel, die man in Europa und Amerika hatte, um die Krankheit zwar nicht zu heilen, aber doch zum Stillstand zu bringen, gab es in Angola nicht. Oder nur für so viel Geld, wie kaum jemand aufbringen konnte. Immerhin hatte Rosana hin und wieder Antibiotika organisieren können für ihren kranken Bruder.

»Sie krepieren ja letztlich nicht an Aids, sondern an irgendeiner der ekligen Krankheiten, die Sie kriegen, wenn Ihr Immunsystem nach und nach zusammenbricht. Gestorben ist er schließlich an einer Lungenentzündung.« Hecker schwieg für Sekunden. »Wissen Sie, Herr Gerlach«, fuhr er dann ungewohnt ernst fort. »Der Mensch gewöhnt sich an manches. Aber das hier, das macht sogar mir zu schaffen. Diese Frau muss Furchtbares durchgemacht haben. Unter den dortigen Umständen zu überleben, ist schon für Schwarze nicht einfach.«

»Sie ist ja in Angola aufgewachsen. Sie muss einiges gewöhnt sein.«

»Schon klar. Aber die Weißen haben hier immer anders gelebt als die Schwarzen. Ein Afrikaner kann sich monatelang von Luft und Wurzeln ernähren. Und er trinkt Wasser, in dem Sie sich nicht mal die Füße waschen würden.«

»Sie sind manchmal ganz schön zynisch, wenn ich das sagen darf.«

Hecker lachte gallig. »In meiner Position hier am Arsch der Welt haben Sie drei Alternativen: sich versetzen lassen, saufen oder zum Zyniker werden. Option eins hat bisher nicht geklappt, obwohl ich praktisch täglich einen Antrag schreibe. So habe ich mich für die beiden anderen entschieden.«

»Wovon haben die beiden eigentlich gelebt? Hat sie gearbeitet?«

»Niemand weiß es«, seufzte mein Dr. Watson. »Da draußen gibt's nicht viele Möglichkeiten, auf legalem Weg Geld zu verdienen. Jeder schlägt sich irgendwie durch, man zieht auf dem Balkon Gemüse, treibt Tauschhandel mit dem, was einem geblieben ist, und den Rest organisiert und stiehlt man sich zusammen. Irgendwie scheinen die beiden klargekommen zu sein. Bestimmt nicht üppig, aber immerhin, sie haben überlebt. Sie hat überlebt, wollte ich sagen.«

»Was wird auf so einer Farm eigentlich angebaut? Ich stelle mir immer vor, da ist überall Wüste.«

»Oh, da täuschen Sie sich. Es gibt im Hochland viele fruchtbare Landstriche. Da wachsen Mais und Kaffee und Kartoffeln und sonst noch allerhand. Ein paar hundert Rinder soll der alte Herr Ribeiro auch noch gehabt haben. Allerdings gibt es in der Gegend auch Diamanten. Und angeblich eine ganze Menge illegaler Minen.«

»Hello Mrs Ribeiro«, sagte ich lächelnd und schloss die Tür hinter mir. »How are you today?«

Aus medizinischer Sicht konnte Rosana entlassen werden, hatte die Stationsärztin mir eben mitgeteilt. Es hatte mich einige Anstrengung gekostet, sie zu überreden, die Patientin noch einige Tage festzuhalten.

»In Gottes Namen«, hatte sie am Ende geseufzt. »Bis Montag gebe ich Ihnen noch. Aber dann muss wirklich Schluss sein. Unsere Patienten sind beunruhigt durch die Anwesenheit der beiden Polizisten. Wir schätzen es nicht, wenn unser Haus auf der ersten Seite der Zeitung im Zusammenhang mit Mordanschlägen genannt wird, und außerdem brauchen wir auch das Bett. Wir sind ja schließlich kein Hotel.«

Heute war ich gekommen, um mit Rosana über ihre jüngere Vergangenheit zu sprechen. Schon bei meinen ersten Worten wurde sie unruhig. Ich fragte nach dem Tod ihres Bruders.

Ihr Blick bekam etwas Flehendes. Bitte hör auf!, schien er zu sagen. Bitte nicht das!

Ja, er war gestorben, letztes Jahr im Oktober. Mehr erfuhr ich nicht. So kam ich wieder zur zentralen Frage.

»Why did you come to Heidelberg?«

Abrupt drehte sie den Kopf weg und sah zur Decke.

»I'm a tourist. Just a tourist.«

Warum mit einem Pass, der ihr nicht gehörte?

Sie hatte niemals einen eigenen Pass besessen, erwiderte sie. Sich einen ausstellen zu lassen, hätte Geld gekostet und Umstände gemacht. Oder wollte sie hier aus einem bestimmten Grund nicht unter ihrem wahren Namen auftreten?

Eine Weile war es still. Ich ließ ihr Zeit, sich Gedanken zu machen. Gedanken, die sie sich in den vergangenen Wochen vermutlich schon tausendmal gemacht hatte. Beide Fenster waren gekippt. Ein paar müde Vögel zwitscherten lustlos in der frühen Vormittagshitze. Es roch nach frischer Wäsche und Desinfektionsmittel und, aber das bildete ich mir vielleicht nur ein, ein klein wenig nach Zimt. Rosana hatte die Augen geschlossen. Ihre Miene war unruhig.

Ich nahm einen neuen Anlauf.

»Mrs Ribeiro«, sagte ich eindringlich. »I must know what happened to you. My job is to get the guy who has hurt you. Who was it?«

»Don't know«, flüsterte sie mit erstickter Stimme. »Don't know, why. Didn't see him at all.«

Sie wusste nicht, wer sie auf den Kopf geschlagen hatte oder warum. Doch es war offensichtlich, dass sie nicht die Wahrheit sprach.

»What happened to your handbag?«

»Gone.« Ihre Stimme war kaum noch zu hören. »Everything lost.«

Vermutlich bezog sich der letzte Satz nicht nur auf ihre Handtasche.

»You know Mr Nunda? Rafael Nunda?«

»No!«

Erschrocken riss sie die Augen auf. Sie hatte nicht damit gerechnet, dass ich diesen Namen kannte. Von nun an beantwortete sie keine Frage mehr. Ich hatte den Punkt berührt, wo es gefährlich wurde.

Nach einer Viertelstunde voller sinnloser Vorhaltungen und unbeantworteter Fragen gab ich auf und bat sie, noch ein wenig von ihrer Heimat zu erzählen. Wieder erschien nach kurzer Zeit dieses Paradies voller duftender Blumen und bunter Vögel vor meinen Augen. Und wieder erfuhr ich nichts über die Zeit nach ihrem nächtlichen Aufbruch zusammen mit dem jüngeren Bruder, für den sie nach so vielen Jahren der Sorglosigkeit plötzlich verantwortlich gewesen war.

Ich musste ihr die Angst nehmen. Doch dazu musste ich herausfinden, wovor sie sich so fürchtete, und heute würde mir das nicht gelingen. Aber ich würde wiederkommen. Irgendwann würde sie Vertrauen zu mir gewinnen. In drei Tagen kann eine Menge geschehen.

»What's your name?«, fragte sie, als ich ihr zum Abschied zunickte.

»Gerlach«, antwortete ich. »Alexander Gerlach.«

»Alexandre«, sagte sie lächelnd, mit einem »sch« in der Mitte, und horchte dem Klang meines Vornamens nach. »You call me Rosana, okay?«

Es war ein scheues Lächeln. Aber es war kein ehrliches Lächeln. Sie fürchtete sich nicht nur vor etwas dort draußen. Sie fürchtete sich auch vor mir.

»Entweder du wirst tatsächlich immer schlechter«, meinte Lorenzo abends in einer Mischung aus Tadel und Besorgnis, »oder du bist heute äußerst unkonzentriert, mein Freund.«

Bereits mit seinem vierten Zug hatte er meinen rechten Läufer niedergestreckt, und jetzt, nach dem elften, hatte mein König sich so hoffnungslos in eine Ecke verrannt, dass meine Armee kurz vor der Kapitulation stand. Seufzend fuhr ich mir mit der flachen Hand über die Stirn, obwohl diese heute Abend ausnahmsweise gar nicht feucht war. Wie üblich saßen wir auf Lorenzos Terrasse mit der weltberühmten Aussicht. Es ging ein Lüftchen, und die Temperatur war in den letzten Stunden um einige Grad gesunken. Vielleicht war die Hitze nun endlich vorbei. Lorenzo lehnte sich in seinem leise knarrenden Korbsessel zurück und musterte mich amüsiert.

»Stress mit den Töchtern oder mit der Arbeit?«

»Eher Letzteres.«

Ich berichtete ihm von meinen wenigen Fortschritten und vielen Vermutungen. Und ich erzählte Rosanas Geschichte. Aus irgendeinem Grund tat es mir gut, darüber zu reden, und Lorenzo war aufmerksam genug, keine Fragen zu stellen. Während ich sprach, sah ich auf die Stadt hinunter. Dort war die Sonne bereits untergegangen. Wenn ich meine Erzählung unterbrach, hörte ich das Summen der unzähligen Menschen dort unten, die spazieren gingen, in Biergärten plauderten und lachten, an den Neckarufern im Gras lagen, meist zu zweit, und den Abend genossen. Manchmal konnte man sogar einzelne Stimmen heraushören. Das Lachen einer Frau, den Gesang eines schon jetzt betrunkenen Mannes.

»Ich beneide dich nicht«, sagte Lorenzo, als ich schließlich verstummte. »Die Sache macht dir zu schaffen.«

»Man darf nicht zu sehr Anteil nehmen in diesem Job«, seufzte ich. »Sonst geht man kaputt.«

»Und das gelingt dir nicht.«

»Nicht immer.« Ich warf meinen König um und lehnte mich zurück.

»Dies ist der Grund, warum du hier sitzt, mein Lieber.«

»Was?« Ich muss in diesem Augenblick ziemlich dumm geguckt haben.

Lorenzo nahm einen winzigen Schluck Barolo aus seinem Rotweinglas, ließ ihn im Mund kreisen, schluckte ihn hinunter.

»Das ist der Grund, warum ich dich von der ersten Sekunde an mochte. Weil ich gespürt habe, dass du nicht kalt geworden bist bei deinem – entschuldige – schrecklichen Beruf. Nicht zynisch und bitter wie so viele, die weit weniger schlimme Dinge erleben als du.«

Ich streckte die Beine von mir, faltete die Hände auf dem Bauch und versuchte, mich geschmeichelt zu fühlen.

»Weißt du«, erwiderte ich nach einer Weile. »Du gerätst immer wieder in ein Dilemma, wenn du Verbrechen aufklären musst. Einerseits brauchst du die Fähigkeit, dich in andere Menschen hineinzuversetzen, ihre Gedanken zu denken, ihre Gefühle zu fühlen. Andererseits darfst du das alles aber nicht zu nah an dich heranlassen, weil du sonst irgendwann zugrunde gehst. Meine besten Ermittler waren nie die kühlen Bürokraten, die akkuraten Rechner und Technikfreaks. Die besten sind die, die sich in die Welt des Opfers versetzen können, in die des Täters. Die sich darauf einlassen.«

Ich leerte mein Glas in einem Zug. Lorenzo zog sofort die Flasche aus dem Kühler und schenkte nach. Anfangs hatte ich noch gestutzt, dass er seinen Rotwein in den Kühlschrank legte. Aber er hatte mich darüber aufgeklärt, das sei im Süden durchaus üblich, und achtundzwanzig Grad seien auch für den sanftesten Wein nicht die richtige Trinktemperatur.

Inzwischen lag auch das Schloss im Schatten. Nur noch der Königstuhl hatte Sonne. In der Stadt unten flammten die ersten Lichter auf.

»Bei dir kann man so herrlich faul sein«, sagte ich, als wir uns zuprosteten.

»Die Faulheit ist eine der vornehmsten und wertvollsten Eigenschaften des Menschen.«

»So kann man es auch sehen«, meinte ich und lachte.

Lorenzo blieb ganz ernst. »Wären wir nicht von Natur aus faul, dann würden wir vermutlich heute noch mit einem Stock in der Hand durch die Savannen laufen.«

»Wieso das?«

»Meinst du denn, wir hätten das Rad erfunden, wenn es uns Spaß machen würde, schwere Steine durch die Gegend zu schleppen? Meinst du, wir hätten Telefone, wenn wir mit Freuden zehn Kilometer zu Fuß gehen würden, um jemanden zu sprechen? Man sagt, der Krieg sei der Vater aller Erfindungen. Ich bin überzeugt, die Faulheit ist ihre Mutter.«

»Weißt du, was das Komische an dir ist?«, fragte ich, nachdem ich gründlich über seine Theorie nachgedacht hatte. »Du machst es mir leicht, zu denken. Ich weiß nicht, wie du es anstellst, aber bei dir fühle ich mich immer viel intelligenter als sonst.«

Lorenzo schlug sich vor Vergnügen mit beiden Händen auf die Oberschenkel.

»Das wird wohl eher am Barolo liegen«, prustete er. »Und vorhin, als wir versuchten, Schach zu spielen, hatte ich keineswegs den Eindruck, du würdest vor Intelligenz überströmen.«

»Dann fangen wir noch mal an.« Ich stellte die Figuren neu auf. »Vielleicht wird es ja noch.«

Es war das zweite Mal in meinem Leben, dass ich Lorenzo schachmatt setzte.

18

Die Kollegen in der Questura von Rimini schienen geradezu glücklich zu sein, Rick vom Hals zu haben, denn bereits am nächsten Tag, einem Freitag, machte Balke sich fröhlich pfeifend auf den Weg nach Frankfurt Hahn, um, begleitet von einem jungen Kollegen, nach Rimini zu fliegen und Rick nach Heidelberg zu überführen. Von Italien bekam er allerdings nicht viel mehr zu sehen als die Abflughalle des dortigen Flughafens, da das Flugzeug schon eine Dreiviertelstunde nach der Landung wieder startete. Zu unserer Erleichterung hatten die Italiener noch immer nicht bemerkt, dass gegen ihren lästigen Taschendieb ein internationaler Haftbefehl wegen versuchten Totschlags vorlag.

So saß ich Richard Ehrenfrid am frühen Nachmittag zum ersten Mal gegenüber. Klara Vangelis leistete uns Gesellschaft. Ricks Fingerspitzen waren noch blau von der erkennungsdienstlichen Behandlung, sein Gesicht war tief gebräunt vom langen Aufenthalt in der Sonne. Seine Miene war mürrisch, der Blick aggressiv. Er trug einen dunkelblauen Trainingsanzug. Jacke, Stiefel und Hose hatte er abgeben müssen, die befanden sich im Labor.

Seine Strategie während der Vernehmung war denkbar einfach. Er gab nicht einmal zu, Richard Ehrenfrid zu heißen oder irgendwann einmal in Heidelberg gewesen zu sein. Er schaukelte auf seinem Stuhl, sah niemandem ins Gesicht, zog hin und wieder lautstark die Nase hoch und sagte einfach nichts.

Mehr der Form halber und um seine Zunge zu lösen, stellte ich ihm ein paar Fragen zu seiner Vergangenheit. Das meiste wusste ich ohnehin schon.

Ehrenfrid schwieg.

»Sie sitzen hier, weil Sie im Verdacht stehen, Rafael Nunda beraubt und anschließend ermordet zu haben. Oder war die Reihenfolge umgekehrt?«

Diesmal zog er die Nase eine Spur lauter als sonst hoch. Und er verschränkte die Arme vor der Brust.

»Wir können dieses Spiel wochenlang treiben, Herr Ehrenfrid. Wir haben so viel Zeit, das können Sie sich gar nicht vorstellen.«

»Unsere italienischen Kollegen haben bei Ihnen drei Einhundertdollarnoten gefunden«, mischte sich Vangelis nun ein. »Es würde mich sehr wundern, wenn unser Labor keine Spuren von Ihrem Opfer daran finden würde.«

Ehrenfrid rülpste.

»Diesmal kommen Sie nicht mit Totschlag davon«, fuhr Vangelis sachlich fort. »Diesmal ist es Mord, und zwar aus besonders niedrigen Beweggründen. Es wird verdammt lange dauern, bis Sie wieder rauskommen.«

»Wir haben mehrere Zeugen dafür, dass Sie dem Opfer

gefolgt sind«, fügte ich hinzu. »Sie haben ziemlich schlechte Karten.«

Ehrenfrid summte vor sich hin und hörte mir nicht einmal zu.

Seine Glatze musste dringend rasiert werden, und er hatte ein paar Schrammen im Gesicht, die wahrscheinlich von italienischen Kollegen stammten, die nicht so wohlerzogen waren wie wir. Die Beule über dem linken Ohr verdankte er vermutlich der wackeren deutschen Rentnerin, der er die Kamera stehlen wollte. Ehrenfrid machte inzwischen Gymnastik mit seinen überraschend sauberen Fingern, klemmte die Hände schließlich in die Achseln und starrte die Tischkante an. Wir schwiegen uns fünf Minuten an, aber er wurde nicht einmal nervös.

Der Bursche war noch zäher, als ich erwartet hatte.

»Warum haben Sie ihn umgebracht?«, fragte Vangelis leise und fast freundlich. »Hätte es denn nicht gereicht, ihm sein Geld abzunehmen? Der Mann war doch einen Kopf kleiner als Sie! Mit dem wären Sie mühelos fertig geworden. Hat es Ihnen vielleicht Spaß gemacht, ihn zusammenzuschlagen, bis er nicht mehr atmete? Gibt es Ihnen einen Kick, auf Wehrlose einzutreten?«

Schweigen.

»Ist Farbige zusammenzuschlagen so eine Art Hobby von Ihnen?«

Ehrenfrid sah sie nachdenklich an und öffnete endlich den Mund.

»Halt die Fresse, Bullenfotze!«

Vangelis' Miene veränderte sich nicht im Geringsten. Ruhig drückte sie die Pause-Taste unseres neuen digitalen Aufzeichnungsgeräts.

»Noch ein Wort von der Sorte, du Würstchen«, sagte sie sehr leise, »und ich polier dir so die Eier, dass du dir vier Wochen lang keinen wirst runterholen können.«

Sie startete die Tonaufnahme wieder.

»Kurzzeitige Störung der Tonaufzeichnung«, sagte ich ins Mikrofon.

Ehrenfrid starrte wieder die Tischkante an.

Es klopfte. Eine schüchterne Laborantin sah herein. »Positiv«, sagte sie und errötete. »Wir haben insgesamt sieben eindeutige Fingerspuren an den Geldscheinen gefunden.«

Der dunkelbraune Lockenkopf verschwand, die Tür schloss sich geräuschlos.

»Damit sind Sie geliefert«, stellte ich zufrieden fest. »Ihre Dollars stammen eindeutig von Rafael Nunda. Das reicht schon für einen Indizienprozess. Aber ich bin überzeugt, wir werden an Ihren dreckigen Klamotten auch Blutspuren von Nunda finden. Ihre Hände haben Sie ja anscheinend gründlich gewaschen, aber das wird Ihnen nichts nützen.«

Ich klappte meinen Block zu, auf dem ich nicht ein Wort notiert hatte, und steckte den Kuli ein.

»Sie kriegen jetzt erst mal eine schöne, ruhige Zelle. Leider haben wir zurzeit keine Einzelzimmer frei. Und alles Weitere besprechen wir später.«

»Ich will einen Anwalt«, sagte Richard Ehrenfrid, als zwei uniformierte Kollegen ihn vom Stuhl zerrten.

»Schade«, meinte Vangelis, als er abgeführt wurde. »Ich hatte so gehofft, er wird noch mal frech!«

Das zweite Verhör fand am frühen Abend statt. Dieses Mal war ein mürrischer, früh ergrauter Rechtsanwalt dabei, dessen gelbe Finger ihn als Kettenraucher denunzierten. An den Schläfen schlängelten sich blaue Adern, unter den Augen hingen Tränensäcke. Nachdem wir ihm die Sachlage geschildert hatten, bat er, mit seinem Mandanten unter vier Augen sprechen zu dürfen.

Vangelis und ich gingen hinaus und schlossen die vandalensichere und schalldichte Tür hinter uns. Die beiden Kollegen, die unseren Mordverdächtigen hergebracht hatten, grinsten uns hoffnungsvoll an.

»Und? Hat er gestanden?«

»Der ist nicht der Typ für Geständnisse.«

Unsere halbe kriminaltechnische Abteilung arbeitete zurzeit daran, eine der spärlichen Spuren, die man an Nundas Leiche sichergestellt hatte, Richard Ehrenfrid zuzuordnen. Bislang leider ohne Erfolg, aber das musste nichts heißen. Oft dauerte es Tage oder sogar Wochen, bis man die verräterische Hautschuppe fand, das richtige Haar, das entscheidende Sandkörnchen.

Nach fünf Minuten kam der Anwalt heraus, dessen Alter ich

auf Mitte fünfzig schätzte, steckte sich mit eckigen Bewegungen und ohne das Rauchverbotsschild eines Blickes zu würdigen, eine dicke, kurze Zigarre an und erklärte heiser: »Ich lege mein Mandat nieder.« Mit trübem Blick sah er mich an. »Verprügeln sollte man diesen Mistkerl!« Er nahm einen gierigen Zug und stieß den Rauch aus. »So einen soll ich verteidigen? Ich will doch selber, dass der eingesperrt wird! Die Prügelstrafe sollte man wieder einführen für solche Schmutzfinken, jawohl!«

»Und jetzt?« Vangelis war ebenso verdutzt wie ich. »Was wird aus Ihrem Mandanten?«

»Der soll sich einen anderen Dummen suchen.«

Er klemmte sich seine schmale Aktentasche aus feinem Leder unter den Arm und ging gemessenen Schrittes davon.

Auf meinem Schreibtisch lag ein Fax, in dem sich ein Rostocker Kollege mit unaussprechlichem, polnisch klingendem Namen in schärfster Form dagegen verwahrte, dass wir ihm seinen Verdächtigen vorenthielten und die sofortige Überstellung desselben verlangte. Ich diktierte Sönnchen ein nicht weniger unhöfliches Schreiben, in dem ich klarstellte, dass ich einen Mord aufzuklären hatte und außerdem nicht für die Fehler irgendwelcher italienischer Behörden verantwortlich war.

»Wer zuerst kommt, mahlt zuerst«, meinte Sönnchen mit befriedigtem Grinsen und drückte den »Senden«-Knopf unseres Faxgeräts.

»Paps«, empfing mich Sarah strahlend an der Wohnungstür, »stell dir vor, wir haben schon tausendsechshundert Euro!«

»Tausendwas …?« Ich ging in die Küche und setzte mich. »Woher …?«

Sie hüpften herum, als hätten sie die Glücksfee persönlich getroffen.

»Rufst du gleich an?«

»Also, erstens ist Herr Bachmaier zurzeit in Shanghai, soweit ich weiß, und zweitens fehlen ja wohl immer noch zwölfhundert, und drittens möchte ich wissen, woher das viele Geld auf einmal kommt.«

»Erstens: stimmt gar nicht.«

»Wir haben mit ihm telefoniert. Er ist gar nicht geflogen.«

»Und er ist noch bis acht im Büro. Du kannst ihn gleich anrufen.«

»Und was ist mit zweitens?«

»Du hast gesagt, du gibst uns was dazu«, erinnerte mich Louise mit leicht gekränktem Schmollmündchen.

»Ja, klar. Aber doch nicht ...«

»Wir haben unseren Teil des Vertrags erfüllt.« Sarah klang schon leicht patzig. »Jetzt bist du dran.«

»An einen Vertrag kann ich mich eigentlich nicht ...«

»Es ist immer das Gleiche mit dir«, stöhnte Louise.

Mir war klar, dass dies wieder eine dieser perfekt geplanten Inszenierungen meiner Töchter war, an deren Ende ich immer als der Schuldige und meist auch als der Zahlungspflichtige dastand.

»Jetzt mal bitte ganz langsam!« Ich hob die Hände. »So geht das nicht. Von einem Vertrag kann wirklich keine Rede sein. Wir haben nur so ganz allgemein gesprochen. Und ganz bestimmt war niemals von zwölfhundert Euro die Rede.«

Entgeistert starrten sie sich an.

»Ist das zu fassen?«, fragte Louise erschüttert.

»Jetzt kommt er bestimmt wieder mit der Anämienummer.« Sarah fasste sich an die Stirn.

»Das Wort, das du meinst, heißt Amnesie«, sagte ich zähneknirschend, »und außerdem ...«

»Paps.« Louises Ton ließ die kommenden Tränen ahnen. »Du hast es doch versprochen!«

»Sollen wir solche Sachen künftig lieber schriftlich machen?«, kartete Sarah nach.

An dieser Front gab es offenbar kein Vorankommen. So versuchte ich, ein Entlastungsgefecht zu eröffnen.

»Jetzt mal raus mit der Sprache: Woher kommt das Geld so plötzlich?«

»Fünfhundert sind von Oma«, erklärte Sarah förmlich. »Und den Rest haben wir uns verdient.«

»In einer Woche.«

»Du lenkst ab«, ermahnte mich Louise. »Das ist unfair!«

Wenn ich mich nur hätte daran erinnern können, was genau ich den beiden zugesagt hatte! Natürlich war davon die Rede gewesen, dass ich einen gewissen Betrag beisteuern würde. Aber doch nicht …

»Ich will jetzt sofort wissen, woher ihr das Geld habt«, sagte ich in ultimativem Ton. »Vorher diskutiere ich nicht weiter.«

»Siehst du, jetzt fühlt er sich im Unrecht.« Louise wechselte einen Blick mit ihrer Schwester. »Jetzt hat er ein schlechtes Gewissen.«

»Gleich fängt er an zu brüllen, wetten?«

»Ich brülle nicht«, sagte ich mühsam beherrscht. »Und ich habe auch kein schlechtes Gewissen. Ich will doch verdammt noch mal bloß …«

»Er flucht«, konstatierte Louise.

Ich legte das Gesicht in meine Hände. »Ich frage euch jetzt zum allerletzten Mal: Woher kommt das Geld?«

Sie maulten etwas von »autoritärem Erziehungsstil« und »hoffnungslosem Fall«, und dann sagte Sarah das, was ich im Stillen schon befürchtet hatte: »Von Herrn Fahlenberg. Heute Nachmittag ist ein Mann gekommen und hat Frau Herzberger fünfhundert gegeben für jede von uns.«

»Weil wir so toll für Donna sorgen.«

»Vergesst es. Ihr gebt das Geld morgen zurück.«

»Er hat es *uns* geschenkt! Nicht *dir*!«

»Vergesst es«, wiederholte ich. »Nicht mal über meine Leiche.«

Die nun folgende Diskussion – wenn man es denn so nennen mag – wurde sehr laut und äußerst ungemütlich. Die Vernehmung von Richard Ehrenfrid war ein Vergnügen gewesen im Vergleich mit diesem nicht enden wollenden Gezeter und Geschrei meiner Töchter. Sie drohten auszuziehen, sobald sie sechzehn wären. Sie drohten, noch heute auszuziehen und bei den Punks unter der Brücke zu nächtigen. Sie drohten, nie wieder für die Schule zu lernen. Sie verwünschten ihr Schicksal, das sie mit einem derart doofen und kleinkarierten Vater gestraft hatte, während alle ihre Freundinnen und Freunde Eltern hatten, die jederzeit als Models in Erziehungsratgebern hätten dienen können …

Es war die Hölle.

Es war Krieg.

Aber ich hielt stand.

Am Ende verschwanden sie türenknallend. Manche öffneten sie sogar noch einmal, weil es nicht laut genug gekracht hatte. Aber ich hatte nicht nachgegeben. Ich fühlte mich als Held. Auf diesen Erfolg hin öffnete ich einen Bordeaux aus dem Supermarkt, den ich kürzlich entdeckt hatte und der gar nicht so übel schmeckte, wie er billig war, und hörte noch ein wenig ruhige Musik, während aus dem Mädchenzimmer Rap wummerte.

Ich schlief nicht gut in dieser Nacht. Und diesmal war es nicht nur die Hitze. Mit welchem Recht verweigerte ich meinen Töchtern die Erfüllung ihres größten Traums? Litten sie denn nicht ohnehin genug unter meiner ständigen Abwesenheit? Mussten sie nicht ohnehin ständig zurückstecken? Sollte ich nicht wenigstens ein Mal …?

Andererseits – ich war ja nun wirklich Beamter, und Pferde waren etwas für Millionäre oder Landfreaks. Als Vera noch lebte, hatten wir den beiden Haustiere verweigert, was schon zu mancherlei Dramen Anlass gegeben hatte – immer mit der Begründung des unvermeidlichen Drecks und der Behauptung, dass sie sich entgegen allen heiligen Schwüren nach spätestens zwei Wochen ohnehin nicht mehr um das arme Wesen kümmern würden.

Nun zeigten sie aber, dass sie sehr wohl imstande waren, für ein Lebewesen zu sorgen, regelmäßig und über Wochen. Ein Pferd machte weder Gestank noch Dreck in der Wohnung. Und wäre jetzt nicht eine wundervolle Gelegenheit, mich als liebevoller, großzügiger Vater zu geben?

Dann wieder: das Geld. Was brauchte man nicht alles für ein Pferd: einen Platz in einem Stall, selbstverständlich kostenpflichtig. Jede Menge Stroh – was kostete wohl Stroh? Und was fraß so ein großes Tier den lieben langen Tag? Vermutlich eine Menge. Hufschmied – wie oft? Tierarzt – vermutlich ständig. Bruno war nicht mehr der Jüngste, und alte Pferde werden bestimmt ebenso oft krank wie alte Menschen. Im Grunde war es wie bei der Anschaffung eines gebrauchten Autos – was man am Kaufpreis spart, das legt man bei den Reparaturen drauf.

So ging es hin und her in meinem Kopf, und was am Ende blieb, waren zweimal fünfhundert Euro von Herrn Fahlenberg.

Natürlich hatte der alte Mann es gut gemeint. Er konnte sich vermutlich einfach nicht vorstellen, dass tausend Euro für meine Töchter ein Vermögen darstellten. Ungefähr ein Drittel Pferd.

Die Zwillinge saßen in der Küche vor ihrem üblichen vegetarischen Zuckerbombenfrühstück, begrüßten mich mit tödlichen Blicken und straften mich anschließend durch vollständiges Ignorieren.

»Ich habe nachgedacht«, fing ich an und rieb mir den Schlaf aus den Augen. Sofort saßen sie senkrecht. »Damit wir uns nicht falsch verstehen: Ich sage noch nicht Ja. Aber ich sage auch nicht mehr kategorisch Nein. Erst müssen wir die Rahmenbedingungen klären.«

Ich schaltete die Espressomaschine ein, füllte Wasser nach und setzte mich zu ihnen an den Tisch.

Nie hatte ich sie so aufmerksam gesehen. Sie schienen nicht einmal mehr zu atmen.

»Das Geld von Herrn Fahlenberg müsst ihr wirklich zurückgeben, so leid es mir tut. Aber das geht einfach nicht.«

»Aber wieso denn?«, quengelte Louise los, wurde aber durch einen Blick ihrer Schwester gestoppt.

»Ihr könnt nicht einen solchen Betrag annehmen von jemandem, den ihr kaum kennt.«

»Dann musst du uns geben, was noch fehlt.« Sarah hatte den Braten sofort gerochen.

»Wir können ja nicht dafür bestraft werden, dass du so komische Ansichten hast«, sekundierte Louise eifrig.

Das Lämpchen an der Espressomaschine ging aus. Ich füllte den Brühkopf mit Kaffeepulver und spürte dabei die Blicke meiner Töchter im Rücken. Sie waren klug genug, mich jetzt nicht zu drängen.

»Ich weiß, wie wichtig dieses Pferd für euch ist«, fuhr ich fort, als ich mit meinem dampfenden Tässchen wieder am Tisch saß.

Sie legten mit so braven Mienen die Hände in den Schoß, als wären sie vor hundert Jahren im gehobenen Bürgertum erzogen worden. Mit treuen Augen blickten sie mich an. Vertrauensvoll. Ergeben.

»Eigentlich wollte ich ja dieses Jahr ein neues Auto kaufen.«

»Ein neues Auto?«, fragten sie, als hätte sie noch nie davon gehört. »Der Peugeot fährt doch noch total super!«

Ich erinnerte mich an anderslautende Stellungnahmen, weil alle ihre Freundinnen richtige Autos in der elterlichen Garage stehen hatten, mit Klimaanlagen und Navidings, elektrischen Fensterhebern, eingebauten MP3-Playern und Einparkpieps. Nur wir fuhren noch mit so einem absolut uncoolen Steinzeitkombi herum.

»Wir lieben unser Auto!«, erklärte Louise treuherzig.

»Das hält doch bestimmt noch hundert Jahre, bei der Qualität!«

Sie waren wirklich außerordentlich schnell von Begriff.

»Und das mit der Taschengelderhöhung, das geht in Ordnung. Ihr müsst mir aber versprechen, dass ihr zusammen fünfzig Euro im Monat verdienen werdet, okay?«

»Aber klar!« Ein zweistimmiger Schwur.

»Auch wenn's regnet und schneit. Ihr tut es nicht für mich, denkt immer daran, sondern für euren Bruno. Und wenn irgendwas nicht klappen sollte, wenn ihr betteln kommt, auf einmal Vorschüsse braucht, wenn die Kosten unerwartet steigen sollten …«

Sie versprachen alles, alles, alles, und dann hatte ich zwei jauchzende Mädchen am Hals, die ihren Paps liebten und herzten, und fast hätten wir alle drei vor Rührung geweint.

Anschließend legten sie mir einen fix und fertig ausgefüllten Kaufvertrag vor, betreffend einen Wallach, Farbe fuchsbraun, der gegen dies und jenes geimpft war, an keinen bekannten Krankheiten litt, von irgendwelchen Vorfahren mit beängstigenden Namen abstammte, elf Jahre und drei Monate alt war, und was noch fehlte, war meine Unterschrift.

Es gab Tage, da bewunderte ich meine Töchter dafür, wie elegant sie mich um ihre zarten Finger wickelten. Meine zukünftigen Schwiegersöhne hatten schon jetzt mein Mitgefühl.

Dann musste sofort telefoniert werden, Bachmaier schien fast auf meinen Anruf gewartet zu haben, hatte auf einmal jede Menge Zeit, und noch vor dem Mittagessen war ich mit ziemlich gemischten Gefühlen Besitzer eines Reitpferds. Da Bachmaier die ganze nächste Woche in China sein würde und meine

Töchter keine Sekunde Aufschub mehr ertrugen, zog Bruno noch am selben Nachmittag um: aus seiner geräumigen Box in Weinheim in eine etwas kärglichere in Handschuhsheim, die merkwürdigerweise schon bereitstand.

Auch Frau Herzberger, deren Funktion bei diesem Reiterverein mir noch immer nicht klar war, war offenbar ebenfalls schon auf Brunos Ankunft vorbereitet gewesen. Die ganze Zeit wurde ich das Gefühl nicht los, eine Nebenrolle in einem Film zu spielen, dessen Drehbuch ich nicht gelesen hatte.

Am frühen Nachmittag, mitten im Pferdeumzugstrubel, kam die niederschmetternde SMS: Sie hatten nichts gefunden. Das Labor hatte auf meine Anweisung hin die Nacht durchgearbeitet und auch den ganzen Samstagvormittag, und das Ergebnis war und blieb negativ. An Rick Ehrenfrids Kleidung und Schuhen war nicht die winzigste Spur von etwas zu finden, was sich Rafael Nunda zuordnen ließ. Kein Blut, keine Textilspuren, keine sonstigen Anhaftungen, einfach nichts. Ich rief Balke an, und wir verabredeten uns für den späten Nachmittag in meinem Büro zu einer Krisensitzung unter vier Augen. Jetzt wurde es wirklich eng. Sollte Ehrenfrids nächster Anwalt ein wenig engagierter sein als sein Vorgänger, dann würden wir unseren Verdächtigen spätestens am Montag nach Rostock überstellen müssen, und wir standen im Fall Nunda wieder am Anfang. Trotz der Dollarnoten, die ja unbestreitbar aus Nundas Besitz stammten. Die Staatsanwaltschaft würde nicht einmal Anklage wegen Taschendiebstahls erheben, da sie damit ohne Zeugen vor Gericht keine Chance hatte. Ehrenfrid würde vermutlich einfach behaupten, Nunda habe ihm das Geld geschenkt.

»Nach allem, was ich über ihn weiß, schätze ich Nunda nicht als jemanden ein, dem man mal eben so das Portemonnaie klaut.« Balke war nicht weniger deprimiert als ich.

»Vielleicht hat er es ihm mit Gewalt abgenommen?«

»Sie meinen, beraubt, aber nicht umgebracht?« Balke hob die Achseln und starrte auf seine Hände. Er war noch nachlässiger rasiert als sonst. Ringe unter den Augen kündeten von zu wenig Schlaf.

»Sie sehen ganz schön fertig aus«, sagte ich mitleidig. »Gestern Abend gefeiert?«

»Ganz im Gegenteil«, seufzte er. »Diese Mannheimer Nervensäge. Seit gestern ruft sie nun auch noch bei mir zu Hause auf dem Festnetz an. Dummerweise hat beim zweiten Mal Nicky abgenommen, und jetzt ist Krieg. Sie will mir einfach nicht glauben, dass nichts läuft mit dieser Verrückten.«

Ich stützte die Ellbogen auf den Schreibtisch.

»Was halten Sie von einer Gegenüberstellung?«, schlug ich vor. »Ich nehme an, wenn Nicole die Frau sieht …«

»Einen Versuch wäre es wert«, erwiderte er lahm. »Schlimmer kann's jetzt sowieso nicht mehr werden.«

Ich kam zum Thema zurück: »Verschenkt wird Nunda sein Geld jedenfalls nicht haben.«

»Vielleicht war er schwul?«, grübelte Balke. »Und hat sich von Rick einen blasen lassen?«

»Für dreihundert Dollar? So hübsch ist der Bursche nun wirklich nicht.«

»Oder Rick hat ihm irgendwas verkauft?«

»Was soll der denn zu verkaufen haben, das so viel wert war?«

Die Augen meines Mitarbeiters wurden größer und größer. »Natürlich!«, platzte er heraus. »Der hat mitgekriegt, dass Nunda eine Pistole kaufen wollte!«

Ich begriff sofort, worauf er hinauswollte.

»Kein Mensch ist so bescheuert, eine heiße Waffe zu verkaufen, auf der womöglich die eigenen Fingerabdrücke sind.«

»Doch.« Balke sah plötzlich wieder viel frischer aus. »Rick schon.«

19

Schon mit meiner ersten Aktion in der neuen Woche hatte ich Pech. Sönnchen hatte auf meine Bitte hin die Nummer von Fahlenberg herausgefunden. Das war nicht ganz einfach gewesen, da dieser nicht in Heidelberg wohnte, sondern in der Nähe von Weinheim. Es war Montagmorgen, zwanzig nach acht. Ich hoffte, dass Donnas Besitzer kein Langschläfer war.

»Hier bei Fahlenberg«, sagte eine derbe Männerstimme. »Schlindwein am Apparat.«

»Ich würde gerne Herrn Fahlenberg persönlich sprechen. Gerlach ist mein Name. Meine Töchter pflegen sein Pferd.«

»Der Herr Doktor ist aber außer Haus.«

Der Mann sprach wie jemand, der erst spät begonnen hat, sich seinen kurpfälzischen Dialekt abzugewöhnen, und sich noch viel später einen halbwegs gehobenen Wortschatz zugelegt hat.

»Wann wird er denn wieder zu erreichen sein?«

»Kann ich nicht sagen. Er ist im Ausland.«

»Aber er hat doch bestimmt ein Handy dabei.«

»Selbstverständlich hat der Herr Doktor ein Handy dabei. Aber es ist mir nicht erlaubt, die Nummer rauszurücken.«

Dann würde der geschätzte Herr Fahlenberg eben noch eine Weile auf sein Geld verzichten müssen. Er würde es verschmerzen.

Sönnchen stand in der Tür und wartete ungeduldig darauf, dass ich endlich auflegte.

»Der Herr Hecker ist auf der anderen Leitung«, erklärte sie leicht pikiert. »Er ist ziemlich unfreundlich heute, und es sei ganz furchtbar dringend.«

Ich fragte mich, ob Hecker auch noch etwas anderes zu tun hatte, als für die Heidelberger Polizeidirektion den Hilfssheriff zu spielen.

»Sie glauben ja nicht, was eben passiert ist«, sprudelte er los, bevor ich auch nur Guten Morgen sagen konnte. Ich fand nicht, dass er besonders unfreundlich klang. »Ich sichte hier gerade die Einreisemeldungen von Deutschen, die nach Angola kommen, und da flattert mir ein Formular von einem gewissen Bruder Georg auf den Tisch, das ist ein Ordensbruder aus Basel, der …«

»Was hat denn ein Mönch mit unserer Sache zu tun?«

Hecker schaltete einen Gang zurück, und zwei Minuten später stand Folgendes auf meinem Zettel: Bruder Georg hatte bis Mitte der Neunzigerjahre im Dienst eines schweizerischen Ordens mit französisch klingendem Namen in Angola gewirkt. Die Missionsstation lag im Hochland einige hundert Kilometer östlich von Huambo. Unweit von Matumbo hatten die Mönche damals eine kleine Schule unterhalten und sich um die medizinische Versorgung der einheimischen Bevölkerung gekümmert. Von Beginn an war es nicht leicht gewesen, die Station zu betreiben, und über die Jahre war es immer schwieriger geworden. Als der Bürgerkrieg die Gegend erreichte, hatte man die Station schließlich aufgeben müssen, und die letzten noch verbliebenen fünf Brüder, damals alle schon in gesetztem Alter, waren geflüchtet. Und nun hatte das Heimatkloster in der Nähe von Basel den rüstigsten dieser fünf zurück nach Angola geschickt, wo er nachsehen sollte, ob noch etwas zu retten war und sich eventuell ein Wiederaufbau lohnen würde.

Was aber die Sensation bei all dem war und der Grund für Heckers Aufregung, erzählte er mir zum Schluss: Bruder Georg hatte die Familie Ribeiro bestens gekannt. Deren Farm lag nur fünfzig Kilometer von der Missionsstation entfernt, und mehr als einmal war eines der Familienmitglieder bei den Mönchen zur medizinischen Behandlung gewesen. Und im Augenblick saß Bruder Georg meinem Doktor Watson gegenüber und brannte darauf, mit mir zu sprechen.

Der Mönch erzählte mir mit dröhnendem Bass, starkem alemannischen Einschlag und enormer Ausführlichkeit von damals, als die Welt auch in Angola noch halbwegs in Ordnung gewesen war. Und er schilderte, wie vor zwanzig Jahren alles immer komplizierter wurde, bis man schließlich vor zehn Jahren in heilloser Flucht sein Leben zu retten versuchte. Und natürlich kannte er Rosana. Die »kchlaine« Rosana.

»Sie ist immer so lustig gewesen. Wir haben sie alle gern gehabt. Ein Mädel, mit dem Sie Pferde stehlen können, hätte man zu meiner Zeit gesagt. Und zwar im wahrsten Sinn des Wortes. Die konnte nämlich reiten und schießen wie der Teufel. Den jüngeren Bruder, den Manuel, den haben wir ja leider öfter bei uns gesehen. Der ist immer schon ein bisschen kränklich gewesen. Mal hat er eine Blutvergiftung gehabt, mal so einen merkwürdigen Infekt, bei dem nur unsere besten Antibiotika angeschlagen haben. Erst haben wir an Typhus gedacht oder die Malaria. Aber das war es dann zum Glück doch nicht. Die kleine Rosana, die ist ja immer kerngesund gewesen. Sie ist immer bei ihrem Bruder geblieben, wenn er bei uns sein musste, und hat auf ihn aufgepasst. Nur ein einziges Mal war sie selber Patientin bei uns. Das ist dann aber auch eine böse Geschichte gewesen. Vom Pferd war sie gefallen. Schwere innere Blutungen. Es hat bei Gott nicht viel gefehlt, damals.«

Daher vermutlich Rosanas große Operationsnarbe. Und ist es ein Wunder, dass ich bei seinen Worten an meine Töchter dachte und an Bruno?

»Der Herr Ribeiro ist damals gefahren wie der Gottseibeiuns persönlich. Nicht mal fünf Stunden hat er gebraucht für die Strecke. Ein bisschen später, und wir hätten seinem Kind nicht mehr helfen können. Aber mit Gottes Beistand und allerhand Mühen haben wir auch seine kleine Rosana wieder auf die Beine gebracht. Damals ist sie fünfzehn gewesen oder sechzehn. Acht Wochen hat sie bei uns bleiben müssen. Und sobald sie wieder hat krabbeln können, hat sie angefangen, sich nützlich zu machen. Hat gelernt, Spritzen zu geben und Blutdruck zu messen, Verbände zu wechseln. Wir haben ihr sogar geraten, Medizin zu studieren, in Europa, aber da hat sie nur gelacht. Die Rosana hat nämlich ihre Heimat geliebt. Die Natur, das freie Leben auf dem Land.«

Nun war Bruder Georg ein wenig außer Atem. Aber bevor ich eine Frage stellen konnte, fuhr er auch schon fort: »Und sie lebt? Die kleine Rosana lebt, höre ich?«

»Gar so klein ist sie heute nicht mehr. Und ja, sie liegt hier bei uns im Krankenhaus. Sie wurde überfallen und ziemlich übel zugerichtet. Aber das Schlimmste ist überstanden. Sie kann bald entlassen werden.«

»Aber wie kommt sie denn um Gottes willen nach Heidelberg?«

»Das frage ich mich auch. Können Sie mir sagen, ob sie irgendeine Beziehung zu Deutschland hat? Verwandte vielleicht? Freunde?«

»Davon weiß ich nichts«, brummte Bruder Georgs gemütlicher Bass. »Aber ich könnte fragen bei den anderen Fratres, die sie noch von früher kennen. Aber wie schön, wie schön, dass sie lebt. Es sind ja leider nicht so viele davongekommen, damals.«

»Sie konnte sich mit Manuel nach Huambo durchschlagen. Vom Rest der Familie hat man seither nichts mehr gehört.«

»Ausgerechnet der kränkliche Manuel. Und dann dieser schreckliche Tod. Diese furchtbare Seuche. Der Herr Hecker hier hat's mir vorhin erzählt.«

Bruder Georg wollte noch dies und das über seine kleine Rosana wissen, wie sie heute aussah, was ich von ihr dachte, und tauchte noch einmal in seine Erinnerung an eine glückliche Zeit ein. Dann veränderte sich seine Stimme, wir waren wieder in der Gegenwart.

»Der Herr Hecker wird langsam ein bisschen nervös wegen der Telefonrechnung, glaube ich.«

»War die Farm die einzige Einkunftsquelle der Familie Ribeiro?«

Bruder Georg hustete. »Nun«, erwiderte er gedehnt. »Es gab Gerüchte.«

»Welcher Art?«

»Es soll da Gold gegeben haben. Drum konnten sie vermutlich auch so lang durchhalten. Der alte Herr Ribeiro war ein verwegener Bursche, aber mit Waffen allein hat er die Farm bestimmt nicht halten können. Ich nehme an, er hat die Mittel gehabt, diejenigen, die gerade in der Übermacht waren, friedlich zu stimmen.«

Erst als er mir zum Abschied Gottes Segen wünschte und alles, was ich sonst noch brauchen könnte, wurde mir bewusst, dass ich die ganze Zeit mit einem Geistlichen gesprochen hatte.

»Der Herr Hecker möchte Sie noch mal haben.«

Wenig später war dieser wieder am anderen Ende: »Nur eine Kleinigkeit noch. Frau Ribeiro soll in letzter Zeit öfter in einer kleinen Bibliothek in Huambo gewesen sein. Die Amerikaner haben da eine Bibelschule gebaut. Da soll sie hin und wieder gewesen sein.«

»Weiß man, wofür sie sich dort interessiert hat?«

»Das nicht. Aber ich weiß die Telefonnummer der Bibliotheksleiterin.«

»Liebekind verlangt nach Ihnen, Herr Kriminalrat«, eröffnete mir meine Sekretärin gut gelaunt, als ich auflegte. Immer, wenn ich in dieses Gesicht sah, wurde mir klar, warum sie von aller Welt »Sönnchen« genannt wurde. Wie sie mir einmal anvertraut hatte, schon in ihrer Kindheit.

Richtig. Ich hatte vollkommen vergessen, dass mein Chef irgendwann aus dem Urlaub zurückkehren würde.

»Ich hab Ihnen schon alles gerichtet«, sagte die beste Sekretärin von allen. »Die Liste der offenen Fälle liegt ganz oben.«

»Irgendwann werde ich über Sie herfallen und Sie abküssen, Frau Walldorf.«

»Sie dürfen ruhig weiter Sönnchen zu mir sagen«, meinte sie und verschwand, bevor ich die angedrohten Zärtlichkeiten in die Tat umsetzen konnte.

Kriminaldirektor Liebekind war sichtlich mitgenommen von seiner Krankheit. Die Haut grau, die Falten im Gesicht noch tiefer als sonst. Er schien sogar einige Kilo abgenommen zu haben. Mir lag schon eine mitfühlende Bemerkung über seinen verpatzten Urlaub auf den Lippen, aber in letzter Sekunde schluckte ich sie wieder hinunter. Offiziell konnte ich ja nicht wissen, dass er krank war.

»Übermäßig erholt sehen Sie nicht aus«, sagte ich stattdessen, als ich seine breite, heute kraftlose Hand drückte. Mein Chef, ein Riese von nahezu zwei Metern und im Normalzustand sicherlich hundertzwanzig Kilo, erhob sich nur andeutungsweise und rang sich ein erschöpftes Lächeln ab.

»Da gönnt man sich einmal im Leben eine solche Reise, und dann wird man krank. Meine Frau hatte sich so darauf gefreut.«

Theresa! Wenn Liebekind aus dem Urlaub zurück war, dann war auch sie wieder im Land. Und vermutlich wunderte sie sich längst, warum sie keine stürmische Begrüßungs-SMS auf ihrem Handy vorfand. Mir wurde heiß und kalt. Ich setzte mich unaufgefordert und gab Liebekind hastig einen Überblick über die Lage. Zum Glück stellte er keine Fragen.

»Gut«, murmelte er hin und wieder, ohne wirklich zuzuhören, und am Ende: »Sehr gut.«

Er spielte heute nicht einmal an einer seiner kostbaren Zigarren herum, die er eifrig sammelte, aber niemals ansteckte. Seine Hände lagen wie gelähmt auf der leeren Schreibtischplatte.

»Wie war's?«, wollte Sönnchen wissen, als ich zurückkehrte. »Ist er zufrieden mit uns?«

»Wir sollen mehr Druck machen in dieser Einbruchserie. Sonst hat er kaum was gesagt.«

»Ich hab in der Zeitung gelesen, jetzt hat es sogar einen Stadtrat erwischt.«

»Und das Peinliche daran ist, dass der Mann erst im Frühjahr hier bei unserer Beratungsstelle war und sich lang und breit Ratschläge hat geben lassen, wie er sich gegen Einbrüche schützen kann. Und prompt erwischt es ihn.«

Zurück an meinem Schreibtisch, rief ich die Bahnhofsblumenhandlung an, weil sie als Einzige um diese Zeit schon offen hatte, und bestellte für eine gewisse Theresa Liebekind einen üppigen Sommerblumenstrauß mit der Bitte um Expresszustellung. Dann wählte ich ihre Nummer mit dem plötzlichen Gefühl, mich nicht mehr an ihre Stimme erinnern zu können. Aber ihr Handy war aus und ich fast erleichtert. So schickte ich ihr ersatzweise eine schmachtende SMS, die mir selbst ein wenig gekünstelt vorkam. Sie war zu lange weg gewesen. Wir mussten erst wieder zusammenfinden. Ich konnte mir nicht einmal mehr vorstellen, wie sie sich anfühlte. Wir mussten uns sehen, riechen, fühlen. E-Mails sind einfach kein Ersatz fürs Zusammensein.

Über das Wochenende war es unmöglich gewesen, für Richard Ehrenfrid einen neuen Anwalt zu finden. Heute, gegen halb elf, erschien endlich der Ersatzmann, und wir konnten mit der Vernehmung fortfahren. Der neue Anwalt war jung, aufgeregt und ehrgeizig. Er trug eine bunte Brille zu einem auberginefarbenen Anzug, das gegelte Haar stand gerade so weit von seinem Kopf ab, wie es sich für einen Juristen noch ziemte, und bald kam mir der Verdacht, dies könnte der erste Klient in seiner Karriere sein, den er ganz alleine vertreten durfte. Zwanghaft versuchte er, alles richtig zu machen, und gerade deshalb machte er so gut wie alles falsch.

Vangelis hatte irgendeine neue Spur in der Einbruchserie aufgetan und war unterwegs. Deshalb leistete uns heute Balke Gesellschaft.

Ich kam sofort zur Sache. »Was für eine Waffe war das, die Sie Nunda verkauft haben?«

»Und wie viel hat er dafür bezahlt?«, setzte Balke hinzu.

»Momentchen«, sagte der Anwalt.

»Ihr könnt mich mal«, brummte Ehrenfrid.

Ich wandte mich an seinen Rechtsbeistand.

»Zu Ihrer Information: Wir haben Beweise dafür, dass Ihr Mandant Mitte Juli eine Schusswaffe verkauft hat, mit der er sich zwei Tage zuvor in Rostock des versuchten Totschlags schuldig gemacht hat.«

»Blödsinn!«, knurrte Ehrenfrid merklich beunruhigt.

»Die Waffe ist inzwischen aufgetaucht«, log ich, ohne den Anwalt zu Wort kommen zu lassen. »Die Ergebnisse der Laboruntersuchungen müssten in Kürze vorliegen. Es wird eng werden. Machen Sie Ihrem Mandanten das bitte klar. Und ich empfehle Ihnen dringend, ihn zur Kooperation zu bewegen. Je eher er gesteht, desto besser wird er vor Gericht dastehen.«

»Möchten Sie Bedenkzeit?«, fragte Balke verbindlich. »Sollen wir kurz rausgehen? Wir könnten die Waffe dann gleich mitbringen.« Er log kein bisschen schlechter als ich.

»Jetzt mal bitte langsam.« Der Anwalt begann hektisch in irgendwelchen Papieren zu blättern.

»Es handelt sich um eine alte russische Armeepistole«, klärte ich ihn auf, »Kaliber achtunddreißig.«

Das Kaliber hatte ich dem Bericht der Rostocker entnommen, der heute Vormittag eingetroffen war. Der Typ der Waffe war bisher unbekannt.

»Blödsinn, Blödsinn, Blödsinn«, brüllte Ehrenfrid und schlug auf den Tisch. »Das stimmt überhaupt nicht. Es war keine russische, es war …«

»Na, was?«, fragte Balke freundlich.

»Moment mal jetzt, ja?«, zeterte der Anwalt. »So geht das doch nicht!«

»Eine tschechische.«

»So eine alte CP 52, nicht wahr?«, fragte Balke.

»Genau.« Rick aus Rostock nickte befriedigt.

»Und was haben Sie Nunda für die alte Knarre abgeknöpft?«

»Sechshundert. Dollar. War noch ’ne halbe Packung Munition dabei.«

Als der Anwalt Luft holte, um endlich richtig loszulegen, begriff er, dass schon alles vorbei war.

20

Auf meinem Schreibtisch lag immer noch der Zettel mit der Nummer der Bibliothek in Huambo. Aber ich verspürte wenig Lust, unseren ohnehin chronisch knappen Haushalt mit einem weiteren Ferngespräch nach Afrika zu belasten. Was war interessant daran, dass Rosana sich nach dem Tod ihres Bruders hin und wieder fromme Bücher ausgeliehen hatte? Andererseits bedeutet Verbrechen aufzuklären, Informationen zu sammeln, von denen sich neunundneunzig Prozent am Ende als belanglos erweisen. Wenn man nur im Voraus wüsste, welches das richtige Prozent ist. Seufzend nahm ich den Hörer in die Hand.

Der Name auf meinem Zettel lautete Margret Hillary Scheffler, die ungewöhnlich lange Nummer gehörte zu einem Satellitentelefon, und es dauerte Ewigkeiten, bis das Gespräch zustande kam. Frau Scheffler sprach ein breites Südstaatenplatt, das ich kaum verstand. Dennoch merkte ich schon nach drei Sätzen, dass sie von uns Deutschen keine hohe Meinung hatte und zudem nicht einsah, warum sie mir Auskünfte über private Angelegenheiten ihrer Kundschaft geben sollte.

»You know Mrs Ribeiro? Have you talked to her?«

»Of course I know Rosana. And of course we talked to each other. But there is nothing the German police should know«, erwiderte sie spitz.

Ich wünschte ihr für den kommenden Abend eine Schlange ins Bett und startete einen Versuchsballon.

»Her brother died of Aids.«

»I know.«

»So maybe she was interested in kinds of therapy?«

War es nicht naheliegend, dass Rosana sich mit der tödlichen Krankheit ihres Bruders beschäftigt hatte? Und mit möglichen Therapien dagegen?

»She wasn't at all.«

Die Antwort war eine Spur zu zögerlich gekommen. Offenbar hatte ich nicht allzu weit danebengeschossen. Kurz krachte und rauschte es in der Leitung, dann hörte ich wieder Mrs Schefflers aufgebrachten Atem.

»Was she more interested in ways of infection?«

Nun war sie ganz verstummt.

»You get Aids mostly by sexual activities.«

Schon die Andeutung von etwas, was mit Sexualität zu tun hatte, versetzte Mrs Scheffler in geifernde Empörung. Im nächsten Satz betonte sie jedes einzelne Wort.

»You're a real horrible person!« Einige Male atmete sie tief durch, und ich fürchtete schon, sie würde auflegen. »There are many other ways of getting infected.«

Selbstverständlich wusste auch ich, dass man sich Aids nicht nur im Bett holte.

»For example?«, fragte ich unschuldig, und endlich hatte ich sie da, wo ich sie haben wollte. Sie konnte mich an ihrem Wissen teilhaben lassen. Sie erklärte mir, dass Junkies sich das Virus holen konnten, wenn sie die Nadel teilten und dass Ärzte sich bisweilen infizierten, wenn sie sich versehentlich mit einem blutigen Skalpell schnitten.

»Where is Rosana?«, fragte Mrs Scheffler mit plötzlich dünner Stimme. »Haven't seen her for weeks.«

»She's in Germany.«

Ihr nun folgendes »What?« klang, als hätte ich erzählt, Rosana sei im Bordell gelandet.

»Where in Germany?«

»Heidelberg.«

»Oh!« Sie schwieg eine Weile. »My husband was there for a few months. Before he was sent to Iraq ...«

Manchmal kommt einem die Weltpolitik so verteufelt nah. Manchmal schlagen die Bomben, die man sonst nur aus dem Fernseher kennt, unerwartet in nächster Nähe ein.

Frau Schefflers Stimme hatte sich verändert, als sie weitersprach. »What a drama«, murmelte sie. »First the poor little baby, now her dear brother. What does God punish this poor little woman for?«

Rosana hatte ein Kind gehabt?

Wieder musste ich lange auf die Antwort warten. Dann erzählte sie mir, dass Rosanas Baby, das sie vor langer Zeit geboren habe, nur wenige Wochen gelebt habe, ehe Gott es zu sich geholt habe.

Wieder war die Verbindung kurz unterbrochen, sodass ich die erste Hälfte des nächsten Satzes nicht mitbekam.

»... internet here. It was quite a mess to set it up. It works by satellite and it's awfully expensive, you know.«

Ich brauchte zwei Sekunden, um zu begreifen, warum sie mir das erzählte. »And Rosana used it?«

»It's the only way to bring the world a little closer to these poor people here.«

Als ich auflegte, war es halb zwölf. Zum Essen war es zu früh. Mein nächster Termin war erst am frühen Nachmittag, und so blieb mir ein wenig Zeit zum Nachdenken. Obwohl die Vernehmung mit Ehrenfrid ein voller Erfolg gewesen war, war ich unzufrieden. Nunda war es gelungen, sich eine Waffe zu organisieren. Gegen seinen Mörder hatte sie ihm aber offenbar nichts geholfen. Und über diesen Mörder wussten wir so wenig wie vor zwei Wochen.

Kurz war ich versucht, Vangelis und Balke zu mir zu rufen. Aber ich entschied mich dagegen. Ich hatte in diesem Moment keine Lust auf Gesellschaft und Gespräch. Ich musste jetzt allein sein.

Ich bat Sönnchen, keine Gespräche durchzustellen und mir jede Art von Störung vom Leib zu halten, räumte alles, was auf meinem Schreibtisch lag, zur Seite und legte einen karierten Block vor mich hin.

Sicherheitshalber wählte ich noch einmal Theresas Nummer. Noch immer war ihr Handy aus. Auf ihre Voicebox zu sprechen, hatte ich aus irgendeinem Grund keine Lust. Ob sie beim Friseur war? Friseure haben montags geschlossen. Vielleicht schlief sie? Ja, vermutlich war sie müde von dem langen Flug. Früher oder später würde sie sich melden.

Alles, was wir wussten, ließ darauf schließen, dass Nunda im Auftrag Rosanas nach Heidelberg gereist war. Und wenn Pierre sich in seinem Haschischrausch nicht verhört hatte, dann hatte

Nunda hier für Rosana einen Mann gesucht, einen Geschäftsmann. Nunda sprach Deutsch, sie nicht. Das war vermutlich der Grund dafür, dass sie ihn vorgeschickt hatte.

Ich nahm einen Stift in die Hand und begann die Fragen zu notieren.

Wer war der gesuchte Mann?

Warum wollte Rosana ihn finden?

Was wollte sie von ihm?

Wofür hatte Nunda sich eine Waffe beschafft? Hatte er sich bedroht gefühlt, oder hatte er jemanden bedrohen wollen? Oder gar erschießen? Warum dann, bevor Rosanna hier war? Das ergab alles keinen Sinn.

Der Unbekannte legte offenbar keinen Wert darauf, Nunda oder Rosana zu treffen. Warum nicht?

Immer wieder kam ich zur entscheidenden Frage: Wo war der Zusammenhang?

Was hatte ein Geschäftsmann in Heidelberg mit einer Frau in Angola zu tun, die ihre Heimat niemals zuvor verlassen hatte?

Das Handy schreckte mich aus meinen trüben Gedanken auf – Theresa.

»Hi«, sagte sie, »dank dir für die wunderschönen Blumen!«

»Gefallen sie dir?«

»Was für eine Frage!«

Ihr Lachen klang, als schwebte sie mit den Gedanken noch dreißigtausend Fuß über den Weiten Asiens.

»Wie war der Urlaub?«

»Frag nicht! Du weißt es ja.«

Jetzt hätte ich so etwas sagen sollen wie: »Schön, dass du endlich wieder da bist.« Oder: »Ich hab so unglaubliche Sehnsucht nach dir.«

»Sehen wir uns heute?«, fragte ich stattdessen.

Warum zögerte sie mit der Antwort?

»Nein«, erwiderte sie merkwürdig lahm. »Egonchen muss später zum Arzt, und ich …«

Und weshalb war ich erleichtert bei dieser Antwort?

Wir verabschiedeten uns mit dem wechselseitigen Versprechen, uns zu melden, sobald die Umstände günstiger wären. Voller widersprüchlicher Gefühle drückte ich den roten Knopf und legte das Handy so vorsichtig auf den Schreibtisch, als könnte es dabei zerspringen.

Reichten vier Wochen Trennung aus, um unsere Gefühle erkalten zu lassen? Nach allem, was wir zusammen erlebt hatten? Was im Wesentlichen bedeutete, dass wir miteinander im Bett gewesen waren. Auch wenn wir beide den Kopf voller anderer Dinge hatten, geschah zuverlässig immer wieder das Gleiche, sobald wir uns umarmten: In Theresa ereignete sich eine Art Hormonexplosion, und ich konnte noch so erschöpft sein, nach fünf Minuten Streicheln existierte der Rest der Welt nicht mehr. Allein ihr Duft reichte aus, mich alles andere vergessen zu lassen. Und das sollte nun vorbei sein?

Nein. Unsinn. Theresa war noch nicht richtig angekommen, und ich hatte zu viele andere Dinge im Kopf. Alles würde gut werden, wenn wir uns erst wieder trafen. Und wenn dieser dreimal verfluchte Fall endlich gelöst war.

Ich wandte mich wieder meinem Block zu. Fragen, nichts als Fragen.

Immerhin eines war klar: Der Mann, um den es ging, war brandgefährlich und scheute auch vor Mord nicht zurück. Und das, was Nunda und Rosana hierhergeführt hatte, war ungesetzlich. Sonst wäre ihr hartnäckiges Schweigen nicht zu erklären.

Ich warf den Stift weg, lehnte mich weit zurück, betrachtete die hässlichen Leuchten an der Decke.

Wenn man einen Menschen sucht, dessen Namen und ungefähren Wohnort man kennt, dann engagiert man keinen Detektiv, sondern sieht im Telefonbuch nach. Auch von Angola aus war das möglich. Rosana hatte Zugang zum Internet gehabt. Stand dieser Jemand vielleicht nicht im Telefonbuch? Weil er eine Geheimnummer hatte, zum Beispiel? Weil er aus bestimmten Gründen nicht gefunden werden wollte? Oder weil er nicht in Heidelberg wohnte?

Wo war die Verbindung zwischen diesem Unbekannten in Nordbaden und Rosana Ribeiro in Südafrika? Der Moment, in dem ihre beiden Lebenswege sich gekreuzt, ihre Schicksale sich ineinander verhakt hatten? Wenn Krieg geführt wird, dann werden Geschäfte gemacht. Waffenhändler, Söldner, Chemiefirmen,

Flugzeugbauer, Treibstofflieferanten, Fahrzeughersteller, alle dürfen liefern und verdienen. Gibt es überhaupt eine Branche, die aus einem Krieg keinen Profit ziehen kann? Am Ende sogar die Bauwirtschaft, denn schließlich muss ja alles wieder aufgebaut werden, für dessen Zerstörung man zuvor weder Mühen noch Kosten gescheut hat.

Sollte der Unbekannte sich die Farm der Ribeiros unter den Nagel gerissen haben? War er vielleicht Söldner im Bürgerkrieg gewesen? Eine illegale Goldmine wäre kein schlechtes Motiv. Aber warum hatte Rosana dann nicht schon früher für Rache gesorgt? Wollte sie warten, bis ihr Bruder tot, sie selbst frei war? Andererseits – wenn es in Angola geheime Schätze zu heben gab, warum war der Mann dann hier? Hätten ihn seine Minenarbeiter nicht bestohlen, sobald er sie nicht mit der MP in der Armbeuge bewachte?

Ich nahm den Stift in die Hand, legte ihn wieder weg. Das hatte alles keinen Sinn. Es gab zu viele Möglichkeiten, und auf die richtige war ich vermutlich noch gar nicht gekommen. Es entstand einfach kein Bild in meinem Kopf, keine Geschichte. Ich hatte zu wenige Informationen. Wenn Rosana nichts sagte, und Schweigen war ja offenbar eines ihrer großen Talente, dann würde ich so niemals weiterkommen.

Eine Weile lief ich mit den Händen auf dem Rücken in meinem Büro herum. Draußen glänzte schon wieder ein herrlicher Sommertag, den man eigentlich am Wasser verbringen sollte oder in einem Biergarten, jedenfalls nicht im Büro. Ich öffnete ein Fenster, ließ Luft herein in der vergeblichen Hoffnung auf irgendeinen Geistesblitz. Schließlich nahm ich den Hörer in die Hand, um doch Balke zu mir zu rufen. Manchmal half es ja, sich auszutauschen, die Bälle zuzuspielen. Manchmal entstand so etwas Neues, worauf man allein nicht gekommen wäre.

Aber ich entschied mich anders. Balke verfügte über dieselben Informationen wie ich. Er würde dieselben Überlegungen anstellen, dieselben Schlüsse ziehen. Was ich jetzt brauchte, war ein Mensch, der die Geschichte nicht in allen Einzelheiten kannte und über gesunden Menschenverstand verfügte.

Der gesündeste Menschenverstand, den man sich denken kann, saß zu diesem Zeitpunkt in meinem Vorzimmer. So bat ich Sönnchen zu mir. Sie setzte sich mit den Händen im Schoß auf den Besucherstuhl, während ich weiter im Kreis lief, bei offenem Fenster, durch das Kinderlachen und Verkehrsrauschen und ab und zu Straßenbahnklingeln hereindrang, und ihr erzählte, was ich über die Ribeiros wusste, über die Farm, über Huambo, den elenden Krieg, die bittere Armut.

Am Ende schwieg sie lange und sah mit krauser Stirn auf ihre cremefarbenen Pumps mit halbhohen Absätzen.

»Was ist das Wichtigste in ihrem Leben?«, fragte sie schließlich.

Ich lachte verständnislos. »Meine Töchter, meine Arbeit, meine Sekretärin …«

Nun lachte auch sie. »Nicht Sie, Herr Kriminalrat. Die Frau. Was ist das Wichtigste in ihrem Leben?«

Da brauchte ich nicht lange zu überlegen. »Jahrelang war es vermutlich ihr Bruder. Sonst hatte sie ja niemanden mehr.«

»Und der hat Aids gehabt, sagen Sie?« Sönnchen sah mich sehr ernst und nachdenklich an. »Haben Sie vielleicht eine Idee, wie ein Mensch in Afrika an Aids sterben kann, und jemand hier in der Gegend ist schuld daran?«

Ich sank auf meinen Sessel.

Ich nickte.

Und nickte noch einmal.

»Sie muss irgendwie rausgefunden haben, wie ihr Bruder sich angesteckt hat. Und vielleicht hat sie dann denjenigen gesucht, der dran schuld ist.«

Es fiel mir nicht leicht, ihr wehzutun. Aber es blieb mir keine Wahl. Eigentlich hatte Rosana heute aus dem Krankenhaus entlassen werden sollen, und es hatte mich einige längere Telefonate gekostet, noch zwei Tage Aufschub herauszuschinden. Am Mittwoch, in gut vierzig Stunden würde meine einzige Zeugin das Land verlassen. Irgendeine gute Seele hatte sich mit der angolanischen Botschaft in Verbindung gesetzt und den Flug gebucht. Ihr bisschen Gepäck stand bereit.

Als ich das Krankenzimmer betrat, lag sie nicht wie sonst im Bett, sondern saß mit bloßen Füßen, in Jeans und T-Shirt in einem Sesselchen am Fenster und blätterte ohne Interesse in einem englischsprachigen Modemagazin. Sie sah auf und strahlte.

»Alexandre!«

Sie schien sich zu freuen, mich zu sehen. Ihr Haar war inzwischen ein lockiger Wildwuchs, der gar nicht schlecht aussah. Sie war ohnehin nicht der Typ für Föhnfrisuren.

»How are you today, Rosana?«

Ich war ein bisschen heiser.

»I'm getting better and better every day.« Sie lächelte immer noch. »I'm a little lonely, though. But I'm used to being lonely, you know.«

Ich konnte mir gut vorstellen, dass sie das Alleinsein gewöhnt war. Ich setzte mich auf meinen üblichen Stuhl, zwang das Lächeln aus meinem Gesicht und konfrontierte sie ohne Umschweife und Vorreden mit unseren Überlegungen und Schlussfolgerungen. Nicht einmal das tote Baby ersparte ich ihr. Von Hecker wusste ich, dass es ein knappes Jahr nach ihrer Flucht zur Welt gekommen und sieben Wochen später gestorben war. In seiner bissigen Art hatte er vermutet, sie sei unterwegs vergewaltigt worden. Was dagegen sprach: Das Baby war weiß gewesen.

Schon bei den ersten Sätzen senkte sie den Blick, und als die Rede auf Manuel kam, ihren toten Bruder, verhärtete sich ihre Miene.

»You're wrong«, behauptete sie mühsam beherrscht, als ich geendet hatte. »Completely wrong.«

Aber ihre Stimme sagte das Gegenteil ihrer Worte. Ihr Widerstand war beinahe gebrochen. Ich fühlte mich so elend.

»But what else did you want here?«, fragte ich leise. »Why are you in Heidelberg?«

Was sonst wollte sie in Heidelberg, wenn es nicht um ihren toten Bruder ging?

Jetzt hatte sie sich wieder in der Gewalt. Mit einem hellen Lachen zuckte sie die Achseln.

»It's so nice here. I've never been anywhere. Only Angola all my life. And now, as Manuel is dead, I thought I should see something else.«

»Who is it Mr Nunda was searching for?« Ich musste unbedingt wissen, wen Nunda in ihrem Auftrag gesucht hatte.

Sie sah mir offen in die Augen, als sie lächelnd antwortete: »Don't know the man. Never heard of him.«

Konnte meine Menschenkenntnis mich so im Stich lassen? Wir mussten falsch liegen. Vollkommen falsch. Rosana konnte einfach nicht so gerissen sein, mir lächelnd ins Gesicht zu lügen. Dagegen stand die Aussage dieses Kleindealers, Pierre Duval, der behauptete, sie sei in Nundas Zimmer gewesen. Sollte ich eine Gegenüberstellung organisieren? Wenn ich Glück hatte und Duval gute Laune, dann würde er sie vielleicht sogar wiedererkennen. Aber dann stünde die Aussage eines Kleinkriminellen gegen die einer unbescholtenen Touristin. Andererseits hatte sie nachweislich mehrfach versucht, Nunda zu erreichen, die Nummer der WG gewählt. Er hatte sie in Angola angerufen. Das waren Fakten. Sie log. Sie musste lügen.

Aber es war wie verhext. Sah ich in Rosanas Gesicht, war ich sicher, dass sie die Wahrheit sagte. Schloss ich die Augen, war mir ebenso klar, dass sie log. Die Fakten sprachen gegen sie. Für sie sprachen ihr offener Blick und ihr Lächeln.

Rosana lächelte mich immer noch an, freundlich, still, voller Sympathie. Fehlte nur noch, dass sie Mitleid mit mir hatte.

Meine einzige Chance war, in den nächsten anderthalb Tagen Nundas Mörder zu überführen oder den, der Rosana niedergeschlagen hatte, was vermutlich auf dasselbe hinauslief. Aber wie? Wo anfangen? Wir hatten keine neuen Spuren, keine Hinweise, die noch nicht ausgewertet waren. Wir hatten einfach nichts.

Rosanas Lächeln erlosch.

»Everything okay, Alexandre?«, fragte sie besorgt.

»No«, entgegnete ich scharf, »nothing is okay. I really want to know who is trying to kill you again and again. But you don't help me.«

»I cannot.« Sie ergriff meine Hand. »I would, if I could.«

Ich räusperte mich. Was blieb mir übrig? Ein letztes Mal. Ganz von vorn.

»Where were you that evening you were …?«

Was hieß überfallen auf Englisch? Aber Rosana verstand auch so.

»On the Kunigstuhl, the King's chair.« Sie lachte auf. »Nice view from there, really!«

»How did you get there?«

Blöde Frage. Auf den Königstuhl fuhr man entweder mit der Bergbahn oder mit dem Auto. Nur Verrückte quälten sich mit dem Rad hinauf. Rosana hatte die Bergbahn genommen.

»You had your handbag with you?«

»Of course I did. But it's lost.« Sie machte eine flatternde Handbewegung und sah mich unverwandt an.

Sie mochte mich, das war unverkennbar.

Aber das machte es nicht leichter. Ich konnte sie zu nichts zwingen. Sie war Opfer und Zeugin, keine Angeklagte. Und das wusste sie natürlich, denn dumm war sie nicht. Dass sie hier etwas Illegales geplant hatte, war nichts als eine Vermutung. Und selbst wenn – auch die Absicht, ein Verbrechen zu begehen, ist noch kein Verbrechen.

Aber ich gab nicht auf. Dieses Gespräch war vermutlich meine letzte Chance. Ich versuchte sie zu überrumpeln. Stellte ihr Fallen, appellierte an ihr Gewissen. Rosana antwortete ruhig, überlegt, unentwegt liebenswürdig, manchmal traurig. Wieder und wieder: Sie sei hergekommen, um einmal im Leben das weltberühmte Heidelberg zu sehen. Einen Rafael Nunda kenne sie nicht, in seinem Zimmer sei sie niemals gewesen. Dass der Mann wie sie in Huambo gewohnt hatte und nur zwei Wochen vor ihr nach Deutschland geflogen war, hielt sie für einen lustigen Zufall.

Nach einer Stunde gab ich auf.

Viel später, zu spät, wurde mir klar, dass ich in dieser einen Stunde den alles entscheidenden Fehler begangen hatte. Wäre ich zäher gewesen, härter, grausamer, dann wäre Rafael Nunda neben Wiktor Rada vermutlich der einzige Tote geblieben, der in diesem Fall zu beklagen war. Hätte ich Klara Vangelis an meiner Stelle das Gespräch führen lassen, dann wäre vielleicht noch alles gut gegangen.

Ich war zu weich. Ich konnte Rosana nicht so sehr weh tun, wie ich gemusst hätte, um das Schlimmste zu verhindern.

Am Nachmittag veranstalteten wir noch einmal eine Art Krisensitzung. Ich trommelte alle zusammen, die mit dem Fall zu tun hatten. Wir diskutierten fast zwei Stunden lang. Es kam nichts dabei heraus.

Wir hatten verloren.

Wir hatten versagt.

Wieder einmal.

21

Ermittlungsarbeit bedeutet, dem Zufall auf die Sprünge zu helfen. Das Glück aus der Reserve zu locken. Nichts lässt sich erzwingen. Den roten Faden, den geraden Weg, sieht man immer erst im Rückblick. Und meist kommt der Zufall dann, wenn man am wenigsten mit ihm rechnet.

Um kurz nach sieben traf ich Rolf Runkel im Treppenhaus. Wie ich war auch er auf dem Weg nach Hause, und wie ich hatte er schlechte Laune. Er schimpfte halblaut vor sich hin.

»Was ist Ihnen denn über die Leber gelaufen?«, fragte ich, weil man sich als Chef hin und wieder auch für die kleinen Probleme seiner Mitarbeiter interessieren sollte.

»Dieser Wahnsinnige aus Waldhilsbach.«

Ich sah ihn fragend an.

Er blieb stehen, kratzte sich umständlich am Kopf. »Hab ich's Ihnen nicht erzählt? Da betreibt einer so 'ne Art private Radarfalle. Macht Fotos von allen Autos, die zu schnell in den Ort reinfahren. Am Ortseingang geht's ein bisschen bergab, und praktisch jeder fährt da zu schnell. Und jetzt ist der Kerl, also der, der sich dauernd bei mir beschwert, schon mindestens fünfmal geknipst worden. Und jetzt hat er, also der, der dauernd geknipst wird, einen Anwalt eingeschaltet und will den Nachbarn wegen irgendwas verklagen. Was genau, weiß er selber nicht. Auf der Straße Fotos machen, ist ja eigentlich nicht verboten.«

»Waldhilsbach, wo liegt das noch mal?«, fragte ich, um Interesse zu zeigen.

»Das ist, wenn Sie vom Königstuhl runterfahren, also hintenrum, über Neckargemünd, dann ist es das erste Dorf, durch das Sie kommen.«

Mein Herz legte eine Vollbremsung hin.

»Sagen Sie das noch mal!«

Ohne sich zu wundern, wiederholte er seinen letzten Satz fast wörtlich. Zwei Minuten später waren wir in Runkels nagelneuem Opel Vectra auf dem Weg nach Waldhilsbach.

»Ist Ihr alter Peugeot eigentlich kaputt?«, wollte Runkel wissen, als wir am Adenauerplatz auf Grün warteten.

»Nein. Warum?«

»Weil man Sie in letzter Zeit nur noch auf dem Fahrrad sieht.«

»Meinem Auto geht's ganz prima. Ich möchte mir nur hin und wieder ein bisschen Bewegung verschaffen.«

»Sie brauchen sowieso bald mal ein neues.«

»Der Peugeot läuft noch ganz gut!«

»Ich mein ja bloß«, meinte Runkel begütigend. »Wegen dem CO_2 und dem ganzen Klimascheiß, Sie wissen schon.«

»Man kann auch die Umwelt schonen, indem man einfach wenig fährt.«

Ein Auto, das einen fünfzehn Jahre lang durch alle Höhen und Tiefen des Lebens begleitet hat, gibt man nicht so leicht auf. Obwohl ich schon zugeben musste, dass sich Runkels Opel wesentlich komfortabler und vor allem deutlich leiser gebärdete als mein alter Kombi und, wie er mir lang und breit erklärte, nur halb so viel Sprit verbrauchte.

Nach dem ersten Tunnel ging es nach rechts, dann einen steilen Berg hinauf am Schloss vorbei und irgendwann wieder hinunter. Wir kamen an der Stelle vorbei, wo Rosana gelegen hatte, und zwanzig Minuten nach unserem überstürzten Aufbruch waren wir am Ziel.

Das Haus, in dem der inoffizielle Geschwindigkeitskontrolleur wohnte, stand etwa dreihundert Meter hinter dem Ortsschild. Der Besitzer selbst hockte auf einem bunt gestreiften Klappstuhl an einem klapprigen Campingtischchen am Straßenrand. Gewiss nicht zufällig trug er ein amtlich aussehendes, hellblaues Hemd mit Krawatte zur dunklen Hose. Seine Radarfalle bestand aus zwei weißen Strichen auf der Straße (»Abstand exakt zehn Meter, Sie können's ruhig nachmessen«), einer Stoppuhr und einer kleinen Digitalkamera, die er mit dem Fuß auslösen konnte, wenn er einen Temposünder ertappt hatte.

»Ich geb auch immer exakt die amtliche Toleranz von fünf

Kilometern drauf. Da bin ich fair, nicht dass Sie was andres denken. Alles ganz exakt.«

Ich hatte einen Rentner erwartet, der mit seiner Zeit nichts Besseres mehr anzufangen wusste, als seinen Mitmenschen auf die Nerven zu fallen, oder einen Arbeitslosen, der vor Langeweile durchdrehte. In Wirklichkeit arbeitete Wilfried Rosenbauer als Chefverkäufer bei einem großen Autohaus im Westen Heidelbergs. Sein kurioses Hobby betrieb er vorzugsweise bei schönem Wetter am Wochenende und hin und wieder auch unter der Woche abends.

»Sie glauben ja nicht, was hier abgeht bei schönem Wetter! Ein Wunder, sag ich Ihnen, dass noch kein Kind überfahren worden ist! Ein Wunder.«

»Was machen Sie mit Ihren Fotos und den Aufzeichnungen?«

Rosenbauer, Ende vierzig, groß und in Maßen übergewichtig, hatte mächtige Schweißflecken unter den Achseln, weil der Ort seiner Amtsanmaßung trotz der fortgeschrittenen Stunde immer noch in der Sonne lag. Stolz wedelte er mit einer Liste auf kariertem Papier.

»Hier steht alles drauf. Ganz exakt: Datum, Uhrzeit, Geschwindigkeit. Meine Stoppuhr ist amtlich geeicht, damit mir keiner auf dumme Gedanken kommt. Die Kamera macht automatisch Datum und Uhrzeit auf die Bilder. Lückenlose Beweisführung, sozusagen.«

Runkel beobachtete interessiert einen bunten Heißluftballon, der in geringer Höhe über einem der bewaldeten Hügel schwebte.

»Aber was geschieht dann mit den Sachen?«, fragte ich. »Sie werden sie ja nicht in Ihr Arbeitszimmer tragen und wegschließen.«

»Einmal die Woche, immer am Montagmorgen, werfe ich Ihren Kollegen in Neckargemünd die Unterlagen in den Briefkasten. Das geschieht damit.«

»Und was machen die damit?«

Rosenbauer musterte mich rauflustig. »Raten Sie mal!«

»Nichts, vermutlich.«

»Exakt!«

Mit nie gesehener Geschwindigkeit lief sein Kopf rot an, und er begann zu brüllen, dass ich fürchtete, er würde mir ins Gesicht spucken: »Nichts machen die, genau richtig! Aber ich, ich habe zumindest meine Pflicht getan! Wenn hier wirklich mal ein Kind überfahren wird, und das kann ja praktisch täglich passieren, bin ich jedenfalls nicht schuld!« Schwer atmend verstummte er. Langsam wurde seine Gesichtsfarbe wieder normal.

Ein dunkler Rover sauste mit mindestens sechzig Sachen an uns vorbei.

»Dreißig Euro. Mindestens.« Rosenbauer sah dem Wagen fast wehmütig nach. »Ich wär ein reicher Mann, wenn ich hier Knöllchen verteilen dürfte.«

»Und Sie behalten wirklich keine Kopien hier?«

»Datenschutz. Außerdem ist es so sicherer für mich.«

»Wieso das?«

»Man hat seine Feinde«, erklärte er würdevoll. »Es gibt Leute im Dorf, die mögen es nicht, wenn man ihre Gesetzesübertretungen dokumentiert.«

»Sie haben sogar schon überlegt, ob sie nicht Geld sammeln sollen«, sagte Runkel während der Weiterfahrt nach Neckargemünd. Wir passierten das Ortsschild und mussten eine Weile an der Ampel einer unübersichtlich großen Kreuzung warten.

»Geld?« Ich fürchtete, etwas überhört zu haben. »Wer? Wofür?«

»Na, die Kollegen in Neckargemünd. Kopfgeld, damit endlich mal jemand diesen Rosenbauer umlegt.«

Das Neckargemünder Polizeirevier lag in der Bahnhofstraße, ein gutes Stück westlich von der hübschen Stadtmitte. Runkel stellte seinen in der Abendsonne herausfordernd funkelnden Opel auf einen freien Parkplatz für Einsatzfahrzeuge. Vor dem neuen Gebäude stand etwas, bei dessen Anblick mir nicht klar wurde, ob es sich um Kunst am Bau handelte oder um das Werk einen volltrunkenen Gerüstbauers.

Bei der Erwähnung des Namens Rosenbauer konnte ich den nächsten Kopf rot werden sehen.

»Jeden verdammten Montag liegt hier eine Tüte von diesem Wahnsinnigen im Briefkasten!«, tobte der Schichtführer, ein Polizeihauptmeister Schnepf. »Und wisst ihr, was das Tollste ist?«

Das wussten wir nicht.

»Wenn er mal keinen erwischt hat, weil's das ganze Wochenende Katzen und Hunde geregnet hat und keine Sau auf der Straße gewesen ist, dann kommt sogar eine Fehlanzeige! Dass nach seinen Beobachtungen keiner zu schnell gefahren ist. Sagt mal ehrlich, dem fehlen doch sämtliche Latten im Zaun!«

Beim letzten Satz hatte seine Stimme geradezu flehend geklungen. Wir taten ihm den Gefallen und gaben ihm recht.

»Und jetzt?«, fragte er, nur noch leise schnaufend. »Kriegt er jetzt endlich eine ordentliche Anzeige an den Hals? Oder kommt er in die Klapse? Es sind ja nicht nur die Autos. Beim Nachbarn links sind ihm die Äste von einem Baum zu lang, und es fallen Äpfel auf sein Grundstück. Boskop! Die kann man doch wohl essen, ich bitte Sie! Da kann man doch froh sein, wenn man Boskop geschenkt kriegt, oder nicht?«

Ich verstand nicht viel von Obst, aber Runkel nickte an meiner Stelle.

»Boskop sind die besten«, meinte er. »Ich mag gar keine anderen mehr.«

»Der Nachbar rechts, der wäscht manchmal das Auto vor seiner Garage, und da spritzt halt mal ein bisschen Wasser über den Zaun. Und das nennt dieser Rosentrottel dann eine Sachbeschädigung! Der Nachbar gegenüber hat ein Mäuerchen gebaut zur Straße hin, ein schönes Mäuerchen, ich hab's mir extra angeguckt. Aber unser spezieller Freund meint, dafür bräuchte der eine Baugenehmigung, und dabei ist das überhaupt nicht wahr! Einen halben Tag hab ich mit dem Bauordnungsamt rumtelefoniert. Für ein Gartenmäuerchen braucht kein Mensch eine Genehmigung!«

Stöhnend raufte er sich das schüttere Haar.

»Und jetzt nehmt ihr euch den Spinner endlich zur Brust? Wenn ihr Zeugen braucht, jeder hier nimmt Urlaub, wir kommen alle zur Verhandlung …«

»Wir brauchen keine Zeugen«, unterbrach ich ihn. »Wir brauchen die Aufzeichnungen vom sechsundzwanzigsten und siebenundzwanzigsten Juli.«

»Ihr …?« Abwechselnd sah er Runkel und mich an, in der stummen Hoffnung, einen Scherz nicht richtig verstanden zu haben. »Ihr wollt was?«

»Ich nehme doch an, Sie archivieren die Anzeigen von Herrn Rosenbauer.«

Das Wackeln seines Kopfes ließ sich zur Not als Verneinung deuten.

»Wenn Sie sie nicht aufheben, was machen Sie dann damit?«

Polizeihauptmeister Schnepf sah lange auf seine kräftigen Bauernhände. Dann wurde seine Miene amtlich.

»Den ganzen Krempel schicken wir, so wie er kommt, an die Stadtverwaltung weiter. Für Geschwindigkeitsübertretungen innerorts ist die Gemeinde zuständig.«

Der Leiter des städtischen Ordnungsamts, das sich um die innere Sicherheit Neckargemünds kümmerte, hieß Holschuh. Amtsrat Holschuh, erklärte mir der Schichtführer sehr förmlich.

»Der wird aber daheim sein um die Zeit. Hat ein Häuschen in Dilsberg oben.« Mit grimmiger Miene suchte er mir noch die Telefonnummer heraus, dann würdigte er uns keines Blickes mehr.

Der Amtsrat war zum Glück zu Hause und verwies uns nach einigem Hin und Her an einen Untergebenen, einen gewissen Frank Haffner.

»Dem geb ich diese Umschläge immer. Der ist für die Bußgeldsachen zuständig. Aber ich denke, der wird jetzt beim Angeln sein. Der ist eigentlich immer beim Angeln, wenn er freihat.«

Zum Glück hatte Frank Haffner ein Handy. Er war etwas unwirsch, weil die Fische heute ganz ungewöhnlich gut bissen. Als er hörte, worum es ging, wurde er vorsichtig.

»Natürlich weiß ich von den Umschlägen.«

»Und was machen Sie damit?«

»Warum möchten Sie das denn wissen? Sie sind von der Kripo, sagen Sie? Oh, Moment, da ist doch … Augenblick!«

Er legte das Handy beiseite, offenbar hatte etwas angebissen. Dann war er wieder dran.

»Losgerissen«, schimpfte er. »So ein Feigling!«

»Wir ermitteln in einem Mordfall. Was machen Sie nun mit den Umschlägen?«

»Also, erstens kriegt er immer einen Dankesbrief.«

»Einen was?«

»Das hat der Herr Bürgermeister so angeordnet. Damit nicht

der Eindruck entsteht, wir würden diesen … Dingsbums etwa nicht ernst nehmen. Sonst hat er uns am Ende auch noch auf dem Kieker wegen Vernachlässigung von Dienstpflichten oder so. Den Herrn Bürgermeister hat er auch schon ein paarmal angezeigt wegen irgendwas.«

»Und zweitens?«

»Geb ich die Umschläge dann weiter an die Erika.«

»Die Erika.«

»Erika Renner. Das ist meine Sekretärin.«

»Und was macht die damit?«, seufzte ich.

»Ich glaub, also, wenn ich recht informiert bin, die gibt sie dem Hausmeister.«

»Und was kommt in Ihrer Hierarchie unter dem Hausmeister?«

»Wenn Sie so direkt fragen – eigentlich nichts mehr.«

»Aber irgendwas muss der Mann doch mit den Umschlägen anstellen.«

»Ich glaub, er tut sie immer in den Keller.«

Der Hausmeister hieß Nowitzky, und ich erreichte ihn nach einigen Wirren ebenfalls per Handy in seinem Garten bei Ziegelhausen. Zu meiner Erleichterung war er sofort und ohne Murren bereit, zum Rathaus zu kommen. Dieses befand sich an derselben Straße wie das Polizeirevier, ungefähr zweihundert Meter stadteinwärts. Das schmucklose, ockergelb gestrichene Gebäude sah aus, als wäre es früher eine Schule gewesen.

Nowitzky, ein stämmiger kleiner Mann, hätte man mit seiner wehenden weißen Mähne eher für einen Musiker als für einen kleinen städtischen Angestellten gehalten. Er lispelte ein bisschen, Deutsch war nicht seine Muttersprache, und er war mit einer unverwüstlichen Laune gesegnet.

»Ich schmeißen die Briefe immer in eine Schachtel in Keller«, strahlte er. »Und jetzt möchten Sie das ganze Mist mitnehmen?«

»Nur die Anzeigen vom sechsundzwanzigsten und siebenundzwanzigsten Juli.«

Ich erklärte ihm in wenigen Sätzen, worum es ging.

»Ein Mordversuch?«, meinte er lachend. »Soso. Na ja.« Und lief erstaunlich flink in Richtung Treppe davon.

»Was meinen Sie, wie groß sind unsere Chancen?«, fragte

Runkel, als wir hinter dem Hausmeister in den Keller hinabstiegen.

»Achtundneunzig Prozent«, antwortete dieser an meiner Stelle. »Jeder fahrt dort zu schnell. Mich haben er auch schon erwischt. Zweimal.«

»Es sei denn, der Mörder kommt selber aus Waldhilsbach«, überlegte Runkel laut. »Dann weiß er ja Bescheid.«

Ein fröhliches Liedchen vor sich hin summend, zerrte der Hausmeister einen schweren Karton aus einem verstaubten Regal voller Aktenordner. Laut Aufdruck hatte die fast volle Schachtel vor Beginn ihrer amtlichen Funktion sechs Flaschen Heppenheimer Grauburgunder enthalten. Nowitzky begann, den Haufen sämtlich ungeöffneter brauner Umschläge zu sortieren.

»Zum Glück ich immer schreiben Datum obendrauf.« Er zwinkerte mir verschmitzt zu. »Sonst wir hätten Menge Arbeit jetzt.«

Runkel ging in die Hocke und half suchen.

»Hier«, sagte Nowitzky kurze Zeit später, riss einen der Umschläge auf und zog zwei DIN-A4-Blätter sowie einen dünnen Stapel Fotos heraus.

»Schöne Wetter muss gewesen sein. Ist prächtige Menge!«

Auf Rosenbauers Liste standen genau dreiundvierzig Fahrzeuge, die in der fraglichen Nacht zwischen sechs Uhr und null Uhr fünfzig im Durchschnitt einundzwanzig Stundenkilometer zu schnell durch Waldhilsbach gefahren waren.

Ich hatte erwartet, dass Runkel am Dienstagmorgen immer noch wütend auf mich sein würde. Gestern Abend hatte ich ihn dazu verdonnert, mir über Nacht die Namen aller infrage kommenden Fahrzeughalter zu beschaffen. Aber das Gegenteil war der Fall. Stolz erwartete er mich bei Dienstbeginn mit den Ergebnissen seiner nächtlichen Ermittlungstätigkeit. Ich rief Klara Vangelis und Sven Balke hinzu, die zum Glück ebenfalls schon im Haus waren, obwohl es noch vor acht war.

Morgen um diese Zeit würde Rosana das Krankenhaus verlassen und drei Stunden später das Land. Balke war unrasiert und übernächtigt. So hatte ich ihn das letzte Mal im Februar gesehen, als er noch nicht mit Nicole zusammenlebte. Damals hatte sein Schlafmangel jedoch andere Gründe gehabt. Offenbar stellte ihm seine anhängliche Verehrerin immer noch nach. Vangelis hingegen sah heute viel besser und wacher aus als in den Tagen zuvor. Sie schien sich allmählich von ihrem Urlaub zu erholen.

»Erst mal können wir alle beiseitelassen, die vor Sonnenuntergang durch Waldhilsbach gefahren sind«, sagte ich, als alle einen Stuhl gefunden hatten. »Ich denke nicht, dass der Täter die Frau im Hellen in den Wald geworfen hat.«

»Bleiben siebzehn«, stellte Balke mit hochgezogenen Brauen fest.

»Dann alle Frauen.«

»Dreizehn.« Balke gähnte.

»Alle Familienausflüge mit Kindern.«

»Neun.«

»Okay, das müsste gehen. Jeder von Ihnen übernimmt drei«, ordnete ich an. »Alles andere bleibt liegen. Bis Mittag erwarte ich Ihre Berichte.«

Sie verteilten die Namen und dazugehörigen Fotos willkürlich unter sich und sprangen auf.

»Ach, übrigens.« Balke setzte sich noch einmal. »Fast hätte ich's vergessen: Der Ukrainer ist identifiziert. War gar nicht so kompliziert, das BKA hat ihn nämlich in den Akten. Er hat schon mal gesessen in Deutschland. Sein wirklicher Name ist Jurij Woronin. In den Neunzigern war er hier eine Weile mit einer ungewöhnlich brutal arbeitenden Einbrecherbande unterwegs. Zweieinhalb Jahre hat er gesessen, dann wurde er abgeschoben.«

»Und wie läuft es mit Nicole?«

Er grinste schief. »Das wird wohl nicht wieder. Ich hab sie gestern rausgeschmissen. Ist ja schließlich meine Wohnung.«

Er ging mit müden Schritten. So zerbrach die erste feste Beziehung in seinem Leben wegen der ersten Frau, mit der er garantiert nichts angefangen hätte. Plötzlich ging die Tür noch einmal auf.

»Zur Liebe gehört auch ein bisschen Vertrauen«, sagte Balke so ernst, wie ich ihn noch selten erlebt hatte. »Sonst taugt sie nichts.«

Die Warterei war das, was ich am wenigsten ertragen konnte an meinem Beruf. Dazusitzen und zu hoffen und nichts beitragen zu können. Ich versuchte, mir die Zeit mit liegengebliebenem Verwaltungskram zu vertreiben, aber ich war unkonzentriert, machte ständig Fehler, und so ließ ich es bald wieder bleiben. Ich wunderte mich darüber, dass Theresa sich heute Morgen noch nicht gemeldet hatte. Und mit leisem Schrecken wurde mir bewusst, dass ich ja auch nichts von mir hatte hören lassen. Dies holte ich nun schleunigst nach, doch alles, was ich schrieb, klang merkwürdig hohl und ein klein wenig gelogen. Aber egal – ich hatte wirklich andere Sorgen.

Pünktlich um halb neun erschien Sönnchen im Büro und machte Kaffee.

Irgendwann kam Theresas Antwort: »Sehen wir uns heute Abend?«

Richtig, Dienstag war unser Tag, ich hatte es schon fast – nein, nicht vergessen. Das nicht, aber irgendwie … Heute wurde daraus wohl nichts. Ich hatte meinen Töchtern hoch und heilig versprechen müssen, dass sie mir am Abend etwas auf ihrem vergötterten Bruno vorreiten durften. Und zweitens würde es vermutlich ein langer Arbeitstag werden. So sagte ich Theresa in wohl gewählten und offenbar zu vielen Worten ab.

»Haben wir ein Problem?«, lautete die postwendende Antwort. »Je zahlreicher die Gründe, desto fadenscheiniger die Begründung.«

Zu einer Replik kam ich vorläufig nicht, denn in diesem Augenblick klingelte mein Telefon – Vangelis. Vierzehn Minuten vor zehn.

»Nummer sieben können Sie streichen.«

Eine Kopie von Runkels Namensliste lag auf meinem Schreibtisch. Karsten Möller aus Ziegelhausen.

»Arbeitet auf dem Königstuhl als Kellner und war auf dem Heimweg. Das Restaurant schließt um elf. Eine Viertelstunde später ist er abgefahren, und weitere neun Minuten später wurde er fotografiert.«

Die nächste Zeile strich ich nur Augenblicke später durch, denn ich hatte kaum aufgelegt, da rief Runkel an. Horst Krüger aus Marbach war vierundsiebzig und hatte sich am fraglichen

Abend auf dem Königstuhl mit alten Studienfreunden getroffen. Der Mann war sechsfacher Vater und dreifacher Großvater, stark gehbehindert und hatte noch nicht einmal Punkte in Flensburg.

Im Lauf der folgenden Stunde wurden nach und nach fünf weitere Einträge auf meiner Liste gestrichen. Kurz vor halb zwölf waren noch zwei Namen offen und meine Hoffnung fast am Boden, da meldete sich Balke.

»Der hier könnte passen. Sebastian Schlindwein.«

Hatte ich den Namen nicht erst kürzlich gehört? Am Telefon? Doch es gelang mir beim besten Willen nicht, mich zu erinnern, in welchem Zusammenhang. Das änderte sich in den nächsten Sekunden.

»Er arbeitet als Chauffeur bei einem gewissen Doktor Fahlenberg in Hirschberg. Er war aber in seinem eigenen Auto unterwegs.«

»Wie bitte?«, fragte ich erschrocken.

Verwundert wiederholte er, was er gesagt hatte.

»Ich habe schon richtig verstanden. Ich kann es nur nicht glauben.«

»Schlindwein ist der Vorletzte auf der Liste, dreiundzwanzig Uhr neununddreißig. Er fährt übrigens einen Mercedes, E-Klasse. Scheint nicht übel zu verdienen. Tragen Chauffeure nicht oft Anzüge bei der Arbeit?«

»Und Krawatten.«

In meinem Kopf purzelten die Gedanken durcheinander. Es hatte einige Anrufe von Telefonzellen gegeben, die irgendwo nördlich von Heidelberg standen. Fahlenberg war früher Geschäftsmann gewesen. Irgendeinen »Doktor Soundso« hatte Nunda nach Duvals Worten gesucht.

Nach rekordverdächtigen siebenundvierzig Sekunden saß ich in einem Dienstwagen und war mit rotierendem Blaulicht auf dem Weg.

22

Doktor Fahlenberg wohnte in Leutershausen, dem südlichen Ortsteil von Hirschberg. Sein Anwesen zeichnete sich zunächst durch zwei Dinge aus. Erstens fand ich es kaum, obwohl Balke mir eine genaue Wegbeschreibung diktiert hatte. Es ging durch einen alten, hübschen Ortskern und später irgendwo nach rechts in ein Neubaugebiet, wo ich mich zweimal verfuhr, ehe ich am Ende dort war. Und zweitens konnte man es nicht sehen, wenn man davorstand. Die Villa – aus einigem Abstand hatte ich noch erkennen können, dass es sich um interessante moderne Architektur aus Beton und Glas handelte – thronte am Hang des Odenwalds, doch wenn man ihr zu nahe kam, war der Blick durch eine zwei Meter hohe Mauer und die darüber hinausragende Vegetation verstellt. Unter dem Haus, in den Hang hineingebaut, befand sich eine große Doppelgarage mit dunkelbraun gestrichenem Holztor, links davon ein bescheidenes Metallgittertörchen mit Videokamera und Klingelknopf, hinter dem dann eine Treppe in leichtem Bogen zum Hauseingang hinaufführte, sodass das Haus auch von hier aus unsichtbar blieb.

Balke hatte ein paar Schritte weiter im Schatten des Waldrands geparkt. Er lehnte an einem schwarzen Audi A4 und telefonierte, während er mit der freien Hand heftig gestikulierte. Als er mich erblickte, beendete er das Gespräch mitten im Satz und kam auf mich zu.

»Hier sind wir richtig«, sagte er grimmig und fischte einen Zettel aus der Brusttasche seines Poloshirts. »Dieser Schlindwein hat einiges auf dem Kerbholz. Außerdem passt die Beschreibung perfekt. Unser Mann ist einsfünfundneunzig groß und hat sich früher wirklich mal als Boxer versucht. Hat aber vor allem auf die Nase gekriegt, weil er zu langsam war. In seinem Strafregister geht es meistens um Körperverletzung. Scheint gerne mal auszuticken, wenn etwas nicht so läuft, wie er will.« Das Handy in der Gesäßtasche seiner Jeans trillerte aufgeregt, aber er ließ es stecken. »Beim ersten Mal war er noch minderjährig und hat ein halbes Jahr auf Bewährung gekriegt. Beim zweiten dann schon drei Jahre ohne. Sechs Monate, nachdem er wieder raus war, zur Abwechslung mal schwerer Raub. Er hat dem armen Kerl, den er zusammengeschlagen hat, die Uhr geklaut. Das hat ihm dann fünf Jahre eingebracht.«

»Klingt wirklich, als wären wir an der richtigen Adresse.«

»Er ist übrigens nicht nur Fahlenbergs Fahrer. Er arbeitet hier als Mädchen für alles und hütet das Haus, wenn der Herr Doktor mal abwesend zu sein geruht. Was anscheinend öfter vorkommt, wie mir eine Nachbarin erzählt hat.«

»Bei diesem Vorstrafenregister hat der Mann hier eine solche Vertrauensstellung?«

Das Handy gab endlich Ruhe.

»Hab mich auch schon gewundert. Ich habe vorhin mit Schlindweins damaligem Bewährungshelfer telefoniert. Fahlenberg hat Schlindwein praktisch vom Gefängnistor weg eingestellt. Damals war er dreiunddreißig und hatte schon fast zehn Jahre Knast hinter sich. Der Doktor steht im Ruf, hin und wieder gestrauchelten Existenzen eine neue Chance zu geben. Als er seine Firma noch hatte, hat er so manchen Ganoven auf den rechten Weg zurückgebracht, hat mir der Bewährungshelfer erzählt. Und seit Schlindwein hier arbeitet, ist er auch nie mehr polizeilich aufgefallen.«

Ein bunt bemalter VW-Bus, der noch aus der Hippiezeit zu stammen schien, knatterte mit kaputtem Auspuff an uns vorbei und ließ ein stinkendes, blassblaues Abgaswölkchen stehen. Dann war es wieder still. Hinter der Mauer brummte ein Rasenmäher.

»Worauf warten wir eigentlich?«, wollte Balke wissen.

»Ich weiß nicht so recht, wie wir vorgehen sollen. Ich möchte Schlindwein erst aufscheuchen, wenn ich etwas Belastbares gegen ihn in der Hand habe.«

»Wir könnten doch einfach mal klingeln und ihn uns ansehen. Und zum Beispiel fragen, was er am fraglichen Abend gemacht hat.«

Über uns zwitscherte eine Amsel aufgeregt. Aus der Ferne antwortete eine andere. Ganz in der Nähe lachte ein Mann, ohne dass man ihn sehen konnte. Es roch nach Sommer und frisch gemähtem Gras.

»Okay. Einen Versuch ist es wert.«

Sebastian Schlindwein kam mit gemächlichen Schritten die Treppe herab und blieb hinter dem Törchen stehen. Trotz der Hitze trug er ein kariertes Flanellhemd, dazu eine ölverschmierte alte Bluejeans. Seine Füße steckten in klobigen, schwarzen Sicherheitsschuhen, an denen abgemähtes Gras klebte. In der Rechten trug er zusammengeknüllt ein paar unglaublich schmutzige Arbeitshandschuhe.

»Was gibt's?«, fragte er misstrauisch. »Wir kaufen nichts. Wir spenden nichts. Und wir bestellen keine Heftchen.«

Diese Stimme kannte ich vom Telefon.

»Herr Schlindwein?« Ich zeigte ihm meinen Dienstausweis.

Seine Antwort beschränkte sich auf ein Hochziehen der linken Braue.

»Könnte es sein, dass Sie am sechsundzwanzigsten Juli nachts gegen halb zwölf durch Waldhilsbach gefahren sind? Es war ein Samstag. Ein Zeuge will Sie dort gesehen haben.«

»Schon möglich.« Schlindwein stopfte die Handschuhe in eine Gesäßtasche seiner Jeans, als wollte er die Hände freihaben. »Ich fahr manchmal ein bisschen durch die Gegend, wenn ich freihab. Wo liegt denn dieses Wald… Wie heißt das noch mal?«

»Sie stammen aus Heidelberg?«, lautete Balkes leutselige Gegenfrage.

»Kleingemünd. Wieso?«

»Und da wissen Sie nicht, wo Waldhilsbach liegt?«

»Bin in Erdkunde nie so gut gewesen. Kann mir das Zeug einfach nicht merken.«

»Schön haben Sie es hier.« Ich meinte es ehrlich. »Machen Sie das ganze Grundstück allein?«

»Hm.« Schlindwein war für Schmeicheleien nicht empfänglich. »Wenn der Herr Doktor da ist, kommt tagsüber noch eine Frau. Warum?«

»Dürften wir uns Ihr Auto mal ansehen?«, fragte Balke wie nebenbei. Den Blick, mit dem ich ihn zu bremsen versuchte, bemerkte er nicht.

»Wüsste eigentlich nicht, was Sie mein Auto angeht.«

»Kein Problem«, wiegelte ich freundlich ab. »Wo ist Ihr Chef zurzeit?«

»Auf Sardinien. Da ist er meistens im Sommer. Hat da ein Haus. Was soll denn die komische Fragerei? Sie sind doch nicht da, weil ich irgendwann mal in Waldhilsbach gewesen bin.«

»Sie geben also zu, am fraglichen Samstagabend dort gewesen zu sein?«, hakte Balke ein.

»Gar nichts geb ich zu.«

Endlich bemerkte Balke meine kleinen Zeichen und hielt die Klappe.

»Wir suchen Zeugen«, erklärte ich im Plauderton. »In der Nacht ist da in der Nähe eine Frau überfallen worden. An der Straße ungefähr zwei Kilometer vor dem Waldhilsbacher Ortsschild. Sie haben nicht zufällig irgendwas gesehen oder gehört?«

»Eine Frau?« Schlindwein sah mich ungerührt an und erwiderte mein Lächeln nicht. »Ja, stimmt, ich glaub, ich hab's in der Zeitung gelesen. Da ist das also gewesen? Mir ist nichts aufgefallen. Ich hab bestimmt nichts gesehen. Und nichts gehört. Ich hab Musik angehabt.«

»Daran können Sie sich noch erinnern?« Balke konnte sich doch nicht beherrschen. »Nach über drei Wochen?«

»Ich hab immer Musik an, wenn ich allein fahre. Ist ja wohl nicht verboten.«

Ich packte Balke am Arm, bedankte mich für die freundliche Unterstützung, und wir gingen. Sekunden später brummte wieder der Rasenmäher.

»Und?«, fragte Balke ungeduldig. »Das sieht doch ein Blinder, dass der lügt.«

»Nervös hat er nicht auf mich gewirkt.«

»Der ist in seinem Leben schon zu oft verhört worden. Wir müssen ihm viel mehr Druck machen.«

Für Balke wäre allein die Tatsache, dass es sich bei Doktor Fahlenberg um einen wohlhabenden Mann handelte, Anlass genug gewesen, hier besonders rigoros vorzugehen.

»Und wenn er jetzt abhaut?«, nörgelte er. »Nach Frankreich braucht er eine gute halbe Stunde!«

»Wird er nicht, keine Sorge. Wir haben ihn ein bisschen aufgescheucht, und ab sofort werden wir ihn nicht mehr aus den Augen lassen. Organisieren Sie die lückenlose Überwachung des Hauses. Er darf es ruhig merken. Außerdem besorgen wir uns ein paar brauchbare Fotos von Schlindwein. Die zeigen wir allen, die den Mann im dunklen Anzug irgendwann gesehen haben.«

»Schlindwein dürfte wohl kaum der Geschäftsmann sein, den Nunda gesucht hat«, überlegte ich laut.

Wir saßen zu fünft zusammen und hielten Kriegsrat. Sogar Sönnchen war dabei. Uns blieben noch siebzehn Stunden, aber jetzt sah ich wieder eine reelle Chance. Plötzlich herrschte diese fiebrige Nervosität, die sich immer dann einstellt, wenn es vorangeht. Wenn die ersten Teile des Puzzles zusammenpassen. Ich wandte mich an Balke.

»Was wissen wir über Doktor Fahlenbergs Geschäfte? Seine Firma hat mit pharmazeutischen Produkten gehandelt, wenn ich mich richtig erinnere.«

Nebenbei sichtete ich meine Mails. Die von Theresa bestand aus einem Fragezeichen in Schriftgröße achtundvierzig. Das roch nach schwerem Ärger. War aber ohnehin nicht mehr zu ändern.

Balke beantwortete meine Frage: »Seinen Laden hat er vor vier Jahren an einen holländischen Konzern verkauft. Der Preis wurde geheim gehalten, dürfte aber irgendwo zwischen fünfzig und hundert Millionen gelegen haben. Die Holländer haben den Firmennamen beibehalten und den Betrieb im Großen und Ganzen einfach weitergeführt. Sie haben knapp hundert Mitarbeiter und sitzen irgendwo im Westen, in der Nähe vom Autobahnkreuz, und beliefern nur Großabnehmer wie Krankenhäuser und Rehakliniken.«

Runkel hatte aus unserem Archiv einige großformatige Verbrecherfotos organisiert. Obwohl Schlindwein darauf zehn Jahre jünger war als heute, war er gut zu erkennen. Er zählte zu den Typen, deren Aussehen sich über die Jahrzehnte nicht wesentlich änderte. Sogar seinen Bürstenhaarschnitt hatte er damals schon getragen.

»Jeder von Ihnen schnappt sich eines der Bilder und zeigt es einem unserer Augenzeugen.« Sönnchen war bei dieser Anweisung natürlich ausgenommen. »Punkt zwei treffen wir uns wieder hier.«

Wir stellten fest, dass wir es ausschließlich mit Zeuginnen zu tun hatten. Da waren die beiden Frauen aus dem Keller der Uniklinik, die Putzfrau im Erdgeschoss und die Schwester, die ihm in Rosanas Krankenzimmer für Sekunden gegenübergestanden hatte. Und Susi natürlich. Balke bestand darauf, Letztere zu übernehmen.

»In die Uniklinik kriegen mich jedenfalls keine zehn Pferde!«

Als schon alle aufspringen wollten, kam mir noch ein Gedanke. »Wer ist eigentlich unmittelbar vor Schlindwein durch Waldhilsbach gekommen?«

Vangelis blätterte in ihren Unterlagen, während Balke seinen PDA traktierte. Zu seinem Verdruss war Vangelis mit ihrem Notizbüchlein wieder einmal schneller.

»Ein verheirateter Lehrer aus Sinsheim in Begleitung einer jungen Referendarin. Meiner Ansicht nach kommt er als Täter nicht infrage. Ich habe heute Morgen selbst mit ihm telefoniert. Der hatte an dem Abend anderes im Kopf, als fremde Frauen auf den Kopf zu schlagen.«

»Wie lange vor Schlindwein ist er durch Waldhilsbach gekommen?«

»Zwei Minuten.« Plötzlich wurden ihre Augen schmal. »Stimmt! Er könnte ihn gesehen haben! Zumindest den Mercedes am Straßenrand. Schlindwein wird eine Weile gebraucht haben, um die Frau aus dem Kofferraum in den Wald zu schleifen und die Böschung hinunterzuwerfen.«

»Rufen Sie ihn an«, sagte ich. »Lassen Sie ihn aus dem Unterricht holen oder meinetwegen aus dem Bett seiner Referendarin.«

Um vierzehn Uhr hatten alle unsere Zeuginnen Schlindweins Foto gesehen, und wir waren kein bisschen schlauer. Balke hatte Susi aus dem Bett klingeln müssen. Nach längerem Hin und Her war sie sich letztlich nicht sicher gewesen, ob es sich bei dem Mann auf dem Foto um den vermeintlichen Architekten handelte, der sich in ihrer Bar mit Nunda getroffen hatte. Der Sinsheimer Lehrer hatte auf seiner nächtlichen Fahrt vom Königstuhl ausschließlich Augen für seine Begleiterin gehabt und konnte sich kaum daran erinnern, durch ein Dorf gefahren zu sein. Beim Klinikpersonal schließlich stand es unentschieden.

Die Mannheimerin erkannte Schlindwein eindeutig wieder, ihre Kollegin, die Blonde, war sich ebenso sicher, den Mann auf dem Foto noch nie im Leben gesehen zu haben. Die Putzfrau, die ich im Erdgeschoss getroffen hatte, war überzeugt, dass wir den Falschen verdächtigten, und die rothaarige Krankenschwester schließlich, die ihm für kurze Zeit Auge in Auge gegenübergestanden hatte, konnte sich nicht entscheiden. Erst meinte sie ja, dann nein, und am Ende hatte sie sich mit Runkel auf ein klares »Vielleicht« geeinigt.

»So wird das nichts«, meinte Balke frustriert. »Wir müssen ihn in die Mangel nehmen. Dann wird er schon gestehen.«

»Was berichtet die Überwachung?«

»Nichts. Er mäht Rasen.«

»Der Mann schützt seinen Chef«, überlegte Vangelis. »Das ist für mich sonnenklar.«

»Es ist die einzige logische Erklärung.« Ich nahm die Brille ab und massierte mir die Nasenwurzel.

Leise hörte ich Sönnchen im Vorzimmer telefonieren und hin und wieder lachen. Irgendwo im Haus knallte eine Tür ins Schloss. Offenbar war Wind aufgekommen. Jetzt erst bemerkte ich, dass der Himmel wolkenüberzogen war. Die Sonne war verschwunden.

»Kann man sich vielleicht durch irgendwelche Tabletten Aids holen?« Balke starrte mit gerunzelter Stirn auf seinen Miniaturcomputer. »Bei Rinderwahnsinn gab's mal die Theorie, der Virus könnte durch Gelatine übertragen werden.«

»Genau!« Runkel nickte aufgeregt. »Gibt's Tabletten, wo Gelatine drin ist?«

»Manuel Ribeiro ist nicht an Rinderwahnsinn gestorben.«

»Wir müssen Schlindwein der Frau gegenüberstellen, solange sie noch hier ist«, meinte Vangelis entschieden. »Alles andere bringt uns nicht weiter.«

Balke war derselben Meinung. »Auch wenn sie nichts sagt. Sie wird doch wenigstens mal mit einer Wimper zucken!«

»Da kennen Sie Rosana schlecht«, seufzte ich.

»Rosana?« Mit knapper Not verkniff er sich ein Grinsen.

»Frau Ribeiro.« Ich sprang auf und schloss die offen stehenden Fenster.

»Dann machen Sie ihr klar, dass wir diesen Herrn Doktor nur am Arsch kriegen werden, wenn sie uns hilft«, sagte Balke in meinem Rücken.

Draußen wurde es minütlich dunkler. Es sah nach Gewitter aus.

»Und?«, wollte Vangelis wissen, als ich immer noch schwieg. »Wie gehen wir weiter vor?«

Ich wandte mich wieder meinen Untergebenen zu. »Ich besorge uns einen Durchsuchungsbefehl für die Villa und Schlindweins Mercedes. Außerdem nehmen wir ihn vorläufig fest und stellen ihn allen gegenüber, die ihn gesehen haben. Einschließlich Frau Ribeiro.«

Mein Gespräch mit der Leitenden Oberstaatsanwältin verlief nicht so, wie ich gehofft hatte.

»Doktor Fahlenberg ist ein Mann, den man in Heidelberg kennt«, meinte Frau Doktor Steinbeißer mit sanftem Vorwurf, nachdem ich die Fakten dargelegt hatte. Natürlich hatte sie Zweifel. Es war ihr Job, Zweifel zu haben.

»Es geht um Mordverdacht!«

»Das habe ich schon verstanden. Und Sie verdächtigen seinen Angestellten und nicht Herrn Fahlenberg selbst, ich weiß. Dennoch wird es sich nicht vermeiden lassen, ihn mit hineinzuziehen. Die Presse wird sich sehr für die Sache interessieren. Und sollte sich am Ende herausstellen …«

Die Fortsetzung ersparte sie mir.

»Wir werden die Sache mit aller gebotenen Diskretion behandeln. Und ich bitte Sie, zu bedenken, dass meine einzige Zeugin morgen früh das Land verlassen wird.«

»Die bisher leider nicht sonderlich kooperativ war.«

»Das wird sich in dem Augenblick ändern, wenn ich sie mit Schlindwein konfrontiere.«

Die Staatsanwältin betrachtete ihren Füller und seufzte. Dann las sie noch einmal meinen Antrag durch, den Sönnchen eben in aller Eile getippt hatte, seufzte erneut und unterschrieb.

Der Durchsuchungsbeschluss erstreckte sich auf das gesamte Gelände, Schlindweins Mercedes und seine Zweizimmer-Souterrainwohnung. Nicht jedoch auf die Villa selbst.

Eine halbe Stunde später waren drei Zivilfahrzeuge mit insgesamt sieben Beamten unter Leitung von Klara Vangelis unterwegs nach Hirschberg. In einem vierten Wagen fuhren Balke und Runkel voraus, um unseren Verdächtigen zur Vernehmung in die Polizeidirektion zu bringen.

Sebastian Schlindwein stritt alles ab, was wir ihm nicht hieb- und stichfest beweisen konnten. Daran, in der fraglichen Nacht durch Waldhilsbach gefahren zu sein, konnte er sich nicht erinnern. Einen Schwarzen namens Nunda hatte er nie gesehen, von irgendeiner Frau aus Angola nie gehört. Ansonsten gab er sich maulfaul. Wer nichts sagt, der sagt nichts Falsches.

»Sie kennen die Susibar in der Kramergasse?«

»Kenn ’ne Menge Kneipen.«

»Sind Sie vielleicht schon mal dort gewesen?«

»Möglich.«

»Wann?«

»Weiß nicht.«

»Mitte Juli zum Beispiel?«

»Eher nicht.«

»Wir haben aber eine Zeugin, die Sie dort gesehen hat.«

»Dann werd ich wohl da gewesen sein. Ist ja wohl nicht verboten.«

»Wir werden eine Gegenüberstellung machen.«

Achselzucken.

»Und der Name Nunda sagt Ihnen wirklich nichts? Rafael Nunda?«

»Ist das dieser Typ, der umgebracht worden ist?«

»Sie wissen davon?«

Achselzucken. »Hab’s im Radio gehört, glaub ich.«

»Und Sie haben ihn wirklich nie getroffen? Ganz zufällig vielleicht?«

»Will nichts zu tun haben mit so …«

Schlindweins Akte hatte ich entnommen, dass er schon vor fünfzehn Jahren kein Freund von Menschen dunkler Hautfarbe gewesen war. Damals hatte er in der Nähe der Alten Brücke mit zwei schwarzen Sergeants der Amerikaner, ebenfalls alles andere als Chorknaben, eine wüste Schlägerei angefangen und beide übel zugerichtet. Seinerzeit hatte er sich während der Vernehmungen noch durch rassistische Sprüche unbeliebt gemacht.

»Sie waren am Morgen des elften August im Uniklinikum. Was hatten Sie dort zu suchen?«

»Wo ist das?«

»Haben Sie den Namen Ribeiro schon mal gehört? Rosana Ribeiro?«

»Nö.«

Ich legte ihm das Foto aus Waldhilsbach vor.

»Das ist doch Ihr Wagen, richtig? Und der Mann am Steuer, das sind Sie.«

Hier hatte Leugnen keinen Sinn.

»Manchmal fahr ich bisschen rum, wenn ich frei hab. Ich hör unterwegs Musik, und später kann ich oft gar nicht sagen, wo ich überall gewesen bin.«

»Was für Musik?«

Das war nicht die intelligenteste aller Fragen. Aber sie half, ihn am Nachdenken zu hindern, seinen Kopf beschäftigt zu halten.

»Vivaldi. Der Mercedes hat ein saugutes Radio.«

Barockmusik passte zu dieser Schlägervisage ungefähr so gut wie ein Renoir in die Toilette eines Männerwohnheims.

Balke übernahm. Das ist nämlich der größte Nachteil eines Menschen, der vernommen wird: Er ist allein. Zumindest, bis sein Anwalt da ist. Wir dagegen sind normalerweise mindestens zu zweit.

»So jetzt, Schluss mit lustig.« Balke hatte sein Noch-ein-falsches-Wort-und-ich-schlag-dich-grün-und-blau-Gesicht aufgesetzt. »Unsere Leute haben im Kofferraum Ihres Wagens Spuren von der verletzten Frau gefunden.«

Er log, dass mir schwindlig wurde.

»Die war da nie drin, und drum könnt ihr da gar nichts finden«, erwiderte Schlindwein ungerührt. »Für wie blöd haltet ihr mich eigentlich?«

»Sie sind dran, Schlindwein. Verstehen Sie immer noch nicht?« Balke rückte dem Verdächtigen nun auch körperlich auf die Pelle. Er beugte sich über den Tisch, als wollte er ihn am Kragen packen und ohrfeigen. »Sie sind am Arsch! Wir wissen, dass Sie Nunda zusammengetreten und seine Leiche im Odenwald abgeladen haben wie einen Müllsack, und dabei hat er noch gelebt!«

Achselzucken.

»Und zwei Wochen später haben Sie versucht, mit der Frau das Gleiche zu machen. Das hat aber leider nicht so recht geklappt. Sie hat überlebt. Wir werden Sie ihr gegenüberstellen, und dann sind Sie geliefert!«

Schlindweins Miene bekam etwas Mitleidiges.

»Wir werden Ihnen alles nachweisen, Stück für Stück, verlassen Sie sich drauf! Und diesmal gibt's lebenslänglich! Diesmal kommen Sie nie wieder raus, bei Ihrem Vorstrafenregister. Darauf haben Sie mein Ehrenwort!«

Schlindwein musterte meinen Untergebenen ausdruckslos. Schließlich schüttelte er ratlos, als würde er an Balkes Verstand zweifeln, den schweren Kopf.

»Wir machen jetzt die Gegenüberstellungen.« Ich klappte meinen Ordner zu und ließ Schlindwein abführen.

23

Runkel hatte in der Zwischenzeit unsere fünf Zeuginnen in die Direktion fahren lassen und alles Notwendige organisiert, sodass wir schon eine halbe Stunde später, es war kurz vor vier, beginnen konnten.

Wir hatten Schlindwein in seinen Chauffeursanzug gesteckt, und nun stand er hinter dem nur von unserer Seite durchsichtigen Spiegel in einer Reihe mit fünf ähnlich gekleideten Polizeibeamten von ähnlicher Statur. Es war nicht einfach gewesen, geeignete Kandidaten zu finden, und dem einen, er war unser Hausmeister, hatte Balke in aller Hast aus einem Kostümverleih in der nahen Bergheimer Straße einen dunklen Anzug besorgen müssen. Leider war er dem armen Menschen zwei Nummern zu kurz und viel zu weit.

Unterdessen arbeitete die Spurensicherung in Hirschberg unter Hochdruck. Noch hatten sie nichts gefunden, was man einen Beweis hätte nennen können. Eben begannen sie mit dem Mercedes, wusste ich aus den regelmäßigen telefonischen Berichten von Klara Vangelis. Darin sahen wir unsere größte Chance. Es ist praktisch unmöglich, einen Menschen im Kofferraum eines Wagens zu transportieren, ohne dass dort Spuren bleiben, die man mit den heutigen Methoden der Kriminaltechnik finden kann.

Schlindwein war der Dritte von rechts, und die Veranstaltung war ein Desaster.

Als Erste erschien Susi in engen schwarzen Jeans, knallroten Higheels und einer offenherzigen, gestärkten Bluse. Zunächst war sie überzeugt, dass keiner der Männer der war, den sie vor inzwischen schon fast sechs Wochen für wenige Augenblicke in ihrer Bar gesehen hatte. Dann, als wir ihr Nundas Passfoto zeigten, fing sie an zu zweifeln, dass der Schwarze überhaupt Nunda gewesen war. Zwischendurch war sie wieder fast sicher, beide gesehen zu haben, und schließlich identifizierte sie unseren wegen der ungewohnten Kleidung völlig verkrampften Hausmeister als den vermeintlichen Architekten.

Am Ende war sie völlig verzweifelt.

»Ich kann doch nicht einen Mann ins Gefängnis bringen, nur weil ich mir einbilde, ihn mal irgendwann irgendwo kurz gesehen zu haben!« Sie sank auf den nächsten Stuhl und fuhr sich mit beiden Händen durchs Haar. Schüttelte den Kopf. »Nein, wirklich, beim besten Willen.«

Als Nächste führte Runkel nacheinander die beiden Frauen aus dem Untergeschoss des Uniklinikums herein. Balke war rechtzeitig irgendwohin verschwunden.

Seine Verehrerin machte den Anfang. Schon nach einem kurzen Blick war sie sicher, dass der Dritte von rechts der Mann war, den sie gesehen hatte.

»Der Anzug!«, stieß sie hervor. »Die Schultern! Der Kopf!«

»Und was ist mit seinem Gesicht?«, fragte ich unglücklicherweise, denn nun begann sie plötzlich zu zögern.

»Ich hab ihn ja eigentlich eher von hinten gesehen«, gestand sie endlich. »Er ist grad durch die Tür ins Treppenhaus gegangen. Und da hab ich ihn gesehen, aber halt nur von hinten.«

Ihre blonde Kollegin, die Schlindwein von vorne gesehen haben musste, war völlig konfus und wollte sich auf nichts festlegen.

Die Nächste, die wir Schlindweins massigen Körper und gelangweiltes Gesicht betrachten ließen, war die Krankenschwester, die ihn in Rosanas Zimmer angetroffen hatte. Auf sie setzte ich die größten Hoffnungen, denn sie war ihm näher gewesen als alle anderen.

»Ich müsste seine Stimme hören«, sagte sie, nachdem sie die Männer lange betrachtet hatte. »Schon möglich, dass ich einen von denen schon mal gesehen habe. Aber wo? Und wann? Mir ist doch erst später klar geworden, was der Kerl bei uns gewollt hat. Da ist mir vielleicht der Schreck in die Glieder gefahren! Er hätte mich ja auch umbringen können, nicht wahr?« Sie schauderte. »Aber die Stimme, die vergesse ich nie im Leben.«

Runkel drückte wortlos einen Knopf unseres Tonaufzeichnungsgeräts. Die Zeugin hörte eine Weile mit gesenktem Blick zu, wie unser Verdächtiger wieder und wieder sein »keine Ahnung«, »weiß nicht«, »nie gesehen« wiederholte. Dann sah sie auf.

»Weiß nicht«, sagte sie betreten. »Es ist zu lange her.«

Runkel brachte das Gerät mit einem solchen Hieb zum Verstummen, dass ich fürchtete, es wäre kaputt.

»Also, was nun?«, fragte er grob. »Ja oder nein?«

»Er könnte es schon sein, ja«, erwiderte die Rothaarige zerknirscht.

»Aber Sie sind sich nicht sicher?«

»Es ist doch alles so furchtbar schnell gegangen.«

»Fifty-fifty?«, schlug ich vor.

»Ja«, meinte sie, nachdem sie eine Weile den Kopf gewiegt hatte. »Okay. So halb sicher bin ich mir eigentlich schon. Ja.«

Die Putzfrau schließlich, die Schlindwein ebenfalls gesehen haben wollte, starrte lange und aufs Äußerste angespannt durch den Spiegel.

»Und?«, fragte ich nach einer Weile, während Runkel sie musterte, als wollte er ihr gleich eine Kopfnuss verpassen.

»Kann nicht sehen«, gestand sie und murmelte etwas wie: »Vergessen Brille.«

Runkel polterte davon, um irgendwo im Haus ein paar Sehhilfen aufzutreiben. In der Zwischenzeit versuchte unsere Zeugin es mit meiner eigenen, aber damit sah sie noch schlechter als ohne.

Fünf Minuten später kam Runkel mit rotem Kopf und fünf Brillen zurück. Die von Liebekinds Sekretärin schien am besten zu passen.

»Er könnte es sein, ja.« Sie wandte sich um, strahlte uns an und nahm die Brille ab.

»Welcher?«, fragten wir gleichzeitig.

»Dritte von links.«

»Von links? Sind Sie sicher?«

Sie wandte sich noch einmal der Scheibe zu. Setzte die Brille wieder auf. »Von links. Ja.«

Wieder unser Hausmeister.

»Haben Sie eigentlich an dem Morgen in der Klinik Ihre Brille getragen?«, fragte ich.

»Ich tragen nicht so gerne. Ist nicht so hübsch.«

Am Ende gestand sie uns, dass sie ohne Brille nicht einmal ihre Mutter erkannt hätte.

Kurzzeitig fürchtete ich, sie vor Runkel beschützen zu müssen.

»Herrgott!« Nachdem die Frau endlich aus dem Raum war, drosch er mit beiden Händen auf den Tisch ein. »Ich könnt kotzen!«

»Sparen Sie sich das für später auf«, sagte ich. »Eine haben wir ja noch. Ich weiß zwar jetzt schon, dass nichts dabei herauskommen wird, aber versuchen wir es.«

Es war ein ungewohnter Anblick für mich: Rosana nicht im Krankenzimmer, sondern auf einem Besucherstuhl in meinem Büro und vor ihr Schlindwein, sicherheitshalber mit Handschellen und zwischen zwei kräftigen Uniformierten stehend. Sie saß da, aufrecht und korrekt, wie früher wohlerzogene Mädchen beim Tanzkurs, die darauf warteten, aufgefordert zu werden. Die im Vergleich zu Schlindwein winzige, zarte Frau sah zu ihm auf, er zu ihr hinab, und bereits beim ersten Blick war mir klar, dass sie sich kannten. Dass es da ein Einverständnis des Schweigens gab. Schlindwein war völlig entspannt hereingekommen, und für diese Ruhe gab es nur eine Erklärung: Er war überzeugt, dass sie ihn nicht verraten würde.

Rosana machte den Anfang. Stumm schüttelte sie den Kopf. Dann wandte sie sich mir zu. Lächelte scheu.

»I'm sorry.«

Nun sah auch Schlindwein mich an.

»War's das dann? Kann ich dann gehen?«

Ich ließ Schlindwein abführen und Rosana dorthin zurückbringen, wo ein Streifenwagen sie vorhin abgeholt hatte. Als sie durch die Tür ging, wandte sie sich noch einmal um, sah mich ernst und ein wenig verzagt an. Als wollte sie sich versichern, dass ich ihr nicht böse war. Ich hob die rechte Hand zu einem angedeuteten Gruß. Sie lächelte, nickte mir zu, die Tür schloss sich.

Meine letzte Hoffnung war die Spurensicherung.

Es wurde fünf, es wurde sechs, und aus Hirschberg hörte man nichts mehr. Es war fast nicht zum Aushalten. Mehrfach widerstand ich der Versuchung, Vangelis anzurufen.

Endlich, kurz nach halb sieben, klingelte mein Telefon.

»Totale Pleite«, sagte sie erschöpft. »Setzen Sie ihn auf freien Fuß.«

Weder in Schlindweins Wohnung hatten sie etwas gefunden, was sich zur Not zum Beweisstück erklären ließ, noch an einem seiner Kleidungsstücke, was schon erstaunlicher war. Aber vielleicht hatte er ja alles weggeworfen, was mit seinen Opfern in Berührung gekommen war. Das wirklich Niederschmetternde war: Auch in seinem Wagen fand sich nicht die geringste Spur. Weder von Nunda noch von Rosana. Und das brachte nun mein komplettes, so wunderhübsches und logisches Gedankengebäude endgültig zum Einsturz. Sicherheitshalber ließ ich sogar noch einmal prüfen, ob es auch wirklich der richtige Mercedes war. Aber es war die richtige Nummer, die richtige Farbe, der richtige Typ. Kein Irrtum möglich.

Ich wählte die Nummer der Staatsanwaltschaft und veranlasste Sebastian Schlindweins Freilassung.

Wie hatte Runkel gesagt? Ich hätte kotzen können.

»Herr Krimnalrat«, sagte Sonja Walldorf ungewöhnlich ernst, nachdem ich aufgelegt hatte. »Da wär noch was.«

Ich hatte schon halb gestanden und setzte mich wieder.

»Sie sind immer noch da? Ich hoffe, es ist nichts Schlimmes?«

»Ich glaub leider, doch.«

Ein wenig umständlich nahm sie auf ihrem üblichen Stuhl Platz. Sie wagte kaum, mir in die Augen zu sehen.

»Sie wollen doch nicht etwa kündigen, Sönnchen?«

»Aber nein.« Sie lächelte nicht einmal. »Es geht um diese Einbrüche.«

»Wollen Sie ein Geständnis ablegen?«

Endlich lachte sie doch. »Ich hab die letzten Tage ein bisschen rumtelefoniert. Ich hoffe, Sie sind nicht sauer deswegen, aber …«

»Das werde ich Ihnen sagen, wenn ich weiß, worauf Sie hinauswollen.«

Ich sah auf die Uhr, denn ich hatte noch einen Termin heute Abend. Einen Termin, den ich unter keinen Umständen versäumen durfte.

»Es ist nämlich so.« Endlich nahm sie sich ein Herz und sah mir ins Gesicht. »Ich weiß, wer's war.«

»Dann mal raus mit der Sprache.«

»Ich hab herausgefunden, dass alle, bei denen eingebrochen worden ist, wirklich alle, im letzten halben Jahr bei unserer Beratungsstelle waren.«

Ich stützte das Gesicht in die Hände und fühlte mich auf einmal unendlich blöde. Da fahndete eine ganze Sonderkommission seit Monaten erfolglos vor sich hin, unsere wunderbare Kriminaltechnik sicherte Spuren über Spuren. Und dann löste meine Sekretärin den Fall mal eben mit ein paar Telefongesprächen.

»Nun sagen Sie schon, wer ist es?«

»Die Frau Pawlow, denke ich.«

»Hauptkommissarin Pawlow?«

Sie nickte unglücklich. »Zusammen mit ihrem Mann, nehme ich an. Sie haben sich beim Bauen übernommen. Und letztes Jahr ist dann auch noch Herr Pawlow arbeitslos geworden. Die Schulden sind ihnen einfach über den Kopf gewachsen.«

Ich rieb mir das Gesicht. »Die Leute waren hier«, überlegte ich laut, »um sich Rat zu holen. Sie haben Frau Pawlow alles erzählt. Wo sie ihre Wertsachen verstecken …«

»… wie die Alarmanlage funktioniert …«

»… und wo sie nicht so richtig funktioniert, vermutlich auch.«

Sönnchen fiel es unendlich schwer, eine Kollegin anzuschwärzen. »Sie fragt die Leute auch immer, wann sie in Urlaub fahren. Und gibt ihnen Tipps, dass sie den Briefkasten regelmäßig von einem Nachbarn leeren lassen sollen und nachts hie und da mal ein Licht einschalten und alles.«

»Was man eben so tut, um Einbrecher abzuschrecken.«

Bruno wirkte auch heute Abend nervös.

»Araber sind eben temperamentvoll«, erklärte mir Sarah, während sie den Wallach verzückt beobachtete, den Louise im Kreis zu reiten versuchte. Immer wieder versuchte er, seitlich auszubrechen. »Und er muss sich erst an uns gewöhnen. Das ist ganz normal.«

Bruno bockte, und für einen Moment fürchtete ich, er würde sich aufbäumen und Louise in den Sand werfen.

»Das wird schon«, rief diese mit leicht verkrampfter Miene. »Er muss erst Vertrauen entwickeln.«

Louise stieg ab, Sarah auf, und das Getänzel und Gebocke ging weiter.

»Ist er nicht wunderbar?«, seufzte Louise.

»Doch«, bestätigte ich ohne Überzeugung. »Wirklich toll. Ganz ehrlich.«

»Du wirst ihn schon noch mögen. Vielleicht spürt er, dass du ihn nicht magst. Gestern war er viel braver.«

»Ich mag ihn schon, nur irgendwie …«

Aus der Vereinsgaststätte drang lautes Gelächter. Bruno zuckte zusammen, und Sarah gelang es nur mit Mühe und lieben Worten, ihn wieder zu beruhigen.

Ich war froh, als die Vorführung zu Ende war und Bruno in seine Box zurückdurfte, was ihm aber anscheinend auch nicht passte. Meine Mädchen hatten ihre liebe Not, ihn durch die Tür zu bugsieren. Während ich auf sie wartete, fiel mir siedend heiß Theresa ein. Ich tippte eine lange SMS und redete mich auf meine Töchter und Bruno heraus.

Sie antwortete fast sofort.

»Erzähl, was du willst, aber erzähl mir bitte nichts vom Pferd.«

Ohne Anrede, ohne Gruß. Das würde heiter werden.

Rosana war bereits fertig angezogen, als ich sie am Mittwochmorgen wiedersah. In einem bunten Trägerkleidchen saß sie auf dem Bett, baumelte mit den nackten Füßen. Ihre billige Tasche stand am Boden, neben ihr lag griffbereit eine selten hässliche Kunstlederhandtasche, deren Vorbesitzerin vermutlich froh war, das Ding so elegant losgeworden zu sein.

Natürlich konnte ich mir einen allerletzten Versuch nicht verkneifen.

»You know the name Fahlenberg? Doctor Fahlenberg?«

Und natürlich fiel sie nicht darauf herein.

»Fahlen-what?«

»He killed your brother.« Volle Breitseite. »Manuel. He killed him.«

Bei diesen Worten senkte sie immerhin den Blick. Aber was sagte das schon?

Eine Weile betrachtete sie ihre kleinen Zehen, die nun in unruhiger Bewegung waren.

»Why?«, fragte sie endlich leise. »And how? How could he?«

Jetzt war ich wieder sicher: Diese Frau konnte unmöglich so gerissen sein, mir eine solche Komödie vorzuspielen. Ich hatte mich verrannt. Wir hatten uns verrannt. Alles musste ganz anders sein. Wir waren auf der völlig falschen Fährte. Jetzt sah sie mir wieder in die Augen. Tiefe Traurigkeit lag in diesem Blick. Und Mitgefühl, und dabei war ich es doch, der hier Mitgefühl haben sollte. Tut mir leid, sagte ihr Blick, aber ich kann dir beim besten Willen nicht helfen bei deinem merkwürdigen Problem.

Es klopfte, von draußen erklang eine Stimme: »Das Taxi!« Leichtfüßig sprang sie vom Bett, schlüpfte in flache, weiße Schuhe, packte ihr Gepäck, wandte sich mir zu und erstarrte. Langsam ließ sie die Arme sinken, die Reisetasche plumpste zu Boden, und plötzlich lag sie in meinen Armen, das Gesicht an meiner rechten Schulter. Sie hielt mich umklammert, als wäre ich ein Pfahl in tiefem, gefährlichem Wasser. Ich wusste nicht, wohin mit meinen Händen. Rosana bebte ein bisschen und weinte lautlos. Schließlich wagte ich, ein wenig ihren Rücken zu streicheln, sie sachte an mich zu drücken. Es war ein straffer Rücken voller Kraft und Muskeln.

Sie war so klein.

»Das Taxi!«, rief es drängender. »Der Zug geht in zwanzig Minuten!«

Und dann war sie fort. Rosana Ribeiro aus Angola. Auf dem Weg zurück in ihre zerschundene Heimat auf der anderen Seite der Erde. Ohne einen Blick zurück.

24

»Was ist los mit dir?« Theresa rollte sich auf den Rücken und fand ihre Zigaretten, ohne hinzusehen. Das Feuerzeug wollte nicht funktionieren, und sie musste dreimal drücken, bis ihr Glimmstängel endlich brannte. »Dein Körper ist hier. Aber dein Kopf nicht.«

»Die Arbeit.« Seufzend griff ich mir an die Stirn. »Ich habe da einen Fall am Hals, der mich noch in den Wahnsinn treibt.«

Sie blies mir den Rauch ins Gesicht. »Das ist alles?«

»Du warst verdammt lange weg.«

»Eigentlich doch eher ein Anlass für Leidenschaft, Wiedersehensfreude, heiße Küsse oder etwas in der Art.«

Aus meinem geplanten großen Begrüßungsfest war ein bisschen Knabberzeug geworden und eine nicht wirklich kalte Flasche Sekt von der Tankstelle westlich des Römerkreises.

»Theresa, bitte!« Ich rutschte zu ihr herüber und begann, sie zu streicheln.

Sie stieß meine Hand weg. »Wie heißt sie?«

»Wer?«

»Die Frau, die ich ermorden muss.«

»Du spinnst.«

»Ach, Alexander.«

Kurz rieb sie ihre Wange an meiner Schulter. Sie schien sich ein wenig zu entspannen. Allmählich kamen wir uns näher. In jeder Beziehung. Diesmal schob sie meine Hand nicht von ihrem Bauch.

»Du bist ja noch nicht mal richtig angekommen.«

»Du hast recht.« Sie versuchte einen Rauchring, erzeugte jedoch nur ein Gewitterwölkchen. »Oder nein. Ach, ich weiß auch nicht.« Sie rückte noch ein wenig näher. »Hören wir auf unsere Körper. Die sind in manchen Dingen klüger als wir.«

Im Lauf des Vormittags hatte ich sie angerufen, diesmal war unser Gespräch länger gewesen, aber wieder hatten wir beide nichts Rechtes zu sagen gewusst. Schließlich hatte ich vorgeschlagen, wir sollten uns am Abend treffen und reden. Aber das ging bei ihr nicht wegen irgendwelcher Verpflichtungen. So hatten wir uns kurzentschlossen mittags verabredet. Mein Essen würde heute ausfallen, aber das schadete nichts. Wer so wenig mit dem Rad fuhr wie ich in den letzten Tagen, der brauchte auch nicht viel zu essen.

Nun lagen wir im Bett ihrer Freundin Inge, die praktischerweise noch immer in Sydney zu tun hatte, und versuchten, dorthin zurückzufinden, wo wir uns vor nun schon fast fünf Wochen verabschiedet hatten.

»Erzähl mir von deinem Urlaub.«

Sie drückte die Zigarette aus und versuchte, noch näher zu rücken. Aber es ging nicht mehr.

»Das Hotel war wirklich ein Traum. So eine Aussicht aufs Meer hast du noch nicht gesehen, das Zimmer – ein halber Palast, das Abendessen am ersten Tag – ein Kunstwerk.«

Sie schloss die Augen und konzentrierte sich auf meine Berührungen. »In der ersten Nacht kamen die Mücken. Ich weiß nicht, ob Moskitos oder Tsetsefliegen oder beides zusammen. Jedenfalls war es eine biblische Plage, und wir haben kein Auge zugetan. Die Leute an der Rezeption meinten, wir sollten am nächsten Abend besser die Terrassentür geschlossen halten, und gaben uns eine Spraydose, bei der man allein vom Lesen der Wirkstoffliste Nesselfieber bekam.«

Ich war mit dem Streicheln inzwischen an ihrer sensibelsten Stelle angelangt. Wohlige Schauder durchfuhren sie. Aber ihre Hände blieben reglos. Sie ließ sich bedienen. Ganz Prinzessin. Ganz große Dame.

»Und dann, als die dämlichen Mücken endlich alle tot waren, wurde Egonchen plötzlich übel.« Ihr Unterleib begann, sich sacht kreisend zu bewegen. »Erst dachten wir natürlich, das Essen, aber wir hatten ja beide dasselbe auf dem Teller gehabt. Als Nächstes dachten wir an irgendeine Tropenkrankheit, und dann ... ah ... ich ... oh!«

Ihr Atem wurde tiefer und heftiger. Als ich die Position meiner Hand verändern wollte, hielt sie sie mit erstaunlich kräftigem Griff fest. Ihre Bewegungen wurden runder, und ihr Orgasmus kam wie ein Erdbeben, ohne Ankündigung oder Ja-ja-Gekeuche. Als die Wogen endlich flacher wurden, rollte sie sich auf mich, und dann, endlich, merkte ich, wie sehr ich sie vermisst hatte.

Ich kam spät aus der Mittagspause, und meine Sekretärin empfing mich mit einem rätselhaften Blick.

»Der Herr Runkel möchte Sie gern sprechen«, sagte sie nur und wandte sich wieder ihrem Bildschirm zu. »Er hat schon dreimal angerufen.«

Dreißig Sekunden später, ich saß noch nicht einmal richtig auf meinem Stuhl, war er schon da. Balke und Vangelis brachte er gleich mit.

»Mir ist da nämlich was eingefallen.«

Täuschte ich mich, oder guckten auch diese drei irgendwie merkwürdig? Kann man einem Mann ansehen, dass er eben grandiosen Sex hatte? Kann man es riechen, auch wenn er danach gründlich geduscht hat? Ich verbarrikadierte mich hinter meinem Schreibtisch.

»Was gibt's?« Ich fand selbst, dass mein leutseliger Ton falsch klang. »Es muss ja ungeheuer wichtig sein, so wie Sie hier aufmarschieren.«

»Rübe hat eine Idee«, erklärte Balke aufgekratzt. »Und wir finden sie gar nicht so ... Ich will sagen, wir finden sie richtig gut.«

»Blutkonserven nämlich!«, stieß Runkel hervor. »Dieser Doktor hat doch Krankenhäuser beliefert, und die brauchen ja nicht nur Tabletten und Verbandszeug und so.«

Die anderen setzten sich. Runkel blieb stehen.

»Blutkonserven?«, fragte ich verständnislos. »Und wo ist der Zusammenhang?«

»Da war doch mal so ein Skandal in den Achtzigern, erinnern Sie sich nicht? In Frankreich drüben.«

»Stimmt.« Noch immer verstand ich nicht, was das werden sollte. »Und?«

Vangelis zog ihre klassisch gerade Nase kraus. Sönnchen stand plötzlich in der Tür, als hätte sie gespürt, dass wir möglicherweise an einem entscheidenden Punkt angekommen waren. Runkel begann, hin und her zu rennen.

»Eine Riesensauerei ist das gewesen!«, schimpfte er mit beiden Armen gestikulierend. »Ich weiß es noch ganz genau!«

Blutkonserven. Endlich begriff ich. Ich klappte meinen Laptop auf und googelte einige Minuten herum. Lang lebe das Internet!

»Nicht nur in Frankreich«, klärte ich meine Zuhörer auf. »Aus den USA wurde Mitte der Achtzigerjahre ein bekanntermaßen HIV-verseuchtes Medikament nach Hongkong geliefert.«

Ich stöberte weiter.

»Und Sie haben recht.« Runkel knetete vor Stolz und Aufregung seine Finger. »In Frankreich sind damals über viertausend Patienten durch verseuchte Blutkonserven mit Aids infiziert worden. Erst im Oktober fünfundachtzig wurde die Auslieferung gestoppt, obwohl die zuständigen Behörden schon seit Monaten Bescheid wussten.«

Balke stand der Mund offen. »Lassen Sie mich raten ...«

»Sie raten richtig.« Ich klappte den Laptop wieder zu. »Alle Verantwortlichen wurden später freigesprochen. Nachdem man ein paar Jahre herumprozessiert hat, natürlich.«

»Ist nicht wahr, oder?« Er raufte sich die fast nicht vorhandenen Haare. »Das darf doch wohl nicht wahr sein!«

Vangelis blickte zur Decke. »Jetzt braucht man nicht mehr viel Phantasie«, murmelte sie. »Wenn die Amerikaner verseuchte Medikamente nach Asien geliefert haben ...«

»Warum sollte ein deutscher Pharma-Großhändler nicht auch ein paar verseuchte Blutkonserven nach Afrika verticken«, fiel Balke ihr wütend ins Wort. »Vermutlich war das Zeug billig zu haben, nachdem die Franzosen ihre eigenen Leute nicht mehr damit umbringen durften. Muss ja wirklich ein super Geschäft gewesen sein!«

»Ich kenne Doktor Fahlenberg persönlich«, warf ich ein. »Flüchtig zwar nur, aber …«

»Sie trauen ihm das nicht zu?« Balke lachte und schlug sich zugleich zornig auf die Oberschenkel. »Haben Sie seine Villa nicht gesehen? Den Park drumherum? Wie lange muss einer wie wir wohl arbeiten, um sich so was leisten zu können? Tausend Jahre? Oder reichen fünfhundert?«

»Zweihundert«, erwiderte Runkel ganz ernsthaft. »Die Zinsen sind günstig zurzeit. Aber ich verdien halt auch mehr als du. Verheiratet, Kindergeld und alles.«

Ich konnte plötzlich nicht mehr sitzen und begann ebenfalls, auf und ab zu gehen. Die anderen beobachteten mich gespannt.

»Wir brauchen Beweise«, sagte ich schließlich. »Bringen Sie mir Fakten. Auf eine zweite Blamage kann ich gut verzichten. Die Staatsanwaltschaft lyncht mich, wenn ich noch einen Flop bringe.«

Nur zwei Stunden später klopfte Balke an meine Bürotür. Er legte seinen PDA aufgeklappt vor mich hin. Auf dem kleinen Bildschirm leuchtete eine Handynummer.

»Heinz-Jürgen Machatscheck«, klärte er mich auf. »Ein freier Journalist, schreibt hauptsächlich für die FAZ und die Süddeutsche. Den sollten Sie mal anrufen.«

»Wozu?«

»Er hat damals einiges über den Skandal in Frankreich geschrieben. Ich habe ein paar von seinen Artikeln im Internet gefunden.«

Machatscheck nahm schon nach dem zweiten Klingeln ab. Seine Stimme klang sonor und ein wenig langweilig. Ich schilderte ihm mein Anliegen. Anschließend war er erst einmal still.

»Sie sind wer?«, fragte er dann vorsichtig.

»Gerlach. Kripo Heidelberg.«

»Ich rufe Sie zurück.«

Balke sah mich amüsiert an. »Was hat der denn für ’ne Macke?«

Es dauerte fast zwei Minuten, bis das Telefon klingelte.

»Was wäre der Deal?«, wollte Machatscheck ohne weitere Förmlichkeiten wissen. »Was hätte ich davon, wenn ich mit Ihnen kooperiere?«

»Vielleicht das schöne Gefühl, der Gerechtigkeit zu einem kleinen Sieg verholfen zu haben?«

»Von schönen Gefühlen kann ich nicht leben.«

»Was wäre Ihr Angebot?«

»Ich bekomme die Story exklusiv.«

»Das müsste sich machen lassen.«

»Jede Information mit zwölf Stunden Vorlauf.«

»Okay.«

»Wann und wo?«

»Könnten wir das nicht am Telefon …?«

»Nein«, erwiderte er bestimmt. »Das können wir nicht.«

»Wo sind Sie zurzeit?«

»Zu Hause. In Bonn. In der Nähe von Bonn. Ich könnte …« Einige Augenblicke tippte Machatscheck auf einer Tastatur, »… in anderthalb Stunden in Frankfurt sein. Wir treffen uns am Bahnhof?«

25

Heinz-Jürgen Machatscheck entpuppte sich als übergewichtiger, mittelgroßer Mann mit trockenen Lippen, den man leicht übersah. Einen berühmten Enthüllungsjournalisten hatte ich mir etwas anders vorgestellt. Er wirkte eher wie ein auf den Hund gekommener kleiner Bankangestellter oder Finanzbeamter. Machatscheck bearbeitete bevorzugt die ganz großen Sachen, hatte Balke mir mit auf den Weg gegeben. Wirtschaftsskandale von internationalem Kaliber, Politiker, die tot in einer Badewanne aufgefunden wurden oder im Bett einer Prostituierten.

Der Journalist steckte in einem schiefen, hellgrauen Anzug, der ihm zugleich zu groß und zu klein war, und führte ein elegantes Aktenköfferchen mit sich, das in seiner Hand wie geklaut wirkte. Nach der Farbe seiner Nase zu schließen, trank er zu viel. Nur sein wacher Blick verriet, dass man den Mann nicht unterschätzen sollte.

Der ICE aus Köln war zu meiner Verblüffung auf die Minute pünktlich gewesen. Um uns herum lärmte eine Gruppe Jugendlicher, Pfadfinder auf dem Weg in ein Ferienlager am Genfer See.

»Wohin gehen wir?«, fragte Machatscheck, nachdem wir uns flüchtig die Hand gedrückt hatten. Er schien an einem Tick zu leiden, denn er sah sich ständig um.

»Ich habe vorne im Bahnhof ein kleines Bistro entdeckt«, schlug ich vor.

Die Idee gefiel ihm gar nicht. »Zu viele Leute.«

So gingen wir zusammen in Richtung Messeturm und fanden eine ruhige Eckkneipe, die von einem riesenhaften Griechen betrieben wurde.

Machatschecks Blick schweifte immer noch unruhig umher.

»Ich denke nicht, dass Sie sich hier fürchten müssen«, meinte ich leicht belustigt, als unsere Getränke auf dem Tisch standen. Ich hatte eine Cola light gewählt, er ein Viertel schweren, dunkelroten Athos.

»Man hat mir schon zweimal recht zielstrebig nach dem Leben getrachtet«, lautete seine grimmige Antwort. »Und ein paarmal mehr so nebenbei. Ich finde, das genügt vorläufig.«

Meine Hoffnung auf neue, vielleicht sensationelle Informationen schwand. Der Mann, der mir gegenübersaß, war offensichtlich Alkoholiker und litt zudem unter einem ausgeprägten Verfolgungswahn.

»Also«, sagte er nach dem ersten gierigen Schluck. »Wenn ich Sie vorhin am Telefon richtig verstanden habe, dann möchten Sie wissen, was aus den Blutkonserven wurde, die fünfundachtzig in Frankreich aus dem Verkehr gezogen wurden.«

Die Tür des Lokals schwang auf, und jetzt wurde mir klar, dass Machatscheck bewusst den Stuhl mit Blick auf den Eingang gewählt hatte. Unauffällig musterte er den schwarzhaarigen jungen Mann, der mit langen Schritten eintrat. Der war zum Glück lediglich ein Verwandter des Wirts und kein arabischer Terrorist. Die beiden begrüßten sich lachend und begannen, abwechselnd auf Griechisch und Hessisch, eine lebhafte und lautstarke Unterhaltung.

Machatscheck entspannte sich.

»Wir sind hier in Frankfurt und nicht in Bagdad.« Es gelang mir nicht ganz, ein Lächeln zu verkneifen. »Und wir reden über eine uralte Geschichte, bei der ein erheblicher Teil der Betroffenen längst verstorben sein dürfte.«

»Oder umgebracht.« Machatscheck musterte mich mit plötzlich unangenehm wachem Blick. »Es ging um sehr viel Geld, wie Sie sich denken können. Und ab bestimmten Summen werden auch Menschenleben zu rein kalkulatorischen Größen. Nicht nur in Bagdad, sondern auch bei uns in Deutschland. Sogar in Heidelberg.«

Der Rotwein schien ihm gut zu schmecken.

»Ich werde Ihnen sagen, was ich weiß«, brummelte er so leise, als fürchtete er, abgehört zu werden. »Und auch das, was ich bisher nur vermute. Und dann wollen wir sehen, wie wir zusammenkommen.« Machatscheck lehnte sich zurück und runzelte die Stirn, den Blick wieder auf die Tür gerichtet.

»Mitte der Achtzigerjahre war es noch kaum möglich, das HIV-Virus nachzuweisen. Dreiundachtzig hat Gallo in Paris das Virus dann sozusagen entdeckt. Schon um die Urheberrechte an diesem Nachweis gab es später eine Menge Prozesse. Denn auch da ging es um sehr viel Geld.«

Plötzlich wurde mir klar, warum sein Anzug so schief saß.

»Was sich da unter Ihrer linken Achsel so beult ...?«

Machatscheck zog eine schiefe Grimasse. »Eine SIG Sauer P225. Dürften Sie kennen.«

Die gute alte P225 wurde von großen Teilen der deutschen Polizei unter der Bezeichnung P6 als Dienstwaffe getragen.

»Arbeiten Sie denn häufiger an solchen ... gefährlichen Projekten? Laufen Sie deshalb bewaffnet durch die Gegend?«

»Erstens, falls es Sie beruhigt: Ich bin im Besitz eines gültigen Waffenscheins. Zweitens: Ja. Und drittens: Welcher Art meine Projekte sind, möchten Sie nicht wissen.«

Als er meinen immer noch leicht ironischen Blick bemerkte, sah er wieder zur verglasten Eingangstür.

»Sehen Sie, Herr Gerlach, Sie haben als Kripomann natürlich viel mit Kriminellen zu tun. Ich ebenso, aber mit einer anderen Sorte. Die, mit denen Sie sich herumschlagen, kriegen Sie fast immer, wenn es nicht gerade um Kleinkriminelle geht. Meine erwischt üblicherweise niemand. Meistens versucht nicht mal jemand, denen am Zeug zu flicken. Diese Menschen bekleiden oft höchste Ämter, genießen enormes Ansehen. Aber bitte glauben Sie mir, meine sind eindeutig die Schlimmeren.«

Der junge Mann verabschiedete sich lärmend vom Wirt, wieder küssten sie sich auf beide Wangen, dann war es still in dem kleinen Lokal. Es roch nach Gyros und zu altem Frittierfett.

»Sie haben natürlich Ihre Zweifel.« Machatscheck wirkte fast befriedigt bei diesen Worten. »Bleiben wir also dabei, dass ich ein komischer Journalist mit einer kleinen Angstpsychose bin, aber mit recht ordentlichen Verbindungen. Und dass meine Arbeit hin und wieder ein klein wenig riskant ist.«

»Wir waren im Jahr fünfundachtzig.«

»Richtig.« Wieder nahm er einen großen Schluck, so als würde er Bier und nicht Wein trinken. »Anfang fünfundachtzig wurde in Paris allmählich klar, dass sich eine Katastrophe anbahnte. Spätestens im April wurde es zur Gewissheit. Das Management der CNTS muss spätestens in diesem Monat gewusst haben, dass man Tag für Tag Tausende HIV-verseuchter Blutkonserven auslieferte und damit auch Tausende von Menschenleben gefährdete. Sie hatten damals Blutspenden im Wert von circa dreißig Millionen D-Mark auf Lager, die zu fast hundert Prozent verseucht waren.«

»CNTS heißt was?«

»Centre National ... Das Nationale Zentrum für Bluttransfusionen in Paris.«

»Wie kann es sein, dass das Blut so stark verseucht war?«

»Erstens sind Blutspender damals wie heute meist arme Schweine, Junkies, Obdachlose. Und zweitens: Pooling. Man hat das Blut zahlreicher Spender zusammengemischt. War einer von hundert HIV-positiv, dann war es schon passiert.«

»Und wie ging es dann weiter?«

»Zunächst passierte das, was so oft passiert, wenn in großen Organisationen etwas so richtig in die Hose zu gehen droht. Die teuer bezahlten und superklugen Manager taten dasselbe, was kleine Kinder tun, wenn sie es mit der Angst kriegen. Sie machten die Augen zu und hofften, wenn sie nur lange genug warten und sich ganz still verhalten würden, dann würde alles wieder gut. Monatelang tat man einfach so, als sei nichts. Als würde man nicht täglich das Leben Kranker riskieren, Tausende und Abertausende mit dieser widerlichen Seuche infizieren. Bis in den Oktober hinein ging das so. Und dann brach dieser Skandal los, den übrigens ein guter Freund und alter Kollege von mir initiierte. Aber damit wir uns nicht falsch verstehen, die Franzosen sind keineswegs die Einzigen, die Dreck am Stecken haben. Auch die Deutschen hatten damals ihren Skandal. Sie haben nur ein bisschen mehr Glück gehabt. Um Ihnen eine Vorstellung davon zu geben, was da abging: Die Manager einer Firma in Koblenz wurden Anfang der Neunziger wegen versuchter schwerer Körperverletzung in über siebzigtausend Fällen angeklagt.«

»Und was ist aus den vielen Blutkonserven geworden, die man in Paris am Ende übrighatte? Das müssen ja Tonnen gewesen sein.«

Machatscheck nickte. »Eine Spezialfirma in Metz erhielt den Auftrag, sie zu entsorgen. Das Dreckzeug konnten Sie ja nicht einfach in den nächsten Gully kippen. Das musste verbrannt werden, und zwar bei hohen Temperaturen.«

»Wie Sie das sagen, könnte man vermuten, es wurde nicht verbrannt.«

»Es ist sogar absolut sicher, dass das nicht geschehen ist.«

»Woher wissen Sie das?«

Der Journalist, der offenbar doch nicht so verschroben war, wie ich gefürchtet hatte, kicherte in sich hinein. »Erstens lebe ich davon, Verschiedenes zu wissen. Und zweitens hat mich vor etwa einem halben Jahr eine Frau angerufen und mir exakt dieselbe Frage gestellt.«

Meine Finger krampften sich um das Colaglas.

»Sie hat nicht zufällig aus Angola angerufen?«

Machatscheck sah mich alarmiert an. »Wer ist die Frau?«

»Das ist eine lange Geschichte.«

»Nach diesem merkwürdigen Anruf habe ich mich natürlich schlaugemacht. Man spürt das, wenn eine Sache heiß ist. Und zufällig kenne ich jemanden in Metz. Der gute alte Gustav, wir waren mal ein paar Jahre zusammen in Manila. Gustav konnte einen Kerl auftreiben, der damals in eben dieser Entsorgungsfirma für Sonderabfälle einen Gabelstapler gefahren hat. Er wurde später gefeuert und ist nicht besonders gut zu sprechen auf seinen ehemaligen Arbeitgeber. Und dieser Mann schwört nun Stein und Bein, die Blutkonserven seien damals nicht im Ofen gelandet, sondern spätnachts auf zwei Achtunddreißigtonner mit deutschen Kennzeichen verladen worden. Über die Farbe kann er nur noch ›hell‹ sagen. Es war ja finsterste Nacht. Und an den Namen der Spedition kann er sich leider auch nicht mehr erinnern.«

»Wie ich Sie inzwischen einschätze, ist das noch nicht das Ende der Geschichte.«

Er zog den linken Mundwinkel hoch. Es sah fast aus wie ein eitles Lächeln.

»Da überschätzen Sie leider meine Möglichkeiten. Woher diese Laster kamen und wohin sie fuhren, konnte ich nicht herausfinden.«

Der Wein ging zur Neige, und Machatschecks Gesichtsfarbe wurde rot und röter. Er winkte dem Wirt und deutete auf sein Glas. Dann starrte er für einige Sekunden gedankenverloren auf die Tür.

»Aber man kann ja mal ein wenig spekulieren. Am Morgen des übernächsten Tages gingen in Marseille zwei Kühllastzüge auf eine Fähre nach Marokko. Empfänger war eine gewisse Firma in der Nähe von Casablanca, die darauf spezialisiert war, medizinischen Bedarf in die afrikanischen Krisengebiete zu befördern. Hauptsächlich im Auftrag der UNICEF, aber auch für andere NGOs. Laut Ladeliste der Reederei kamen diese Laster von einer Spedition in Schwetzingen. Sie hatten Heidelberger Kennzeichen und waren weiß lackiert.«

»Sie sagten, diese marokkanische Firma *war* spezialisiert?«

»Ein Jahr später wurde sie liquidiert. Es sind ein paar eklige Sachen vorgefallen. Geld ist verschwunden und eine Menge Material dazu. UNICEF hat mächtig Druck gemacht, und dann waren sie ziemlich schnell aus dem Geschäft.« Er sah eine Weile in sein Glas. »Dass diese Trucks dieselben waren, die dreißig Stunden zuvor in Metz beladen worden waren, kann ich natürlich nur vermuten. Dass es Kühllaster waren, zeigt immerhin, dass sie etwas Verderbliches geladen hatten. Und dass sie einer

Spedition gehörten, die nur wenige Kilometer von der ehemaligen Firma Ihres Doktor Fahlenberg sitzt, kann einen schon ein wenig ins Grübeln bringen.«

»Was war in den Papieren als Fracht angegeben?«

»Lebensmittelspenden aus Deutschland für Angola.«

»Und wie findet man so etwas heraus? Nach all den Jahren?«

»Drei Dinge braucht der gute Journalist.« Machatscheck grinste breit. »Kontakte, Kontakte und Kontakte. Nach dem Anruf dieser Frau war mir klar, dass da irgendwas Spannendes im Busch sein könnte. Und nachdem Gustav mir von seinem Gespräch mit dem Gabelstaplerfahrer erzählt hatte, war ich zuversichtlich, dass mein Einkommen für die nächsten Monate gesichert ist.«

»Wie geht es nach Casablanca weiter?«

»Überhaupt nicht. Da die Firma seit Ewigkeiten nicht mehr existiert, war da nichts mehr zu holen. Ich wollte eigentlich schon aufgeben und den Ordner in den Keller tragen, und da rufen Sie mich an.« Machatscheck sah mir ins Gesicht. »Und nun lassen Sie uns mal sehen, wie Ihre Teile des Puzzles zu meinen passen.«

Ich erzählte ihm das Wenige, das ich wusste oder vermutete. Machatscheck hörte konzentriert zu, nickte hin und wieder und leerte nebenher zügig sein zweites Glas.

»Und was haben Sie nun vor?«, fragte er am Ende.

»Erstens, diesen Schlindwein überführen. Das wird mir gelingen, eher früher als später. Und zweitens, seinen Chef drankriegen, diesen Doktor Fahlenberg, der ja ein ganz ausgekochtes Früchtchen sein muss. Der ist mir natürlich tausendmal wichtiger, denn er hat ja offenbar tausendmal mehr Menschenleben auf dem Gewissen. Aber das dürfte wohl der schwierigere Teil des Jobs sein.«

»Wo steckt der Herr zurzeit?«

»Irgendwo auf Sardinien. Wenn mich sein Angestellter nicht auch in diesem Punkt belogen hat.«

»Er wollte nicht riskieren, seiner potenziellen Mörderin über den Weg zu laufen.«

»Seiner …« Ich verschluckte mich. »Was?«

Machatscheck schmunzelte. »Haben Sie etwa nie daran gedacht, dass dieser – wie hieß er noch – Nunda die Pistole nicht für sich selbst besorgt haben könnte?«

»Doch«, erwiderte ich nach einer Weile. »Ich habe daran gedacht. Aber ich kann es nicht glauben.«

»Ihre Sache. Bleiben wir also bei diesem sauberen Doktor Fahlenberg.«

»Mein Problem bei der Sache ist, dass ein Amtshilfeersuchen an die Italiener ihn nur aufscheuchen würde. Wenn er auf Sardinien ähnlich gute Verbindungen hat wie hier, dann wird er vermutlich eine Viertelstunde später auf irgendeiner Yacht in internationalem Gewässer herumschippern und mir eine Nase drehen.«

»Wenn ich Sie wäre …« Machatscheck drehte nachdenklich sein leeres Weinglas hin und her. »… dann würde ich noch heute nach Sardinien fliegen und mit dem Mann reden. Auge in Auge. Sie haben die Überraschung auf Ihrer Seite. Er wird nicht vorbereitet sein. Und wenn Sie geschickt sind und ein bisschen Glück haben, dann verplappert er sich. Nehmen Sie ein Tonband mit.«

»Das Ergebnis der Aufzeichnung dürfte ich nicht verwenden.«

»Aber ich.« Machatscheck grinste in sich hinein. »Wenn Sie ihn nicht zu packen kriegen, dann könnte ich ihm wenigstens das Leben so ungemütlich wie nur möglich machen. Der Mann könnte sich in Deutschland lange nicht mehr blicken lassen. Und falls wir zwei Hübschen noch mehr Glück hätten und die Suppe kocht so richtig schön hoch, dann könnten am Ende auch die Italiener nicht mehr stillhalten.«

»Sie sind nicht wählerisch in Ihren Methoden«, sagte ich und meinte es fast anerkennend.

Machatscheck atmete tief ein und aus.

»Sehen Sie, Herr Gerlach, Sie und ich, wir leben in verschiedenen Welten. Sie in den grünen Tälern der Gerechtigkeit. In Ihrer Welt funktioniert die Justiz, wie sie sollte. Da oben, wo die Leute wohnen, mit denen ich mich herumplage, da gedeiht das Recht nicht mehr. Leichen stinken nicht in so großen Höhen. Gesetze sind dort oben relative Größen, Menschenleben sind Ressourcen und Kostenstellen. Sie wissen, dass die Amerikaner

Leute, die sie gerne etwas gründlicher verhören möchten, einfach in Länder verfrachten, wo Folter nicht verboten ist? Und das alles im Namen der Demokratie und Menschenrechte und natürlich einiger großer Konzerne, die praktischerweise alle irgendwie mit dem Präsidenten verwandt oder verschwägert sind.«

»Das weiß jeder. Die Amerikaner ticken eben ein wenig anders als wir.«

»Ach, bitte glauben Sie nicht, die Deutschen seien besser. Sie haben sich bisher nur noch nicht erwischen lassen.« Stirnrunzelnd betrachtete er eine Weile einen Punkt auf meiner Stirn. »Erinnern Sie sich, dass vor anderthalb Jahren in Moskau eine komplette Etage einer psychiatrischen Klinik ausbrannte? Fünfundvierzig Frauen sind dabei ums Leben gekommen. Elend verbrannt, weil komischerweise weder das Klinikpersonal noch die Feuerwehr den Schlüssel zur Etagentür finden konnte.«

»Natürlich erinnere ich mich an die Geschichte.«

»Und würden Sie mir glauben, wenn ich Ihnen erzähle, dass vierundvierzig dieser toten Frauen reine Kollateralschäden waren? Dass der Anschlag einer Einzigen galt, die man aus guten Gründen in dieser Klinik versteckte, in der Hoffnung, niemand würde sie dort suchen?«

»Dass in Russland zurzeit nicht alles mit rechten Dingen zugeht, weiß man.«

Machatscheck tastete nach seiner Waffe und sah wieder in Richtung Tür.

»Das eigentlich Spannende an der Geschichte ist, dass der Verantwortliche für dieses Massaker in der obersten Etage eines der größten deutschen Konzerne sitzt. Wenn alles gut geht, dann werden Sie das Gesicht dieses Herrn demnächst in den Fernsehnachrichten bewundern dürfen.«

Später begleitete ich Machatscheck zum Bahnhof zurück. Als wir uns in der Halle verabschiedeten, hielt er lange meine Hand fest, und sein Grinsen wurde fast zum Lächeln.

»Nicht dass Sie jetzt denken, dieser Machatscheck sei ein linker Spinner oder ein fanatischer Weltverbesserer. Ich bin Realist. Die Leute, über die wir gesprochen haben, sind so anständig oder unanständig wie Sie und ich. Die machen ihren Job wie wir. Sie tun, was dem Unternehmen dient, das sie bezahlt. Nur sind sie komischerweise oft der Ansicht, Gesetze seien etwas für die kleinen Leute. Natürlich hat der Mann, hinter dem ich her bin, den Tod dieser Frau nicht angeordnet. Da heißt es natürlich nicht: ›Müller, machen Sie die Frau kalt‹, sondern: ›Müller, wir haben da ein kleines Problem. Sie werden schon wissen, was zu tun ist.‹ Einzelheiten will man nicht hören, und auch Müller wird sich die Hände nicht schmutzig gemacht haben. Ihr Doktor Fahlenberg wird vermutlich versuchen, Ihnen einzureden, er hätte eine gute Tat getan.«

Eine leiernde Lautsprecherstimme kündigte eine Verspätung an. Machatscheck ließ endlich meine Hand los.

»Und das Interessante dabei ist: Er wird sogar glauben, was er sagt.«

Es war schon später Nachmittag, als ich die Treppe zu meinem Büro hinaufstieg. Oben knallten Türen, Balke und Vangelis stürmten mir entgegen.

»Wir haben ihn!«, rief Balke im Vorbeirennen. »Die Samenkörner!«

Eine gute halbe Stunde später blickte ich erneut in das heute etwas verschlafene Gesicht von Doktor Fahlenbergs Chauffeur und Hausangestelltem.

»Wir haben jetzt eindeutige Beweise dafür, dass Sie Rafael Nunda ermordet haben.«

Gar so eindeutig waren unsere Beweise nicht. Aber das brauchte er nicht zu wissen. Schlindwein glotzte auf den Tisch und tat, als hörte er mich nicht. Aber ich spürte es sofort: Er wusste, dass sich die Lage für ihn dramatisch verschlechtert hatte.

»Nunda? Kenn ich nicht«, sagte er schließlich.

»Der Schwarze aus Angola.«

»Angola?«

»Das liegt in Afrika.«

»Ich bin nicht blöd.«

»Letztes Mal sagten Sie, Sie seien in Erdkunde nie besonders gut gewesen.« Ich wartete einige Sekunden. »Was sagen Sie nun zu den Anschuldigungen?«

»Gar nichts ohne meinen Anwalt.«

Ich schob ihm das Telefon hin. Die Nummer hatte er auf einem Zettel notiert, den er umständlich aus seinem dicken Geldbeutel kramte. Während seines Telefonats gewann ich den Eindruck, dass sein Anwalt den Anruf erwartet hatte. Dann schlug ich den Laborbericht auf.

»Wir haben in einer Kopfwunde des Toten, die von einem Tritt mit einem schweren Schuh oder Stiefel herrührt, Samenkörner von einer seltenen Pflanze gefunden. Leider hat es ein Weilchen gedauert, bis unser Labor endlich wusste, um welche Pflanze es sich handelt.« Ich beobachtete Schlindweins breites Gesicht. Er zeigte keinerlei Reaktion, als ich weitersprach. »Es ist die so genannte Meerkirsche. Ich selbst habe genau einmal in meinem Leben einen solchen Busch gesehen, so eine Meerkirsche. Und nun raten Sie mal, wo.«

»Ich sag nichts ohne meinen Anwalt.«

»Auf dem Grundstück Ihres Chefs.«

»Das Zeug wird nicht nur bei uns wachsen.«

»Fachleute sagen, die Meerkirsche gedeiht in unseren Breiten nur bei sehr guter Pflege. Und nur an sonnigen Südwesthängen. An der Bergstraße zum Beispiel.«

Achselzucken zu mürrischer Miene. Unser Angeklagter hockte da wie einer, der eine lästige Pflicht zu überstehen hat. Etwas Unvermeidliches auszuhalten, das früher oder später wieder aufhören wird. Balke rutschte neben mir auf seinem Stuhl herum und freute sich darauf, endlich zu Wort zu kommen.

Wir nahmen Schlindwein ins Kreuzverhör, bombardierten ihn mit Fragen. Aber er schwieg. Er schwieg auch weiterhin, nachdem er sich eine halbe Stunde später mit seinem Anwalt beraten hatte.

Als ich abends nach Hause radelte, war ich nur halb zufrieden mit mir. Die Samenkörner waren ein Indiz. Ein Beweis waren sie nicht. Es gab mit Sicherheit noch andere Stellen an der Bergstraße, wo die Meerkirsche gedieh. Falls Schlindwein weiterhin schwieg und wir keine weiteren Indizien fanden, dann würde ich ihn früher oder später ein zweites Mal laufen lassen müssen.

Noch jemand war an diesem Abend unzufrieden. Meine

Töchter wollten nicht recht mit der Sprache heraus, aber es war offensichtlich, dass sie mit Bruno nicht glücklich wurden. Seine Nervosität wollte sich einfach nicht legen, so viele Leckerli sie ihm auch spendierten. Aber sie weigerten sich aufzugeben.

»Wir haben noch zwei Wochen Ferien«, erklärte Sarah. »Das wird schon.«

»Ganz bestimmt«, sekundierte Louise. »Man muss eben Geduld haben.«

Das galt wohl auch für mich. Aber mein Vorrat an Geduld war allmählich erschöpft. Ich fürchtete mich ein bisschen vor dem morgigen Gespräch mit der Staatsanwaltschaft. Man würde vermutlich wieder einmal nicht entzückt sein.

26

Den ersehnten Beweis gegen Sebastian Schlindwein und damit die Auflösung des Falles Rafael Nunda verdankte ich Ralfi und Che Guevara. Nach ebenso zähen wie ergebnislosen Vernehmungen, die fast den ganzen Freitag angedauert hatten, erschien am späten Nachmittag ein nervöser junger Vater in Begleitung seines Söhnchens in meinem Büro. Ralfi, drei Jahre und sieben Monate alt, war erkennbar nicht begeistert von seinem Pflichtbesuch bei der Polizei. Der Vater stellte sich als Benjamin Stephan Zobel-Bergen vor. Er wohnte mit Frau und Kind in Hirschberg nur wenige Meter vom Anwesen Doktor Fahlenbergs entfernt. Sein Söhnchen trug eine hübsche blaue Dose unter den Arm geklemmt, die früher einmal Nürnberger Elisenlebkuchen enthalten hatte, und musterte mich finster.

»Ralfi, möchtest du dem Herrn nicht mal zeigen, was unser kleiner Che Tolles gefunden hat?«, fragte der Vater seinen Sohn liebevoll.

Der drückte seine Dose an die Brust und hatte sichtlich keine Lust, irgendwem irgendwas zu zeigen.

»Che Guevara, das ist unser Hundchen«, klärte Zobel-Bergen mich unerbittlich lächelnd auf. »Ein Mischling, er ist fuchsrot, und drum dachten meine Frau und ich … nun ja, ›Che‹ heißt ja schließlich Fuchs.«

Ralfi sah mich rauflustig an und umklammerte seine Schatztruhe noch ein wenig fester. Ich erfuhr, dass sein Vater nicht etwa Lehrer war oder Sozialarbeiter, wie ich getippt hätte, sondern Investmentbanker in Frankfurt. Derzeit hatte er allerdings Urlaub. Er wandte sich wieder seinem Sohnemännchen zu, und sein Ton wurde eine winzige Nuance ernster.

»Bitte, Ralfi, nun zeigen wir dem Herrn Gerlach mal, was in deiner Dose ist.«

Ralfi dachte nicht daran.

»Oder müssen wir etwa die Mami holen?«

Dies schien mir in diesem Zusammenhang eine merkwürdige Drohung zu sein.

»Meine Frau wartet draußen«, sagte der Vater leicht verlegen und fuhr sich irritiert zwinkernd mit einer gepflegten Hand über die ausgeprägte Stirnglatze. »Stella hatte früher mal, also viel früher, in ihrer Studienzeit noch, da hatte sie mal ein wenig Stress mit der Polizei ... wegen ihrer ... nun ja, politischen ... Sie wissen schon.«

Während er sprach, war seine Stimme leiser und leiser geworden.

Ich versuchte selbst mein Glück. Als Vater zweier Töchter kann man schließlich mit kleinen Kindern umgehen.

»Was hast du denn da Schönes in deiner hübschen Dose?«

»Quatsch für'n Arsch«, lautete die knappe Antwort.

»Euer kleiner Che, ist der nett?«

»Nee. Scheißblöd.«

»Ralfi!« Der Vater wurde doch eine Spur ungehalten. »Spricht man denn so mit Erwachsenen?«

»Spielst du oft mit deinem Hundchen?«

»Nee. Der stinkt.« Ralfi stellte die Lebkuchendose auf seine Oberschenkel und legte beide Arme darauf. »Und der schläft sowieso immer.«

»Che ist ja auch noch ziemlich jung«, gab Zobel-Bergen zu bedenken. »Da muss er noch viel schlafen. Wie der kleine Ralfi ja auch.«

»Will aber nicht schlafen! Schlafen ist auch scheißblöd!«

Der Vater machte verhaltene Atemübungen.

»Wir dachten, wenn die zwei zusammen aufwachsen, wir –

ähm – wir wissen im Augenblick noch nicht, ob der Storch noch mal …«

»Vielleicht erzählst du mir einfach, was Che gefunden hat«, schlug ich vor. »Du musst es mir ja nicht unbedingt zeigen.«

Ralfi sah woanders hin.

Der Vater lief rot an. »Sieh mal, der nette Herr Gerlach nimmt sich extra Zeit für uns …«

»Will aber nicht!«

Ich hüstelte und sah auf die Uhr. In einer halben Stunde erwartete mich Theresa. Aber das konnte ich ja jetzt schlecht sagen.

Zobel-Bergen sah mich an, sah seinen Sohn an, dann wieder mich, und plötzlich entriss er Ralfi die Dose, klappte den Deckel hoch und entleerte den gesamten Inhalt auf meinem Schreibtisch. Ralfi begann ohne Luft zu holen zu kreischen, als steckte er am Grillspieß. Für sein zartes Alter verfügte er über ein erstaunliches Stimmvolumen.

»Das hier!«, brüllte Zobel-Bürgen gegen das Geschrei an und hob etwas hoch, was ziemlich klein war. »Ein Zahn!«

Er begann, den restlichen Kram achtlos zurück in die Dose zu stopfen. Federn sah ich, große und kleine Blätter, eine rostige Holzschraube, ein paar vollkommen nichtssagende Kieselsteine, einen großen und einen kleinen gedörrten Frosch, etwas, was der skelettierte Kopf eines Vogels sein konnte, einen halb gelutschten, zitronenfarbenen und überaus schmutzigen Lolli. Mit jedem Teil, das in die Büchse fiel, wurde Ralfi leiser.

»Ein Backenzahn«, seufzte der Vater erschöpft. »Che hat ihn beim Spazierengehen gefunden, ganz in der Nähe vom Fahlenbergschen Park.«

Ich schob den Zahn mit einem Kuli ein wenig hin und her und betrachtete ihn von allen Seiten.

»Ein Siebenunddreißiger.« Zobel-Bergen drückte Ralfi seine Dose achtlos wieder in den Schoß. »Der zweitletzte Backenzahn unten links. Von einem Mann, würde ich angesichts der Größe vermuten. Und wenn Sie genau hinsehen, dann stellen Sie fest, dass ein Stück von der Wurzel abgebrochen ist. Wir haben gehört, dass dieses merkwürdige Faktotum von Fahlenberg … nun ja, im Verdacht steht …« Er warf einen nervösen Blick auf sein inzwischen wieder verstummtes Söhnchen. »Ich möchte das jetzt bitte nicht näher ausführen.«

Nun erhob sich plötzlich im Vorzimmer Geschrei. Sönnchen versuchte offenbar, meine Tür gegen einen außerordentlich energischen Eindringling zu verteidigen. Leider ohne Erfolg, denn Augenblicke später stand Stella Bergen mit hochrotem Kopf vor mir, packte Ralfis Hand, zog ihn schützend an sich.

»Was haben Sie mit meinem Kind angestellt?«

»Gar nichts hat er angestellt«, zischte ihr Mann, ohne sie anzusehen. »Dein Kind hat sich hier absolut unmöglich aufgeführt!«

Um nun nicht auch noch Zeuge eines handfesten Ehekrachs oder tiefschürfender Erziehungsdiskussionen zu werden, bat ich Mutter und Sohn mit zähneknirschender Liebenswürdigkeit, kurz im Flur zu warten.

Zobel-Bergen seufzte abgrundtief, als die Tür zu war, und fiel in sich zusammen.

»Wo genau hat Ihr Hund den Zahn denn nun gefunden?«

»Das weiß ich leider nicht so genau. Erst haben wir ja gar nicht mitgekriegt, dass Ralfi das Ding hatte. Aber Ruth inspiziert seit Neuestem jeden Abend heimlich seine Dose, seit er mal ein plattgefahrenes und bestialisch stinkendes Igelbaby drin hatte. Sie hat Ralfi dann vorsichtig ausgehorcht, und da hat er erzählt, dass Che den Zahn im Wald gefunden hat.«

»In der Nähe des Grundstücks von Doktor Fahlenberg.«

Zobel-Bergen nickte. »Erst haben wir uns nichts weiter dabei gedacht. Stella hat Zahnmedizin studiert, deshalb war klar, dass das Ding von einem Menschen stammt. Erst als wir hörten, dieser Schläger vom Fahlenberg sei in Haft, da habe ich gesagt, das muss die Polizei doch wissen.« Er beugte sich vor und ergriff den Backenzahn mit spitzen Fingern. »Sehen Sie, wie kariös der ist. Der Besitzer ist lange nicht beim Zahnarzt gewesen.«

Den Obduktionsbericht von Nundas Leichnam fand ich in einem der Stapel auf meinem Schreibtisch. Seite sieben, Zahnbefund.

»Der linke Unterkiefer war durch einen heftigen Fußtritt mehrfach gebrochen. Mindestens drei Zähne fehlen.« Ich klappte die Akte zu. »Der da dürfte wohl einer dieser drei sein.«

Noch am selben Abend ließ ich das Waldgebiet zwischen Doktor Fahlenbergs Anwesen und dem Zobel-Bergenschen Gärtchen von einer Hundestaffel durchsuchen, und tatsächlich wurden ein weiterer Zahn sowie einige eingetrocknete Blutspuren gefunden. Aber das erfuhr ich erst am nächsten Morgen, denn zu diesem Zeitpunkt war ich längst nicht mehr im Büro.

Dieses Mal hatte ich an alles gedacht. Dünn geschnittene Baguettescheibchen mit echtem Kaviar, eine gute und vor allem schweineteure Flasche Champagner, Lachskanapees, eine kleine Käseplatte, alles vom Feinsten. Ich hatte das Gefühl, einiges gutmachen zu müssen. Und vor allem: Ich hatte mich wirklich auf Theresa gefreut.

»Sie heißt Rosana«, sagte ich, als wir mit gefüllten Sektkelchen nebeneinander auf dem Bett saßen. Der erste Sturm der Leidenschaft war schon vorüber, vom Büfett noch reichlich da. »Und bevor du anfängst zu schreien, sie ist jetzt ungefähr achttausend Kilometer von hier entfernt, und ich werde sie nie wiedersehen, und ich habe mich *nicht* in sie verliebt.«

»Rosana«, wiederholte Theresa und legte die noch nicht angesteckte Zigarette zur Seite. »Hat sie dich verführt? Hast du sie verführt? Wie alt ist sie?«

Ich erzählte ihr die ganze Geschichte. Theresa hörte mit undurchsichtiger Miene zu und schwieg die ganze Zeit.

»Und ich habe mich *nicht* in sie verliebt«, wiederholte ich sicherheitshalber. »Du brauchst nicht eifersüchtig zu sein. Ich habe sie eher – ich weiß nicht – adoptiert.«

»Adoptiert!« Ihr Lachen klang kalt, und es tat mir weh. »Hast du sie geküsst?«

»Nein.«

»Hat sie dich geküsst?«

»Ich habe ihr das Leben gerettet. Es war …« Wie sollte ich es sagen? Was wollte ich eigentlich sagen? Das Wort »adoptiert« war mir ganz spontan eingefallen. »Sie war so verdammt hilflos.«

Sie stellte ihr Glas beiseite, erhob sich und begann, sich anzukleiden.

»Theresa, bitte sei jetzt nicht albern!«

»Wir sind nicht verheiratet«, entgegnete sie ruhig, während sie in die knapp sitzenden Jeans schlüpfte. »Du bist mir keine Rechenschaft schuldig.« Nun war sie fertig angezogen. »Und ich schulde dir keine Nachsicht.« Sie schwang die große Handtasche über die Schulter und ging.

Erst war ich verblüfft, dann gekränkt und schließlich wütend.

Der Lachs war zu fett, das Weißbrot an den Rändern schon ein bisschen angetrocknet, und ich kam zum Schluss, dass Frauen und Männer einfach nicht zusammenpassen. Ab einem bestimmten Punkt gibt es keine gemeinsame Basis mehr für ein Gespräch. Das war schon bei Vera so gewesen. Das Problem war nur: Man wusste im Voraus nie, wo dieser Punkt war.

Die italienische Fenchelsalami schmeckte mir am besten. Und der Champagner war nicht übel, auch wenn mir mancher deutsche Sekt besser schmeckte und allein Champagner zu trinken irgendwie nicht funktioniert.

Hätte ich besser den Mund halten sollen? Während ich Glas um Glas die Flasche leerte, überlegte ich, wie viele Beziehungen wohl nicht an zu vielen Lügen kaputtgingen, sondern an zu viel Ehrlichkeit.

Als die letzten Tropfen aus der schweren Flasche in mein Glas fielen, öffnete sich leise die Tür. Theresa kam herein, stellte die Handtasche ab, begann wortlos, sich zu entkleiden, leerte nebenbei ihr Glas, dessen Inhalt längst warm sein musste, legte sich aufs Bett, öffnete die Arme und sagte: »Komm!«

Ich ließ mich nicht zweimal bitten.

»Ich liebe dich doch, du dämliche Dumpfbacke«, seufzte ich, als wir später atemlos und ineinander verknotet dalagen. »Aber frage mich jetzt bitte nicht, warum.«

Plötzlich lachte sie. Nach einer Anstandsfrist stimmte ich ein, und dann lachten wir beide. Und plötzlich, wirklich von einer Sekunde zur nächsten, war alles wie früher. Alles, was sich zwischen uns gedrängt hatte, war wie weggeblasen, wie nie gewesen, und ich könnte bis heute nicht sagen, was es eigentlich gewesen war. Im Kühlschrank stand noch Sekt, weil dort immer Sekt stand, seit wir Inges Wohnung so schamlos missbrauchten. Wir füllten die Gläser neu, ich wurde langsam betrunken, wir stießen an, ohne zu sagen, worauf, denn wir wussten es beide.

Theresa trank tüchtig, und als die zweite Flasche leer war, warf sie das Glas hinter sich an die Wand und rückte mit diesem unzweideutigen Schimmern in den Augen näher.

Sie hatte noch nicht genug.

Theresa war eine Frau, die im Grunde nie genug hatte.

In diesem Augenblick trillerte mein Handy. Das Licht in Theresas Augen verglomm.

»Moment«, sagte ich. »Tut mir leid. Ich hab vergessen, es auszuschalten. Tut mir wirklich leid.« Als ich das Gespräch wegdrücken wollte, las ich den Namen: Sarah.

Meine Älteste schluchzte. Etwas war passiert. Es dauerte eine Weile, bis ich ihr Gestammel endlich verstand. Die beiden waren auf dem Weg ins Krankenhaus. Louise war vom Pferd gefallen.

Inzwischen hatte auch Theresa mitbekommen, dass der gemütliche Teil des Abends zu Ende war. Ich lächelte sie entschuldigend an, sie lächelte zurück und streichelte meinen Rücken.

Sarah reichte ihr Handy an Frau Herzberger weiter, die den Wagen fuhr.

»Es ist nur zur Sicherheit. Vermutlich hat Louise sich lediglich den Ellbogen geprellt und die Schulter ein wenig gezerrt«, sagte sie. »Aber das geht so nicht weiter, Herr Gerlach. Ihr Bruno ist schwer gestört. Vermutlich ist er in der Vergangenheit misshandelt worden. Und zudem mag er keine Kinder. Das Tier braucht eine starke Hand. Sie riskieren die Gesundheit Ihrer Töchter, wenn Sie das weiter zulassen.«

Die ganze Woche über hatte es immer wieder Probleme mit dem Wallach gegeben, erfuhr ich erst jetzt. Meine Mädchen hatten mir nichts davon erzählt. Vielleicht, um mich nicht zu beunruhigen, vielleicht, weil sie nicht wahrhaben wollten, dass nichts so lief, wie sie es sich erträumt hatten.

»Man hat Sie betrogen«, meinte Frau Herzberger sachlich. »Reden Sie mit dem Verkäufer. Verklagen Sie ihn, wenn er nicht mit sich reden lässt. Louise hat einen guten Schutzengel. Es hätte schlimmer ausgehen können.«

»Ich komme«, sagte ich.

Theresa hörte auf, mich zu streicheln. Aber sie lächelte immer noch.

Am Samstagmorgen gestand Sebastian Schlindwein in Anwesenheit seines Anwalts, Rafael Nunda getötet zu haben.

»Stimmt, ja, ich hab den Blödmann plattgemacht. Aber ich wollt ihn nicht umbringen. Es ist ein Unfall gewesen.«

Ich faltete die Hände auf dem Tisch. »Dann erzählen Sie mal.«

»Er hat angerufen und wollt unbedingt mit dem Herrn Doktor reden. Irgendein Geschäft wollt er ihm vorschlagen. Aber ich hab dem Herrn Doktor gar nichts davon gesagt. Der macht keine Geschäfte mehr und ist froh, wenn ich ihm solche Leute vom Hals halte. Da kommen ja immer wieder mal Ganoven, die ihn irgendwie übers Ohr hauen wollen. Aber der hat immer wieder angerufen. Er hat einfach keine Ruhe gegeben.«

»Dann haben Sie Nunda also doch in Susis Bar getroffen?«

»Später. War seine Idee. Er hat wahrscheinlich gedacht, wenn wir uns treffen, dann kann er mich eher bequatschen. Aber da ist natürlich nichts gelaufen. Wir sind dann rausgegangen, weil's drinnen ein bisschen laut war. Und außerdem ...«

»Außerdem?«

»Na ja. Ich hab ihn dann ein bisschen am Wickel gepackt und geschüttelt. Aber mehr so pro forma. Damit er begreift, dass ich keine Witze mache.«

»Was für eine Art Geschäft wollte er Ihrem Chef denn vorschlagen?«

»Hat er nicht gesagt. Und ich hab ihn auch nicht gefragt. War ja klar, dass das kein normales Geschäft war. Dass es um irgendeine Gaunerei ging.«

»Und Sie haben Doktor Fahlenberg also nie von Nunda erzählt?«

Schlindwein sah auf seine Hände. »Wozu? Der Herr Doktor macht mit solchen Leuten keine Geschäfte.«

Nunda war hartnäckig gewesen. Am nächsten Vormittag hatte er am Fahlenbergschen Tor geklingelt, und Schlindwein hatte ihm eine Tracht Prügel angedroht.

»Er hätt dem Herrn Doktor was ganz, ganz Wichtiges zu sagen. Furchtbar dringend wär's, und der würd ihm dankbar sein für die Information und viel Geld dafür bezahlen. Ich hab ihm gesagt, wenn er sich noch einmal blicken lässt, dann gibt's mächtig was hinter die Löffel. Da ist er wieder abgezogen. Hab gedacht, jetzt hat er's begriffen. Aber keine halbe Stunde später ist er schon wieder da gewesen. Diesmal war er sogar schon auf dem Grundstück. Ist hinten, vom Wald her, über den Zaun geklettert, der ist da nicht so hoch. Hat gedacht, ich merk's nicht. Aber wir haben ja überall Kameras und Bewegungsmelder.«

»Und da ist es dann passiert.«

»Reden hat bei dem ja nichts genützt.«

»Hat er seine Pistole gezogen?«

»Pistole? Nein.«

Nunda hatte die Waffe also nicht bei sich getragen.

Also hatte sie vermutlich noch in seinem Zimmer gelegen, als er starb.

Als wir das Zimmer durchsuchten, war sie nicht mehr dort gewesen.

»Und dann haben Sie ihn zusammengeschlagen.«

Achselzucken. »Bisschen. Ja.«

»Und am Ende war er tot.«

Schlindwein sah mit ausdrucksloser Miene auf seine schwieligen Arbeiterhände.

»Er ist nicht tot gewesen. Ich hab ihm erst nur ein paar aufs Maul gegeben. Aber da ist der Idiot erst richtig frech geworden, und dann bin ich … irgendwie … bisschen ausgerastet. Aber tot war er bestimmt nicht. Er hat geschnauft. Ich hab ihn dann durchs hintere Törchen in den Wald getragen und irgendwo hinge…legt.«

Nunda hatte Fahlenberg vermutlich erpressen wollen. Doppelt abkassieren. Von Rosana bekam er Geld dafür, dass er Fahlenberg aufspürte. Und von ihm erhoffte er sich welches dafür, dass er ihn vor ihr warnte.

»Irgendwie muss er später zu der Stelle gelangt sein, wo wir seine Leiche gefunden haben«, warf ich ein. »Auf eigenen Füßen wird er die Strecke nicht zurückgelegt haben.«

Schlindwein nickte mit einem Gesicht, als hätte er plötzlich heftige Zahnschmerzen.

»Später, wie's dunkel wurd, da hab ich noch mal nach ihm geguckt. Und da liegt dieser Depp immer noch da. Keinen Meter hat der sich bewegt. Und so blöd gestöhnt. Da hab ich gemerkt, dass ich ihn vielleicht doch ein bisschen zu hart rangenommen hab.«

»Und dann haben Sie ihn in den Kofferraum gepackt und irgendwohin gekarrt.«

»Konnt ihn ja schlecht da liegen lassen. Nachher findet den noch einer. Aber er hat gelebt. Er hat geschnauft. Und gestöhnt. Ich hab nie gedacht, dass er draufgeht. Hab gedacht, wenn er eine Weile liegt, dann kommt er schon wieder auf die Beine.«

Irgendwo am Straßenrand, etwa hundertfünfzig Meter von der Stelle entfernt, wo Nundas Leiche später gefunden wurde, hatte er den schwer Verletzten abgelegt im Vertrauen darauf, dass der schon wieder auf die Beine kommen würde. Der hatte es ja auch wirklich noch ein Stück weit geschafft, vielleicht das Licht der nahen Häuser gesehen. Aber bevor er in Rufweite war, hatte er vermutlich endgültig das Bewusstsein verloren und war seinen inneren Blutungen erlegen.

Nun ergriff Klara Vangelis das Wort. »Weshalb er Ihren Chef so dringend sprechen wollte, hat er nicht gesagt?« Sie konnte die Freundlichkeit in Person sein, wenn es darauf ankam.

Schlindwein zog die Stirn in Falten. Den Blick hielt er hartnäckig gesenkt.

»Nur, dass er unbedingt mit ihm reden muss. Un-be-dingt. Und dass der Herr Doktor mir sehr dankbar wär, wenn ich ihn zu ihm lass. Bloß für fünf Minuten, hat er gesagt. Bloß für fünf Minuten.«

Das alles klang glaubhaft. Wir fühlten ihm noch ein wenig auf den Zahn, versuchten, ihn zu verwirren. Aber Schlindwein blieb dabei. Er hatte Nunda lediglich eine Lektion erteilen wollen und die Lage später falsch eingeschätzt.

»Kommen wir zu der Frau«, sagte ich irgendwann.

»Von der Frau weiß ich nichts«, brummte er.

Und dabei blieb er.

Später unterschrieb er mit ungelenker Hand und trotziger Miene sein Geständnis. Damit war der Fall Rafael Nunda aufgeklärt. Und dennoch war ich sicher, dass er uns etwas Entscheidendes verschwieg. Ich war überzeugt, dass er auch den

Mordversuch an Rosana auf dem Gewissen hatte. Solche Zufälle gab es einfach nicht.

Ich ließ unseren überführten Verdächtigen abführen, Vangelis brachte seinen Rechtsbeistand hinaus, der kaum etwas gesagt hatte. Ich räumte meine Unterlagen zusammen, steckte die winzige Kassette aus dem digitalen Aufzeichnungsgerät ein und machte mich auf den Weg zu meinem Büro.

»Bachmaier?« Die Stimme des Geschäftsführers klang verschlafen.

»Gerlach hier. Es geht um Ihren Bruno.«

»Deshalb klingeln Sie mich am Wochenende aus dem Bett?«

Es war halb zwölf.

Louise hatte wirklich Glück gehabt bei ihrem Sturz. Als ich ins Uniklinikum kam, hatten die drei mich bereits sichtlich erleichtert erwartet. Nichts war gebrochen. Das linke Ellbogengelenk der Patientin war nun mit einer hübschen, blauen Kunststoffschiene ruhiggestellt. Ansonsten hatte sie nur einige Prellungen erlitten und einen ziemlichen Schrecken bekommen.

»Ich möchte vom Kauf zurücktreten«, sagte ich ins Telefon. »Bruno ist psychisch gestört. Außerdem kann er Kinder nicht ausstehen.«

»Ihre Töchter sind ja wohl keine Kinder mehr. Und Bruno ist prima in Ordnung. Ich bin jahrelang selbst auf ihm geritten.«

»Ich will mich nicht mit Ihnen herumstreiten. Wir sind erwachsene und, wie ich hoffe, vernünftige Menschen. Meinetwegen können Sie einen Teil des Kaufpreises behalten als Ausgleich für Ihre Umstände.«

»Wenn Sie meinen, Bruno tickt nicht richtig, dann spendieren Sie ihm eine Therapie. Er ist Ihr Pferd und damit Ihr Problem. Sie haben einen Vertrag unterschrieben. Gekauft wie besehen, schon vergessen?«

Ich nahm den Hörer ans andere Ohr.

»Herr Bachmaier, Sie wissen, dass ich Beamter bin.«

»Kommen Sie mir bloß nicht wieder mit der Leier! Wollen Sie etwa nachträglich den Preis drücken? Da läuft nichts. Absolut nichts läuft da.«

»Sie wissen nicht, welche Art Beamter ich bin.«

Die Tatsache, dass ich Leiter der Heidelberger Kripo war, machte keinerlei Eindruck auf ihn.

»Das deutsche Zivilrecht gilt auch für Polizisten«, meinte er nur und gähnte. »Oder sollte mir da irgendwas entgangen sein?«

Wenn es etwas gibt, was ich noch weniger leiden kann als arrogante Angeber, dann sind es arrogante Angeber, die auch noch recht haben.

»Das sehen Sie natürlich vollkommen richtig.«

Das Gespräch begann, mir Spaß zu machen.

»Also, was wollen Sie dann noch?«, fragte er ungeduldig. »Ich würd mich gern noch mal bisschen hinlegen. War 'ne heftige Woche.«

Und gestern vermutlich ein lustiger Abend.

»Ich hatte vorhin ein interessantes Gespräch mit meinem Leiter des Dezernats für Wirtschaftsdelikte.«

Jetzt war er still.

Seine Firma beschäftigte sich mit dem Import und Export von Industriebedarf, hatte ich erfahren. Im Wesentlichen ging es dabei um den Verkauf von Werkzeugmaschinen und ganzen Produktionsanlagen aus den Konkursmassen pleitegegangener Betriebe. Irgendetwas Illegales oder auch nur Verdächtiges hatte bisher weder das Finanzamt noch der Zoll daran finden können.

»Wird das jetzt so 'ne Art Erpressung?«, fragte Bachmaier sehr langsam.

»Ich bitte Sie, was für ein schreckliches Wort!«

»Und wenn ich damit zur Zeitung gehe?«

»Das steht Ihnen selbstverständlich frei. Die Herrschaften dort würden sich bestimmt freuen über die Geschichte. Sie würden sich aber auch freuen über das, was ich zu erzählen habe.«

»Sie sind mir ja vielleicht einer …«

Zum ersten Mal schien Bachmaier mich als gleichrangigen Partner anzusehen. Wir sprachen jetzt sozusagen von Schlitzohr zu Schlitzohr.

»Okay«, sagte er nach fünf Sekunden Bedenkzeit. »Wie? Wann?«

»Am liebsten heute noch. Ich muss demnächst verreisen.«

»In bar?«

Balke hatte recht. Ein Mensch, der es in wenigen Jahren zu Reichtum oder auch nur Wohlstand gebracht hat, kann kein reines Gewissen haben.

27

Ein wenig fühlte ich mich wie Leonardo di Caprio auf der Titanic, allerdings ohne Kate Winslet in den Armen. Ein überraschend kühler, nach Meer und Hoffnung riechender Wind blies mir ins Gesicht. Es war früher Montagmorgen, erst kurz nach sechs, und am westlichen Horizont wurde ein dunkler Streifen allmählich breiter. Bald waren Einzelheiten zu erkennen, Schiffe, eine Stadt zwischen braunverdorrten Hügeln. Weiter im Hinterland stand eine flache Schicht aus dunklem Rauch am Himmel. Die Wald- und Buschbrände tobten dieses Jahr auf Sardinien noch heftiger als sonst.

Liebekind hatte sich ein wenig gewundert, warum ich Zug und Fähre für meine Reise wählte. Es war nicht so, dass ich Angst vor dem Fliegen hatte. Aber ich vermied es, wo es sich vermeiden ließ. Menschen sind dafür geschaffen, sich in der Nähe der Erdoberfläche zu bewegen, und es gab andere, weniger widernatürliche und zudem interessantere Wege, die nach Sardinien führten.

Mein Gespräch am Samstagnachmittag mit Liebekind und der Leiterin der Staatsanwaltschaft war lang und ernst gewesen. Am Ende war es mir gelungen, die beiden davon zu überzeugen, dass meine Reise unvermeidlich war.

Der Blick der Staatsanwältin war beim abschließenden Händeschütteln ungewohnt freundlich, ja fast mitfühlend gewesen. Ohne es auszusprechen, hatten beide mir viel Glück gewünscht. Nichts von dem, was ich Fahlenberg vorzuwerfen hatte, konnte ich beweisen. Und sollte ich falsch liegen mit meinen Vermutungen und Fahlenberg anschließend die richtigen Leute anrufen, dann würde ich innerhalb kürzester Zeit im Zentrum eines Skandals sitzen, wie ihn unsere Behörde lange nicht gesehen hatte.

Olbia kam näher und näher. Jetzt konnte ich schon einzelne Häuser unterscheiden, ein Pinienwäldchen, die Kräne des Hafens. Die Luft wurde von Minute zu Minute wärmer und trockener, mehr und mehr roch es nach herben Kräutern, nach Holzfeuer und weiter Landschaft. Das einschläfernde Dröhnen der Schiffsmotoren verstummte, die Hafenmole kam in Sicht. Ich ging hinein, um zu sehen, ob sich noch irgendwo ein Frühstück ergattern ließ. In der schmutzigen Cafeteria herrschte lärmende Aufbruchstimmung, aber die Theke war noch offen, und bis zum Anlegen reichte es für einen verblüffend schlechten Cappuccino und ein vertrocknetes, nach Plastik schmeckendes Cornetto.

Die winzige Autovermietung, wo Sönnchen einen Wagen für mich gebucht hatte, öffnete um halb neun, stand auf einem handgeschriebenen Zettel zu lesen, der an der Tür klebte, und so hatte ich noch fast eine Stunde zu vertrödeln. Ich ging spazieren, genoss die südliche Morgenstimmung und fühlte mich ein wenig wie im Urlaub.

Die fröhliche junge Frau, die das Büro betrieb, erschien entgegen allem, was man mir prophezeit hatte, zehn Minuten vor der Zeit. Wie im Bilderbuch heulte sie mit fliegendem Rock auf einer roten Vespa heran, hängte den Helm an den Lenker und schloss auf, während sie mich schon in lautstarkem Italienisch mit freundlichen Fragen bombardierte, von denen ich nicht eine verstand. Das schwarze Haar trug sie kurz geschnitten, und sie hatte mit ihrer Nickelbrille eine verblüffende Ähnlichkeit mit Harry Potter.

Minuten später stand ich, versehen mit Wagenschlüssel, Papieren, einer Straßenkarte und vielen guten Wünschen, vor einem hübschen kleinen Alfa Romeo, der mich an die Westküste bringen würde. Auch wenn es nur achtzig Kilometer waren, drei Stunden müsse ich schon rechnen, so viel hatte ich verstanden, die Straßen waren hier schmal und kurvig, und ich solle um Himmels willen nicht hetzen. Niemand habe es auf Sardinien eilig.

Abgesehen davon wusste ich nun auch, dass Chiara einen Bruder hatte, Ernesto, der in Mannheim bei Alstom arbeitete und schon oft Heidelberg besucht hatte. Das Trinkgeld, das ich ihr aufnötigen wollte, hatte sie fast empört zurückgewiesen.

Wie angedroht, war die Fahrt mühselig, und sie dauerte sogar noch wesentlich länger als befürchtet. Wegen der Brände waren Straßen gesperrt, und die Umleitungen führten nicht immer dorthin, wo ich gehofft hatte. Erst nach der halben Strecke und ausführlichem Studium der Bedienungsanleitung des Alfa fand ich den richtigen Knopf für die Klimaanlage. Und zweimal verfuhr ich mich trotz Karte, auch ohne Umleitung. Unterwegs aß ich in einem gottverlassenen Bergdorf sardisch-zünftig zu Mittag in einer hässlichen kleinen Trattoria. Hier, im Landesinneren, war von der Gastfreundschaft, die ich in Olbia gespürt hatte, nicht mehr viel zu spüren. Die Sarden waren Fremden gegenüber seit jeher reserviert und vorsichtig gewesen, wusste ich aus dem Reiseführer, den ich in letzter Minute am Heidelberger Bahnhof erstanden hatte.

Als das Meer wieder in Sicht kam, zeigte die Uhr schon halb vier, und außerhalb meines Wagens herrschte bei völliger Windstille eine mörderische Hitze. Vierundvierzig Grad zeigte die Anzeige inzwischen.

Fahlenberg wohnte an der Nordwestküste der Insel, etwa zwanzig Kilometer nordwestlich von Sassari. Auf den letzten Kilometern kam ich ein letztes Mal vom Weg ab. Plötzlich gab es wieder einmal nirgendwo Wegweiser, die Straße wurde immer schlechter und führte ins Landesinnere zurück. Schließlich fragte ich an einer kleinen Tankstelle mit drei rostigen, blau lackierten Zapfsäulen und chaotischer Kfz-Werkstatt nach dem Weg. Nachdem der Inhaber – nach seinen Gesichtszügen zu schließen, ein in Ehren ergrauter sardischer Bandit – sich eine Weile den kantigen Kopf gekratzt hatte, zitierte er einen seiner Söhne zu sich. Der schwang sich, ohne mich eines Blickes zu würdigen, auf eine rostige Geländemaschine mit defektem Auspuff und raste mit dem Geräusch eines Tieffliegers vor mir her. Ich hatte viel Mühe, meinen Führer nicht zu verlieren, und zwanzig Minuten später stand ich etwas außer Atem vor Fahlenbergs Tor.

Unterwegs hatte mir ein wenig vor den Kosten dieser Wegweisung gegraut. Was sollte ich dem jungen Mann geben? Man kann einen hilfsbereiten Menschen durch zu viel und zu wenig Trinkgeld kränken. Und die Sarden waren leicht zu beleidigen, hatte ich gelesen. Aber am Ende weigerte sich mein Führer mit verstockter Miene, irgendetwas von mir anzunehmen, und knatterte schlingernd das lebensgefährlich steile und kurvige Sträßchen wieder hinab, das ich eben mit Mühe hinaufgefahren war.

Das Haus lag hoch über der Küste mit atemberaubendem Blick auf das Meer und Castelsardo, ein kleines Bilderbuchstädtchen auf einer Landzunge.

Als das Motorrad nicht mehr zu hören war, umfing mich eine mit dem leisen Zirpen erschöpfter Grillen untermalte, Erfurcht gebietende Stille. Obwohl ein leichter Wind vom Meer heraufwehte, war es unerträglich heiß. Es duftete nach Machia und auch hier nach dem würzigen Rauch irgendeines Brandes. Weit unter mir gleißte das Meer. Boote zogen weiße Linien, am Horizont ein Schiff, vielleicht auf dem Weg nach Genua. Ein gelb lackiertes Löschflugzeug sank draußen aufs Meer herab, um Sekunden später, sichtlich schwerer geworden, wieder emporzusteigen und brummend ins Landesinnere zurückzufliegen, während ein anderes schon auf seinen Kurs einschwenkte, um seinerseits die Tanks zu füllen.

Als ich mich dem modernen und wehrhaften Stahlgittertor näherte, begannen auf dem Grundstück mehrere Hunde zu bellen. Ich hörte ein metallisches Klicken, und das schwere Tor fuhr summend zur Seite, ohne dass ich irgendeinen Knopf gedrückt hätte. Auf Pfählen entdeckte ich Halogenscheinwerfer und Kameras. Der Zugang befand sich auf der vom Meer abgewandten Seite des weitläufigen und stark abschüssigen Grundstücks. Von der Villa, die halb in den Hang hineingebaut war, war deshalb zunächst kaum etwas zu sehen. Wegen der Hunde nur zögernd ging ich auf einem breiten Kiesweg in Richtung Haus. Schließlich erreichte ich einen kleinen Parkplatz, auf dem ein kleiner Fiat neben einem Bentley stand. Dort erwartete mich eine schief gewachsene, kleine Frau, die mir nicht übermäßig freundlich entgegensah und zwei kehlig knurrende Rottweiler am Halsband hielt.

Die Sarden waren Bauern, hatte ich gelesen. Sie mochten das Meer nicht, und die Menschen, die es überquerten, mochten sie auch nicht. Jeder, der im Verlauf der Geschichte nach Sardinien gekommen war, hatte die Bewohner am Ende unterdrückt, belogen und bestohlen.

Die Frau sagte zwei leise Worte zu den Hunden und ließ sie los. Die gefährlich wirkenden Tiere schnupperten mehr der Form halber an meinen Hosenbeinen und trollten sich dann. Das Gesicht der Hausangestellten, deren Alter ich auf weit über siebzig schätzte, verunstalteten ein buschiger, dunkler Damenbart und eine mächtige Warze auf der linken Wange, die meinen Blick ständig auf sich zog. Fast vermisste ich den Raben auf ihrer Schulter.

In unbeholfenem Deutsch erklärte sie mir, der Herr des Hauses erwarte mich schon und freue sich auf meinen Besuch. Dann führte sie mich humpelnd weiter, um das Gebäude herum, das mit jedem Schritt verwinkelter und größer zu werden schien, zur Frontseite.

Als ich endlich vor Fahlenbergs Villa stand, fiel mir Tucholsky ein, der zu Schloss Gripsholm geschrieben hatte: »Ich weiß nichts vom Stil dieses Schlosses – ich weiß nur: wenn ich mir eins baute, so eines baute ich mir.«

Der Architekt dieses einstöckigen Gebäudes mit vor- und zurückspringender, fast nur aus Glas bestehender Fassade hatte es fertiggebracht, es zugleich bescheiden und großzügig wirken zu lassen. Dies war genau das Haus, das an diese Stelle gehörte. Jedes andere wäre eine Beleidigung der Natur gewesen.

Durch eine bis auf zwei schwarze Ledersesselchen und eine würdige, alte Standuhr leere Halle wurde ich in einen weitläufigen, lichtdurchfluteten Raum geführt. Natürlich ging der Blick aufs Meer, die Küste und Castelsardo, und schon im ersten Moment hatte ich das Gefühl, alles, was ich sah, gehöre ganz selbstverständlich zu diesem Anwesen. Den Wert des unaufdringlichen, modernen Mobiliars mochte ich nicht einmal schätzen.

Erst als ich mich daran erinnerte, auf welche Weise der Besitzer das Geld für all das verdient hatte, schwand meine Begeisterung, und ich kehrte in die Gegenwart zurück. Zum deprimierenden Anlass meines Besuchs.

Fahlenberg kam mir mit ausgestreckter Hand und strahlendem Lächeln entgegen.

»Herr Gerlach, wie schön! Wie geht es Ihren bezaubernden Töchtern? Nehmen wir doch hier Platz. Draußen ist es noch ein wenig heiß für meinen Geschmack.«

Sabina, so hieß die alte Frau, lächelte jetzt verlegen wie ein Backfisch, drückte mir verschreckt die Hand. Dann verschwand sie, um kurze Zeit später eine Kanne Orangensaft und zwei duftende Cappuccini zu bringen und sich schließlich in die Tiefen des Hauses zurückzuziehen. Nun saßen Fahlenberg und ich auf bequemen Sesseln, beide so, dass wir die Aussicht genießen konnten, ohne uns zu verrenken.

Ein zweiter Bediensteter, Sabinas Mann, sei im Städtchen unten, Besorgungen machen, erklärte Fahlenberg mir aufgeräumt. Die beiden treuen Seelen waren seit einer halben Ewigkeit in seinen Diensten. Er erzählte noch ein wenig von den Umständen, unter denen er und seine Frau diesen göttlichen Flecken Erde entdeckt hatten, von den Problemen mit sardischen Behörden und Baufirmen, und dann sagte er, ohne jede Überleitung: »Es geht um den armen Sebastian, sagte mir Ihre Sekretärin.«

Sönnchen hatte mich mit der Begründung angemeldet, die Heidelberger Polizei habe einige Fragen betreffend seinen unter Mordanklage stehenden Angestellten Sebastian Schlindwein. So konnte ich das Gespräch mit einem unverfänglichen Thema beginnen, um im passenden Moment zum Eigentlichen vorzustoßen.

In knappen Worten fasste ich zusammen, was er natürlich längst wusste.

»Schade«, sagte er mit gesenktem Blick. »Das ist alles, was ich dazu sagen kann: schade. Ich hatte wirklich gehofft, Sebastian hätte es geschafft. Und nun so etwas. Nach all den Jahren, in denen er sich nichts hat zuschulden kommen lassen.«

Sollte Fahlenberg von Schlindweins Tat gewusst haben, dann war er ein guter Schauspieler.

»Sie müssen nämlich wissen, Sebastian kam damals durch die Vermittlung seines Bewährungshelfers zu mir. Er war der Ansicht, Sebastian brauche nichts als eine Aufgabe, der er gewachsen sei, eine Bleibe und jemanden, der ein Auge auf ihn habe. Und so war es dann ja auch. Ich hätte Sebastian mit einem Koffer voller Bargeld zur Bank schicken können, und kein einziger Schein wäre abhandengekommen.«

»Er hält große Stücke auf Sie.«

»Mehr als das. Er hängt an mir wie ein – verzeihen Sie das Wort – Hund. Manchmal war mir das schon peinlich. Auf der anderen Seite, ich bin ja alles, was er hat auf der Welt. Er verlässt das Grundstück praktisch nur zum Einkaufen oder für eine seiner Touren mit dem Auto. Kontakt zu anderen Menschen hat er kaum. Sein Mercedes ist sein Ein und Alles.«

Obwohl er in Hirschberg gewesen war, als Schlindwein Nunda zusammenschlug, wollte er von den unerfreulichen Geschehnissen nichts mitbekommen haben.

»Und dieser Herr – wie sagten Sie – Nunda wollte mich erpressen?«, fragte er eher amüsiert als beunruhigt. »Wie denn? Und womit?«

Meine Vermutungen zu diesem Punkt behielt ich vorläufig für mich. Stattdessen stellte ich Fahlenberg noch einige harmlose Fragen zum Vorleben seines Angestellten. Natürlich erfuhr ich nichts, was ich nicht schon wusste.

»Sebastian dachte, mir droht Gefahr, und tat, was er für nötig hielt, um sie von mir abzuwenden. Und er kann ja leider recht ungehalten werden, wenn er außer sich gerät. Deshalb ist es aus seiner Sicht vielleicht auch ganz vernünftig, dass er sich von menschlicher Gesellschaft lieber fernhält.«

»Den Namen Nunda hören Sie heute also zum ersten Mal?«

»Aber ja. Natürlich.«

Auf dem weiß lackierten, niedrigen Designercouchtisch, der zwischen uns stand, lag ein Stapel Bücher. Sartre in Originalsprache, Döblin, James Joyce.

»Wie lange wird er sitzen müssen?« Fahlenberg wischte mit der flachen Hand etwas Unsichtbares von seinem Hosenbein.

»Er wird vermutlich mit Totschlag davonkommen. Aber bei seinem Vorstrafenregister …« Ich setzte mich aufrecht hin und räusperte mich. »Kommen wir zu einem anderen Thema. Es ist mir ein wenig peinlich und hat mit meinen Töchtern zu tun.«

Plötzlich strahlte er wieder. »Kümmern sie sich immer noch so liebevoll um die gute alte Donna?«

»Ich denke schon. Aber es geht um etwas anderes. Es geht

um die tausend Euro, die Sie den beiden als Entlohnung gegeben haben.«

»Ach, das.« Schmunzelnd winkte er ab. »Gönnen Sie ihnen doch die kleine Freude. Sie haben es sich verdient.«

»Das ist genau der Punkt, Herr Doktor Fahlenberg. Sie nennen es eine kleine Freude, aber für meine Töchter sind tausend Euro eine unvorstellbar große Summe.«

»Sie wollen es mir doch nicht etwa zurückgeben?« Er sah mir erst erheitert, dann betreten ins Gesicht.

»Es ist mir wirklich sehr peinlich. Aber Sie werden vielleicht verstehen ...«

Natürlich verstand er. Er erhob sich und trat mit den Händen auf dem Rücken an die Glasfront, sah hinaus. Eine kleine, würdevolle Gestalt, der Rücken trotz seiner siebzig Jahre noch kaum gebeugt.

Sehr langsam wandte er sich um.

»Sie haben völlig recht«, sagte er, den Blick auf die spiegelnden, hellgrauen Granitfliesen gerichtet. »Es war ein großer Fehler von mir. Ich war gedankenlos. Denken Sie bitte nicht, dass ich als Millionär zur Welt gekommen wäre. Ganz im Gegenteil – aber das tut jetzt nichts zur Sache. Umso mehr hätte mir klar sein müssen ...« Er sah auf. Sein Blick war traurig. »Bitte verzeihen Sie mir diese Gedankenlosigkeit.«

Irgendwo in den hinteren Räumen des Hauses schepperte Geschirr, eine Männerstimme lachte kehlig. Offenbar war Sabinas Mann aus der Stadt zurück.

»Was halten Sie von folgendem Vorschlag.« Fahlenberg lächelte plötzlich wieder. »Ich spende durch Sie, respektive Ihre Töchter, tausend Euro für einen wohltätigen Zweck. Die Auswahl des Empfängers überlasse ich gerne Ihnen. Ich weiß, das Ganze ist ein wenig albern, aber es erspart uns beiden weitere Peinlichkeiten.«

Das war ein guter Vorschlag, fand ich. Vor allem einer, der das Problem schnell aus der Welt schaffte. Fast zu schnell für meinen Geschmack. Denn nun musste ich wohl oder übel zum dritten und bei Weitem unangenehmsten Teil des Gesprächs kommen. Inzwischen wollte es mir nicht mehr so recht gelingen, in Fahlenberg den menschenverachtenden Profiteur zu sehen, der er noch vor einer halben Stunde in meinen Augen gewesen war. Sein Blick war so offen, sein Lächeln so warm und ehrlich. Aber waren nicht auch Rosanas Blick und Lächeln warm und ehrlich gewesen? Mit meiner Menschenkenntnis, auf die ich so große Stücke gehalten hatte, war es in letzter Zeit offenbar nicht mehr weit her.

Mit einem Räuspern verschaffte ich mir noch zwei Sekunden Aufschub. Ich leerte meinen Cappuccino, der inzwischen fast kalt geworden war, und schenkte mir Orangensaft ein. Und dann gab es nichts mehr, womit sich mein Schweigen noch länger rechtfertigen ließ. Fahlenberg beobachtete mich und war jetzt sehr ernst.

»Es gibt leider noch einen dritten Grund, weshalb ich Sie sprechen wollte«, begann ich mit belegter Stimme.

Er nahm wieder Platz, ohne mich aus den Augen zu lassen.

»Sie fragten vorhin, womit Nunda Sie erpressen wollte.«

Ich lehnte mich in meinem Sessel zurück und wich seinem Blick aus.

»Um es kurz zu machen«, noch ein allerletztes kleines Hüsteln, »es geht um einige Tonnen HIV-verseuchter Blutkonserven, die Sie, respektive Ihre Firma, vor über zwanzig Jahren nach Angola geliefert haben.«

Ich zwang mich, wieder in sein Gesicht zu sehen. Seine erste Reaktion durfte mir nicht entgehen. Zunächst blieb sein Blick unverändert. Dann wurde er ganz allmählich trüb, wich ab, begann umherzuirren. Fahlenberg atmete tief ein, sah hinaus, schüttelte schließlich den Kopf, als wäre dieser mit einem Mal ungeheuer schwer geworden.

»Deshalb also«, sagte er schließlich. »Ich hatte mich schon gewundert.«

Zu meiner Überraschung machte er keinen Versuch zu leugnen. Im Grunde hatte er schon jetzt gestanden. So holte ich gleich zum zweiten Schlag aus.

»Wir gehen davon aus, dass Rafael Nunda im Auftrag einer Person in Heidelberg war, die Sie wegen dieser Sache zur Rede stellen wollte. Diese Person, übrigens eine Frau, ist offenbar der Überzeugung, dass Ihre – vorsichtig formuliert – merkwürdigen

Geschäfte ihren Bruder das Leben kosteten. Er starb letztes Jahr. An Aids. In Angola.«

Täuschte ich mich, oder war er blasser als zu Beginn? Ich durfte ihm keine Zeit zum Nachdenken lassen, deshalb fuhr ich fort: »Rafael Nunda bildete sozusagen die Vorhut dieser Frau. Er kam – so meine Theorie – nach Heidelberg mit dem Auftrag, Sie zu finden. Offensichtlich gelang es ihm innerhalb weniger Tage, Ihre Adresse zu ermitteln. Und dann, während er auf das Eintreffen seiner Auftraggeberin wartete, kam er vermutlich auf die Idee, ein wenig zusätzlichen Profit aus seinem Wissen zu schlagen, indem er Sie erpresste.«

Fahlenberg schwieg immer noch.

»Und aus diesem Grund ist der Verdacht leider nicht von der Hand zu weisen, Ihr Angestellter habe Nunda zumindest mit Ihrem Wissen getötet. Wenn nicht sogar mit Ihrer Billigung, Herr Doktor Fahlenberg.«

»Jetzt gehen Sie entschieden zu weit«, versetzte er brüsk, erhob sich und ging mit kleinen, unsicheren Schritten wieder zur Fensterfront, zur selben Stelle, wo er vor einigen Minuten schon gestanden hatte. Seine Silhouette hatte sich verändert. Der Rücken war jetzt gebeugt, die Schultern hingen herab. Jeder Stolz war aus dem alten Mann gewichen. Als er endlich sprach, wandte er sich nicht um. Er sprach zum Meer, aber er meinte mich.

»Von Nunda weiß ich nichts, bitte glauben Sie mir das. Das andere … Vielleicht darf ich versuchen, es mit einem Gleichnis zu erklären. Verzeihen Sie das altmodische Wort, aber mir fällt auf die Schnelle kein moderneres ein.«

Am Horizont waren jetzt drei Schiffe zu sehen. Zwei nach Süden, in Richtung Afrika, eines nach Norden.

»Stellen Sie sich vor, Sie kommen in einer weltabgeschiedenen Gegend in ein Dorf. Alle Bewohner leiden an einer tödlichen Krankheit. Stellen Sie sich weiter vor, Sie verfügen über ein wunderbares Medikament, das diese Krankheit heilen kann. Das Dorf hat hundert Einwohner, aber Sie haben nur fünfzig Tabletten.«

In dieser Sekunde erinnerte ich mich an die Worte Machatschecks, des Journalisten: »Am Ende wird er versuchen, Ihnen einzureden, er hätte eine gute Tat getan.« Und plötzlich ärgerte ich mich, seinen Tipp nicht befolgt, kein Tonband bei mir zu haben.

Fahlenberg wandte sich nun doch um und sah mich fast vorwurfsvoll an.

»Würden Sie den Menschen die Tabletten vorenthalten?«

»Natürlich nicht«, erwiderte ich grob. »Wenn ich nur einige retten könnte, dann würde ich eben diese retten. Vielleicht würde ich die Entscheidung darüber, wer Tabletten bekommt, dem Dorfältesten überlassen. Aber Ihre Geschichte ist doch völlig konstruiert. Und was hat sie mit den Blutkonserven zu tun?«

»Wir sind ja noch nicht am Ende.« Er senkte den Blick. »Nehmen wir nun an, Sie wissen, dass einige der Tabletten verdorben sind. Sagen wir, die Hälfte. Indem Sie also einen Teil der Kranken retten, töten Sie andere. Die ohnehin gestorben wären. Was nun?«

»Ich bitte Sie, das sind doch vollkommen hypothetische Fragen!«

»Was nun?«

»Herrgott …«

»Den brauchen wir nicht für unser kleines Gedankenspiel.«

Nun wurde ich wirklich wütend. »Ich finde nicht, dass man mit Menschenleben derartige Berechnungen anstellen darf.«

»Sie würden also alle sterben lassen?«

»Natürlich nicht.«

Wenigstens entdeckte ich keinen Triumph in seiner Miene. Eher Trauer. Hilflosigkeit. Bitte um Verständnis und Vergebung. Sollte dieser Mann sich wirklich zwei Jahrzehnte lang eingeredet haben, er hätte zahllosen Menschen einen Gefallen getan, indem er sie mit Aids infizierte?

»Sehen Sie es doch bitte einmal von dieser Seite«, fuhr er mit ruhiger Stimme fort. »So gut wie jeder, der eine der Blutkonserven bekommen hat, wäre ohne sie gestorben.« Seine Stimme war jetzt so leise, dass ich mich sehr konzentrieren musste, um ihn zu verstehen. »Tausende haben nur durch sie überlebt, denn ein gewisser Teil der Ware war ja sauber. Wie wenige das waren, wussten wir damals leider noch nicht. Aber dies nur nebenbei. Wir konnten es nicht wissen. Aber auch von denen, die das Pech hatten, eine verseuchte Blutkonserve zu erwischen, hat sich nicht jeder infiziert.«

Nun war ich derjenige, der schwieg.

Was mich am meisten frustrierte, war, dass ich plötzlich keine Argumente mehr fand, um ihm Kontra zu geben. Noch vor fünf Minuten war ich überzeugt gewesen, einen eiskalten Geschäftemacher vor mir zu haben, einen Menschen, der verbindlich lächelnd über Leichen ging.

Und nun saß ich hier und fühlte mich wie ein Schuljunge, der einsehen muss, dass er alle Aufgaben falsch gerechnet hat.

»Sie sind nicht überzeugt?«, fragte Fahlenberg.

»Wie könnte ich?«

»Dann erlauben Sie mir eine andere Frage. Eine sehr persönliche Frage. Angenommen, Sie selbst wären es, der dringend auf Spenderblut angewiesen ist. Sie befinden sich in Angola und wissen: In wenigen Stunden werden Sie sterben. Nun wird Ihnen eine Blutkonserve angeboten. Sie kennen die Gefahr. Aber Sie wissen auch, dass Sie selbst im schlimmsten Fall noch Jahre zu leben hätten. Am Ende nicht mehr sehr komfortabel, zugegeben. Aber Sie würden leben. Noch tausend Tage leben, zweitausend oder mehr. Tage, die auf einmal sehr, sehr kostbar sind in ihren Augen. Wenn Sie Glück haben, wird die Krankheit vielleicht niemals bei Ihnen ausbrechen, denn nicht jeder, der das Virus in sich trägt, erkrankt an Aids. Manche werden damit alt und erfahren vielleicht nie, dass sie infiziert sind.«

Plötzlich war mir schwindlig. Konnte es wirklich erlaubt sein, Menschen zu töten, um andere zu retten?

Natürlich nicht.

Andererseits ... Staaten handelten so. Pausenlos. Große Firmen ebenso. Menschenleben wurden gegen andere Menschenleben aufgewogen. Gegen Geld oder Bodenschätze. Sogar gegen Komfort oder Lebensqualität.

Entführte Flugzeuge voller Unschuldiger sollten seit Neuestem unter gewissen Umständen abgeschossen werden dürfen, um ein größeres Unglück zu verhüten.

»Jahr für Jahr müssten in unserem Land Hunderte von Menschen nicht sterben, wenn es auf den Autobahnen ein allgemeines Tempolimit gäbe.« Fahlenberg schien meine Gedanken erraten zu haben. »Das wäre jedoch nicht günstig für die Umsätze der Automobilindustrie, deshalb nimmt man lieber die Toten in Kauf. Tausende gehen zugrunde, weil man Alkohol und Nikotin nicht verbietet. Ich könnte Ihnen noch viele Beispiele nennen, denn ich hatte reichlich Zeit, über diese Dinge nachzudenken. Ich habe immerhin niemanden getötet, der nicht ohnehin gestorben wäre.«

Aber durften auch Einzelne so denken und handeln? Er hätte damals ja wenigstens die Erlaubnis irgendeiner Behörde … Unsinn. Natürlich hätte er diese niemals erhalten. Und nachdem die zuständigen Beamten, falls es solche überhaupt gab, entschieden hätten, wären die Blutkonserven längst nicht mehr zu gebrauchen gewesen.

»Es war übrigens die Idee meiner Frau.« Fahlenberg betrachtete seine Fußspitzen, die in eleganten italienischen Slippern steckten. »Sie hat immer so mit den Menschen gelitten. Es war ihr Vorschlag. Aber selbstverständlich war ich es, der die Verträge unterschrieb. Ich trage die Verantwortung.«

»Wie viele Leben haben Sie gerettet durch diese Aktion, was schätzen Sie?«

»Ich weiß es nicht. Einige hundert? Vielleicht zwei-, vielleicht dreitausend?«

»Und wie viele wurden infiziert?«

Jetzt sah er mir ins Gesicht. »Das weiß ich leider noch viel weniger.« Seine Stimme wurde wieder fester. »Ich weiß, aus heutiger Sicht klingt das alles nach billigen Ausflüchten. Aber halten Sie mir bitte zugute, dass wir vor zwanzig Jahren noch sehr, sehr wenig wussten über dieses schreckliche Virus und seine Verbreitungswege. Was wir aber wussten: In Angola tobte dieser widerwärtige, erbarmungslose, sinnlose Krieg. Tag für Tag starben Menschen, Stunde um Stunde, und es fehlte an allem. Was wir weiter wussten: Mit diesen fast einhunderttausend Blutkonserven konnten wir viele Leben retten.«

Er begann, mit den Händen auf dem Rücken auf und ab zu gehen.

»All das würde wesentlich glaubhafter klingen, wenn Sie nicht eine Menge Geld verdient hätten bei diesem Geschäft«, warf ich ein.

»Geld?« Als wäre ein Schuss gefallen, fuhr er herum. »Sind Sie verrückt?«

»Sie wollen doch nicht behaupten ...?«

»Der Transport nach Angola inklusive der notwendigen Bestechungsgelder an die örtlichen Verantwortlichen hat mich grob geschätzt fünfzigtausend Dollar gekostet. Die Beamtenschaft dort unten lässt sich ja gerne dafür bezahlen, dass sie Hilfsgüter über die Grenze lässt. Speziell nach Angola haben Sie damals nichts liefern können, ohne großzügig zu schmieren. Und es waren Angolaner, wohlgemerkt, die aus dem Elend ihrer Mitmenschen Profit schlugen. Und es auch heute noch oft genug tun.«

»Sie wollen sagen, Sie haben bei diesem Geschäft Verluste gemacht?«

»Herr Gerlach!« Fast verzweifelt sah er mich an. »Was immer Sie von mir denken, und ich fange an, eine Ahnung davon zu bekommen, bitte glauben Sie mir wenigstens dieses: Ich mache keine Geschäfte mit dem Unglück anderer Menschen.«

Eines der Schiffe war inzwischen aus meinem Blick verschwunden. Das Geklapper im Haus hatte aufgehört. Mit einem Mal herrschte vollkommene Stille. Nur Fahlenbergs heftiger Atem war zu hören und das Ticken der Standuhr in der Halle.

Wie hatte Machatscheck gesagt? »Sie leben in den grünen Tälern der Gerechtigkeit, Herr Gerlach.«

Wo war sie hier, die Gerechtigkeit? Was war hier gut, was schlecht? Durfte man Menschenleben gegen Statistiken aufwiegen? Und falls nein, warum nicht? War es dem, der überlebte, nicht zu Recht gleichgültig, ob dies auf einer ethisch vertretbaren Basis geschah?

Ich räusperte mich. Es half nichts. Mit einem Mal war ich müde. In der letzten Nacht auf diesem dröhnenden Schiff hatte ich miserabel geschlafen, das ungewohnte Klima machte mir zu schaffen, dieses Gespräch.

»Ich würde mich jetzt gerne zurückziehen, wenn Sie erlauben«, hörte ich Fahlenberg sagen. »Ich bin ein alter Mann, und ich werde Ihnen bestimmt nicht davonlaufen. Falls Sie noch Fragen haben sollten, morgen stehe ich gerne zur Verfügung. Sie bleiben doch über Nacht, hoffe ich?«

Ich schüttelte den Kopf und nickte gleichzeitig. Ich war aufgewühlt, empört und deprimiert in einem. Klein und schäbig kam ich mir vor. Und dabei war ich doch hier der Gute.

Doktor Fahlenberg hob leicht die Rechte zum Gruß und ging.

28

Hinterher, wenn alles vorbei ist, kommen einem immer diese Gedanken.

Was wäre gewesen, wenn …

Was wäre gewesen, wenn ich an der ersten Ampel von Castelsardo links statt rechts abgebogen wäre? Wenn ich auf dem verwinkelten Kirchplatz einen Parkplatz gefunden hätte und nicht bis zum kleinen Hafen weitergefahren wäre? Wenn ich mich dort auf der Suche nach einer Übernachtungsmöglichkeit nach Osten gewandt hätte und nicht nach Westen? Wenn ich das Handy einige Stunden früher eingeschaltet hätte?

Eigentlich hatte ich noch am selben Abend nach Olbia zurückfahren wollen. Für morgen früh um neun war meine Überfahrt gebucht. Aber ich fühlte mich jetzt außerstande, eine längere Strecke zu fahren. Ich brauchte Ruhe, Zeit zum Nachdenken, um in meinem Kopf aufzuräumen. Auch morgen Abend ging eine Fähre nach Livorno. Sönnchen würde das schon regeln. Ich durfte nur nicht vergessen, sie später anzurufen. Sobald ich etwas gegessen hatte, wenn ich wieder klar denken konnte. Ein friedlicher Abend am Meer, das war es, wonach ich mich jetzt sehnte. In einem beschaulichen Ort, der auf den zweiten Blick leider nicht so beschaulich war, weil voller Touristen.

Endlich, fast am Ende des Kais, gab es freie Parkplätze, die allem Anschein nach sogar legal waren. Ich stellte den Alfa Romeo ab, zerrte meine Tasche aus dem Kofferraum und drückte diesen wunderbaren Knopf am Schlüssel, der wie von Geisterhand alle Schlösser zuschnappen ließ, ohne dass man sich noch einmal am Auto vorbeizwängen und die Hose schmutzig machen musste. In Momenten wie diesem sehnte ich mich manchmal doch ein wenig nach einem modernen Auto als Ersatz für meinen alten Kombi.

Im brackigen Wasser schaukelten bunt bemalte Fischerboote und Abfall, es stank nach verwesenden Algen, Öl und Teer. Überall saßen und standen alte Männer, Fischer, und unterhielten sich in einer Sprache, die für meine Ohren keine Ähnlichkeit mit Italienisch hatte. Struppige Katzen strichen umher auf der Suche nach einem frühen Abendessen. Irgendwo bimmelte ein Glöckchen aufgeregt. Sechs Uhr. Für manche Menschen vielleicht Zeit zu beten.

Ich ging zurück in Richtung Zentrum und sah mich um. Nirgendwo ein Hinweis auf ein Hotel. Mir war schwindlig, als hätte ich zu wenig gegessen oder zu viel Kaffee getrunken. Aus einer kleinen Trattoria, die aussah, als wäre sie tausend Jahre alt, duftete es nach gegrilltem Fisch, Thymian und Knoblauch. Je näher ich dem Zentrum kam, desto voller wurde es. Überall nur Autos, Urlaubergruppen standen sich gegenseitig im Weg, fotografierten um die Wette, führten sich auf, als hätten sie ganz persönlich eben erst diesen hübschen Ort entdeckt. Nur durch Zufall entdeckte ich schließlich kurz vor dem anderen Ende des Hafenbeckens den kleinen, verrosteten Wegweiser in eine dunkle Gasse. Albergo Julia. Con vista mare.

Vermutlich gab es jetzt, Ende August, im ganzen Ort noch genau ein freies Zimmer an diesem milden Abend, und ausgerechnet ich hatte das Glück, es zu finden. Julia stammte aus Tübingen und hatte über die Jahre im Süden kein bisschen von ihrem schwäbischen Dialekt verlernt. Giulio, ihr Mann, hatte ein halbes Leben lang beim Daimler in Böblingen g'schafft und dort genug Geld zusammengespart, dass man sich schließlich den Traum erfüllen konnte: das kleine Hotel, beinahe am Meer, im Ort seiner Vorfahren. Das Zimmer war schlicht, aber mit schwäbischer Gründlichkeit sauber gehalten. Und vom kleinen Balkon, der zur Gasse ging, konnte ich tatsächlich einen Zipfel Meer sehen, wenn ich mich ein wenig über das bedenklich wackelnde Geländer reckte.

Als die beiden hörten, dass ich von Doktor Fahlenberg kam, avancierte ich umgehend zum Freund der Familie und wurde zum Abendessen eingeladen, was mir ganz recht war. Hier, bei diesen freundlichen, einfachen Menschen, fühlte ich mich wohl. Ein überfülltes Restaurant hätte ich im Augenblick nicht ertragen können.

Giulio, einen Kopf kleiner als seine Frau und zwei kleiner als ich, kochte mit Inbrunst und enormer Geräuschentwicklung. Julia und ich leisteten ihm Gesellschaft und plauderten über die Fahlenbergs, Tübingen und die Unterschiede zwischen dem Leben in Deutschland und auf Sardinien. Julia schimpfe auf ihre Heimat, das Wetter, die ewige Bürokratie, wobei ihr Giulio heftig widersprach und seinerseits Italien schlechtmachte, wo nichts, aber auch gar nichts funktionierte. Zum Beispiel seit acht Stunden das Telefon im ganzen Nordwesten Sardiniens. Anscheinend hatte ein Waldbrand einen Antennenmast beschädigt, vielleicht auch die Feuerwehr beim Löschen, so genau verstand ich es nicht und wollte ich es auch gar nicht wissen.

Das harmlose Gespräch war Balsam für meine Nerven. Die Kinder – irgendwann kommt ja jedes Gespräch auf die Kinder – waren längst aus dem Haus. Eine Tochter, Anna, studierte in Rom, Irene jobbte in einem Hotel auf Ibiza, eine dritte war in Untertürkheim relativ glücklich verheiratet, wo sie anlässlich des Besuchs bei einem Cousin, der selbstredend ebenfalls »beim Daimler schaffte«, ihren Mann kennengelernt hatte. Der hatte sie gerettet, als sie in einer eiskalten Novembernacht ziemlich betrunken in den Neckar fiel.

So ging das den ganzen Abend, das Essen war bodenständig gut, der Wein von ehrlicher Einfachheit. Nicht weiter erwähnenswert, dass er von einem Verwandten Giulios stammte, wie auch die Doraden erst heute Morgen das Pech gehabt hatten, in einem der Boote der weitläufigen Familie Vinciguerra zu landen.

Irgendwann kam die Sprache wieder auf die Fahlenbergs. Der Dottore war im ganzen Ort bekannt und beliebt und hatte über die Jahre große Summen für alle denkbaren sozialen und kulturellen Zwecke gestiftet, vom kleinen örtlichen Krankenhaus bis zum noch viel kleineren Museum am Marktplatz, wo man Modelle von Fischerbooten und alte Seekarten bestaunen konnte, sowie eine Riesenschildkröte, die vor über hundert Jahren in der Nähe ans Land gespült worden war. Fahlenbergs verstorbene Frau, Dottoressa Helma, wurde geradezu als Heilige verehrt.

Für jeden hatte sie ein Ohr und ein offenes Portemonnaie gehabt. Niemand läutete dort oben vergeblich am Tor, als sie noch lebte. Anlässlich ihres ersten Todestags, der in Kürze begangen werden musste, würden viele Messen gelesen werden.

So wurde es halb zwölf, bis ich schließlich gut beschwipst, satt und mit der Welt wieder halbwegs im Reinen, auf mein Zimmer ging. Und nur, weil ich hören wollte, wie es Louise ging, schaltete ich mein Handy noch einmal ein. Es wollte gar nicht mehr aufhören zu brummen und zu bimmeln, und am Ende waren nicht weniger als sieben zunehmend verzweifelte Anrufe von Sönnchen auf meiner Voicebox. Ich sollte sie um Himmels willen zurückrufen, und wäre es mitten in der Nacht.

»Gott sei Dank«, waren ihre ersten Worte.

Folgendes war geschehen: Gegen halb vier Uhr am vergangenen Nachmittag hatte Hecker angerufen, unser Mann in Luanda. Ihm war aufgefallen, dass schon vor Tagen ein gewisser Raimondo Ribeiro nach Europa geflogen war. Hecker war sich nicht sicher gewesen, ob es sich bei diesem Mann wirklich um Rosanas lange vermissten älteren Bruder handelte. Aber er fand, dass wir das vielleicht erfahren sollten.

Zwei Stunden später hatten meine Leute gewusst, dass es sich um den richtigen Raimondo handelte und dass der sich zuvor einige Monate in Huambo aufgehalten hatte. Die Vermutung lag auf der Hand, dass er dort seine Schwester besucht hatte. Und dann hatte Klara Vangelis zwei Dinge herausgefunden, die in der Heidelberger Polizeidirektion Katastrophenalarm ausgelöst hatten: Raimondo Ribeiro hatte – wie Hecker schon vermutet hatte – einige Jahre als Söldner in der südafrikanischen Armee gedient und in seinem Heimatland Angola gegen die Kommunisten gekämpft. Ein Haudegen, ein Mann fürs Grobe, oft verletzt, aber nie besiegt. Und vorgestern Abend war er in Cagliari gelandet, der Hauptstadt Sardiniens im Süden der Insel. Dort hatte er einen Wagen gemietet, einen Alfa Romeo vom selben Typ wie meiner. Und es war unschwer zu erraten, zu welchem Zweck der Mann die weite Reise unternommen hatte.

Giulio war schon im blau gestreiften Pyjama, aber als er begriff, weshalb er so dringend die Polizei alarmieren sollte, verschwand er wortlos im Schlafzimmer, um dreißig Sekunden später fertig angekleidet wieder herauszukommen, mit wild entschlossener Miene im Gesicht und einem sechsschüssigen, leicht angerosteten Revolver vom Format eines Peacemaker in der Hand.

»Das Telefon geht immer noch nicht«, erklärte er mir ohne eine Spur von Aufregung in der Stimme. »Julia versucht's übers Telefonino, während wir fahren. Aber die Polizisten kommen von Sassari, das dauert, bis sie da sind. Falls sie überhaupt kommen, die Schlafmützen. Wie ich die kenne, spielen sie Karten oder haben gerade kein Benzin in den Streifenwagen.«

Augenblicke später saßen wir in seinem erst wenige Wochen alten Mercedes – nur Menschen, die zum Spaß unterwegs waren, fuhren in Italien italienische Autos, wurde mir erklärt – und rasten über die schmale Küstenstraße nach Norden. Jeder Sarde, der etwas auf sich hielt, besaß eine Waffe, erfuhr ich. Natürlich illegal, aber wen interessierte das schon? Die Sarden betrachteten auch die Italiener nur als eine weitere der Besatzungsmächte, die die Insel im Lauf der Jahrhunderte erobert hatten. Und auch sie würden irgendwann wieder verschwinden mitsamt all ihren lästigen Vorschriften, die einem sogar so harmlose Dinge wie das Tragen von Schusswaffen verboten.

»Kein Licht«, zischte Giulio, als die Fahlenbergsche Villa in Sicht kam. »Da oben brennt sonst immer Licht!«

Er ging vom Gas, bremste und stellte den Wagen am Straßenrand ab.

»Den Rest gehen wir lieber zu Fuß.«

Glücklicherweise war es eine mondhelle Nacht, sodass wir keine Probleme hatten, uns zu orientieren.

»Die kommen alle vom Festland«, lautete Giulios verbissener Kommentar zu meinem Einwand, es wäre vielleicht doch besser, auf die italienischen Kollegen zu warten. So stolperte ich hinter ihm her, um wenigstens das Schlimmste zu verhüten.

»Da!« Auf halbem Weg den Berg hinauf wies er in die Luft. »Durchgeschnitten!«

Eine Freileitung begleitete das Sträßchen zur Villa hinauf.

Und dort, wohin Giulio zeigte, baumelten zwei der Drähte lose im empfindlich kühlen Nachtwind. Endlich standen wir vor dem Tor, das sich acht Stunden zuvor hinter mir geschlossen hatte.

»Die Hunde«, flüsterte Giulio und sah um sich. »Die müssten doch jetzt bellen wie die Teufel!«

Jetzt erst erfuhr ich, dass er sich sowohl auf dem Grundstück wie auch im Haus bestens auskannte, da er dort ab und zu Reparaturarbeiten verrichtet hatte. In Castelsardo nannte man ihn nämlich »il Tedesco«, und er stand im Ruf, alles wieder in Gang bringen zu können, was mit Technik zu tun hatte.

Bevor ich den Mund aufbekam, war mein kräftiger Begleiter über das mannshohe Stahlgittertor gesprungen. Wenig begeistert tat ich es ihm nach. Als ich wieder Boden unter den Füßen hatte, knallten im Haus in kurzer Folge drei Pistolenschüsse.

»Scheißdreck!«, knurrte Giulio in deftigem Schwäbisch und hob seinen Revolver ein wenig höher. In der Villa begannen Lichter herumzugeistern, Taschenlampen. Leise, aufgeregte Stimmen. Die Hausangestellten vermutlich, die vom Lärm aufgewacht waren und sich nun wunderten, weshalb das Licht nicht funktionierte. Giulio rief etwas Unverständliches, um anzukündigen, dass sich außerhalb des Hauses Freunde befanden, erhielt jedoch keine Antwort.

Geduckt und so lautlos, wie auf dem Kiesweg möglich, umrundeten wir die Villa. Giulio hielt seine Waffe mit beiden Händen, den Lauf nach oben gerichtet. Immerhin wusste er damit offenbar umzugehen.

Vor der nicht ganz geschlossenen Terrassentür blieben wir stehen. Ich legte ihm von hinten die Hand auf die Schulter, um ihn zu bremsen. Er deutete mein Signal jedoch falsch, denn er ging noch ein wenig weiter in die Knie und schlich in Richtung Türspalt.

In einer Nische lehnte etwas Dunkles, Schlankes. Irgendein Grillzubehör vielleicht, jedenfalls aus Metall und schwer genug, um es im Notfall zur Selbstverteidigung zu benutzen. Ich nahm es in die Hand und fühlte mich ein klein wenig besser. Merkwürdigerweise empfand ich keine Angst, als ich Giulio ins dunkle Haus folgte und mich im selben Augenblick einen Idioten schimpfte. Ich war nicht einmal nervös, obwohl sich irgendwo im Haus vermutlich ein Mörder aufhielt. Daneben allerdings auch drei Unschuldige, die gerade Kopf und Kragen riskierten. Von den Hausangestellten war im Moment nichts mehr zu hören. Hoffentlich hatten sie begriffen und sich gut versteckt.

Lautlos fluchend tastete ich mich durch den großen, dunklen Raum, rief mir ins Gedächtnis, wo die Möbel gestanden hatten, stieß gegen einen Tisch, der hier nicht hingehörte, hörte ganz in der Nähe jemanden rascheln, Giulio, wie wir zur beiderseitigen Erleichterung feststellten. Dann fiel der nächste Schuss, viel lauter als zuvor, keine Handfeuerwaffe diesmal, das hatte eher nach Schrotflinte geklungen. Ich hatte das Mündungsfeuer gesehen, irgendwo dort hinten, wo ich den Durchgang zur Halle vermutete und es stockfinster war. Neben mir polterte etwas zu Boden. Giulio, verflucht, getroffen! Wir Narren hatten die Glasfront und das Mondlicht im Rücken, während der Schütze in absoluter Dunkelheit stand.

Ich ließ mich einfach zur Seite fallen, und so ging der nächste Schuss über mich hinweg. Mit lautem Klirren zerplatzte die Terrassentür hinter mir in tausend Scherben. Ich rollte mich unter den Tisch, meine idiotische Grillwaffe an mich gepresst.

Wenn ich doch nur irgendwie an Giulios Revolver gelangen könnte …

Falls das, was eben so gekracht hatte, wirklich eine Flinte war, dann musste der Schütze jetzt nachladen. Ich hörte auch wirklich das Klicken des Verschlusses. Ein paar Sekunden blieben mir, ich robbte los, vernahm das Klappern leerer Papphülsen am Boden, also wirklich Schrot, Gott sei Dank. Wenn es nur nicht so verdammt dunkel gewesen wäre. Da lag Giulio und rührte sich nicht mehr. Mich um ihn zu kümmern, hatte ich jetzt nicht die Zeit. Und nicht weit weg lag etwas Kleines. Nur noch drei Schritte entfernt. Dann noch ein Meter, noch ein halber. Nur kein Geräusch machen jetzt. Nicht einmal atmen.

Dann wieder ein Schuss, diesmal kurz und scharf, nicht diese Detonation der schweren Flinte. Ein Stöhnen, und ein zweiter Körper polterte zu Boden. Ich hörte das Scheppern der Flinte auf dem Fliesenboden, drüben, wo ich den Schützen vermutete, der Giulio getroffen hatte. Ich regte mich nicht mehr, hielt nun wirklich den Atem an.

Schritte kamen in meine Richtung. Leise Schritte auf weichen Sohlen. Dann ein großer Schatten über mir. Würde er vorbeigehen? Nein, er blieb stehen. Der Atem des Mannes, Raimondo vermutlich, ging ganz ruhig. Für den war das hier offenbar kein Grund zu großer Aufregung. Gelassen fingerte er an seiner Waffe herum. Das Sirren einer Revolvertrommel, die jemand mit der flachen Hand dreht. Noch hatte er mich nicht entdeckt, obwohl er nur einen Meter neben mir stand.

Das Brausen in meinen Ohren wurde stärker und stärker. Ich konnte die Luft nicht ewig anhalten. Wie lange würde ich es schaffen? Früher, in meiner Jugend, eine Minute und dreiundvierzig Sekunden, das wusste ich noch.

Was man so denkt, wenn man sich eigentlich aufs Überleben konzentrieren sollte.

In der Ferne, noch erschreckend weit weg, jaulte eine Sirene. Auch Raimondo Ribeiro hatte es gehört. Er schnaufte, Stoff raschelte, er steckte die Waffe ein und ging zwei Schritte in Richtung Terrassentür, und jetzt, endlich, konnte ich ihn wirklich sehen. Und dieses Mal war ich es, der die Dunkelheit auf meiner Seite hatte. Sollte ich versuchen, Giulios Revolver in die Hand zu bekommen? Was, wenn das alte Ding gar nicht funktionierte oder Raimondo schneller war als ich?

Also einatmen, aufspringen, meine Waffe über den Kopf heben, voranstürmen und zuschlagen. Und dann, endlich, atmen.

Luft, was für ein Segen!

Der Mann, dem ich mein Grillzubehör über den Kopf gezogen hatte, ging lautlos zu Boden und regte sich nicht mehr. Ich kickte den Revolver weg, der ihm aus der Hand gefallen war.

»Madonna mia!«, kreischte irgendwo eine Frauenstimme. »Che disastro!«

Wenigstens Sabina schien das Massaker überlebt zu haben.

Die Sirenen, es waren zwei, kamen rasch näher. Ich ertastete eine Couch und sank darauf, immer noch in völliger Atemnot. Heute hatte ich meinen persönlichen Rekord im Luftanhalten bestimmt um mindestens eine Minute übertroffen.

Die Sirenen verstummten ganz in der Nähe, Lichter kamen,

aufgeregte Männerstimmen, dazwischen Sabinas Geschrei und Gezeter, die bunten Sternchen vor meinen Augen verblassten allmählich. Plötzlich wurde es hell.

Eine schwere Hand legte sich auf meine Schulter.

29

Rosanas Bruder lebte noch zwei Tage lang. Ich hatte ihm die Schädeldecke zertrümmert mit dem Schürhaken, der eigentlich neben den offenen Kamin gehörte und tatsächlich vor Tagen zum Grillen benutzt worden war.

Giulio hingegen war tot, erschossen von Fahlenbergs italienischem Hausangestellten, und zwar mit einer Schrotflinte, wie ich vermutet hatte. Den wiederum hatte Raimondo Ribeiro zum Glück nicht richtig getroffen. Er überlebte mit knapper Not einen Kopfschuss.

Doktor Fahlenberg schließlich fanden die Carabinieri in seinem Bett. Wie aufgebahrt und mit zwei kleinen Löchern sauber nebeneinander in der Stirn und einem dritten in der Brust, genau über dem Herzen. Ich sah seine Leiche, bevor sie abtransportiert wurde. Mit gefalteten Händen lag er auf dem Rücken. Als hätte er den Tod, seinen Mörder, erwartet. Mehr als das: willkommen geheißen.

Natürlich gab es eine Menge Scherereien mit den Italienern. Ich wurde sogar vorübergehend festgenommen und erlebte am eigenen Leib, wie es sich anfühlt, Handschellen zu tragen. Die Deutsche Botschaft in Rom hatte viel zu telefonieren meinetwegen, aber am Ende wurde ich auf freien Fuß gesetzt und erhielt zudem die Erlaubnis, mit Raimondo Ribeiro zu sprechen.

Vorher hatte ich jedoch noch eine schwere Pflicht zu erfüllen. Ich besuchte Julia Vinciguerra, die noch in der Nacht erfahren hatte, dass sie zur Witwe geworden war. Sie machte wortlos Kaffee, tischte Kuchen auf, setzte sich mir gegenüber an den Küchentisch und weigerte sich lange, irgendetwas zu sagen. Ihre Augen waren nicht verweint. Sie zählte zu den Menschen, die lautlos trauern. Am Ende kam dann doch so etwas wie ein Gespräch zustande.

»Er ist ja selber schuld«, murmelte sie und legte plötzlich ihre kalte, kräftige Hand auf meine. »Er ist ja immer so gewesen. Keine Wand, wo er nicht mit seinem verdammten sardischen Dickschädel durchmusste.«

Die Töchter waren auf dem Weg, um ihrer Mutter beizustehen. Alle. Ich blieb bis in den späten Abend bei Julia und machte mir Vorwürfe. Sie hingegen machte mir keine. Nicht ein Wort.

Später schlief ich unruhig und mit wilden Träumen in demselben Zimmer, in dem ich die Nacht zuvor nicht verbracht hatte.

Am nächsten Morgen machte ich mich auf den Weg nach Süden, nach Cagliari. Man hatte Raimondo Ribeiro am Morgen nach dem Überfall per Hubschrauber in eine der dortigen Kliniken gebracht.

Unterwegs telefonierte ich die meiste Zeit. Sebastian Schlindwein hatte jetzt auch den versuchten Totschlag an Rosana gestanden. Klara Vangelis und Sven Balke hatten ihn mit neuen Erkenntnissen konfrontiert. Erstens hatte Schlindwein vor Jahren acht Monate seine Zelle in der JVA Bruchsal mit Jurij Woronin geteilt, dem ukrainischen Auftragsmörder. Außerdem war endlich klar, warum meine Leute in seinem Mercedes keinerlei Spuren von seinen Opfern gefunden hatten. Die Erklärung war so unvorstellbar einfach, dass keiner von uns darauf gekommen war. Ausgerechnet Runkel hatte schließlich die entscheidende Idee gehabt: Der Mercedes hatte zwar das richtige Kennzeichen und die richtige Farbe, aber es war nicht der richtige Wagen. Schlindwein hatte den alten fünf Tage nachdem er Rosana niedergeschlagen hatte, verkauft und sich einfach den identischen Typ wieder angeschafft und sich seine alte Nummer geben lassen.

Als meine Leute Schlindwein mit diesen Tatsachen konfrontierten, gab er sein Leugnen auf, und wir erfuhren einen weiteren Teil der Geschichte. Rosana hatte eines späten Nachmittags in Hirschberg am Fahlenbergschen Gartentor geläutet. Schlindwein hatte geöffnet, sich jedoch nicht mit ihr verständigen können, da sie nicht Deutsch sprach. So hatte er sie schließlich notgedrungen zu seinem Chef geführt. Dort sagte Rosana genau zwei Worte, »Mister Fahlenberg?« und zog gleichzeitig Ricks alte Armeepistole aus der Handtasche. Aber Schlindwein war schneller gewesen. Er stand schräg hinter ihr, und als er die Waffe in ihrer Hand erblickte, packte er eine handliche, moderne Marmorplastik und schlug sie, zwangsläufig unter Fahlenbergs Augen, auf Rosanas Kopf. Ihr Schuss verfehlte sein Ziel und zerstörte lediglich eine große Kristallvase voller Gladiolen. Ein Glassplitter spritzte Fahlenberg ins Gesicht und fügte ihm an der Stirn eine kleine Schnittwunde zu. Das war alles.

Sogar das Geschoss hatten sie schon gefunden, genau an der Stelle, die Schlindwein beschrieben hatte, sieben Zentimeter tief in einer Innenwand der Villa.

Zumindest in diesem Punkt hatte Fahlenberg also nicht die Wahrheit gesagt. Er hatte Rosana in die Augen geblickt, als sie auf ihn zielte. Und gewiss war ihm nicht verborgen geblieben, dass sein Angestellter sie anschließend nicht ins Krankenhaus fuhr.

Auch nachdem man ihn darüber aufgeklärt hatte, dass sein Chef tot war, versuchte Schlindwein noch immer, diesen zu decken und alle Schuld auf sich zu nehmen. Das Merkwürdige war: Schlindwein würde im Fall Rosana höchstens wegen unterlassener Hilfeleistung angeklagt werden. Als er sie niederschlug, hatte er in Nothilfe gehandelt, um Fahlenberg zu retten. Der Rest blieb Spekulation. Der Einzige, der gegen ihn hätte aussagen können, Woronin, war tot.

Das Wetter war schwül und drückend an dem Tag, als ich nach Cagliari fuhr, und ich lernte die Klimaanlage des Wagens lieben. Man gewöhnt sich in Minuten an einen Luxus, den man jahrzehntelang nicht vermisst hat.

Die Autobahn in den Süden war nur schwach befahren. Als ich später in der Nähe von Oristano eine Kaffeepause machte, stand im Westen eine Wolkenbank über dem Meer. Balke rief an, um mir mitzuteilen, dass in der vergangenen Nacht in der Nähe von Bonn ein Haus abgebrannt war. Der einzige Bewohner, ein früher bekannter Journalist, wurde vermisst, und man vermutete seine Leiche unter den Trümmern. Außerdem war Balke nun wirklich und endgültig entschlossen, sich von Nicole zu trennen. Vangelis hingegen hatte sich wieder mit ihrem Agostos versöhnt, erfuhr ich. Sie waren übereingekommen, im Urlaub nie wieder gemeinsam ein Auto zu besteigen.

Als ich wieder auf der Autobahn war, meldete sich Theresa. Sie wusste natürlich, was geschehen war, und wollte hören, wie es mir ging.

»Ich bin schuld am Tod eines Menschen«, erwiderte ich. »Einen anderen habe ich um ein Haar erschlagen. Und du fragst, wie es mir geht?«

Sie versuchte, mich mit den in solchen Fällen üblichen Argumenten zu trösten. Und es stimmte ja auch alles. Giulio war aus freien Stücken über dieses verfluchte Tor geklettert. Er war es gewesen, der entgegen meinem Rat nicht auf die Carabinieri warten wollte. Er war ein erwachsener Mann, der wusste, in welche Gefahr er sich begab. Und ja, ich hatte sogar versucht, ihn zurückzuhalten. Mehr als einmal.

Aber alle Worte waren nichts gegen die Tatsache, dass drei Töchter, zugegeben, erwachsene Töchter, nun keinen Vater mehr hatten und eine Frau keinen Mann. Am Ende war Theresa fast ein wenig beleidigt über meine Verstocktheit.

Auch mit meinen Zwillingen telefonierte ich regelmäßig. Sie wussten bisher nur, dass es auf Sardinien mächtigen Ärger gab und ich deshalb einige Tage später als geplant zurückkehren würde, was sie mit Fassung trugen. Louises Arm war schon fast wieder in Ordnung, und die beiden verbrachten ihre Tage bei Donna. Das Thema Bruno kam in unseren Gesprächen nicht vor. Auch in Heidelberg war es heute gewittrig.

Die Vernehmung fand in Anwesenheit zweier italienischer Kollegen statt, von denen zum Glück der eine, ein netter Kerl mit offenem Blick, recht gut Deutsch sprach. Silvestro war in Triest aufgewachsen, während sein mürrischer Kollege aus dem Süden Italiens zu stammen schien und mich aus irgendeinem Grund nicht ausstehen konnte.

Es war Mittwoch, der Tag vor Raimondos Tod.

Silvestro war ein gewiefter Vernehmungsbeamter, wie mir schon bei seinen ersten Worten klar wurde. Raimondo hatte bereits gestern ein umfassendes Geständnis abgelegt. Er war nach Sardinien gekommen, um Doktor Fahlenberg zu töten. Über die Gründe hierfür schwieg er sich aus. Aber genau diese Gründe waren es, die mich interessierten.

Inzwischen war später Nachmittag, draußen hatte die Sonne sich hinter dunklen Wolkentürmen versteckt. Wir saßen in einem unangenehm kühlen Krankenzimmer einer abschreckend modernen Klinik im Westen Cagliaris. Raimondo trug einen dicken Verband um den Kopf, und die Ärzte waren der Überzeugung, er sei über den Berg. Die Verletzung war nicht so schwer gewesen, wie es zunächst ausgesehen hatte. Das Gehirn war fast unverletzt geblieben. Er sollte später an einem dummen kleinen Blutgerinnsel sterben, das die Sauerstoffzufuhr irgendeines wichtigen Teils seines Kleinhirns unterbrach.

»Warum?«, lautete meine erste Frage.

Silvestro übersetzte ein wenig gelangweilt: »Perché?«

Rosanas Bruder sprach nur wenig Italienisch, hatte die Frage aber verstanden. Gleichmütig zuckte er die Achseln. Die ganze Zeit sah er unverwandt zur Decke, und seine Miene verriet, dass er nicht vorhatte, mir irgendwelche Fragen zu beantworten. Er hatte Fahlenberg getötet. Aus guten Gründen, die mich nichts angingen.

Ich versuchte es auf Englisch: »It was Rosana who sent you, right?«

Bei der Nennung des Namens wurden seine Augen ein wenig kleiner.

»Mr Fahlenberg killed your brother Manuel.«

Nun öffnete er den Mund, und ich schöpfte schon Hoffnung. Aber er schloss ihn wieder. Die Italiener sahen mich mitleidig an und hielten die ganze Aktion offensichtlich für Zeitverschwendung. Der Verrückte da hatte den Mord doch schon gestanden. Was wollte ich noch hier?

Ich wollte die Wahrheit wissen. Auch wenn es nichts ändern würde, auch wenn nichts dadurch besser wurde. Ich musste einfach wissen, ob all meine Vermutungen und Spekulationen richtig waren. Ich wollte Antworten auf die Fragen, die ich Rosana wieder und wieder vergeblich gestellt hatte. Und jetzt, in dieser halben Stunde, die die Ärzte mir erlaubt hatten, war die letzte Gelegenheit dafür.

Als ich die nächste Frage stellen wollte, öffnete Raimondo den Mund.

»Somehow«, verstand ich sein tonloses Genuschel.

Irgendwie.

Irgendwie hatte Fahlenberg seinen Bruder getötet. Wir waren beim Motiv.

»How exactly?«

»You know«, lautete die Antwort.

Rosana hatte also mit ihm über mich gesprochen.

»By stored blood delivered by Mr Fahlenberg?«

Raimondo nickte mit den Augenlidern.

Das war im Grunde schon alles, was ich hatte hören wollen. Aber irgendetwas in dieser verhaltenen Bestätigung, in dieser Miene, die plötzlich noch verschlossener wirkte als zuvor, hielt mich davon ab, aufzustehen und zu gehen.

Die beiden Italiener sahen sich an und schüttelten fast unmerklich die Köpfe.

Es kostete mich eine Engelsgeduld und einige Diskussionen mit dem äußerst unfreundlichen und arroganten Stationsarzt, bis ich endlich die ganze bittere Wahrheit erfuhr. Bis heute weiß ich nicht, warum Raimondo ausgerechnet mir das Geheimnis seiner kleinen Schwester anvertraute. Ich vermute, sie hatte ihm wirklich von mir erzählt. Ob sie dabei vielleicht sogar ein paar nette Worte gefunden hatte? Oder sah er in mir, dem Mann, der ihn besiegt hatte, nur einen gleichrangigen Gegner? Einen, mit dem zu reden sich lohnte?

Es war nicht Manuel gewesen, der sich mit dem heimtückischen Virus infiziert hatte, damals auf der Missionsstation. Es war Rosana. Seit über zwanzig Jahren war sie HIV-positiv, wusste es jedoch erst seit wenigen Monaten. Sie gehörte zu den wenigen Menschen, die von Natur aus resistent sind. Erst nach Manuels Tod hatten die Ärzte festgestellt, dass auch sie infiziert war.

Den Rest reimte ich mir zusammen. Wieder war es nichts als Spekulation, aber es würde alles erklären. Was, wenn Manuel sich bei seiner Schwester angesteckt hatte? Wenn die Geschwister sich in ihrer Einsamkeit in Huambo oder schon während der tagelangen Flucht im Range Rover, hinter sich den Tod, um sich nichts als Gefahr und vor sich ein ungewisses Elend, eines Nachts näher gekommen waren, als Bruder und Schwester es dürfen? So etwas geschieht hin und wieder. Vielleicht öfter, als man denkt.

Und in äußerster Gefahr tun Menschen in einem letzten, schon halb irren Aufbäumen ihres Lebenswillens manchmal Dinge, die sie sonst nicht einmal denken würden.

Dann wäre Rosanas Baby nicht die Frucht einer Vergewaltigung, wie Hecker vermutet hatte, sondern von Geschwisterliebe. Für all dies habe ich nicht den Schatten eines Beweises, und selbstverständlich träfe sie auch in diesem Fall keine Schuld an Manuels Tod. Sie hatte ja nicht gewusst, nicht wissen können, dass sie das Virus in sich trug.

Aber das sagte sich natürlich leicht, wenn man nicht Rosana Ribeiro hieß.

Am Tag darauf, einem Donnerstag, regnete es in Strömen. Ich hatte in einem miserablen Hotelzimmer miserabel geschlafen. Die ganze Nacht über war Krach gewesen. Im Nachbarzimmer hatte jemand geschnarcht, vor dem klapprigen Fenster waren tausend knatternde Motorräder unentwegt im Kreis gefahren, alle fünf Minuten hatte irgendwo im Haus eine Klospülung gerauscht. Irgendwann knallte sogar ein Schuss. Oder hatte ich das nur geträumt? Jedenfalls kam gegen Morgen, als ich endlich eingeschlafen war, die Müllabfuhr.

Silvestro informierte mich telefonisch über Raimondos Tod und wollte wissen, ob es irgendwelche Angehörigen gab, die man benachrichtigen müsse. Ich sagte Ja und versprach, diese unangenehme Aufgabe zu übernehmen.

Irgendwo auf der Autobahn quer durchs Innere der Insel rief Machatscheck an. Er hatte den Brandanschlag überlebt, war in der Nacht gar nicht zu Hause gewesen und klang nicht einmal übermäßig beeindruckt von dem, was ihm zugestoßen war.

»Denen ging es ja nicht um mich«, meinte er fast heiter. »Denen ging es um mein Archiv.«

»Aber das Ganze muss doch eine unvorstellbare Katastrophe für Sie sein.«

»Ach was.« Er lachte gutmütig. »Die Bruchbude war zum Glück nur gemietet. Ich war sowieso dabei, mir etwas anderes zu suchen. Und wenn man so viel in der Welt herumgekommen ist und aus dem Koffer gelebt hat wie ich, dann hat man nicht viel, an dem das Herz hängt. Das Archiv, okay. Aber im Zeitalter des Internets schafft man Informationen nicht mehr dadurch aus der Welt, dass man ein Haus niederbrennt, mein Gott. Das ist alles eingescannt irgendwo auf der Welt auf irgendwelchen Servern abgelegt. Selbst wenn es den Dreckspatzen gelungen wäre, mich um die Ecke zu bringen, gäbe es Leute, die Zugang zu meinen Daten haben und sie zu nutzen wüssten.«

»Sie klingen ja fast, als hätte man Ihnen einen Gefallen getan.«

»Natürlich hat man das. Jetzt habe ich die Öffentlichkeit auf meiner Seite und alle Aufmerksamkeit und Glaubwürdigkeit, die ich mir wünschen kann. Morgen Abend sollten Sie unbedingt die Tagesschau einschalten.«

»Ich nehme an, das ist nicht der einzige Grund für Ihren Anruf?«

»Sie sind ja ein Fuchs, Herr Gerlach!«

»Ein bisschen Psychologie gehört nun mal auch zu meinem Handwerk.«

»Es geht um Ihren sauberen Doktor Fahlenberg. Ich habe da noch etwas in Erfahrung gebracht und dachte, es würde Sie vielleicht interessieren.«

»Ich bin mir bis heute nicht sicher, ob er nun ein Verbrecher war oder nicht.«

»Ich schon«, entgegnete Machatscheck trocken. »Diese Entsorgungsfirma, von der Fahlenberg die verseuchten Blutkonserven übernommen hat, hat ihm nämlich später eine saftige Rechnung gestellt.«

»Eine Rechnung? Für Sondermüll?«

»So ist es.«

»Ich verstehe nicht, wozu eine Rechnung«, sagte ich. »Wozu sollte die gut sein?«

»Es hat mich ungefähr fünfhundert Euro Telefongebühren gekostet, die Zahlungsströme zu rekonstruieren. Das ziemlich triviale Ende vom Lied ist: Fahlenberg, beziehungsweise seine Firma, hat seine großzügige Blutspende von der Steuer abgesetzt. Summa summarum dürfte er einen Schnitt von dreihunderttausend D-Mark gemacht haben.«

»Seine Frau war für die Finanzen zuständig«, sagte ich lahm.

»Sie glauben doch nicht im Ernst, er hat nichts davon gewusst?«

Ich wollte es gerne glauben.

Es piepste, das Gespräch brach ab, und fast im selben Augenblick gingen Licht, Motor und Scheibenwischer des Alfa aus. Zum Glück war die Straße gerade ein wenig abschüssig, sodass ich bis zur nächsten Parkbucht rollen konnte.

Es dauerte eine Ewigkeit, bis der Wagen in der nächsten Werkstatt stand, wo man nach langem Hin und Her feststellte, dass es irgendwie an der Elektronik lag, vielleicht wegen des vielen Regens, und dass man leider Gottes im Moment nichts machen konnte. Es dauerte weitere sechs Stunden, inzwischen war tiefe Nacht und wieder einmal eine Fähre ohne mich unterwegs, bis ein Ersatzfahrzeug aus Olbia kam. Ein winziger Fiat diesmal, dessen Elektronik sich hoffentlich aufs Wesentliche beschränkte. Ich übernachtete später irgendwo am Rand der Autobahn im Wagen, während der Regen unentwegt auf das Dach trommelte und eine endlose Kette von Lkws an mir vorbeirauschte, die mich mit ihrem Fahrtwind in den Schlaf schaukelten, um mich gleichzeitig mit ihren Lichtern und dem Dröhnen der Motoren wach zu halten. Irgendwann begann es, durch das geschlossene Schiebedach ins Auto zu regnen.

Als es tagte, fuhr ich stinkwütend und hundemüde weiter an der Ostküste entlang Richtung Norden, rechts von mir die meiste Zeit das elefantengraue, brodelnde Meer und vor mir und hinter mir Lastzüge. Ich beschloss, meinen alten Peugeot zu behalten, bis er auseinanderfiel. Als endlich Olbia in Sicht kam, funktionierte auch plötzlich mein Handy wieder. Ich hatte Sönnchen erwartet, die wieder einmal meine Rückreise umorganisieren musste, aber es war noch einmal Machatscheck.

»Dann hat Fahlenberg also doch Geld verdient mit seiner großzügigen Spende?«, fragte ich nach ein paar einleitenden Worten. »Dann war er doch das Schwein, für das Sie ihn die ganze Zeit gehalten haben?«

Machatscheck seufzte und hustete in einem. »Wenn Sie jeden vor den Kadi zerren wollen, der bei der Steuer ein bisschen trickst …«

»Das ›bisschen‹ stört mich an diesem Satz. Mir gegenüber hat er erklärt, dass ihn die Aktion summa summarum fünfzigtausend Dollar gekostet hat. Vom Finanzamt hat er ein Mehrfaches dieses Betrags erstattet bekommen. Das ist nicht ein bisschen tricksen, das ist ausgemachter Steuerbetrug.«

»Ach, Herr Gerlach.« Machatscheck lachte gutmütig. »Sie sind und bleiben ein Romantiker.«

Als er sich verabschieden wollte, kam mir noch ein Gedanke. Eine Frage, die mich schon seit gestern beschäftigte.

»Sie wissen so vieles, vielleicht wissen Sie auch das«, sagte ich. »Ist es möglich, dass jemand wochenlang in einer deutschen Klinik liegt, der HIV-positiv ist, und kein Mensch merkt es?«

»Es geht um die Frau oder?«, fragte er sofort.

»Unsinn. Es beschäftigt mich nur ganz allgemein.«

Natürlich glaubte er mir nicht. »Das ist nicht nur möglich, das ist sogar sehr wahrscheinlich. Ein HIV-Test darf nur mit ausdrücklicher Zustimmung der Patientin gemacht werden. Bei den Standard-Bluttests wird das nicht untersucht.«

Erst am Samstagvormittag kam ich in Heidelberg an. Das Pech war mir während der ganzen Reise treu geblieben. Die Fähre kam wegen des schlechten Wetters so spät in Livorno an, dass ich meinen Zug nicht mehr erreichte. Der nächste hatte dann in Mailand schon so viel Verspätung, dass ich dort den Anschluss verpasste und schließlich in Basel noch einmal übernachten musste. Immerhin hatte ich dort wunderbar geschlafen. Dennoch war ich restlos erschöpft und zutiefst unzufrieden, als ich die Wohnungstür aufschloss und meine Tasche in den Flur schmiss.

Meine Töchter waren zu meiner Verblüffung nicht bei ihrem Pflegepferd, sondern saßen beim Frühstück. Sie hatten vor, später hinzufahren, erklärten sie mir, irgendwann am Nachmittag, aber bei diesem Wetter …

Die beiden wussten inzwischen, was in Sardinien geschehen war, und in den ersten Minuten behandelten sie mich, als wäre ich vom Pferd gefallen und nicht Louise. Erst nach einer Weile begriff ich, dass sie sich nicht vor ihrer Aufgabe drückten, sondern auf mich gewartet hatten. Dass sie sich Gedanken gemacht hatten um mich und mich nicht allein lassen wollten. Ich war sehr gerührt.

Aber schon am Abend, beim gemeinsamen Essen, mäkelten

sie an den aufgebackenen Brötchen herum und begannen, darüber zu streiten, wer daran schuld war, dass Donnas Satteldecke nicht faltenfrei aufgelegen hatte. Und aus irgendeinem Grund machte mich ihr Genörgel glücklich. Vielleicht, weil es mir das Gefühl gab, dass die Welt doch noch dieselbe war wie vor einer Woche.

Anschließend füllten wir gemeinsam ein Überweisungsformular aus. Sarah setzte den Betrag ein, eintausend Euro, zugunsten von »Friedensdorf International«, einem Verein, der in der Nähe von Oberhausen angolanische Kinder medizinisch versorgte und mit Prothesen ausstattete.

Meine Töchter wurden nachdenklich und wollten mehr wissen über dieses Land, wo Kinder an den einfachsten Krankheiten starben oder ihre Beine durch Minen verloren, Erwachsene hungerten und Alte in Lumpen gingen. Vielleicht wurde ihnen an diesem Abend zum ersten Mal bewusst, dass sie bei ihrer Geburt gar nicht so viel Pech gehabt hatten, wie sie bis dahin dachten.

So saßen wir zwei Stunden später immer noch am Küchentisch. Ich trank Wein und erzählte ihnen alles, was ich über Angola wusste. Louise kratzte sich unter ihrem Verband. Sarah drehte einen billigen Ring hin und her, den sie seit Neuestem am Zeigefinger der linken Hand trug.

»Also, eigentlich finde ich, wir brauchen kein neues Auto«, meinte Louise irgendwann. Sarah nickte dazu, als wäre ihr der Gedanke auch schon gekommen.

30

Rosana?

Es dauerte eine Weile, bis ich mich überwinden konnte, sie anzurufen. Es fiel mir verteufelt schwer, ihr zu sagen, dass nun auch ihr zweiter Bruder tot war. Der Letzte, der ihr von ihrer Familie geblieben war.

Dreimal hielt ich das Telefon schon in der Hand. Dreimal legte ich es wieder weg. Am Sonntagvormittag las ich endlich Schloss Gripsholm zu Ende. Die Szene, in der sich zwei Frauen einen Mann teilen. Oder ein Mann sich zwei Frauen gönnt. Das Kind wurde gerettet und seiner Mutter wieder zugeführt. Dann waren sowohl Tucholskys Urlaub als auch das Buch zu Ende.

Am Nachmittag brachte ich es endlich über mich, die Nummer zu wählen, die mit vier Neunen endete.

Es tutete lange. Schließlich wurde abgenommen, und eine Stimme, die einem Kind oder einer jungen Frau gehören mochte, kreischte mir etwas vollkommen Unverständliches ins Ohr.

»Rosana Ribeiro«, sagte ich tapfer. »Rosana Ribeiro, bitte.«

Auch die Antwort, wenn es denn eine Antwort war, verstand ich nicht.

Ich bemühte mich, lauter zu sprechen.

»Rosana Ribeiro. Please.«

Inzwischen kam ich ein wenig durcheinander mit den Sprachen. Der Mensch am anderen Ende schien eine Frage in eine Menge zu rufen. Ich hörte Geschrei, Gelächter, jemand schien einen Witz gemacht zu haben. Ein Kind weinte.

Dann war eine andere Stimme am Telefon. Diese gehörte eindeutig einem Mann.

»Está?«, rief er. »Está?«

Das war vermutlich Portugiesisch. Er merkte, dass ich nichts verstand, und reichte den Hörer an den Nächsten weiter. Ich begann zu fürchten, heute nach und nach alle zweitausend Sprachen Afrikas zu hören.

Auch den Nächsten verstand ich nicht. Ich wiederholte meine Bitte und erhielt etwas wie: »Get nedda!« zur Antwort.

Der Mann schien nicht einmal Rosanas Namen zu verstehen. Ein allerletzter Versuch noch, dann würde ich auflegen. Ganz langsam und sehr deutlich:

»Ro-sa-na Ri-bei-ro.«

»Isneddo!«, sagte der Mann. »Sie is mit ihr'm Buam in der Schul, glaub i.«

In diesem Moment begriff ich, dass der Mann Deutsch mit mir sprach. Genauer, Bayerisch. Und dass Rosana mit irgendwem in irgendeiner Schule zu tun hatte.

»Würden Sie ihr sagen, sie soll mich zurückrufen?«

»Mei, logisch.«

Ich diktierte ihm meine Nummer.

»Und sie ist in einer Schule, sagen Sie?«

»Genau. Mit ihr'm Manuel. Woaß ned, wann's z'ruckkemman.«

Zum Glück stand ein Stuhl neben mir.

»Manuel?«, flüsterte ich. »Sagten Sie Manuel?«

»Des is ihr Bua. Manuel.«

»Aber ich dachte … Ich dachte, ihr Kind sei kurz nach der Geburt gestorben?«

»Scho. Aber sie hat doch Zwillinge kriagt, ham S' des ned g'wusst?«

Zwillinge. Rosana hatte Zwillinge geboren. Und einen davon, den, der überlebt hatte, hatte sie nach ihrem Bruder benannt.

Sie rief nie zurück. Nicht an diesem Tag und nicht am nächsten und nicht am übernächsten.

Ich nahm mir vor, ihr einen Brief zu schreiben.

Wolfgang Burger

Heidelberger Requiem

Kriminalroman. 256 Seiten.
Piper Taschenbuch

Alexander Gerlach glaubt, mit seiner Beförderung zum Chef der Heidelberger Kriminalpolizei einen ruhigen Posten bekommen zu haben. Doch schon am ersten Tag wird die Leiche eines Chemiestudenten gefunden, der auf grausamste Weise ermordet wurde. Die Lösung des Falls scheint einfach, denn der junge Mann hatte synthetische Drogen hergestellt, um sein Budget aufzubessern. Doch bald kommt es zu einem weiteren Mord, der alle bisherigen Vermutungen über den Haufen wirft. Als Gerlach beginnt, das grausame Spiel zu durchschauen, ist es fast zu spät …

Ein spannender Roman mit einem ungewöhnlich sympathischen Helden, der sich nicht nur ständig in die falschen Frauen verliebt, sondern zudem als allein erziehender Vater von seinen beiden Töchtern in Atem gehalten wird.

05/2063/02/L

Wolfgang Burger

Heidelberger Lügen

Kriminalroman. 272 Seiten.
Piper Taschenbuch

Kriminalrat Gerlach hat sich in Heidelberg eingelebt, und eigentlich könnte sein Leben endlich in ruhigeren Bahnen verlaufen. Doch dann verspricht er einer jungen Frau, deren Mann unter seltsamen Umständen bei einem Unfall ums Leben kam, bei der Aufklärung zu helfen. Gerlach vermutet ein Eifersuchtsdrama, aber plötzlich taucht ein Aktenkoffer voller Geld auf, der offenbar dem Toten gehört hat. Der sympathische Kriminalrat muss in einem Fall ermitteln, der ihn rund um die Uhr fordert, weshalb er wieder einmal zu wenig Zeit für seine Zwillingstöchter hat, die sich gerade zum ersten Mal verlieben, leider in denselben Jungen …

05/2216/02/R

Wolfgang Burger

Heidelberger Wut

Kriminalroman. 272 Seiten.
Piper Taschenbuch

Als der eigenbrötlerische Seligmann von seiner Nachbarin als vermisst gemeldet wird, hat Kriminalrat Gerlach gerade ganz andere Sorgen, hat er doch einen noch immer unaufgeklärten Bankraub auf dem Tisch. Aber als man im Haus des Vermissten Blutspuren entdeckt, wird Gerlach hellhörig. Gibt es eine Verbindungslinie zu dem Bankraub? Und welche Rolle spielte Seligmann bei der brutalen Vergewaltigung einer Schülerin vor einigen Jahren? Kein Wunder, dass bei all diesen Geschehnissen auch Gerlachs Privatleben wieder einmal Kopf steht – gerade jetzt, wo die pubertierenden Zwillinge eigentlich seine Aufmerksamkeit dringend benötigen …

05/2062/02/L

Heinrich Steinfest

Cheng

Sein erster Fall. 272 Seiten
Piper Taschenbuch

Markus Cheng ist Privatdetektiv in Wien. Seine Geschäfte gehen schlecht, und zudem wird auch noch sein letzter Klient mit einem Loch im Kopf aufgefunden. In diesem Loch steckt ein Zettel mit einer rätselhaften Botschaft: »Forget St. Kilda«. Und ob Cheng nun will oder nicht – damit steckt er mitten im Schlamassel. Denn eine unbekannte Dame erweist sich als eine knallharte Mord-Maschine mit System …
Heinrich Steinfests ausgesprochen skurriler Humor und einzigartiger Schreibstil machen diesen Krimi zu etwas ganz Besonderem.

»Amüsant, wie Heinrich Steinfest die Ikonen der Gesellschaft unverschlüsselt und unverklausuliert aufs Korn nimmt.«
Falter

05/2064/02/R

Volker Klüpfel, Michael Kobr

Erntedank

Kluftingers zweiter Fall. 384 Seiten. Piper Taschenbuch

Der Allgäuer Kriminalkommissar Kluftinger traut seinen Augen nicht: Auf der Brust eines toten Mannes in einem Wald bei Kempten liegt, sorgfältig drapiert, eine tote Krähe. Im Lauf der Ermittlungen taucht der Kommissar immer tiefer in die mystische Vergangenheit des Allgäus ein, und es beginnt ein Katz-und-Maus-Spiel mit dem Mörder, bei dem die Zeit gegen ihn arbeitet. Denn alle Zeichen sprechen dafür, dass das Morden weitergeht …

Mit eigenwilligen Ermittlungsmethoden riskiert der liebenswert-kantige Kommissar einen Blick hinter die Fassade der Allgäuer Postkartenidylle und deckt Abgründe auf.

»Kommissar Kluftinger hat in seinen Kniebundhosen durchaus das Zeug zum Columbo von Altusried. Und schon deshalb wird dieser Krimi auch über die Grenzen des Allgäus hinaus bekannt werden.«

Die Welt

05/2061/02/L

Gisa Pauly

Die Tote am Watt

Ein Sylt-Krimi. 352 Seiten. Piper Taschenbuch

Ein furchtbarer Mord auf der Ferieninsel Sylt! Eine vermögende Witwe wird erdrosselt aufgefunden. Eigentlich müsste der Täter per DNA-Analyse schnell zu überführen sein, weshalb Hauptkommissar Erik Wolf auf eine rasche Lösung hofft. Mamma Carlotta jedoch, seine italienische Schwiegermutter, die derzeit zu Besuch ist, hält wenig von solchen modernen Ermittlungsmethoden. Viel lieber verlässt sie sich auf ihre weibliche Intuition. Mit italienischem Charme und zum Schreck der Beamten mischt sie sich in die Ermittlungen ein. Dabei bringt sie sich selbst in Lebensgefahr …

Atmosphärisch, spannend und humorvoll erzählt Gisa Pauly von Mamma Carlottas erstem Fall, bei dem das italienische Temperament mit dem norddeutschen mehr als einmal zusammenprallt.

05/2079/02/R